L'orgueil de Jacob Wilde

★

La fierté de Caleb Wilde

★

Le défi de Travis Wilde

SANDRA MARTON

L'orgueil de Jacob Wilde

Traduction française de
ANNE-LAURE PRIEUR

HARLEQUIN

Titre original :
THE DANGEROUS JACOB WILDE

Ce roman a déjà été publié en 2013

HARPERCOLLINS FRANCE
83-85, boulevard Vincent-Auriol, 75646 PARIS CEDEX 13
Service Lectrices — Tél. : 01 45 82 47 47

www.harlequin.fr

ISBN 978-2-2804-1222-3

1

D'aussi loin qu'il s'en souvienne, Jake Wilde avait toujours été convoité par les femmes et envié par les hommes.

A seize ans, capitaine de l'équipe de football et brevet de pilote en poche, il sortait avec la reine de la promo… et toutes les princesses de sa cour. Chacune à leur tour, bien sûr. Il n'était pas totalement sans scrupules. Et puis, il attirait irrésistiblement les femmes, sans doute parce qu'il les comprenait…

Il avait toujours été très beau garçon. Comment oublier ce jour où on l'avait abordé dans la rue pour lui proposer de devenir mannequin. Il avait bien failli en venir aux mains, avant de comprendre que l'offre était sérieuse. Il avait alors poliment refusé et s'était empressé de regagner le ranch familial pour raconter l'anecdote à ses frères.

La vie était belle alors.

Puis, après trois ans d'université, et pour des raisons évidentes à l'époque, il s'était engagé dans l'armée.

De toute façon, d'une manière ou d'une autre, tous les Wilde avaient servi leur pays. Travis comme pilote de chasse émérite. Caleb au sein d'une de ces mystérieuses agences gouvernementales dont personne ne parle jamais. Quant à lui, il était devenu pilote de Black Hawk, assigné à de dangereuses missions.

Une fraction de seconde, et tout avait basculé.

Sa vie. Son monde. Les principes mêmes qui le définissaient. Et pourtant…

Certaines choses restaient immuables. Il en était plus que jamais conscient ce soir, par cette nuit de printemps sans lune qui le ramenait chez lui. Non… Pas chez lui. Là où il avait grandi.

Car il n'était plus chez lui nulle part.

Cela faisait quatre ans qu'il était parti… Quatre ans, un mois et quatorze jours exactement. Mais le trajet était gravé dans sa mémoire : quatre-vingts kilomètres d'autoroute depuis l'aéroport de Dallas, puis l'interminable route 227, bordée de chaque côté par une clôture derrière laquelle veillait le bétail comme autant de sentinelles. Au bout d'une heure, on bifurquait sur un chemin de terre sans nom, celui qui menait au ranch du vieux Chambers.

Et dire qu'il ne s'était arrêté qu'une seule fois pour vérifier la présence de mines sur la route ! Un record.

Par réflexe, il évita le nid-de-poule près de la partie emboutie de la clôture marquant la bifurcation. Bien sûr, il se trouvait sur la propriété d'Elijah Chambers, raison pour laquelle personne ne s'en était jamais occupé.

— Le premier que j'attrape à bricoler sur mes terres…, grognait le vieil homme pour toute réponse à l'imprudent qui s'y risquait.

Jake laissa errer son regard sur les terres presque à l'abandon qui entouraient la route. Son père méprisait Chambers. A vrai dire, il méprisait quiconque n'était pas irréprochable. Y compris ses fils. Un père général quatre étoiles impliquait une vie quatre étoiles, ironisait Caleb lorsqu'ils étaient adolescents. A moins que ce ne soit Travis. Ou lui-même… Un sourire s'ébaucha sur ses lèvres, qu'il réprima aussitôt. Mieux valait s'abstenir de sourire quand le résultat avait de quoi effrayer un enfant.

Il était encore temps de faire demi-tour et rentrer…

Rentrer ? Où cela ?

A Washington DC ? A l'hôpital ? Non, pas question de remettre les pieds à l'hôpital. Pas s'il pouvait l'éviter. Ni à la base ou dans sa maison de Georgetown, qui lui rappelaient trop de mauvais souvenirs. D'ailleurs, il avait signé la vente de la maison la veille et n'avait plus sa place là-bas. A vrai dire, il n'avait plus sa place nulle part. Pas même ici, au Texas. Encore moins à El Sueño et ses quelque deux cent mille hectares de prairies. Son séjour serait donc bref, et ce malgré les protestations dont ne manqueraient pas de l'abreuver ses frères.

— Ta place est ici, Jake, avait insisté Travis.

— C'est ta maison. Installe-toi et prends le temps de réfléchir à ton avenir, avait renchéri Caleb.

A les entendre, tout semblait si simple…

Jake remua sur son siège et étendit les jambes au maximum. Avec son mètre quatre-vingt-dix, il était franchement à l'étroit dans la Thunderbird. Mais la vieille voiture retapée l'été de ses seize ans valait bien quelques courbatures.

Des projets d'avenir, il n'en avait absolument aucun. Toutes ses pensées tendaient vers le passé. S'il avait seulement pu remonter le temps, là où il s'était arrêté, sur ce col de montagne étroit écrasé par un ciel de plomb…

— Assez ! s'écria-t-il tout haut.

Pas de cela ! Il allait passer quelques jours au ranch. Revoir ses sœurs, ses frères, son père. Et repartir. Point.

D'ailleurs, il se faisait une joie de retrouver ses sœurs… à condition qu'elles ne fondent pas en larmes. Son père ? Le Général allait sans doute chercher à lui remonter le moral, mais il survivrait. Quant à ses frères… Il s'autorisa un franc sourire. Après tout, personne n'était là pour le voir, et penser à Caleb et à Travis ne manquait jamais de le réjouir.

Lui et ses frères avaient toujours été proches. Ils

avaient joué ensemble, enfants, fait les quatre cents coups, adolescents. Ils partageaient le même goût pour les voitures, les belles femmes… et les ennuis. « Les trois mousquetaires », comme les appelaient leurs sœurs. *Demi*-sœurs, plus exactement. Le Général avait été marié deux fois, et ils étaient nés d'une mère différente.

Les trois mousquetaires… C'était tout à fait cela. Aujourd'hui encore, ils restaient très unis, sans quoi il ne se serait jamais laissé convaincre de venir — à certaines conditions.

Ils avaient voulu lui envoyer un jet.

— On a deux de ces fichus coucous ici, à El Sueño, lui avait dit Travis. Tu es bien placé pour le savoir. C'est toi qui les as achetés. Autant t'éviter un vol commercial, non ?

Bien sûr, Travis s'était bien gardé de mentionner qu'il avait non seulement acheté les deux avions, mais les avait également pilotés.

Ce qu'il ne ferait plus jamais…

Un pilote qui ne voyait plus que d'un œil n'en était plus un, et l'idée de voyager comme simple passager d'un jet qu'il avait autrefois piloté était au-dessus de ses forces. Il avait donc prétendu ne pas savoir quand il pourrait rentrer… Les excuses habituelles. Travis et Caleb avaient fini par laisser tomber.

— J'arriverai vendredi soir et louerai une voiture. C'est encore le plus simple, avait-il décrété.

Ce souvenir lui arracha un autre sourire.

A peine arrivé à l'aéroport de Dallas-Fort Worth, il avait entendu son nom dans le haut-parleur. Après une hésitation, il s'était dirigé à contrecœur vers l'accueil.

— Capitaine Jacob Wilde. Vous m'avez fait appeler.

L'employée derrière le comptoir lui tournait le dos. Lorsqu'elle lui avait fait face, son sourire s'était aussitôt évanoui.

— Oh... je...

Il avait dû se retenir pour ne pas lui lancer que, oui, en effet, son visage ferait fureur à Halloween. A son crédit, la jeune femme avait rapidement repris contenance.

— Monsieur, nous avons quelque chose pour vous, lui avait-elle dit, son sourire de nouveau en place.

Quelque chose pour lui ? Pitié, pas un comité de civils aux visages sévères désireux de lui serrer la main ! avait-il prié intérieurement. Non, Dieu merci, c'était une simple enveloppe kraft. A l'intérieur, un trousseau de clés, un itinéraire vers un parking et une note, signée par ses frères.

« Tu croyais vraiment nous doubler ? »

Dans le parking était garée sa vieille Thunderbird.

Quels idiots ! Oui, de vrais imbéciles... Sa gorge s'était nouée d'émotion à la vue de sa vieille voiture. Cette voiture avait été un vrai réconfort tandis qu'il parcourait l'immensité des terres texanes. Plus encore maintenant que se dressait devant lui le vaste portail marquant la limite nord d'El Sueño.

Jake ralentit, puis s'arrêta. Il avait oublié ce que cela faisait, de voir ce haut portail de bois, avec son panneau de cèdre patiné annonçant El Sueño — le rêve — en grandes lettres de bronze. Rien n'avait changé, si ce n'est qu'il était grand ouvert. Une idée de ses sœurs, sans doute. Leur façon à elles de l'accueillir et lui rappeler qu'il était chez lui. Lissa, Em et Jaimie avaient été blessées de sa réticence à revenir, mais qu'y pouvait-il ?

Il devait aller de l'avant.

D'un mouvement brusque, il appuya sur l'accélérateur et passa le portail dans un nuage de poussière. A vrai dire, il n'aurait jamais cédé s'il n'était tombé à court d'excuses.

— Oui, peut-être... Je vais voir si je peux me libérer, avait-il temporisé.

Ce à quoi Caleb avait répliqué, très calmement, que s'il ne le pouvait pas, lui et Travis se verraient contraints de le ramener de force, pieds et poings liés.

Ils en étaient bien capables.

Après avoir longuement réfléchi, il avait décidé qu'il était temps de se montrer. Littéralement. La surprise serait de taille pour sa famille. Ils s'étaient tous précipités à l'hôpital lors de son rapatriement au pays. Ses sœurs, ses frères, même le Général, clamant haut et fort qu'il était John Hamilton Wilde, le *général* John Hamilton Wilde, de l'armée des Etats-Unis. Il avait exigé une chambre privée pour son fils blessé ainsi, bien sûr, que l'intervention des meilleurs chirurgiens.

Trop assommé par les antidouleur, il n'avait pas eu la force de protester. Mais à mesure que les semaines passaient et qu'il recouvrait ses esprits, il avait imposé ses propres règles. Plus de traitement de faveur, ni de visites. A quoi bon regarder Em, Lissa et Jaimie feindre la bonne humeur ? Ecouter ses frères prétendre qu'il serait bientôt comme neuf et son père... eh bien, jouer au général, comme toujours ? C'était la raison pour laquelle il avait si longtemps ajourné son retour, ou même une simple visite.

— Tu n'es qu'un idiot, avait grommelé Travis.

Peut-être.

Mais il refusait qu'on soit aux petits soins pour lui, qu'on le console et le rassure en affirmant que rien n'avait changé... *Tout* avait changé. Son visage. Son identité profonde. Etait-il seulement encore humain ? Bonne question.

Une autre le taraudait.

« Qu'avez-vous ressenti en prenant conscience que plus rien ne serait jamais comme avant ? »

Assez. Ce soir, il devait faire bonne figure — autant que cela lui était encore possible. Sourire sans effrayer personne. Parler, même si rien de ce qu'il avait à dire n'intéressait les civils. Se comporter comme si le temps ne s'était jamais écoulé, en somme.

Rentrer au ranch, s'était-il dit, lui donnerait le temps de se réacclimater doucement. Redécouvrir un paysage familier. Respirer l'air texan, écouter le chant des coyotes fendre la nuit. Si l'émotion le submergeait, au moins ne serait-ce pas au beau milieu d'un aéroport.

Tous les soldats le disaient : le retour était difficile.

On partait à la guerre, débordant d'enthousiasme. Surtout quand, comme lui, on avait grandi porté par des récits de batailles et de valeureux guerriers.

Leur mère était morte quand Travis avait six ans, Caleb, quatre, et lui, deux. Ils avaient été élevés par une succession de gouvernantes et de nourrices, leur belle-mère n'étant restée que le temps d'accoucher de trois filles. Le Général, les rares fois où il rentrait, les régalait d'histoires sur leurs ancêtres, des hommes qui avaient envahi la Gaule aux côtés de César, déferlé sur les îles Britanniques en drakkar, avant de traverser l'Atlantique et conquérir un vaste territoire s'étirant des plaines du Dakota à la frontière mexicaine. Ces histoires les ravissaient.

Bien sûr, ce n'était qu'un ramassis de bêtises. Sauf la partie sur les guerriers. Il en avait été un lui-même, ces dernières années, combattant aux côtés d'hommes courageux, servant sa patrie bien-aimée. Mais son père, dans ses récits, avait omis certains détails. La politique. Le mensonge. La dissimulation.

Jake enfonça brusquement la pédale de freins. La Thunderbird dérapa sur la route poussiéreuse et s'immobilisa. Poignet contre poignet, il croisa les mains sur le volant. Son cœur battait à tout rompre.

Il inspira à pleins poumons, il devait absolument se reprendre. Car il était sur le point de se laisser replonger dans ces ténèbres qu'il s'était juré de laisser derrière lui !

Après s'être un peu calmé, il ouvrit la portière et sortit de la voiture. Quelque chose lui effleura le visage. Un papillon de nuit. Tangible, réel, quelque chose qui n'avait besoin d'aucune justification. Les mains dans les poches, il prit une nouvelle inspiration et leva les yeux vers les étoiles. Plusieurs minutes s'écoulèrent ainsi. Lorsqu'un nuage vint voiler le ciel, il rentra dans la Thunderbird et redémarra. Bientôt se profilèrent les contours du ranch, à une cinquantaine de mètres devant lui. Les fenêtres étaient éclairées.

La panique le submergea.

De nouveau, il s'arrêta et descendit de voiture. Sur sa gauche se dressait un bosquet de chênes, dans lequel s'enfonçait un sentier. Il l'emprunta, accompagné par le murmure des eaux de Coyote Creek porté par la brise. Les feuilles mortes craquaient sous ses bottes. Des bottes de cow-boy… Jamais il n'avait pu se résoudre à porter autre chose.

Autrefois, il savourait ces nuits hivernales. L'air cristallin, le scintillement lointain des étoiles. Il regardait le ciel et s'émerveillait de tenir debout sur une planète en rotation dans l'espace.

Sa main se porta à son patch, et à la chair en dessous. Désormais, peu lui importait l'espace. Il ne sentait que le froid lui gelant les os, la mâchoire, le visage.

Pourquoi s'était-il engagé sur ce sentier boueux, par ce froid qui le faisait souffrir ? Il n'en avait aucune idée. Mais puisqu'il était là, autant continuer. Le chemin lui était aussi familier que le portail ou sa vieille Thunderbird. Des générations de chiens et de coyotes, d'enfants et d'ouvriers agricoles, courant à la rivière toute proche, l'avaient emprunté.

Lui-même l'avait sillonné des centaines de fois, quoique jamais par un tel froid. Un terrible mal de crâne lui martelait les tempes. Un peu d'aspirine le soulagerait. Un ou deux comprimés. Sauf qu'il ne voulait plus avaler ces fichus cachets ! Aucun, même d'aspirine. Il avait eu sa dose.

Lorsqu'il émergea des arbres, sa décision était prise. Oui, il allait regagner l'aéroport. Sa famille comprendrait… Il posa une dernière fois le regard sur le ranch, phare brillamment éclairé et cœur d'El Sueño. C'était un édifice tout en longueur au toit de bardeaux blancs, donnant sur une vaste pelouse entourée de chênes et de frênes.

Dans l'obscurité du bosquet, une chouette poussa un hululement lugubre qui lui arracha un frisson. Un nouveau hululement déchira la nuit, accompagné d'un faible cri. La chouette avait attrapé son dîner. Seule la mort attendait la malheureuse créature prisonnière de ses serres. Ainsi allait le monde : certains survivaient, d'autres mouraient…

C'était décidé. Il ne resterait pas une minute de plus !

Une voix résonna dans sa tête, claire, incisive. « Vous ne pourrez pas fuir éternellement, capitaine. » Qui lui avait dit cela ? Un chirurgien ? Un psy ? Peut-être était-ce lui-même. Mais c'était faux. Il pouvait parfaitement continuer à fuir, encore et toujours…

La porte d'entrée du ranch s'ouvrit à la volée, le tirant de ses pensées. Vivement, il recula, cherchant refuge sous les arbres. Des silhouettes se découpaient dans l'embrasure. Des ombres dont il ne distinguait pas les visages. Un air de musique flottait dans la nuit, noyé dans un brouhaha de voix. Bon sang, il avait pourtant insisté pour rester en famille. Autant demander la lune… Ses sœurs avaient sans doute invité la moitié de la ville.

Quant au reste, il s'était invité tout seul. C'était Wilde's Crossing, après tout.

Allons, il pouvait le faire ! Juste cette nuit. Ca,r au fond, il aimait cet endroit, plus que n'importe quel autre au monde. El Sueño faisait partie de lui. Il était inscrit dans ses gènes, au même titre que ses yeux bleus de Celte et ses cheveux noirs d'Apache. Le sang d'innombrables générations de Wilde coulait dans ses veines.

— Et zut ! jura-t-il entre ses dents.

Impossible de renier ses racines, ni de s'expliquer pareil attachement. Le passé était le passé. Qu'avait-il à voir avec l'avenir ?

Deux psychologues différents lui avaient donné la même réponse : le passé était la base du présent, qui était celle du futur. Tout semblait si simple pour eux. Mais il avait vite mis un terme à ces sessions de confidences sur sofa. Révéler ses secrets ? Hors de question. Quel intérêt d'avoir un secret si c'était pour le dévoiler au premier venu ? D'ailleurs, les psys avaient tort.

La cicatrice qui marquait sa joue l'élançait douloureusement. Il la frotta d'une main calleuse, tout en songeant aux histoires de son père.

— Tout ce que nous sommes, tout ce que nous possédons, nous le devons au courage et aux convictions de nos valeureux ancêtres, disait-il. Ne l'oubliez jamais.

Lui et ses frères avaient grandi dans l'attente de perpétuer la tradition… après l'université. Leur mère aurait voulu qu'ils fassent des études. Gestion pour lui, droit pour Caleb, finance pour Travis.

Lui seul s'était fait soldat. Il avait rejoint l'armée et, après un solide entraînement, était devenu pilote de Black Hawk, le plus souvent en mission secrète. Il adorait cela. Débusquer l'ennemi, sauver des vies que nul autre ne pouvait sauver… Emporté par ses pensées, il regarda autour de lui. Ce n'était plus la paisible campagne texane qui l'entourait, mais un champ de bataille. Un rideau de sang et de feu…

Non ! Il inspira profondément. Se redressa de toute sa hauteur, malgré son mal de tête. Il ne s'aventurerait pas sur ce terrain-là. Ce soir, il serait le fils que son père attendait, l'homme que ses frères connaissaient et que ses sœurs adoraient.

Dans les arbres, la chouette hulula. C'était un rapace, une survivante. Comme lui.

D'un pas alerte, il quitta le bois et se dirigea vers le ranch, où sa famille l'attendait. La lune était tout à fait levée, à présent, sa pâle lumière inondant son visage. Les silhouettes sur le pas de la porte se précisèrent.

— Jake ?

Jaimie et Lissa crièrent son nom.

— Jake ?

Caleb et Travis aussi.

— Jake ! s'exclama Emma.

Comme il approchait de la maison, ils dévalèrent les marches de la véranda et se jetèrent à son cou, riant et pleurant à la fois. Il sentit un sillon humide sur ses joues. Les larmes de ses frères, celles de ses sœurs.

Les siennes aussi.

2

Une promesse était une promesse. Telle était la devise d'Addison McDowell, et l'unique raison de sa présence à cette stupide soirée. Elle avait en effet promis à son avocat et à son conseiller financier, tous deux texans, de venir.

Tenir ses promesses était capital. Elle n'y avait jamais manqué, depuis le jour où elle avait abandonné ce prénom ridicule que lui avaient donné ses parents — Adorée, quelle idée ! Seules les filles grandissant dans des caravanes portaient ce genre de prénom stupide — pour devenir Addison. Une époque qu'elle avait laissée loin, très loin derrière elle, pour devenir une vraie Addison. Brillante. Sophistiquée. Propriétaire d'un bel appartement à Manhattan — et sous le coup d'un lourd prêt immobilier... Elle était diplômée en droit à l'université de Columbia et s'habillait avec goût.

Seule ombre au tableau : sa réputation. Plus celle d'une Adorée que d'une Addison, elle devait bien l'avouer... Malgré tous ses efforts pour échapper au sinistre parc à roulottes de son enfance.

Elle leva son verre et but une gorgée de merlot. Si seulement Charlie ne lui avait pas légué ce fichu ranch !

Si seulement il était encore en vie...

Il était son meilleur et seul véritable ami, se moquait des ouï-dire et l'aimait pour elle-même, pour sa personnalité. Oui, Charles Hilton, l'avocat multimillionnaire, l'appréciait et la respectait.

Bien qu'elle fût le plus jeune membre de son équipe juridique, il lui avait proposé de devenir son associée. A mesure qu'ils apprenaient à se connaître, il avait su voir au-delà des apparences : les cheveux de jais qu'elle tirait en arrière, les yeux gris dont tout le monde lui demandait toujours d'où venait l'éclat argenté, la silhouette tout en courbes qu'elle tentait tant bien que mal de dissimuler sous des tailleurs sévères. Charlie avait vu la *vraie* elle, intelligente et déterminée, et elle ne l'oublierait jamais. Il était devenu son mentor.

Bien sûr, elle s'était d'abord méfiée de ses intentions. Mais elle avait eu tort ! Peu à peu, elle avait compris qu'il l'aimait comme la fille qu'il n'avait jamais eue. Ne s'était-elle pas très vite elle-même mise à l'aimer comme un père ? Plus encore lorsqu'il était tombé malade et avait eu besoin d'elle. Sa confiance dans ces moments terribles l'avait profondément émue.

A part quand elle massait ses épaules endolories vers la fin de sa vie, il n'y avait jamais rien eu d'intime entre eux. Cette seule idée frisait l'obscénité. Hélas, elle était bien placée pour savoir que blogs et rumeurs ne se souciaient jamais de la vérité. Pas quand la fiction était mille fois plus croustillante. Pas à Manhattan. Ni à Wilde's Crossing, d'ailleurs…

Bien qu'elle eût adopté un profil bas depuis son arrivée, les gens ne manquaient pas de la dévisager à chacune de ses apparitions publiques. Comme ce soir… Oh ! ce n'était pas une surprise. Elle s'attendait à être le centre de l'attention, malgré les protestations des frères Wilde.

— Tu te trompes, avait dit Travis.

C'était lui qui se trompait. Que de regards, à peine discrets ! Peut-être les méritait-elle ?

Un tailleur sobre avait été son premier choix vestimentaire, rapidement abandonné. Trop New York. Elle se démarquerait encore plus. Elle avait alors opté pour un jean, un chemisier de soie et des bottes. Un coup d'œil dans le miroir fêlé de la salle de bains du vieux Chambers avait confirmé ses craintes : elle avait l'air de se rendre à une soirée costumée...

Le vieux Chambers ? Et voilà que, comme tout le monde, elle appelait le ranch de Charlie, *son* ranch, par le nom de son ancien propriétaire !

— Flûte ! s'était-elle exclamée tout haut, dans le silence du ranch inoccupé.

Au son de sa voix, une souris avait décampé dans le mur. Une chance qu'elle n'eût pas peur des souris. Ni des blattes, ou de l'énorme serpent découvert sous la véranda de la ruine dont elle était désormais propriétaire. D'ailleurs, elle n'avait peur de rien. Comment, sinon, aurait-elle trouvé le courage de passer de Parc à Roulottes, trou perdu de la côte Est, à Park Avenue, New York.

Finalement, le mieux était peut-être de se décider pour cette robe portefeuille de soie noire, très distinguée... si l'on ignorait le décolleté plongeant et la façon dont la soie épousait chacun de ses mouvements. Une paire de talons aiguilles apporterait la touche finale. Avec un dernier regard dans le miroir, elle avait rejeté ses longs cheveux en arrière.

De toute façon, les rumeurs sur son compte l'avaient précédée à Wilde's Crossing. Lorsqu'elle avait interrogé les frères Wilde, ils avaient tous deux rougi. Ce qui, chez un homme mûr, n'était pas sans charme... Mais elle n'en avait que faire. Etre le centre des commérages commençait à la fatiguer.

Ce soir, les gens la regarderaient, quoi qu'elle porte. Autant leur en mettre plein la vue, non ? Bien sûr, à New York, sa tenue n'aurait choqué personne. Ici, cependant, elle soupçonnait une prédominance du jean, ou de ces robes à fleurs et volants boudées par les plus de six ans partout ailleurs.

Eh bien, elle avait vu juste, songea-t-elle quelques heures plus tard, troquant son verre vide contre un plein au passage d'un serveur. Sur toute la ligne, de l'attitude des habitants à leurs tenues ridicules. Les femmes étaient les pires. Comme elles étaient promptes à la critique sous leurs auréoles de sainteté ! Tiens, comme celle qui la dévisageait en ce moment.

Robe à volant ? Présente. Maquillage excessif ? Présent. Et ces cheveux... Etait-elle au courant que plus personne n'osait ce genre de permanente depuis les années 1980 ?

Elle gratifia la jeune femme d'un sourire carnassier. Cette dernière détourna vivement les yeux. *Ravie de faire votre connaissance également*, ironisa intérieurement Addison. Seigneur, mais pourquoi était-elle venue ?

Parce que Travis et Caleb Wilde avaient insisté. Et que dans un moment de faiblesse inexpliqué, elle avait promis d'être là à la fête donnée en l'honneur de leur frère. Retour à la case départ.

Fête qui, d'ailleurs, n'était pas censée en être une.

— Il n'y aura que la famille, lui avait assuré Caleb.

— Et quelques vieux amis, avait ajouté Travis.

Avec un regard autour d'elle, elle leva les yeux au ciel. La famille et quelques vieux amis... Ben voyons. Elle aurait dû s'y attendre, de la part de Travis. C'était un million de « vieux amis » qui semblaient s'être rassemblés dans la grande salle d'El Sueño !

El Sueño. « Le rêve »... Elle réprima un sourire narquois. Un nom bien ronflant pour ces milliers d'hectares de broussailles, pâtures et potagers sillonnés de routes poussiéreuses, hérissés de puits de pétrole, où l'on mangeait de la viande de cheval, et à quel prix ! Mais s'il y avait une chose qu'elle avait apprise sur les

Texans depuis son arrivée, c'était qu'ils glorifiaient leur terre avec plus d'ardeur encore qu'ils ne la travaillaient.

Même Charlie, natif comme elle de la côte Est — quoique d'un milieu très différent — s'était laissé aller à en faire l'éloge. Son ardeur au travail, cependant, ne s'appliquait à rien d'autre que son portefeuille d'actions…

Addison soupira. S'il s'était intéressé à la terre, s'il était venu voir de plus près le ranch Chambers au lieu de se fier à un catalogue immobilier, il ne l'aurait jamais acheté. Mais non, il avait signé les yeux fermés, une semaine à peine avant de décéder.

Le perdre avait été un choc terrible. Elle n'avait pas besoin que vienne s'y ajouter celui d'hériter du ranch. Plusieurs semaines s'étaient écoulées sans qu'elle s'en préoccupe. Mais l'endroit semblait important pour Charlie, aussi avait-elle posé ses congés accumulés depuis deux ans et fait ce qu'il n'avait jamais fait : s'envoler pour le Texas.

Sur place, ce n'était pas un ranch qui l'attendait. Du moins, pas de ceux qu'on voyait dans les vieux westerns d'antan. Le ranch Chambers se composait de milliers d'hectares de cambrousse, d'un corps de bâtiment ayant développé sa propre faune et flore, et de quelques chevaux en piteux état abrités dans des dépendances prêtes à s'effondrer au premier coup de vent. Raison pour laquelle elle s'était adressée aux Wilde afin de…

— Eh bien, jeune demoiselle, comment se fait-il que vous buviez du vin rouge alors que le champagne coule à flots ?

Seigneur, pas encore ! Un homme de forte corpulence et coiffé d'un Stetson s'était approché d'elle, une flûte de champagne dans chaque main. Il lui adressa un sourire éclatant.

— Jimbo Fawcett, du ranch Fawcett.

Ou comment évoquer son arbre généalogique en cinq

mots... Un peu plus tôt, un autre Jimbo Fawcett l'avait abordée, visiblement convaincu qu'elle ne demandait qu'à l'entendre lui répéter, avec modestie mais pas trop — on était au Texas — à quel point elle avait de la chance de lui avoir tapé dans l'œil.

— Ravie pour vous, répondit-elle aimablement.

— Vous devez être Addie McDowell.

— Addison McDowell, oui.

Fawcett éclata de rire.

— Voyons, nous sommes entre nous, jeune demoiselle.

Oh ! et puis zut. Trop, c'était trop.

— Monsieur Fawcett...

— Jimbo.

— Monsieur Fawcett, répéta-t-elle avec un large sourire. Dans une seconde, vous allez me dire que, tiens, je suis nouvelle à Wilde's Crossing, et quel dommage que nous ne nous soyons pas rencontrés plus tôt...

Fawcett cilla, décontenancé.

— Je vous répondrai que oui, en effet, je suis nouvelle, que je préfère le vin rouge et ne tiens pas à rencontrer qui que ce soit, que vous semblez très gentil mais que ni vous ni votre champagne ne m'intéressez. Compris ?

Face à son air ébahi, elle eut pitié de Fawcett et lui tapota gentiment le bras.

— Mais merci quand même, ajouta-t-elle avant de lui tourner le dos et de se faufiler entre les invités, jusqu'à un espace vide près du piano.

Elle consulta sa montre avec irritation. Quand diable le héros de la soirée se déciderait-il à apparaître ? Encore cinq minutes, après quoi...

— Vous ne semblez guère vous amuser.

Elle fit volte-face, une repartie cinglante aux lèvres. Mais en découvrant l'homme séduisant qui s'était glissé auprès d'elle, elle se contenta de le foudroyer du regard.

— Tu me revaudras cela, Travis Wilde.

— Eh bien, voilà qui confirme tes soupçons, Travis, intervint Caleb en les rejoignant. Elle ne s'amuse effectivement pas. N'est-ce pas, Addison ?

— Quand je pense que j'ai décliné les invitations du Country Club, de l'Amicale des propriétaires de ranch, de l'Association de couture…

— Non, pas l'association de couture ! s'écria Travis, feignant l'indignation.

Face aux deux frères prêts à éclater de rire, elle se radoucit légèrement.

— Vous disiez qu'il serait là à 20 heures, bougonna-t-elle d'un ton de reproche.

— Oui, c'est ce que nous pensions, dit Caleb.

— Il est 20 h 30, et toujours aucune trace de l'homme mystère.

— Jacob n'a rien de mystérieux, objecta Travis. Il viendra, sois patiente.

Addison fit la grimace. Sa patience, ces derniers mois, avait fondu comme neige au soleil.

— Tu as besoin d'un expert qui te renseigne sur les éventuels travaux à faire avant de revendre le ranch, continua Travis. Avec la crise économique…

— Je sais, je connais ce discours par cœur, l'interrompit-elle.

— Il est plus que jamais d'actualité. Les conseils de Jake peuvent te faire économiser plusieurs centaines de milliers de dollars.

Un argument de poids, au vu des différents prêts qu'il lui restait à rembourser. De plus, Charlie tenait à ce ranch et c'était à elle qu'il l'avait légué. Par respect pour sa mémoire, elle se devait de prendre la meilleure décision.

— Dix minutes, insista Caleb. Dix minutes et il sera là. D'accord ?

— Il a intérêt.

Presque malgré elle, elle leur adressa un sourire. Elle pouvait bien rester dix minutes de plus, après tout. D'une part parce qu'elle appréciait et respectait Caleb, son avocat, et Travis, son conseiller financier. Mais aussi, elle devait bien l'avouer, par curiosité. Son intuition lui soufflait que les Wilde ne lui disaient pas tout au sujet du mystérieux Jacob.

Elle savait qu'il était, ou avait été, dans l'armée. Qu'il avait subi de graves blessures. Qu'il était une sorte de héros. C'était ce que lui avait appris le cow-boy qui s'occupait de son ranch. Caleb et Travis, eux, s'étaient contentés de louer ses capacités d'estimation.

— Vends sans son avis et tu t'en mordras les doigts, lui avaient-ils affirmé.

— Personne d'autre ne peut le faire ?

Les deux frères avaient échangé un regard furtif, qui lui eût échappé si elle n'avait levé la tête au même moment. Elle les avait fixés attentivement de derrière son bureau.

— Quoi ?

— Rien, avait dit Caleb.

Et Travis de renchérir :

— Rien du tout.

— Prenez-moi pour une idiote… Vous me cachez quelque chose et je veux savoir quoi.

Nouvel échange de regards. Puis Travis s'était éclairci la gorge.

— Jake est l'homme qu'il te faut, Addison.

Elle avait été tentée de répliquer qu'elle n'avait nul besoin d'un homme. Que seule sa carrière comptait. Mais ce n'était pas ce qu'il avait voulu dire et elle le savait.

— C'est le meilleur, vraiment.

— Mais… ?

Travis avait haussé les épaules.

— Disons qu'il n'a aucune intention de rester à Wilde's Crossing…

— C'est reparti pour le grand numéro de charme des Wilde. On peut dire que vous aimez en jouer, tous les deux.

— Bien sûr ! Puisqu'il fonctionne avec toutes les femmes du Texas, avait rétorqué Caleb en riant.

Sa riposte avait fusé.

— Je ne suis pas du Texas. Et je ne suis pas une simple femme, mais votre employeur.

— Notre cliente, avait corrigé Travis.

Ils avaient souri tous les trois. En échangeant un regard complice, et elle s'étonnait encore de cette facilité à plaisanter avec eux.

— Et puisque tu es notre cliente, et que nous avons tes meilleurs intérêts à cœur…

— Vous allez tout me dire, avait-elle conclu. Sinon, je mets cet endroit en vente dès demain.

Les deux frères avaient de nouveau échangé un regard. Plus long, celui-ci. Puis Caleb avait poussé un soupir.

— Jake était dans l'armée.

— Et donc ?

— Eh bien, il a été blessé et… enfin… il n'est pas sûr de vouloir s'attarder à El Sueño…

— Il a besoin d'une bonne raison pour rester, intervint Travis abruptement.

Le ton enjôleur avait cédé la place à celui, incisif, du conseiller financier qu'elle avait appris à respecter.

— Il connaît ton terrain aussi bien que le nôtre. Il est intelligent, pragmatique, et l'élevage des chevaux en ranch n'a aucun secret pour lui.

— Engage-le, je te garantis que tu ne le regretteras pas, avait ajouté Caleb avec le même sérieux. As-tu déjà regretté de travailler avec nous ?

Se remémorant cette conversation, Addison soupira

et but une nouvelle gorgée de vin. Non, aucun regret. Non seulement elle appréciait les Wilde, mais elle leur vouait également une confiance absolue.

Travis était son conseiller financier depuis le jour où elle avait posé le pied à Wilde's Crossing; Caleb, son avocat depuis presque aussi longtemps. Avoir recours aux services de pointures new-yorkaises eût été absurde. Et puisqu'elle collaborait déjà avec deux des frères Wilde, autant donner sa chance au troisième, non? D'où sa présence ici ce soir.

Travis l'avait accueillie et présentée à la ronde, notamment à ses trois sœurs. A l'évidence, personne n'avait songé à leur expliquer que sa relation avec leurs frères était d'ordre strictement professionnel. Oh! elles s'étaient montrées courtoises. Bienveillantes, même. Mais une femme sentait quand une autre la jaugeait.

Inutile de vous inquiéter, s'était-elle retenue de lancer. *Je n'ai aucune intention de coucher avec l'un ou l'autre de vos frères, aussi riches et sexy soient-ils. En fait, je n'ai aucune intention d'avoir la moindre aventure.*

Ni d'attendre une minute de plus que le Héros Blessé daigne se montrer. Correction : le Héros Egratigné. A quel danger pouvait-il avoir été exposé? Jacob Wilde était le fils d'un homme célèbre. Il avait grandi dans la richesse et le confort, choyé par sa famille. Un genre bien connu des filles élevées dans des parcs à roulottes... Alors pourquoi restait-elle plantée là, à attendre ce fils à papa qu'elle détestait déjà?

— Jake?

— Oh, mon Dieu, Jake!

Quelqu'un avait ouvert la porte, et toute la fratrie Wilde se précipita d'un même élan. Les trois sœurs criaient, incapables de tenir en place. Travis et Caleb riaient. Tous envahirent la véranda, suivis par la foule avide de spectacle.

Addison poussa un soupir résigné. Trop tard. Elle était coincée ici, obligée, désormais, d'aller serrer la main du héros. A moins qu'elle ne parvienne à se faufiler entre les invités et...

Son cœur manqua un battement. Jacob Wilde venait d'entrer dans la salle.

Elle s'était attendue à un homme séduisant. La réalité dépassait toutes ses attentes. Il était... à couper le souffle, il n'y avait pas d'autre terme pour le décrire. Grand. Large d'épaules. Viril et athlétique dans son uniforme orné de décorations. Ses cheveux avaient la couleur d'une nuit sans lune. Seigneur, voilà qu'elle versait dans le lyrisme !

Ses traits étaient finement sculptés... et par quel cruel sculpteur ! Le visage de Jacob Wilde était parfait, à un détail près : la longue cicatrice qui lui barrait la joue.

3

Jake se figea dans l'embrasure de la porte.

Ni fête ni foule, avait-il insisté. Bien sûr, il s'était attendu à quelques personnes, mais... Son estomac se noua. De là où il se tenait, c'était tout le Texas qui semblait s'être invité !

Comme il tentait de battre en retraite, ses sœurs l'entourèrent.

— Tu es là ! s'exclama joyeusement Em.

— Vraiment là, ajouta Jaimie.

— Enfin à la maison, murmura Lissa.

Que pouvait-il faire sinon les serrer toutes les trois dans ses bras ? Caleb lui donna une tape dans le dos. Travis lui pressa l'épaule.

— Est-ce un comité d'accueil ou un piège ? demanda Jake, se surprenant à rire.

Ils rirent avec lui, ses sœurs en larmes, ses frères ravis. C'était comme si rien n'avait changé. Comme s'ils étaient de nouveau enfants dans un monde empli de promesses...

Caleb se racla la gorge.

— Au fait, le Général te passe le bonjour.

— Il n'est pas là ?

Jake balaya la pièce du regard.

— Non, répondit Travis, l'air gêné. Il te fait dire qu'il est désolé. Il avait une réunion de l'OTAN à Londres.

La réalité reprit brutalement ses droits.

— Je comprends, dit Jake de sa voix la plus neutre.

Il y eut un moment de silence, puis Jaimie lui effleura le bras.

— Tout le monde a hâte de te saluer, dit-elle avec douceur.

— Oui, je vois.

Il se força à sourire. Caleb se pencha à son oreille.

— Désolé pour la foule, frangin.

— Ce n'était pas du tout prévu, ajouta Travis.

Lissa resserra son étreinte autour de son bras.

— Le bruit que tu rentrais a fait le tour de la ville. Tout le monde tenait à venir t'accueillir…

— Tu n'es pas fâché, au moins ? demanda Em.

— Non. Bien sûr que non.

Ses frères durent percevoir sa tension car ils échangèrent un regard entendu.

— Mesdames, il sera bientôt tout à vous, je vous le promets. Mais d'abord, il a besoin d'une bonne bière, décréta Caleb. Pas vrai, frangin ?

Il avait surtout besoin qu'on lui fiche la paix, pensa Jake sombrement. Il savait très bien ce qui l'attendait lorsqu'il traverserait la salle, en pleine lumière et à la vue de tous. Mais il n'allait pas ajouter la lâcheté à ses autres fautes.

— A moins que notre petit frère ne préfère du vin ou du champagne ? s'empressa d'ajouter Travis.

Jake regarda ses frères. Ils lui jetaient une bouée de secours. Un moyen de se raccrocher au passé.

— Le vin, c'est pour les mauviettes. Le champagne, pour les fillettes, récita-t-il par cœur.

Travis continua le poème.

— Les vrais hommes, eux…

— … boivent de la bière, conclut Caleb.

Instantanément, Jake sentit sa tension se relâcher. Ils avaient inventé ce poème idiot adolescents. Leur évangile, à l'époque. Depuis, ils avaient grandi et parcouru le monde. Leurs goûts s'étaient affinés. Travis possédait même une cave à vin, ce qui lui valait les railleries de ses frères.

Mais, dans l'immédiat, une bière fraîche lui ferait du bien. Presque autant que ces vieux souvenirs nostalgiques.

— Une bière, dit-il. En bouteille.

— Evidemment.

Les trois Wilde sourirent et se dirigèrent vers le centre de la salle.

Jake cligna les yeux. Il avait oublié la foule. Les lumières. Les réactions.

Il y eut un grand silence collectif, comme si tout l'air de la pièce avait été inspiré d'un coup. Les mains se plaquèrent sur les bouches. Un chuchotement agita l'assemblée.

— C'est pas vrai..., marmonna Caleb.

Travis fit écho à sa pensée, quoique avec moins de retenue.

— Ce n'est rien, assura Jake, conscient que jamais mensonge n'avait été plus attendu.

La masse des invités fondit sur lui. Leurs visages lui étaient familiers. Des propriétaires de ranchs. Leurs femmes. Le couple qui tenait le drugstore. Le pharmacien. Le gérant du supermarché local. Le dentiste. Ses anciens professeurs de lycée. Des gars avec qui il jouait au football.

Tous avaient repris contenance. Les hommes tendaient la main, les femmes leurs joues. Chacun y allait de son mot de bienvenue.

— Jake, ravi de te revoir !

— Ravi d'être à la maison, répondait-il mécaniquement.

Un autre mensonge. Que pouvait-il dire d'autre ? Qu'il avait hâte de déguerpir ? Qu'il n'était plus qu'un étranger, ici comme partout ?

— Continue d'avancer, lui souffla Travis.

Jake hocha la tête. Lentement, un pas après l'autre...

Une silhouette capta son regard. Une femme, debout près du piano d'Em.

Qui était-elle ? Il ne l'avait jamais vue avant — il s'en souviendrait. Grande, mince, de longs cheveux sombres rejetés en arrière, et une expression vaguement amusée sur son visage ovale. Dans l'océan de jean et coton pastel, elle se démarquait avec sa robe noire sexy...

La foule grossit, se pressant devant lui, et il la perdit de vue.

— Prêt pour la seconde tournée ? plaisanta Travis.

— Tes millions de fans sont venus t'acclamer, ajouta Caleb, d'un ton exagérément enjoué.

Jake se força à rire, comme on l'attendait de lui.

— Bien sûr !

Trois mensonges en trois minutes. Un record, même pour lui.

— Allons-y, dit Caleb. Finissons-en, que nous puissions enfin siroter notre bière.

Un second éclat de rire était au-delà de ses forces. Après une profonde inspiration, il suivit ses frères.

La foule se referma sur lui. Poignées de mains. Sourires. Embrassades. Certaines femmes avaient la larme à l'œil. Après un énième « Quelle joie d'être de retour ! » et « Cela faisait si longtemps ! », il parvint enfin à la grande table du fond, où côtelettes et ailes de poulet côtoyaient des saladiers de légumes grillés.

— Les légumes, c'est pour les femmes, lança Caleb.

Jake s'esclaffa, de bon cœur cette fois. Travis avait tiré trois bouteilles de bière d'une cuve remplie de glace et lui en tendait une.

— Le Saint-Graal...

Il le remercia d'un signe de tête et la décapsula, avant de la porter à ses lèvres.

— Attends !

Caleb trinqua avec Travis, puis Jake.

— A notre frère, enfin de retour parmi nous.

Etait-ce le moment d'avouer que ce toast était un peu trop prématuré ? Non, certainement pas. En silence ils burent tous ensemble.

Le liquide froid et amer lui fit du bien. Peut-être était-ce ce dont il avait besoin pour apaiser l'élancement de sa joue ? Les médecins avaient parlé de tension, en lui conseillant d'éviter le stress. Facile à dire…

Il but une autre gorgée.

— Tu nous as manqué, dit Travis.

— Vous aussi, vous m'avez manqué.

— Ce n'était plus pareil, sans toi, renchérit Caleb. Ta place est ici, Jacob.

Oh ! il voyait parfaitement où ils voulaient en venir…

— A ce propos…

— On sait, l'interrompit Travis. Tu ne restes pas. Mais ce soir, tu es là, alors profitons-en. D'accord ?

Un moment de détente ne lui ferait pas de mal. Aucun risque qu'il change d'avis. Et puis, c'était si agréable d'être en famille. Il capitula.

— D'accord, dit-il en trinquant de nouveau. A nous !

— Hey, Jake, ça fait un bail !

Bill Sullivan, de la coopérative agricole, les rejoignit et lui donna une bourrade amicale. Jake lui serra la main, tout en lui débitant les banalités habituelles.

Soudain, il la vit. La mystérieuse inconnue entraperçue plus tôt.

La foule s'était dissipée, et il pouvait désormais l'admirer tout à loisir. Ses cheveux avaient le velouté d'un riche arabica. Des barrettes les maintenaient en arrière, ou peut-être des peignes. Son style était simple, comme l'image qui se formait dans sa tête : elle, bras levés, domptant sa crinière, les pointes de ses seins dressées, prêtes à recevoir la caresse de sa langue…

— Jake ?

Il sentit un brusque durcissement entre ses cuisses.

Et ce visage… Des traits ciselés. Des yeux gris — non, argentés. Un nez droit et fin. Une bouche faite pour les plaisirs les plus intimes…

— Jake ?

Une onde de feu le traversa, si intense qu'il en eut le souffle coupé. Il n'avait rien éprouvé de pareil depuis longtemps. *Très* longtemps.

— Jake, tu es avec nous ?

D'un battement de cils, il revint à la réalité. Travis lui tendait une assiette pleine, qu'il accepta malgré son absence d'appétit.

— Merci, dit-il avec un sourire forcé. Exactement ce dont j'avais besoin.

Travis et Caleb commencèrent à manger, et il les imita. Rien de ce qu'il mettait dans sa bouche n'avait de goût. Il n'avait qu'une envie : se retourner et contempler la femme aux yeux d'argent. Ridicule ! A quoi cela lui servirait-il ? Mieux valait oublier au plus vite ce bref moment d'alchimie.

A sa propre stupéfaction, le sexe avait dernièrement perdu tout attrait pour lui. Il n'y pensait plus, ni n'éprouvait le moindre désir. Sa libido s'était totalement évanouie. Envolée en même temps que son honneur. D'ailleurs, que pouvait-il espérer avec un tel visage ?

— … et Lissa de s'écrier : « Un barbecue ? *Sérieusement* ? » Vous savez, de cette façon qu'elle a de vous faire passer pour un idiot…

Travis éclata de rire. Jake se joignit à lui. Mais ses pensées étaient retournées à l'inconnue. Feignant la désinvolture, il jeta un coup d'œil par-dessus son épaule. Son cœur fit un bond.

Elle le regardait !

Il n'y avait ni dégoût ni curiosité dans ses yeux. Seulement de l'intérêt.

Et elle était seule.

Pas dans le sens où elle n'avait aucun cavalier, bien qu'il n'en doutât pas. Quel homme accompagné d'une telle beauté la reléguerait dans un coin ? Non, elle était seule au monde, séparée de tout et de tous.

Excepté lui.

L'adrénaline fusa dans ses veines, suivie d'un brusque élan de désir.

Impossible ! Ici ? Dans cette salle remplie de gens ? Sa libido allait se réveiller et… Bon sang, il n'allait quand même pas ajouter une érection visible de tous au masque d'épouvante qui lui servait de visage ? Comme s'il n'attirait pas déjà assez les regards…

Ceux de la gent féminine, entre autres. Défiguré ou non, il avait fait l'objet d'attentions appuyées de la part de nombreuses femmes : infirmières, psychologues, docteurs. Pitié ou simple curiosité ? Impossible de le dire. L'une d'elles lui avait même murmuré que cette cicatrice lui donnait un air dangereusement sexy.

Le fait était qu'il plaisait aux femmes. Sa réaction ? Aucune. Ni érection ni fantasme sulfureux. Pas même un rêve érotique. Un moine eût été plus émoustillé.

Quelques semaines plus tôt, l'un de ses psychologues — « M. Psy du Mois », comme il l'appelait en privé — semblait avoir décelé ce dysfonctionnement.

— Et pour le sexe, comment cela se passe-t-il ? lui avait-il demandé à brûle-pourpoint.

— Vous êtes majeur, doc. Découvrez-le par vous-même, avait-il plaisanté dans l'espoir d'écourter la discussion.

Sa tentative d'humour était tombée totalement à plat.

— Vous avez subi un traumatisme sévère, monseur Wilde. La guérison sera longue, tant sur le plan physique qu'émotionnel. Mais vous êtes jeune. Avec le temps, votre libido reviendra.

Le psy s'était trompé. Peut-être était-ce simplement parce qu'il avait trop d'autres préoccupations en tête ? Envisager l'avenir. Affronter le passé. Trouver la force de survivre à une autre journée interminable — sans parler des nuits.

Quoi qu'il en soit, son désir n'était pas revenu, et le sexe avait perdu tout intérêt. Lui qui, autrefois, ne sortait jamais sans une maîtresse à son bras, n'avait pas eu une seule aventure depuis qu'il avait été blessé. Cela ne lui manquait pas... jusqu'à ce soir.

Il inspira profondément, luttant pour détourner les yeux de la sublime brune aux prunelles d'argent.

Impossible. Pas tant qu'elle le regardait. Le jaugeait, plus exactement, sans ciller, l'expression dénuée de toute trace de pitié. Son assurance avait quelque chose de troublant.

Sa mâchoire se crispa. Elle lui souriait à présent, d'un sourire sensuel qui lui remua les entrailles. Ses lèvres formèrent un mot. *Bonsoir.* Puis elle leva son verre en un geste d'invitation sans équivoque.

— Elle s'appelle Addison. Addison McDowell, lui souffla Caleb.

Jake tressaillit.

— Quoi ?

— La jeune femme que tu regardes.

— Je ne regardais personne en particulier.

Caleb haussa un sourcil.

— Soit, dit-il d'un ton conciliant. Ce que je voulais dire...

— Que fait-elle à Wilde's Crossing ? l'interrompit Jake.

Il vit un regard passer entre ses frères.

— Elle est propriétaire du ranch Chambers, expliqua Travis.

— Comment cela, propriétaire ? Le vieux Chambers a toujours catégoriquement refusé de vendre. Le Général lui a fait des dizaines d'offres…

— Toutes déclinées, je sais. Mais il est décédé. A refuser l'aide de tout le monde, il a fini par se tuer au travail, littéralement. Quelle vieille tête de mule… Son ranch était lourdement hypothéqué. Quand le Général l'a appris, il s'est empressé de faire une offre, mais la banque l'avait déjà vendu.

— A elle ?

— Non. A un type de New York. Un millionnaire.

Jake serra les dents.

— Et c'est sa femme, je suppose, dit-il d'un ton impassible.

— Le millionnaire a cassé sa pipe juste après avoir acheté le ranch et le lui a légué.

— Donc, c'est sa veuve ?

— Non plus. Juste une amie.

Il se tourna de nouveau vers la femme, qui soutint son regard.

— Une amie proche, commenta-t-il, sardonique.

— Jake…

— Et qui n'a rien d'une rancheuse.

Travis éclata de rire.

— C'est le moins qu'on puisse dire.

— Il faut dire que son ranch est une vraie ruine, fit remarquer Caleb.

— Il l'a toujours été.

— Tu te souviens quand tu y travaillais, l'été, adolescent ? Tu avais plein d'idées pour l'améliorer.

— Mais le vieux Chambers refusait d'écouter, rappela Jake.

— Addison, elle, t'écouterait…

Il haussa un sourcil surpris.

— Addison ? Tu l'appelles par son prénom ?

— C'est une amie, répondit Caleb.

Jake termina sa bière d'un trait. Pourquoi son goût semblait-il soudain plus amer ?

— Ce genre de femme a certainement beaucoup d'« amis »...

— C'est une amie, rien de plus, répéta son frère avec froideur.

— Si tu le dis...

— Bon sang, Jacob !

— Quoi qu'il en soit, nous avons pensé que tu pourrais peut-être l'aider, intervint précipitamment Travis.

Jake réprima un rire amer. Il n'avait guère réussi à s'aider lui-même jusque-là, alors aider quelqu'un d'autre...

— Laisse tomber, Trav. Je pars demain.

— Ce ne serait que pour quelques jours. Tu inspectes la propriété, évalues sa valeur... Simple routine professionnelle.

— Oh ! c'est ainsi que vous appelez votre collaboration avec elle ?

Bon sang, à quoi jouait-il ? Que lui importait la relation qu'entretenaient ses frères avec une femme qu'il ne connaissait pas, ni n'avait la moindre intention de rencontrer ?

Devant l'air indigné de ses frères, il se rétracta.

— Désolé. Je n'ai pas l'habitude des femmes portant autre chose qu'une nuisette à fleurs découvrant les fesses.

— Pour répondre à ta question, oui, Addison est une cliente, reprit Travis. Je suis son conseiller financier et Caleb, son avocat. Elle est avocate, elle aussi, à New York. Une dure à cuire... Tu aurais tort de la sous-estimer.

En effet. Mieux valait ne pas sous-estimer une femme capable de le paralyser d'un regard.

— Aucun risque, assura-t-il. Comme je l'ai dit, je ne reste pas, donc inutile de me recommander.

— Trop tard. Nous lui avons déjà parlé de toi. Elle est convaincue que tu es l'homme de la situation.

Jake n'écoutait déjà plus. Son regard était rivé sur la femme, qui porta son verre à sa bouche et but une gorgée de vin, avant de passer le bout de sa langue sur ses lèvres. Un grognement rauque lui échappa.

— Jake ? Ça va ?

— Oui, tout va bien, dit-il sans détourner les yeux.

— Tu m'as entendu ? J'ai dit qu'elle était tout à fait convaincue.

— Convaincue de quoi ?

— Que tu es l'homme qu'il lui faut, insista Caleb.

Jake se tourna vers son frère, les sourcils froncés. Celui-ci leva les yeux au ciel.

— L'homme qu'elle doit engager, clarifia-t-il. Tu vois comme elle te regarde ? Elle doit se douter que nous parlons d'elle.

Il eut un petit rire, un peu forcé.

— Nous lui avons dit de mettre le paquet pour espérer te convaincre à son tour…

— Caleb, le coupa abruptement Travis.

— « Mettre le paquet » ? répéta Jake, d'une voix où perçait la colère.

— Tu peux lui faire confiance pour cela. C'est une femme pleine de ressources. Si elle a décidé de te mettre le grappin dessus…

— Bon sang, Caleb ! Vas-tu te taire ? s'emporta Travis.

— Hé, je ne fais qu'expliquer la situation, se défendit Caleb. Jake doit savoir qu'Addison parle uniquement affaires…

Sa phrase resta en suspens.

— Jake ?

— Jake ! cria Travis.

Il s'était déjà élancé dans la foule et se dirigeait d'un pas furieux vers Addison McDowell.

4

A neuf ans, Addison avait fugué.

Ce n'était pas la première fois. Il n'y avait aucune raison particulière, sinon l'espoir — puéril — de trouver un endroit où les gens lisaient des livres au lieu de s'abrutir devant la télévision, et où les mères ne passaient pas des heures à se pomponner pour ensuite infliger le même supplice à leurs filles.

Ce jour-là, délaissant l'autoroute, elle avait coupé à travers bois en direction des montagnes. Les branches lui giflaient le visage, les ronces déchiraient ses vêtements. Enfin, elle était parvenue à une clairière... seulement pour se retrouver nez à nez avec un puma.

Le félin s'était mis à grogner, les oreilles aplaties en arrière. Aussitôt, elle avait senti son cœur bondir sans sa poitrine. Elle en savait long sur les pumas. Ils étaient rapides, imprévisibles, intelligents, et extrêmement dangereux. Un flot d'adrénaline avait déferlé dans ses veines.

Son premier réflexe avait été de courir, puis le bon sens avait repris le dessus. Montrer sa faiblesse signifiait s'exposer au danger. Malgré sa terreur, elle s'était figée, et le temps avec elle. Un pur cliché... Mais comment décrire autrement ce moment si particulier où proie et prédateur s'affrontent ?

Après ce qui lui avait paru des heures, le puma avait fait demi-tour et disparu sous les arbres. Vingt ans après, Jacob Wilde s'avançait vers elle, aussi menaçant que le félin.

Jusque-là, il l'avait observée avec une intensité... déroutante. C'était le mot. Ses frères étaient en train de lui parler d'elle — du moins le supposait-elle, vu la manière dont tous trois la regardaient. Elle avait donc attendu qu'il vienne se présenter, ou au moins lui sourie.

Rien.

Cette absence de réaction était agaçante au plus haut point. Attendait-il qu'elle fasse le premier pas ? Après tout, pourquoi pas ? Levant son verre, elle lui avait décoché son plus beau sourire. Geste qui signifiait : *Bonsoir, je m'appelle Addison. Vous devez être Jake. Vos frères insistent pour que nous nous rencontrions, bien que je doute que nous fassions affaire ensemble.*

Mais au lieu de lui rendre son salut, il s'était crispé, et une lueur familière s'était allumée dans ses yeux.

Le genre de regard auquel elle avait droit depuis l'adolescence, quand sa poitrine avait commencé à se développer. « Tu vois, ma chérie. Tu plais aux garçons », lui répétait fièrement sa mère, comme si c'était une chance.

Pas quand on comptait sur son intelligence, et non sur son physique, pour réussir...

Oui, elle haïssait ce genre de regard. Mais celui de Jake l'avait transpercée de part en part, l'emplissant d'une brusque chaleur. Résolue à cacher son trouble, elle avait bu une gorgée de vin...

Et tout avait déraillé.

Une remarque de ses frères, un échange houleux, et voilà qu'il se dirigeait droit vers elle, fulminant ! Comme le puma d'autrefois. Et comme autrefois, le temps semblait s'être arrêté...

Sauf qu'elle n'était plus une enfant, et Jacob Wilde ne lui faisait pas peur.

— Jake ! appela Caleb, courant après son frère.

— C'est un malentendu ! clama Travis.

Des têtes commençaient à se tourner. *Zut,* pesta Addison. Après des semaines à faire profil bas, elle n'avait vraiment pas besoin de cela ! A l'évidence, le moment était mal choisi pour rencontrer le troisième Wilde. Mieux valait s'éclipser discrètement.

Comme elle faisait demi-tour, une main de fer lui enserra le poignet.

— Vous allez quelque part ?

Son cœur se mit à battre la chamade.

— Lâchez-moi, ordonna-t-elle.

— Pourquoi ? Mes frères affirment que vous êtes impatiente de faire ma connaissance.

— Ils auront mal compris.

Elle baissa les yeux sur son poignet, puis soutint de nouveau le regard de Jake.

— Vous êtes sourd ? Je vous ai dit de…

— Sourd ? Non, rassurez-vous, mademoiselle McDowell, perdre la vue de mon œil droit m'a suffi, ironisa-t-il.

Elle réprima une grimace. Ce type était complètement cinglé, mais elle n'avait eu aucune intention de l'insulter.

— Ce n'est pas ce que je voulais dire…

— Pas plus, j'imagine, que vous n'avez insisté auprès de mes frères pour me rencontrer ?

— Jake, intervint Travis sur un ton d'avertissement.

Elle regarda par-dessus l'épaule de Jake. Ses frères s'étaient positionnés derrière lui, prêts à le maîtriser en cas de besoin. Cette constatation échoua à la rassurer. Quelque chose lui soufflait que ni l'un ni l'autre ne faisaient le poids face à la colère de leur cadet.

Restait le dialogue…

— Ils ont insisté pour que je vous rencontre et j'ai accepté, expliqua-t-elle posément.

— Non, vous *vouliez* me rencontrer. Et lorsque vous

avez compris que je n'étais que de passage et refuserais de vous prendre comme cliente...

— Cliente ? C'est moi qui devais vous employer !

La moutarde lui montait au nez. Elle était décidée à garder son calme, mais s'il continuait à la pousser, elle ne répondrait plus de rien !

— Ils m'ont presque suppliée de vous donner une raison de rester.

— Bien sûr... D'où votre petite comédie, je suppose ?

Allons bon, de quoi parlait-il ?

— Ecoutez, je crois que vous faites erreur...

— Les sourires, les regards, cette façon aguicheuse de vous lécher les lèvres...

— Vous avez complètement perdu la tête ! s'exclama-t-elle, médusée.

— Jake, tu te trompes sur toute la ligne, dit Caleb.

Jake ignora l'intervention de son frère.

— C'est donc la première fois que votre petit numéro de charme échoue ? railla-t-il.

Stupéfaite, elle le regarda fixement. La cicatrice sur sa joue était rouge et profonde. Et ce n'était que la blessure visible. La partie émergée de l'iceberg. Son attitude était-elle une autre séquelle de ce qu'il avait subi ? Une vague de compassion la submergea. Il s'était sacrifié pour son pays. Pour des gens comme elle. Peut-être avait-il développé certains troubles du comportement...

— Arrêtez, ordonna-t-il sèchement.

— Pardon ?

— Ne me regardez pas comme un pauvre chien errant.

Il resserra son étreinte autour de son poignet, lui arrachant un gémissement de douleur.

— Je n'ai que faire de votre pitié, et plus encore de vos avances.

— Mes avances ?

Elle fusilla les aînés Wilde du regard, toute compassion envolée.

— Eloignez votre cinglé de frère de moi. *Maintenant*, grinça-t-elle entre ses dents.

— Viens, Jacob. Allons prendre l'air, dit Travis.

— Lâche-la, d'accord ? insista Caleb.

Jake ne répondit pas. Après ce qui parut une éternité à Addison, il se décida enfin à la libérer. Elle se retint de vérifier la présence d'une marque sur son poignet. Plutôt perdre sa main que de lui faire ce plaisir.

— Que le message soit clair, mademoiselle McDowell. Vous aurez beau remuer ciel et terre, je n'inspecterai pas le ranch Chambers.

— Ce n'est pas le ranch Chambers, maïs le mien, rétorqua-t-elle. Et il aura pourri sur place avant que vous n'y mettiez les pieds.

Il lui décocha un sourire glacial.

— C'est le vôtre uniquement parce que vous avez abusé d'un vieil homme malade...

— Vous n'êtes qu'un monstre, monseur Wilde.

— Pourquoi ? Parce que je suis plus coriace que votre ancienne victime ?

Travis et Caleb émirent un grognement atterré. Addison leur lança un regard noir.

— Eh bien, dit-elle d'un ton parfaitement maîtrisé. Quelle intéressante conversation vous avez dû avoir...

— Addison, si tu insinues...

— J'insinue que je préférerais recevoir les conseils d'un taureau de rodéo plutôt que ceux de votre macho de frère, assena-t-elle, cinglante.

— Ecoutez..., commença Jake.

— Non, c'est *vous* qui allez m'écouter.

Elle se planta devant lui, les mains sur les hanches, le menton levé en une attitude de défi.

— Vos frères ont passé des heures à faire votre éloge.

D'après eux, vous êtes en communion avec la nature et les chevaux. Un véritable génie.

— Jake, plaida Caleb. Nous n'avons jamais eu l'intention de...

— Un coup d'œil à mon ranch et abracadabra ! Vous sauriez exactement quoi faire, d'après eux.

— Où voulez-vous en venir ? demanda Jake.

— Au fait que mon ranch est un taudis. Même le dernier des imbéciles s'en apercevrait. Je ne voyais donc pas l'intérêt de solliciter votre avis. *Mais*...

De nouveau, elle foudroya Travis et Caleb du regard.

— J'ai *cru* pouvoir leur faire confiance.

— C'est le cas, intervint précipitamment Travis.

— J'ai été assez stupide pour croire que vos frères et moi étions amis, continua-t-elle, ignorant l'interruption. C'est pourquoi j'ai accepté d'accorder cinq minutes de mon temps à leur soi-disant gourou des ranchs.

— Quelle magnanimité, ironisa Jake.

Il était furieux et, en même temps, pris d'une inexplicable envie de rire, qu'il contint en croisant fermement les bras.

— Addison, Jake, vous êtes tous les deux...

— C'est la raison..., poursuivit Addison, gratifiant Caleb d'une œillade assassine. L'*unique* raison, devrais-je dire, de ma présence ici, où je me suis fait draguer par tous les péquenots du coin et fusiller du regard par leurs femmes, comme si mon seul but dans la vie était de séduire leurs cochons de maris.

Travis et Caleb eurent l'air choqués. Jake réprima à grand-peine une réaction similaire.

— Et j'ai attendu, patiemment, l'attraction principale...

— Pardon ? intervint Jake.

— L'attraction principale. Vous, capitaine. J'ai attendu et attendu, et vous êtes finalement arrivé. Mais ni vos sœurs ni les grands Travis et Caleb n'ont daigné nous présenter.

— Nos sœurs ignorent tout de cette histoire, se défendit Travis.

Et, après un rapide regard circulaire :

— Que diriez-vous de passer dans une autre pièce ? Cette conversation n'a pas besoin de spectateurs…

Emportée par la colère, elle l'ignora totalement.

— Vous sirotiez tranquillement vos bières… En *bouteille*, en plus ! dit-elle avec une grimace de dégoût. Il n'y a vraiment rien à attendre des Texans.

Jake la regardait, sidéré. Décidément, cette Addison McDowell n'était pas n'importe qui. Belle, coriace, débitant son chapelet d'insultes comme si rien n'était sa faute… Un comble ! Certes, il la méprisait, mais devait admettre qu'elle avait du cran.

— Et vous m'avez regardée en parlant de moi. Non, corrigea-t-elle en pointant un doigt sur son torse. Vous m'avez *fixée*.

Le feu monta aux joues de Jake.

— Je ne vous ai pas fixée.

— Bien sûr que si ! Et quand j'en ai eu assez d'attendre que vous veniez vous présenter, comme le ferait toute personne civilisée, je vous ai fait un petit salut.

Il fronça les sourcils. Parlait-elle du verre levé ?

— J'ai même souri…

Oui, c'est vrai, elle avait souri, mais… ensuite, il y avait eu cette façon sexy de…

— Toujours aucune réaction. Alors j'ai bu un peu de vin pour vous donner le temps de m'approcher.

Caleb s'éclaircit la gorge.

— Addison, s'il te plaît, calme-toi…

— Je suis parfaitement calme, répondit-elle, glaciale. Au fait, tous les deux… vous êtes virés.

— Pourquoi les renvoyer ? C'est contre moi que vous avez une dent, observa Jake.

— Vous partagez les mêmes gènes. Cette raison me suffit.

— Je vois. Dans ce cas, inutile que je reste poli plus longtemps...

Elle eut un petit rire qui l'excéda.

— Votre ranch vaut exactement ce que vous l'avez payé, dit-il avec un rictus méprisant. A moins, bien sûr, que vous n'estimiez plus chers vos... « services »... au pauvre pigeon qui vous l'a légué...

La gifle partit toute seule.

Retentissante.

Une marque écarlate s'imprima sur la joue de Jacob Wilde, à la grande satisfaction d'Addison.

— Seigneur..., murmura Travis

Un murmure noyé dans l'exclamation collective d'une centaine d'invités sous le choc.

— Pas étonnant que vos frères tiennent à garder un œil sur vous. Vous n'avez rien à faire en société.

L'expression sidérée de Jake lui apprit qu'elle avait visé juste. Pourquoi gâcher son effet ? Tournant les talons, elle interpella la foule :

— Laissez-moi passer.

Dans un silence religieux, celle-ci s'écarta pour lui livrer passage. A mi-chemin, Addison se retourna une dernière fois.

— J'oubliais... Vous n'êtes qu'un mufle égocentrique et arrogant.

L'assemblée retint son souffle, avant d'éclater en murmures ravis. Elle avait donné à Wilde's Crossing de quoi jaser pour dix ans, pensa-t-elle amèrement.

Et après ? Elle ne resterait pas une minute de plus dans cette stupide ville. Au moins, à New York, elle savait à quoi s'attendre. Ce n'était pas deux frères tout droit sortis d'un film de John Wayne qui allaient la duper. Ni même leur cadet, aussi séduisant fût-il…

Quelqu'un se matérialisa devant elle. Une des sœurs Wilde, Emma, ou Lissa, ou quel que soit son nom.

— S'il vous plaît, mademoiselle…

— McDowell. Je vous plains, sincèrement. Vous avez toute ma sympathie.

Elle contourna la jeune femme, ouvrit grand la porte et s'enfonça dans la nuit.

Travis et Caleb la regardèrent partir, puis, sans avoir besoin d'échanger un mot, saisirent Jake par les coudes et l'entraînèrent dans la direction opposée, vers le patio.

— Tu n'es qu'un imbécile, attaqua Caleb.

— C'est vous, les imbéciles, répliqua Jake. Croire qu'une femme comme elle pouvait me retenir en usant de ses charmes…

Travis secoua la tête.

— Il croit que nous avons comploté avec Addison pour le piéger, lança-t-il à Caleb. Plus personne n'use de ses « charmes » depuis le XIXe siècle, Jacob. Nous crois-tu vraiment capables d'une telle bassesse ?

— Ecoutez, je comprends. Vous voulez que je reste et cette Addison est canon…

— C'est notre amie, l'interrompit Caleb froidement. Du moins, elle l'était avant que tu ne te vexes de ne pas être son genre.

— Pourquoi diable voudrais-je lui plaire ?

Les deux frères s'esclaffèrent à l'unisson. Jake sentit ses joues s'enflammer.

— Certes, elle est sexy. Mais c'est elle qui a cherché à me séduire pour que je travaille pour elle.

— Tu n'es pas sérieux, là ?

Il réfléchit un instant. Son estomac se noua.

— Bon, d'accord. J'ai peut-être un peu exagéré, concéda-t-il.

— Un peu exagéré ? Laisse-moi te rappeler les faits, Jake. C'est *toi* qui espérais la séduire et, face à son indifférence, tu as préféré l'accuser, *elle*, plutôt que de l'admettre.

— Ridicule, protesta Jake.

— Moins que tes allégations, fit remarquer Travis.

— Hé ! Ce n'est pas parce que votre plan a échoué…

— Bon sang, Jacob ! Addison a raison, tu n'es qu'un « mufle égocentrique ».

Jake ouvrit la bouche, puis se ravisa. Ses frères avaient le sang chaud. Lui aussi. Il leur était souvent arrivé de se disputer. Mais jamais ainsi, jamais avec une telle violence. Ni, peut-être, une telle sincérité…

Se pouvaient-ils qu'ils aient raison ?

— Nous lui devons des excuses, dit Travis à Caleb, qui acquiesça d'un hochement de tête.

— Si elle veut bien les accepter…

— Allons-y. Nous pouvons encore la rattraper.

— Attendez, intervint Jack, les mains levées en signe de trêve. Alors ce n'était pas un piège ?

— Pour la énième fois, non, répondit Caleb, exaspéré.

— Je vois. J'ai dû me laisser emporter par mon imagination…

Travis eut un grognement dédaigneux. Jamais Jake ne s'était senti aussi embarrassé.

— Elle a raison. Je suis vraiment cinglé. C'est juste que… enfin, cela fait longtemps que…

Incapable de terminer sa phrase, il se contenta de secouer la tête.

— C'est à moi de lui présenter des excuses, pas à vous.

— Elle ne t'écoutera pas, l'avertit Caleb. C'est une dure à cuire.

— Moi aussi. Crois-moi, elle m'écoutera, rétorqua Jake.

— Oh ! alors tu es prêt à te battre ?

Il s'esclaffa.

— Dix dollars que non seulement elle accepte mes excuses, mais aussi mon invitation à dîner demain soir.

— Vingt dollars et je tiens le pari, répondit Travis.

Les trois frères échangèrent un sourire complice. Jake quittait le patio pour gagner sa Thunderbird quand il se souvint où il l'avait garée.

— Zut, j'ai laissé ma voiture près de la rivière, grogna-t-il.

— La rivière ? Pour quelle raison ?

— Mieux vaut ne pas chercher à comprendre, décréta Caleb.

— Si tu le dis…

Travis fouilla dans sa poche et lança à Jake les clés de son véhicule.

— Le pick-up noir, dans l'allée.

— Vingt dollars, leur rappela Jake. Sortez vos portefeuilles, les gars !

— Ouais, ouais… Agis, au lieu de parler.

Les deux frères partirent d'un grand rire. C'était une de leurs vieilles répliques, et Jake se joignit à eux. Mais sitôt dans le pick-up, il sentit sa belle humeur retomber. L'espace d'un instant, il avait presque oublié…

Agir au lieu de parler… Ce n'était plus d'actualité pour lui. Si ses frères l'ignoraient, lui n'en avait que trop conscience. C'était bien sûr pour cette raison qu'il avait perdu son sang-froid. Pour la première fois en deux ans, son corps avait réagi à une femme…

Qui, hélas, n'était pas intéressée.

Lui présenter des excuses était la moindre des choses. Quant à l'inviter à dîner…

Il mit le moteur en marche et enfonça la pédale d'accélération.

Inutile.

Il paierait les vingt dollars à ses frères, et toute l'histoire serait rapidement oubliée.

5

Les nuages voilaient la lune, et la route n'était plus qu'un mince ruban s'enfonçant dans la nuit.

Addison avait de l'avance, mais Jake roulait vite, le pied rivé à l'accélérateur. De temps en temps, ses feux arrière surgissaient devant lui, pour aussitôt disparaître au premier virage.

Elle aussi conduisait vite. *Trop* vite. Avait-elle seulement l'habitude des routes de campagne ? Rouler en taxi et limousine semblait plus son genre. Sa dextérité au volant était étonnante. Comme tout chez elle, d'ailleurs.

Jamais il n'avait vu pareil embrasement de colère chez une femme. Et c'était lui qui l'avait déclenché, par sa stupidité. Il s'était totalement ridiculisé…

S'excuser n'allait pas être facile… Comment la regarder dans les yeux et admettre qu'il était le dernier des imbéciles ? Mieux, un « mufle égocentrique et arrogant », pour citer ses propres mots ? Quel prétexte inventer pour justifier son comportement ?

Dire la vérité était hors de question.

Lui avouer qu'il l'avait désirée à la seconde où il l'avait vue ? Qu'il avait réagi à sa présence comme il ne s'en serait plus cru capable ? Que la conviction qu'elle se jouait de lui avait failli le briser ?

Jamais de la vie.

Devant lui, les phares du pick-up n'éclairaient qu'une

route vide. Il accéléra encore, bientôt récompensé par la brève apparition de deux feux rouges.

— Jacob Wilde, tu n'es qu'un idiot, se tança-t-il à voix haute.

Peut-être aurait-il de la chance ? Peut-être un simple « désolé, j'avais tort » suffirait-il ? On pouvait toujours rêver. Il l'entendait déjà lui dire où il pouvait se coller ses excuses...

Il serra les mains plus fort sur le volant. Non, cela n'allait pas être un moment plaisant. Il était prêt à parier qu'elle le défierait du regard tandis qu'il débiterait ses excuses, le menton levé, les joues empourprées de colère, ses yeux semblables à deux puits d'argent en fusion. La fureur faite femme.

Mais une femme diablement sexy...

A cette pensée, il sentit sa température grimper de plusieurs degrés. Comme s'il avait besoin de cela ! Il devait à tout prix rester concentré. Réfléchir à la meilleure approche.

Exactement.

Sauf qu'aucune idée ne lui venait.

Restaient l'improvisation... et la certitude d'être mis à rude épreuve.

Sa mâchoire se crispa. Autrefois, il aurait accueilli le défi à bras ouverts. Une femme osant lui tenir tête ? Excepté la robuste infirmière qui l'avait forcé à prendre ses médicaments à l'hôpital, toutes se pliaient généralement volontiers à ses désirs.

Facile lorsqu'on avait de l'argent, un certain statut et un physique avantageux.

Lui et ses frères étaient nés avec une cuiller en argent dans la bouche. A la fortune de leur père s'était ajouté, pour chacun d'eux, un héritage substantiel de la part de leur mère.

Un héritage qu'il avait laissé dormir à la banque,

avant de le confier à Travis. Aujourd'hui encore, en pleine poursuite nocturne d'une femme qui ne demandait qu'à lui mettre son poing dans la figure, il souriait au souvenir de cette scène.

Comment oublier le regard interdit de Travis lorsqu'il lui avait tendu son chèque, la veille de son premier départ en mission. Travis, qui venait d'ouvrir son propre cabinet financier, avait regardé le montant, puis relevé les yeux et émis un long sifflement.

— Tu es sûr de vouloir me confier une telle somme ?

— Sûr et certain.

— Tu es prêt à prendre des risques ?

Pour toute réponse, il s'était fendu d'un large sourire, auquel Travis avait répondu. Le marché était conclu.

Par la suite, tout cela lui était totalement sorti de la tête. Quand on passait son temps à essayer de sauver sa peau, l'argent passait au second plan. Puis il était rentré en permission. Travis lui avait tendu un relevé. Cette fois, c'était lui qui avait été impressionné.

La somme avait triplé ! Et Dieu seul savait quel montant elle atteignait aujourd'hui…

Concernant le statut, eh bien, il était fils de général. Mais, surtout, il était fils du propriétaire d'El Sueño, ce qui, au Texas, l'auréolait d'un prestige plus grand encore. Du reste, il s'était forgé son propre statut au fil des années. Vedette de l'équipe de football du lycée à seize ans. Titulaire d'une bourse d'études dans une prestigieuse université à dix-huit. Convoité par plusieurs clubs sportifs professionnels à dix-neuf.

A vingt ans, il avait plaqué le football et les études pour s'engager dans l'armée, où il avait combattu en premières lignes.

Quant à son physique… Un pur hasard génétique, il le savait.

Il était grand, mince, athlétique. Son nez avait une

bosse, suite à sa rencontre avec un défenseur particulièrement baraqué. Mais cela ne le desservait nullement. Pas auprès des femmes en tout cas…

Ses doigts se crispèrent sur le volant.

Certes, il avait encore l'argent et le statut, mais l'apparence ? Peu importait au final. Il savait que ses blessures mettaient les gens mal à l'aise. Ils le dévisageaient. Détournaient les yeux. Avaient pitié de lui. Comme ce soir.

La pitié… c'était vraiment le pire.

Son reflet dans le miroir était toujours un choc. Pas parce qu'il blessait sa vanité, mais parce qu'il lui rappelait chaque jour son échec.

Mais à quoi bon ressasser toute cette histoire ?

— Bon sang, c'est pas vrai !

Il écrasa du pied la pédale de frein. Une biche et son petit se tenaient au milieu de la route, leurs grands yeux apeurés braqués sur le pick-up.

Il inspira profondément.

— Allez, avancez, maugréa-t-il.

Les animaux restèrent un moment immobiles. Soudain, la mère remua la queue, et tous deux disparurent dans les fourrés.

Il redémarra avec précaution. Dieu merci, il ne les avait pas renversés. Il n'était pas rare qu'antilopes, cerfs et coyotes traversent la route, surtout la nuit. Il le savait, mais son esprit était ailleurs. Une collision eût été entièrement sa faute. Et bien sûr, plus aucune trace de la voiture d'Addison…

En toute logique, elle rentrait au ranch Chambers. C'est donc là qu'il se dirigerait en premier.

Quelques minutes plus tard, il cahotait sur le nid-de-poule marquant l'entrée du domaine Chambers.

Le portail n'était pas fermé. Enfin, si l'on pouvait appeler cela un portail… Ce n'était guère plus qu'un assemblage de planches rudimentaire, dont la porte pendait mornement sur ses gonds cassés.

Ralentissant l'allure, il s'engagea dans l'allée de gravier menant au ranch.

Toujours aucun feu arrière.

Que faire si Addison était déjà rentrée ? Klaxonner depuis la voiture ? Se garer et frapper à la porte ? Débarquer sur son palier sans y avoir été invité paraissait risqué...

Soudain, une lumière aveuglante illumina le pare-brise. Poussant un juron, il se couvrit le visage et, pour la seconde fois en quelques minutes, enfonça la pédale de frein. Le véhicule s'immobilisa brutalement.

Qu'est-ce que c'était ? Des phares ? Une puissante lampe torche ? Quoi qu'il en soit, pas moyen de voir à un mètre.

Avec prudence, il ouvrit sa portière.

— Mademoiselle McDowell ?

Pas de réponse. Seulement le silence, l'obscurité, et cette fichue lumière.

— Addison ? Pouvez-vous éteindre vos phares ?

Toujours rien. Il plissa les yeux et fit un pas sur la gauche. Le faisceau resta braqué sur le pick-up, mais un autre le suivit. Des phares *et* une lampe torche, donc. Addison — ce ne pouvait être qu'elle — utilisait les deux. Il était totalement aveuglé.

— Hé, vous m'entendez ? Eteignez ça, répéta-t-il.

Aucune réaction. Avec un soupir irrité, il s'éloigna un peu plus du pick-up. Le rai de lumière se déplaça avec lui. Ses poils se dressèrent sur ses bras. Il avait trop souvent servi de cible pour apprécier ce petit jeu.

— Cessez de braquer votre lampe sur moi, c'est compris ? ordonna-t-il froidement.

Son instinct de survie se réveilla. Soudain, il n'était plus au Texas, mais à des milliers de kilomètres de là... Plongeant au sol, il roula, non en direction du camion comme le supposerait l'ennemi, mais à l'opposé, vers les buissons et l'obscurité.

Toute son attention était fixée sur ce rai de lumière. Les battements de son cœur ralentirent. Les bruits de la nuit s'estompèrent. Déjà, il percevait la respiration de son adversaire. La lumière de la torche bougea, balaya le pick-up, puis le sol. Elle le cherchait.

Il roula de nouveau. S'aplatit à quelques mètres de l'allée. *Pas encore*, pensa-t-il, les sens en alerte. Il fallait attendre le bon moment. La bonne occasion. Celle qui ne manquait jamais de se présenter à qui était préparé…

— Montrez-vous, lança une voix.

La voix d'Addison McDowell… qui le ramena aussitôt à la réalité.

Bon sang, il était au Texas, pas dans un désert d'Asie Mineure ! Et ce n'était pas un ennemi qui lui faisait face, mais une femme effrayée par un mystérieux poursuivant. Il exhala profondément.

— Addison, c'est Jake Wilde. S'il vous plaît…

Le rai de lumière balaya de nouveau l'allée, le véhicule, les buissons. Elle ne tarderait pas à le débusquer.

Jake commença à se redresser.

— Addison ? Ecoutez, je comprends que vous soyez fâchée…

— J'ai une arme, l'interrompit-elle. Et je sais m'en servir.

Il replongea aussitôt vers le sol. Une arme ? Impossible. Où l'aurait-elle dégotée ?

Oh…

Au ranch, bien sûr. Le vieux Chambers avait été un chasseur de la pire engeance, le genre à tirer sur tout ce qui bouge. Il y avait une dizaine de pistolets, fusils et carabines entreposés chez lui. C'était bien sa chance !

Il se racla la gorge.

— Addison, je ne suis pas venu vous faire du mal…

— Je vais commencer à compter, capitaine. Si, à cinq, vous n'êtes pas debout les mains en l'air...

— Vous m'avez entendu ? Inutile de risquer un accident.

— Vous tirer dessus n'aura rien d'un accident, répliqua-t-elle calmement.

La lumière s'approcha, s'arrêtant à quelques centimètres de sa tête.

— Un... Deux...

— Attendez. Ecoutez-moi, insista Jake. Tout ce que je veux...

— Je sais très bien ce que veulent les types comme vous.

L'insinuation était sans équivoque. Il laissa échapper une exclamation stupéfaite. Sans doute pas la réponse la plus appropriée...

— Vous vous trompez, protesta-t-il. Je ne...

— Trois..., continua-t-elle d'une voix ferme.

Sans plus hésiter, il bondit sur ses pieds, le regard fixé à gauche de la lumière pour ne pas être aveuglé, et se rua sur la jeune femme. Il la percuta de plein fouet, si violemment qu'ils tombèrent tous deux à la renverse. La torche vola dans les airs.

Elle était sous lui, jambes écartées, bras levés, prête à lui labourer le visage de ses ongles... Lestement, il lui saisit les poignets et tenta de l'immobiliser. Malgré une faible marge de manœuvre, elle parvint à lui décocher un coup de genou dans l'aine. La douleur lui arracha un grognement.

Il se plaqua de tout son poids sur elle, la clouant au sol, tout en maintenant ses poignets emprisonnés de chaque côté de sa tête.

— Ecoutez, je ne vous veux aucun mal...

Elle continuait à lutter comme un beau diable. Soudain, elle plongea la tête en avant et le mordit à la gorge. Il recula brusquement.

— Bon sang, quand vous déciderez-vous à m'écouter ?

— Si vous me touchez, je vous tue, siffla-t-elle entre ses dents.

— Je suis venu m'excuser.

— Je vous préviens...

— Je suis venu m'excuser, vous entendez ?

Elle grogna, sans cesser de se débattre. Une vraie tigresse...

Non. Une femme, souple et légère contre lui. Malgré le combat acharné qu'ils se livraient, Jake sentit son corps revenir à la vie.

Ses cheveux dégageaient un parfum de fleur. Lis ou lilas, il n'aurait su l'identifier. Mais il aimait son côté délicat, presque désuet.

Sa bouche exhalait un souffle chaud, légèrement alcoolisé, promesse de baisers enivrants.

Ses seins tendres frottaient contre son torse. Son corps tout entier était délicieusement doux... Il se demanda quel effet cela ferait de plonger en elle tandis qu'elle enroulerait les jambes autour de lui...

En une fraction de seconde, il était en érection, son sexe durci pressé entre ses cuisses.

— Zut...

Il roula sur le côté et se releva prestement, avant de se détourner pour reprendre son souffle. Seigneur, il était vraiment le dernier des minables. Etre excité par une femme qui se débattait, terrorisée... ! Il méritait amplement les insultes dont elle l'avait accablé, et même de se faire mettre en joue.

Après une profonde inspiration, il se décida à lui faire face.

Elle s'était relevée et tenait sa torche d'une main tremblante. Le rai de lumière oscillait sur lui, sur le sol, sur tout et rien en particulier.

Que dire en de telles circonstances ?

— Vous êtes blessée ?

Pas de réponse.

— Addison, s'il vous plaît. Etes-vous…

— Vous avez fini ?

Le ton était glacial. Il serra les dents.

— Je ne voulais pas vous faire de mal, je vous assure.

Un son étouffé lui parvint. Le bruit de quelqu'un ravalant ses larmes.

— Addison…

— Allez-vous-en, dit-elle d'une voix lasse. Remontez dans votre pick-up et partez.

— Je suis venu m'excuser, Addison. Ce que je vous ai dit à El Sueño, c'était…

— Je me fiche de vos excuses. Je veux seulement que vous disparaissiez.

D'accord, elle était furieuse. Seule une sainte ne le serait pas.

— Prétendre être armée était vraiment stupide, fit-il remarquer.

— Au contraire. Dans ma situation, c'était la meilleure chose à faire.

Elle s'était redressée, et sa voix avait retrouvé toute son assurance. Décidément, elle ne manquait pas de caractère.

— Et si j'avais été armé, moi aussi ? insista-t-il.

— Pourquoi l'auriez-vous été ?

— On est au Texas, ici…

A son grand soulagement, elle se mit à rire. Il respira un peu plus librement.

— Vous êtes sûre que tout va bien ? Vous n'êtes pas blessée ?

— Si, dans mon orgueil. Mon entraîneur de taekwondo m'avait assuré que je mettrais en fuite n'importe quel agresseur. Résultat, je n'ai même pas su me défendre contre un cow-boy.

Le moins qu'on puisse dire, c'est qu'elle avait de la ressource, pensa Jake, admiratif. Elle semblait déjà entièrement remise de ses émotions.

— Personne ne m'avait plus appelé cow-boy depuis longtemps, dit-il en souriant.

— Ah, c'était donc cela…

Il partit d'un franc éclat de rire, puis il y eut un moment de flottement. Que dire ensuite ? Elle avait forcément remarqué son petit… « accident »… lorsqu'il était sur elle.

— A propos de tout à l'heure…

Il fit une pause, embarrassé. Face au mutisme de la jeune femme, le rouge lui monta aux joues.

— Je voulais vous dire… Ce qui est arrivé n'était pas du tout intentionnel…

— Il est arrivé quelque chose ? rétorqua-t-elle, d'une voix glaciale. Pour ma part, je n'ai rien remarqué.

Prends ça, Jake ! Il ne s'attendait pas à une telle pique. Mais, au fond, elle ne faisait que lui rendre la monnaie de sa pièce.

— Bon, eh bien, si vous êtes sûre que tout va bien…

— Sûre et certaine.

— Voulez-vous que je reste le temps que vous regagniez le ranch ?

Elle eut un petit rire méprisant. Il s'empourpra un peu plus, de colère cette fois.

— Les New-Yorkais n'acceptent-ils donc jamais les excuses qu'on leur présente ? demanda-t-il d'un ton sec.

— Si, mais pas celles d'un mufle.

Sa mâchoire se crispa. Trop, c'était trop. Tournant les talons, il se dirigea vers le pick-up et ouvrit la portière.

— Capitaine ?

Jake fit volte-face.

— Mon ranch renferme tout un arsenal, *réel*, celui-là. Tâchez de vous en souvenir lors de votre prochaine visite.

— Un conseil, mademoiselle McDowell. Ne menacez personne d'une arme, réelle ou non, à moins d'être prête à en affronter les conséquences, riposta-t-il froidement.

— Je me passerai de vos conseils, monseur Wilde. Vous n'êtes qu'une brute, irascible et arrogante…

En quelques enjambées, il l'avait rejointe.

— Arrogant ? C'est vous qui me dites cela, dans cette tenue ?

— Pardon ?

— Une minirobe de soie noire et des talons aiguilles ? Autant vous accrocher un panneau autour du cou avec écrit : « Salut, Wilde's Crossing, regardez comme je suis sexy. »

Un reproche ridicule, il le savait. Mais les mots avaient jailli avant qu'il pût les retenir.

Addison fronça les sourcils.

— Vous avez terminé ?

Terminé ? Oh que non, il était loin d'en avoir terminé avec elle.

— C'est vrai, je me suis comporté comme un idiot à El Sueño…

— Enfin un point sur lequel nous sommes d'accord, railla-t-elle.

— Mais ne croyez pas être sans torts, poursuivit-il, ignorant le sarcasme.

— Moi ? Je n'ai fait que me défendre.

— J'aurais pu vous tuer.

Son intonation dangereuse fit tressaillir Addison.

— Vous aviez peur, je le comprends, continua Jake. Un véhicule qui vous suit en pleine nuit, sur une route déserte… Mais ensuite, vous m'avez aveuglé avec cette lampe torche, alors que vous saviez qui j'étais…

— Raison de plus !

Pour la première fois depuis qu'il l'avait remise à sa place, Addison trembla.

— Vous étiez prêt à... à me...

Addison frissonna. La nuit était fraîche. Dans sa précipitation à quitter El Sueño, elle avait oublié sa veste.

— Je ne suis pas un monstre, vous savez. Malgré ce visage...

— Bon sang, cessez de tout ramener à vous ! explosa-t-elle. Votre visage ceci, votre visage cela... Toujours à vous apitoyer sur vous-même...

Comment osait-elle ? D'un pas, il fondit sur elle.

— Pour qui vous prenez-vous ? siffla-t-il, bouillant de rage.

— Pour quelqu'un qui ne craint pas de vous dire vos quatre vérités, contrairement à votre fan-club familial, répondit Addison sans se laisser démonter.

Elle rejeta ses cheveux en arrière.

— Il est temps de grandir, capitaine. Vous avez été blessé. Vos cicatrices attirent l'attention et mettent à mal votre ego. Et après ?

— Vous dépassez les bornes, mademoiselle McDowell.

— Et vous, vous avez accumulé tant de frustration qu'un rien vous fait sortir de vos gonds.

— Vous ne savez rien de moi...

— Et vous, que savez-vous de moi ? Rien, répliqua-t-elle. Cela ne vous a pas empêché de m'insulter. J'en ai plus qu'assez de vos préjugés, c'est compris ?

Après une hésitation, il hocha la tête.

— Vous avez raison. Je vous dois la vérité. Dès que je vous ai vue, ce soir, j'ai eu envie de vous. Moi qui n'avais plus désiré une femme depuis des mois... Puis j'ai compris que ce n'était pas moi, Jacob Wilde, que vous regardiez, mais l'homme que mes frères vous avaient recommandé pour estimer votre propriété...

— Je vous ai vu me regarder, souffla Addison. Je

cherchais à attirer votre attention pour parler affaires, mais ensuite…

Etait-ce lui ou elle qui avait fait le premier pas ? Peu importait.

La seconde d'après, elle était dans ses bras.

6

Inutile de chercher à comprendre. L'instant était magique : il fallait vraiment être idiot pour se poser des questions. Et Jake se vantait d'être tout sauf idiot. Surtout quand il serrait dans ses bras une femme sublime, ses lèvres chaudes collées aux siennes.

Elle murmura quelque chose. Lui demandait-elle d'arrêter ?

Non.

Dieu merci, car interrompre leur baiser l'eût anéanti. Il voulait plus, tellement plus. Et elle ne résista pas, offrant sa bouche à son exploration sensuelle, mêlant sa langue à la sienne. Les petits gémissements de plaisir qu'elle poussait l'électrisaient.

Elle se hissa sur la pointe des pieds et glissa les bras autour de son cou. La lampe torche tomba sur le sol.

Le sang lui battait les tempes comme il l'enlaçait plus étroitement. Avec un grognement rauque, il pencha la tête et approfondit leur baiser.

Le corps tremblant, elle se pressa contre lui. La lune, les étoiles, tout tournait autour d'eux. Ils étaient le centre de l'univers. Sa source de lumière et de chaleur. Leur baiser semblait ne jamais devoir s'arrêter. Mais, déjà, ce n'était plus assez.

Il recula et, dos appuyé contre le pick-up, souleva légèrement Addison. D'instinct, elle s'accrocha à lui. Lorsqu'il la plaqua contre son bassin de manière à lui faire éprouver sa virilité, son gémissement de désir le transperça.

Chaque cellule de son être y répondit.

Il était d'acier. Il était insensible, tenta-t-il de se rappeler.

Non... Il était sur le point de perdre tout contrôle.

— Addison, souffla-t-il d'un ton pressant. Oh ! Addison...

Elle lui mordilla la lèvre inférieure, ondula contre lui, prononça son nom dans un murmure guttural, et le dernier bastion de son sang-froid s'effondra.

Il la hissa contre lui, un bras sous ses fesses rondes et fermes, pendant que sa main libre se faufilait sous la jupe, cherchait sa chaleur, se refermait sur cette douce moiteur qui lui appartenait, à lui et lui seul. Addison poussa une plainte et enroula les jambes autour de sa taille.

— S'il te plaît, implora-t-elle. Oh ! Jacob, s'il te plaît...

Sans plus réfléchir, il arracha la culotte de soie qui lui barrait le passage. Elle étouffa un cri.

A présent, il sentait sous les doigts les pétales délicats de sa féminité. Ses caresses se firent plus intimes, et les cris de plaisir d'Addison eurent raison de sa résistance.

Vivement, il ouvrit sa braguette, libéra son sexe, souleva la jeune femme...

Et plongea en elle.

Elle se resserra autour de lui, comme un étau de velours.

Pas encore, se répétait-il, désireux de prolonger leur ascension vers la jouissance. Mais elle l'embrassa. Remua autour de sa chair. Une fois, deux fois, encore...

Elle cria. Se convulsa. Et le cosmos les aspira dans son étreinte étoilée.

*
* *

Les battements de son cœur ralentissaient. Ceux d'Addison aussi. Les bruits de la nuit reprenaient leurs droits.

Sa raison aussi.

Que diable venait-il de se passer ?

Il avait eu de nombreuses maîtresses. Plus, jusqu'à il y a deux ans, que la plupart des hommes. Il aimait le sexe, aimait toucher et goûter le corps d'une femme, et n'avait rien contre une aventure d'un soir. Mais là...

Ce qu'il venait de vivre était différent.

Peut-être parce qu'il n'avait plus fait l'amour depuis longtemps ? Non... Il s'était déjà passé de sexe avant, lors de longues missions ou de périodes d'abstinence volontaire destinées à l'endurcir.

Il n'y avait aucune explication rationnelle. Il avait simplement perdu son sang-froid.

Ni finesse, ni tendresse... ni préservatif.

Zut...

Pourtant, il brûlait de la posséder de nouveau, en prenant son temps cette fois, sans omettre la moindre étape.

La déshabiller.

Goûter sa peau.

Embrasser ses seins et sucer voluptueusement leurs pointes...

— Lâchez-moi.

La voix d'Addison était sans timbre. Même en pleine confusion, il devinait que c'était mauvais signe.

— A propos de ce qui vient de se passer...

— Vous êtes sourd ? Je vous ai dit de me lâcher.

Il opina, la déposa délicatement sur le sol et chercha quelque chose d'intelligent à dire.

— Tout va bien ?

Bravo. Une réussite.

Elle ne répondit pas. Qu'y avait-il à répondre ? Ses

cheveux décoiffés lui tombaient devant le visage, dissimulant ses traits. Il n'avait aucun moyen de deviner ce qu'elle pensait.

— Addy ? insista-t-il en lui levant le menton.

— Mon nom est Addison.

O.K. Définitivement pas bon signe...

— Ecoutez, je me demandais seulement si...

— Si je prends la pilule ? Oui.

Un immense soulagement l'envahit. Mais ce n'était pas cela qu'il voulait savoir. D'autres questions se pressaient sur ses lèvres. Lui avait-il fait mal ? L'avait-il déçue ? Regrettait-elle leur étreinte ou, comme lui, espérait-elle plus ?

Et surtout, avait-elle la moindre idée de ce qui venait de se passer entre eux ?

— Bien, dit-il en hochant la tête, comme ces stupides chiens sur les plages arrière de voitures. Tant mieux. Mais ce que je voulais dire...

Bon sang, il se comportait comme un adolescent après sa première conquête ! S'éclaircissant la gorge, il fit une nouvelle tentative.

— Je... je sais que cela a été un peu rapide...

— Quel beau parleur vous faites, capitaine.

Elle libéra son menton et recula.

— Il est un peu tard pour vous en inquiéter, vous ne croyez pas ?

— Que voulez-vous dire ?

Sa voix était devenue glaciale. Comment l'en blâmer ? pensa Addison. Il avait raison.

Ce qui s'était passé — cette étreinte sauvage avec un homme rencontré quelques heures plus tôt, qui l'avait accusée de chercher à le séduire, qui plus est — les impliquait tous les deux. Impossible d'en rejeter toute la faute sur Jacob Wilde.

Une boule se forma dans sa gorge.

Oui, elle s'était laissé faire. Pire, elle avait activement participé. Un frisson d'excitation la traversa à ce souvenir.

Le goût de Jake sur ses lèvres.

Son odeur sur sa peau.

L'écho de sa propre voix, répétant fiévreusement son nom, gémissant de plaisir, le suppliant de... de...

Son estomac se noua.

De quoi avaient-ils l'air, lui sa chemise de travers, appuyé contre un vieux pick-up au milieu de nulle part, et elle plantée devant lui, sa culotte à ses pieds ?

Des larmes de honte lui montèrent aux yeux. Comment avait-elle pu faire une chose pareille ? *Elle*, dont la mère couchait avec les hommes comme elle dévorait des chips. *Pourquoi se contenter d'un seul quand on peut en avoir plus ?* était sa devise, qu'elle n'hésitait pas à mettre en pratique.

Quant à Addison... Oh ! elle n'était pas vierge. Elle avait eu des aventures.

Quelques-unes.

Très peu, en fait.

En réalité, si elle prenait la pilule, c'était pour réguler son cycle menstruel plus qu'autre chose. L'espace d'une seconde, elle fut tentée de l'avouer à Jake. Et se retint de rire. Que lui dirait-elle ? *Désolée, je ne suis pas du genre à me faire prendre contre une voiture par un parfait inconnu... ?*

Sauf qu'elle l'était manifestement, et cette découverte l'accablait.

— Ecoutez, je sais que vous êtes fâchée..., reprit Jake d'un ton conciliant.

Son visage était tendu sous les pâles rayons de lune. Elle détourna les yeux.

La lampe torche gisait par terre, illuminant ce qui restait de sa culotte et, plus loin, un escarpin. Qu'était devenu l'autre ? Mystère... Elle se pencha. Jake aussi. Sa main puissante se referma sur la sienne. Vivement, elle se dégagea et ramassa la lampe ainsi que le lambeau de soie. Une preuve accablante de son humiliation, si besoin était.

— Bon sang, dites quelque chose !

Sans un mot, elle le dévisagea. Un muscle tressautait nerveusement sur sa joue. Que voulait-il qu'elle dise ? *Merci pour l'orgasme ?*

— Je vous interdis de faire comme si rien ne s'était passé...

— Vous ne m'interdisez rien du tout, capitaine, répliqua-t-elle en remettant de l'ordre dans ses cheveux. Ce que je fais ne vous regarde pas.

Avec une rapidité qui la prit de court, il lui saisit le poignet et l'attira à lui. Elle étouffa un petit cri de surprise.

— C'est vrai, ce que vous faites ne me regarde absolument pas...

— Ravie de vous l'entendre dire, repartit-elle froidement.

La pression sur son poignet s'accrut. Il l'attira un peu plus, de sorte que quelques centimètres à peine les séparaient désormais.

— Mais je vous interdis de me regarder comme si je vous avais forcé la main, gronda-t-il. Nous avons fait l'amour, acceptez-le.

— Ce n'était que du sexe, rien de plus. Si vous ne faites pas la différence, je vous plains.

Le brusque changement d'expression de Jacob la terrifia. Bravement, elle soutint son regard. Obligée de renverser la tête en arrière, elle se sentait vulnérable, à sa merci. Et elle détestait cela.

— Ne vous hasardez jamais, je dis bien *jamais*, à me plaindre, dit-il d'un ton chargé de menace.

Sa main retomba. Tournant les talons, il ouvrit la portière et monta dans le pick-up.

— Vous avez raison, mademoiselle McDowell. Ce n'était que du sexe. Pas de quoi le claironner sur les toits.

— Nous sommes d'accord, dit-elle avec un sourire forcé.

Un mensonge qui lui laissait un arrière-goût amer… Mais le regard noir qu'il lui lança la consola un peu. C'était toujours cela de pris.

Elle se dirigea vers sa voiture, dignement. Et pieds nus. Pas question de tâtonner à la recherche de son escarpin manquant. Non, elle ne lui ferait pas ce plaisir.

Dans son dos, aucun bruit de moteur.

Un frisson la parcourut. Elle sentait le regard de Jacob posé sur elle, comme une caresse invisible. La tentation était grande de se mettre à courir, mais elle se retint. Elle était chez elle, après tout.

Il la regardait toujours tandis qu'elle s'installait au volant de sa voiture, mettait le contact et réglait ses phares. Le ranch était tout proche, à deux cents mètres à peine. Allait-il la suivre ? Espérait-il de nouveau coucher avec elle ?

Les battements de son cœur s'accélérèrent.

Et s'il la possédait, non plus contre un véhicule mais dans un lit ? Sa peau nue contre la sienne… Son corps viril sous ses mains… Comme il était différent des hommes qu'elle avait connus. Fier, ténébreux, sauvage. Et totalement imprévisible…

Arrivée au ranch, elle descendit de voiture et monta les marches de la véranda. Seule. Le pick-up n'avait pas bougé.

Il ne la suivait pas.

Ce n'est pourtant qu'une fois la porte fermée à clé

qu'elle s'autorisa à reprendre son souffle. Dehors, le moteur de la voiture rugit, pour n'être bientôt plus qu'un ronronnement lointain.

Jacob Wilde était parti.

— Mufle, murmura-t-elle en s'effondrant sur le sol.

Les larmes lui embuaient les yeux. Oh ! pas des larmes de tristesse. Elle n'avait pas pour habitude de s'apitoyer sur elle-même. Simplement, après toutes ces années, elle s'était comportée exactement comme ce pour quoi on la tenait. Dans sa ville natale où chacun s'attendait à la voir suivre les traces de sa mère, à New York après la mort de Charlie... Une traînée. Voilà ce qu'elle était !

Cet épisode avec Jacob Wilde était insensé ! On couchait avec quelqu'un après avoir appris à le connaître. Après s'être découvert des points communs, des affinités. On sortait au restaurant, partageait de longues balades romantiques, regardait des films en mangeant du pop-corn...

Elle jeta son sac à main et la lampe torche sur une table.

Bon, d'accord. Elle était loin d'être une experte en la matière. Mais une chose était certaine : on ne couchait pas avec un parfait inconnu.

Pas elle, en tout cas.

Même si l'expérience s'était révélée absolument fantastique. Seigneur, elle qui n'avait jamais connu l'orgasme, voilà qu'en... quoi ? Cinq minutes ? Elle en avait eu deux ! Trois, corrigea-t-elle en fermant les yeux, s'efforçant de retrouver la sensation de Jake en elle, Jake l'entraînant toujours plus loin vers l'extase...

Tu as complètement perdu la tête !

Elle rouvrit les yeux. Oui, ce devait être cela. Ou la fatigue. La perte de Charlie avait été un coup dur, sans parler des rumeurs circulant sur son compte. Puis elle s'était envolée au Texas, seulement pour découvrir un ranch tout droit sorti d'un cauchemar...

— Assez.

Oublie ce qui vient de se passer, s'exhorta-t-elle.

Oublie Jacob Wilde.

Oublie tout !

Elle allait effacer cet épisode de sa mémoire. Le Texas et Wilde's Crossing, aussi. Peu importait ce que valait ce fichu ranch ! Sa place était à New York, là où la vie était mille fois plus simple.

— Pardonne-moi, Charlie. Je crains de ne pas du tout me plaire ici, murmura-t-elle en s'engageant dans l'escalier.

Demain matin, elle appellerait l'agent immobilier.

Demain soir, elle serait partie.

7

Jake avait mal dormi.

C'est à peine s'il avait fermé l'œil, une habitude chez lui. Toutes les nuits, il se retournait dans son lit. Et lorsqu'il s'endormait enfin, un violent cauchemar l'assaillait, dont il se réveillait immanquablement en sueur, le cœur battant.

Il se dirigea vers la salle de bains d'un pas lourd.

Cette nuit, pourtant, avait été différente : ni bombes ni coups de feu dans ses rêves, mais les courbes d'une femme, l'odeur de ses cheveux, le goût de ses lèvres... Il avait rêvé d'Addison et de ce qu'il avait ressenti en lui faisant l'amour.

Non, pas l'amour. Ce n'était que du sexe, se reprit-il en s'enroulant dans une serviette après sa douche. Elle avait raison. Et après ? Quel besoin y avait-il de parer de romantisme un simple instinct physique ?

C'était sa réaction qui l'avait énervé. Ils avaient pris du plaisir ensemble. Beaucoup de plaisir, même. Alors pourquoi s'était-elle mise à agir comme si ce qu'ils avaient fait était sale ? Comme s'il l'avait forcée à se donner à lui.

— Ben voyons, grogna-t-il, tout en s'appliquant de la mousse à raser sur le visage.

La vérité, c'était qu'elle s'était offerte de plein gré. Volontiers, même, à en croire ses gémissements, ses cris rauques, la moiteur accueillante de son sexe...

Le rasoir lui échappa, lui entaillant la peau. Une goutte

de sang perla sur sa joue. Avec un juron, il arracha un carré de papier toilette et l'épongea.

Oui, elle avait pris une part active à leurs ébats, s'accrochant à lui, l'embrassant, le chevauchant…

— Bon sang, Jake !

Il n'avait plus eu d'érection depuis deux ans, malgré l'assurance des médecins que tout fonctionnait parfaitement de ce côté. Et voilà que le souvenir d'une étreinte fortuite avec une femme qu'il détestait suffisait à le rendre dur comme un roc !

Ce qu'il lui fallait, c'était une virée dans un bar de Dallas, où une beauté séduite par sa gueule cassée — voire trop soûle pour s'en soucier — le draguerait avant de l'entraîner dans son lit.

Etait-ce ce qui s'était passé avec Addison ? Etait-elle attirée par les hommes défigurés ? Au fond, peu importait. Ses hormones fonctionnaient de nouveau, c'était l'essentiel. Les médecins le lui avaient bien dit. Addison n'avait donc rien à voir là-dedans. Elle s'était trouvée au bon endroit au bon moment, voilà tout.

Après s'être aspergé le visage d'eau froide, il laissa tomber la serviette et regagna sa chambre. Ses vêtements étaient restés dans l'armoire après son départ à l'armée. Il enfila un jean, une chemise passée, des bottes de cow-boy au cuir tanné par les années.

Terminé, l'uniforme. Son temps dans l'armée était révolu. Comme sa vie à El Sueño, d'ailleurs. Il avait toujours cru qu'il ferait carrière dans l'un ou l'autre milieu. Militaire ou rancher.

Plus maintenant.

Il devait prendre un nouveau départ. Où ? Comment ? Il n'en avait pas la moindre idée. Mais il était bien décidé à chercher les réponses… demain. Malgré ses bonnes résolutions, il avait envie de profiter un peu de sa famille. Et puis, rester un jour de plus ne le tuerait pas.

Après une vaine tentative pour dompter ses cheveux mouillés, il glissa ses clés et son portefeuille dans ses poches. Un coup d'œil par la fenêtre révéla un ciel de plomb, annonciateur d'averses.

Il inspira profondément.

Saisit sa veste.

Et sortit en quête d'une tasse de café.

Tous les Wilde étaient réunis dans la cuisine.

Les trois filles s'affairaient aux fourneaux, chose rare car Lissa, seule cuisinière de la famille, chassait généralement ses sœurs. Mais, aujourd'hui, Emma préparait les œufs brouillés, Jaimie faisait frire le bacon, et Lissa sortait du four un plateau de petits pains.

Travis et Caleb, eux, sirotaient leur café en lisant les journaux, assis à l'imposante table de chêne.

Jake resta un instant sur le seuil à les contempler. Ces personnes qui l'aimaient et qu'il chérissait…

Il avait trahi leur confiance. C'était cela, le plus dur. Ils l'ignoraient, mais c'était la vérité. Pourquoi diable était-il rentré au lieu de s'envoler pour Los Angeles, ou New York, ou Seattle...

— Hé ! s'exclama Travis. Il est vivant !

Caleb plissa les yeux.

— Petite nuit, frangin ?

Jake chercha quelque chose à répondre. Sourire d'un air entendu aurait suffi. Mais, étrangement, il en était incapable.

Par chance, Em vint à sa rescousse en l'embrassant sur la joue, avec une tasse de café fumant à la main.

— Ne les écoute pas et assieds-toi, petit frère, dit-elle chaleureusement.

Petit frère. Elle l'avait toujours appelé ainsi car il était le cadet des garçons, bien qu'il eût quatre ans et vingt bons centimètres de plus qu'elle.

— Les ai-je jamais écoutés ? répondit-il en souriant.

Travis haussa un sourcil.

— Et la nuit dernière ?

Lissa déposa une assiette de bacon et d'œufs brouillés devant Jake et le serra dans ses bras.

— Mange pendant que c'est chaud, dit-elle. Que s'est-il passé, la nuit dernière ?

Caleb échangea un regard avec Travis.

— Oh ! Jake avait besoin de prendre l'air, alors je lui ai dit d'emprunter le pick-up de Trav.

— Pour aller où ? s'enquit Jaimie en déposant les petits pains sur la table et un baiser sur le front de son frère.

Jake regarda son assiette. Il avait l'estomac noué, et se sentait incapable d'absorber autre chose que du café. Mais, bien sûr, ses sœurs ne voudraient rien entendre. Surtout après avoir préparé elles-mêmes le petit déjeuner.

— Aussi incroyable que cela puisse paraître, c'est parfaitement comestible, chuchota Caleb, assez fort pour que tout le monde l'entende.

Em lui jeta une serviette au visage, l'air faussement indigné.

— Pour aller où ? insista-t-elle en se tournant vers Jake.

— Nulle part en particulier. Prendre l'air.

Jaimie lui ébouriffa affectueusement les cheveux.

— Nous nous demandions où tu étais passé…

— Est-ce à cause d'Addison McDowell ? demanda Lissa.

Jake lança un regard à ses frères. Caleb fit les gros yeux. Travis secoua la tête.

— Qu'est-ce qui vous fait penser cela ?

— Vous vous êtes éclipsés tous les deux…

— En même temps, ajouta Em.

Jaimie chipat une tranche de bacon dans l'assiette de Jake.

— S'éclipser n'est pas le mot. Selon Ellen Boorman, Addison McDowell aurait fait une scène, avant de partir en trombe. Quelqu'un sait ce qui s'est passé ?

— Non, répondirent Travis et Caleb d'une seule voix.

— Ellen dit que tu as pris part à la scène et disparu à ton tour, Jake. Nous pensions que tu lui avais peut-être couru après…

Trois paires d'yeux se braquèrent sur lui. Jake se mit à tousser bruyamment.

— J'ai une miette de petit pain coincée dans la gorge, hoqueta-t-il.

Em se précipita vers l'évier et revint avec un grand verre d'eau, qu'il avala d'une traite.

— Alors, que s'est-il passé ?

— Rien.

— Tu ne devais pas faire une estimation de sa propriété ? s'enquit Lissa.

Il lança un regard assassin à ses frères, soudain captivés par leurs tasses de café.

— Où as-tu entendu cela ?

Lissa eut un haussement d'épaules évasif.

— C'est une rumeur qui circule… Tu comptes le faire ?

— Non, répondit-il laconiquement.

— Pourquoi ?

— Parce que je…

— Tu quoi ?

Il se souvint qu'il n'avait pas encore prévenu ses sœurs de son départ imminent.

— Parce qu'il n'en aura pas le temps avec ses nouvelles responsabilités, lança gaiement Jaimie.

Un silence embarrassé tomba dans la pièce.

— Bon sang, Jaimie, grommela Caleb.

— Qu'est-ce que j'ai dit ? protesta-t-elle.

— Quelles responsabilités ? demanda Jake avec circonspection.

Travis poussa un soupir résigné.

— Eh bien, tu sais… reprendre le ranch. Diriger El Sueño.

— Non, je ne sais pas, répliqua Jake. Qu'est-ce que c'est que cette histoire ?

Caleb haussa les épaules.

— Tu te souviens que Tom Sloane prend sa retraite, n'est-ce pas ?

— Bien sûr. Quel rapport avec moi ?

— Le Général pense que…

— Le Général ? répéta Jake d'une voix sombre.

— Et nous aussi, s'empressa d'ajouter Caleb. En tant que copropriétaires d'El Sueño, nous espérons tous que tu succèdes à Tom. En fait… nous aimerions que tu en prennes la tête.

— Tous les papiers sont prêts, précisa Lissa.

— Quels papiers ?

Travis et Caleb parurent gênés.

— Les documents légaux prouvant que la direction du ranch est passée entre tes mains.

Jake dévisagea ses frères en silence.

— Vous avez tout arrangé en sachant pertinemment que je ne restais pas ?

— Oh ! Jake…, murmura Em.

Ses sœurs la firent taire.

— Nous espérions que tu changerais d'avis.

— Et quand comptiez-vous me consulter ?

— Eh bien…

Jake était furieux. Plus, peut-être, que ne le justifiait la situation. Mais c'était plus fort que lui. Il jeta sa serviette sur la table et se leva brusquement.

— Comme c'est gentil de planifier ma vie à ma place…

— Hé, ce n'est pas du tout…

— Si, c'est tout à fait cela.

— Ecoute, El Sueño a besoin de toi. Et tu as besoin d'El Sueño.

Ça y est. Il comprenait, à présent, ce qui le faisait sortir de ses gonds. Il se pencha en avant, les paumes appuyées sur la table.

— Qu'est-ce que c'est ? Le grand plan familial de réhabilitation du frère traumatisé ?

— Jake, nous t'aimons..., commença Travis.

— Alors cessez de jouer les psychologues en herbe !

Ignorant les suppliques de ses sœurs, il sortit de la maison avant que ses paroles ne dépassent sa pensée.

La Thunderbird était exactement là où il l'avait laissée.

Il frappa du poing sur le volant. Sa vie n'était peut-être qu'un immense point d'interrogation, mais une chose était sûre : personne ne prendrait ses décisions à sa place.

Plus jamais.

Il mit le contact et s'engagea sur le chemin de terre.

Si seulement il n'avait pas différé son départ... Ses sœurs avaient été blessées par son attitude, et le seraient plus encore s'il partait maintenant. Leur faire de la peine était la dernière chose qu'il souhaitait. Il était grand temps que Caleb et Travis apprennent à se mêler de leurs affaires ! Mais, bien sûr, ils avaient raison.

Ses proches l'aimaient. Et s'inquiétaient pour lui. Voilà pourquoi ils avaient eu l'idée absurde de lui confier la gestion d'El Sueño. Tous étaient convaincus qu'il souffrait de dépression ou d'un syndrome de stress post-traumatique. Et tous se trompaient.

Le vrai problème, c'était son échec.

Au moment où il s'engageait sur la départementale, la pluie se mit à tomber. Parfait. Une journée au diapason de son humeur.

Qu'étaient allés raconter ses frères à Addison ? Qu'il avait besoin de se sentir utile ? Qu'il fallait avoir pitié de lui ? Ses doigts se crispèrent sur le volant. Etait-ce donc par pitié qu'elle s'était offerte à lui ? Cette éventualité le rendait malade.

Et fou de rage.

Il n'y avait qu'un seul moyen de le savoir.

Se déportant sur la bande d'arrêt d'urgence, il fit demi-tour et prit la direction du ranch Chambers.

Un quart d'heure plus tard, il se garait devant la maison.

A peine avait-il claqué la portière qu'une pluie torrentielle s'abattit sur lui. Plus renfrogné que jamais, il releva le col de sa veste, gravit les marches de la véranda et sonna.

Silence.

Lâchant un juron, il se mit à tambouriner à la porte.

Toujours rien.

Elle était forcément là. Sa voiture, une Chevrolet de location, se trouvait exactement là où elle l'avait garée la veille. A la lueur de ses phares, il l'avait vue en sortir et se ruer dans la maison comme si le diable était à ses trousses.

Avait-elle eu peur ? Se terrait-elle chez elle par crainte de lui ?

Il baissa les yeux sur ses bottes, les mains enfoncées dans ses poches. Comment l'en blâmer ? Il s'était comporté comme un forcené, et voilà qu'il cognait à sa porte sans même s'être annoncé ! D'ailleurs, pourquoi aurait-elle agi par pitié ? Elle avait été aussi excitée que lui, il le savait. Malgré leur séparation houleuse, elle méritait mieux que ce genre de soupçons.

Tournant les talons, il descendit les marches, remonta en voiture et s'en alla.

D'une fenêtre de l'étage, Addison regarda Jacob Wilde s'éloigner avec soulagement. L'affronter était au-dessus de ses forces. Et puis, elle était bien trop occupée à remettre de l'ordre dans ce fichu taudis.

Comme elle aurait dû s'en douter, partir le soir même s'était révélé impossible. Il n'y avait aucun vol Dallas-New York disponible avant la fin de la semaine... Mais peu lui importait. Elle ne cherchait pas à fuir Wilde's Crossing, n'est-ce pas ? Non, pas du tout. Seulement à rentrer chez elle.

En attendant, il y avait de quoi faire. Vider le placard du couloir de l'étage, par exemple.

A cette idée, elle éprouva un vague dégoût.

Ce ne serait pas une partie de plaisir, mais il fallait bien s'y mettre.

Au cours des semaines précédentes, elle avait nettoyé toutes les chambres, ainsi que la cuisine et l'antique salle de bains. Elle s'était même autorisée certaines rénovations : cirer les parquets, repeindre les murs, ajouter quelques touches personnelles à la chambre qu'elle occupait. L'armoire qui s'y trouvait était la seule qu'elle avait vidée. Restaient les autres, sans parler du grenier...

Et si elle découvrait un vieux coffre rempli de trésors ? Fureter serait amusant...

Avec un soupir, elle se laissa tomber par terre, jambes croisées.

Peut-être pas.

En fait de trésors, c'était des monceaux de poussière et des araignées qui l'attendaient, elle le savait. Mais faire le ménage lui occuperait l'esprit et l'empêcherait de ressasser l'épisode de la veille. Elle avait passé la matinée entière à y penser. Cet homme, Jake Wilde...

— Quelle arrogance ! pesta-t-elle à voix haute dans la pièce vide.

Arrogance doublée d'un ego surdimensionné. Quel

culot de se présenter chez elle aujourd'hui ! Qu'espérait-il ? La convaincre de réitérer l'expérience ? Non… Il n'aurait pas eu l'air aussi furieux. Comme s'il avait la moindre raison de l'être ! N'était-ce pas plutôt à elle de…

Elle se figea. Quel était ce bruit ? Un véhicule ?

Bondissant sur ses pieds, elle s'approcha d'une fenêtre et souleva un coin de rideau.

La voiture de Jake Wilde.

Il était revenu.

Jake appuya sur la sonnette, puis frappa à la porte. Gentiment. N'obtenant aucune réponse, il sonna de nouveau. Au bout de quelques minutes, une fenêtre s'ouvrit à l'étage. Reculant d'un pas, il aperçut Addison, le visage à demi caché par un vieux rideau brunâtre.

Il s'éclaircit la gorge.

— Mademoiselle McDowell.

Zut. Comment s'adressait-on à une femme avec qui on avait couché ? Ou plutôt, qu'on avait possédée fiévreusement contre une camionnette…

Bon sang, ce n'était pas le moment de se remémorer cette scène ! se réprimanda-t-il.

— Addison, bonjour…

— Vous avez dix secondes pour déguerpir, capitaine. Après quoi, j'appelle la police.

O.K. Pas de salutations, donc.

— Calmez-vous, d'accord ? Inutile d'appeler la police.

— J'appelle la police, le FBI ou la Garde nationale si cela me chante.

— Ecoutez, je veux seulement vous parler.

— Ce que vous avez à dire ne m'intéresse pas.

— Qu'en savez-vous puisque je n'ai encore rien dit ?

— J'ai suivi des cours de dialectique platonicienne

à l'université. Je ne me laisserai pas entraîner dans ce dialogue.

Jake haussa un sourcil amusé.

— Et moi, je suis diplômé en négociation de contrat. Un partout.

Addison réprima un éclat de rire. Au moins, il avait le sens de l'humour. Comme si cela importait ! se tança-t-elle aussitôt.

— Diplômés ou non, nous n'avons rien à nous dire.

— Et en ce qui concerne la nuit dernière ?

— Eh bien ?

— Ne devrions-nous pas en parler ?

— Nous avons déjà tout dit.

C'était vrai, bien sûr, s'avisa Jake. Elle avait raison. Et le prétexte de sa première visite ne tenait pas davantage debout. Ce n'était pas pour s'expliquer avec elle qu'il était venu, mais pour la revoir. Tout simplement.

Et s'il le lui disait ?

— Capitaine ?

Il sortit brusquement de sa rêverie.

— Je suis là.

— Puisque vous n'avez rien à dire, peut-être devriez-vous y aller.

— Oui, c'est la chose la plus sensée à faire…

— Alléluia ! claironna Addison, et il se retint de rire lorsqu'elle se mit à applaudir.

— Hélas, je ne suis pas quelqu'un de sensé, reprit-il. La preuve, je me suis comporté comme un idiot, hier.

— Je vous répète que je refuse d'en parler.

— Vous savez, je ne regrette absolument pas que nous ayons fait l'amour…

— Au revoir, capitaine.

— Pour être honnête…, s'empressa-t-il d'ajouter avant qu'elle ferme la fenêtre. Je vous ai désirée comme jamais je n'avais désiré une femme auparavant. Ce qui s'est passé entre nous était... magique.

Son sourire sensuel frappa Addison en plein cœur.

Que répondre à cet aveu, aussi désarmant qu'inattendu ? Cet homme était une véritable énigme, qui la plongeait dans une confusion sans nom. Le seul fait de le regarder la troublait.

Il ne portait plus son uniforme, mais... eh bien, la panoplie typique du cow-boy. Jean délavé. Chemise passée. Bottes — et pas un accessoire de mode, comme chez ces personnes qui se donnaient un style pour masquer leur superficialité.

Il était vraiment à couper le souffle. Arrogance et vulnérabilité dans un corps à se damner, la plus explosive des combinaisons. Elle en aurait presque oublié combien elle le détestait. Jamais elle n'avait rencontré un homme comme lui. Et le sexe... Seigneur ! Pourquoi se mentir ? Cela avait été...

Oui. Magique. Il n'y avait pas d'autre mot.

Jusque-là, faire l'amour n'avait jamais été transcendant. Mais la nuit dernière, lorsqu'il l'avait prise dans ses bras... Etait-ce pour cette raison qu'elle l'avait accablé de reproches ? Parce que c'était plus facile qu'admettre la vérité ?

Ce moment où il était entré en elle, où leurs bouches et leurs corps avaient fusionné...

— Bon...

Reviens sur terre, Addison !

Jake avait descendu les marches de la véranda et reculé de quelques pas. Dans sa main, invisible jusque-là, elle aperçut un bouquet de fleurs.

— Je comprends que vous refusiez de me parler, mais...

La fenêtre se referma avec un claquement sec et le rideau retomba. L'espace d'une seconde, Jake resta paralysé. Puis il posa le bouquet sous la véranda et, mains dans les poches, regagna sa voiture. Il se sentait vide tout à coup…

C'était absurde ! Il lui avait présenté ses excuses. Elle les avait refusées. Fin de l'histoire.

— Hé !

La voix d'Addison l'arrêta net. Il fit volte-face.

Elle se tenait appuyée contre le chambranle de la porte, pieds nus, ses cheveux noirs ondulant librement autour de son visage. La robe de soie moulante avait laissé la place à un survêtement gris trop grand de plusieurs tailles.

Une brusque tension lui noua l'estomac.

Aussi belle qu'elle lui soit apparue la veille, elle l'était encore plus aujourd'hui. Oui, il avait envie de partir d'un nouveau pied avec elle. Même si cela ne devait durer qu'une seule journée.

Elle eut une petite toux embarrassée.

— J'allais faire du café. Vous en prendrez bien une tasse, capitaine ?

Hypnotisé, il continua à la regarder.

— C'est Jake, finit-il par répondre d'un ton bourru. Et, oui, volontiers.

Addison le suivit des yeux tandis qu'il grimpait les marches de la véranda. Elle sentit son cœur battre à tout rompre.

— Désolé, il ne sera pas très bon, reprit-elle quand il l'eut rejointe. Le café, je veux dire. La cafetière est une vraie antiquité, un peu… un peu comme le reste de…

— Addison.

Son intonation rauque et l'éclat dans ses yeux suggéraient qu'il n'avait que faire de son café.

Elle non plus, d'ailleurs.

— Jacob…

L'instant d'après, il refermait les bras autour d'elle.

8

Jake ferma la porte d'un coup de pied.

Il faisait sombre et frais à l'intérieur. Le silence du ranch les entourait et une odeur légère flottait dans l'air… Celle d'Addison. Ce parfum de fleur qu'il avait déjà remarqué.

— Addison.

Elle leva les yeux vers lui, et un besoin primitif de la posséder s'empara de lui.

— Tu es sûre ? demanda-t-il, les doigts mêlés à ses longues mèches noires.

Elle se hissa sur la pointe des pieds et pressa les lèvres contre les siennes.

— Fais-moi l'amour, Jacob. Maintenant.

Avec un grognement excité, il la plaqua contre lui et prit sa bouche en un baiser possessif. Le feu qui l'avait dévoré la veille se raviva aussitôt. Le sang lui battait les tempes. Une multitude de petits frissons le parcouraient. Plus rien ne comptait que son désir de faire Addison sienne.

Non.

Il voulait plus que son corps. Il la voulait, *elle*. Nue dans un lit, ses cheveux de jais étalés sur l'oreiller. Il voulait qu'elle le supplie de la toucher, de la caresser, éperdue de désir pour lui.

Luttant pour se contrôler, il la souleva dans ses bras.

— Accroche-toi, murmura-t-il.

Elle s'agrippa à son cou et enfouit le visage au creux de son épaule. Son souffle chaud dansait sur sa peau, au rythme des battements effrénés de leurs cœurs... L'escalier apparut devant lui. *Encore quelques minutes*, s'exhorta-t-il en s'y engageant.

A l'étage, une seule porte était ouverte. Il la poussa d'un coup d'épaules. Il connaissait bien le vieux ranch et ses pièces sinistres aux murs grisâtres. Mais celle-ci — sans conteste la chambre d'Addison — avait été entièrement rénovée : murs clairs, parquet ciré, bois dans la cheminée. Des rideaux blancs pendaient aux fenêtres, assortis aux draps d'un lit en cuivre lustré. Une agréable odeur de peinture se mêlait au parfum de fleur d'Addison.

Une chambre à son image : simple et élégante.

Il la déposa debout à côté du lit, lentement, de façon à effleurer ses courbes gracieuses tout en lui faisant éprouver l'ardeur de son désir. Elle se mit à trembler.

— N'aie pas peur, souffla-t-il. Ce sera différent, cette fois.

— Je n'ai pas peur. Pas de toi, Jacob. Je...

Il la bâillonna d'un baiser, savourant l'exquise douceur de sa bouche. Accrochée à son cou, elle aspira la pointe de sa langue entre ses lèvres. Un grognement rauque lui échappa.

Les pointes durcies des seins d'Allison tendaient le lourd pull en coton. Au comble de l'excitation, il glissa les mains en dessous. Seigneur... elle était nue ! Pas de soutien-gorge, aucun obstacle entre ses doigts et le velouté de sa peau.

— Jacob, murmura-t-elle. Jacob, s'il te plaît...

Entendre son prénom prononcé avec une telle fièvre décupla son désir. Il souleva le pull et se pencha pour lui sucer les tétons, l'un après l'autre, les taquinant de sa langue avec volupté.

Elle avait un goût de miel et de crème.

— Tu es si belle, chuchota-t-il, le souffle court.

Ses pouces prirent le relais de sa langue. Elle se cambra, gémissante, le regard assombri par le plaisir. N'y tenant plus, il lui retira son pull. Ses seins jaillirent dans toute leur gloire, hauts et fermes, deux globes parfaits n'attendant que ses caresses. Il les couvrit de baisers avides, s'attarda sur les mamelons couleur pêche, sans quitter des yeux le visage d'Addison tandis qu'elle basculait dans le plaisir.

Quand elle entreprit de déboutonner sa chemise, il l'aida, avant d'arracher fébrilement les derniers boutons. Lorsque la chemise tomba par terre, il fut parcouru par un frisson d'excitation. Il n'y avait plus que leurs peaux nues l'une contre l'autre et leurs chaleurs mêlées…

Il ne tiendrait pas longtemps…

Reculant d'un pas, il glissa les pouces sous l'élastique du pantalon d'Addison et le lui enleva.

Seigneur… Elle portait une culotte. Pas de soie, cette fois. Non… En coton blanc, simple, innocente. Ornée de minuscules fleurs bleues, ainsi que de deux petits nœuds juste sous le bassin.

Instinctivement, il s'agenouilla et lui embrassa le ventre, le nombril, déposa un baiser sur chacun des nœuds, puis fit glisser la petite culotte le long de ses jambes. Elle tomba sans bruit sur ses chevilles. Les mains fermement plaquées sur ses hanches, il approcha le visage.

— Attends, gémit Addison. Je ne suis pas sûre que…

Ignorant sa supplique, il imprima sa bouche sur sa cuisse, dans le creux délicat de l'aine. Ses boucles sombres avaient la douceur de la soie sous ses lèvres.

— Ouvre les jambes, commanda-t-il.

Elle obéit… et cria de plaisir lorsqu'il glissa la langue au cœur de son intimité. Elle avait un goût de passion et de féminité sensuelle. Le silence vibrait de ses plaintes extatiques tandis qu'il poursuivait son exploration lascive.

Il se releva, ôta ses bottes et son jean, et la renversa sur le lit.

Les doigts enfoncés dans sa chevelure, il se pencha pour capturer sa bouche. Il n'en avait jamais assez.

Pendant ce temps, les mains d'Addison exploraient son corps. Couraient, légères, sur son dos et son torse. Elles encadrèrent son visage comme elle se redressait pour l'embrasser.

— Addison, murmura-t-il.

Roulant sur elle, il se positionna entre ses cuisses, lui souleva les hanches…

— Regarde-moi, ordonna-t-il.

Les grands yeux argentés plongèrent dans les siens.

D'un seul élan, il s'enfonça dans sa moiteur brûlante. Elle gémit, haletante, noua les jambes autour de sa taille, criant son nom tandis qu'il se fondait en elle. Son corps en sueur était parcouru de frissons. Au prix d'un immense effort, il contint son ardeur et attendit que les muscles intimes l'accueillent tout entier.

Puis, lentement, il se retira. Pas totalement. Juste assez pour qu'un flot de sensations grisantes l'envahisse. Sous lui, Addison explosa de plaisir. Il lui cloua les poignets de chaque côté de la tête et se mit à la chevaucher, à un rythme de plus en plus soutenu.

— Jacob…

Sa voix était rauque et saccadée. Elle répéta son nom, se soulevant à chaque puissant coup de rein, le corps arqué sous ses flèches de plaisir. La réalité s'estompa…

— Maintenant, murmura-t-il.

Et elle s'abandonna à la jouissance en sanglotant son nom, les ongles plantés dans sa chair.

Il poussa un long grognement guttural.

Puis s'envola avec elle dans un arc-en-ciel de couleurs et de lumière.

Jacob était allongé sur elle, son corps viril pressé contre le sien. Son poids la clouait littéralement au matelas… Et comme elle savourait cette sensation ! Lorsqu'il bougea, elle émit un petit gémissement de protestation.

— Je suis trop lourd pour toi, chuchota-t-il contre ses lèvres.

— Non, pas du tout.

Il l'embrassa dans le cou.

— Bien sûr que si.

— Cela m'est égal, dit-elle avec un sourire.

A lui aussi, en vérité. Il aurait pu rester ainsi pour l'éternité. Ou alors… Il roula sur le côté et l'enveloppa de ses bras. Comme leurs bouches se frôlaient, elle poussa un petit soupir d'aise qu'il recueillit de ses lèvres.

Addison lui rendit son baiser.

Faire l'amour était donc si merveilleux ? Elle s'abstint de poser la question à voix haute. Pas question de trahir son ignorance. Car en dépit de sa réputation sulfureuse, tout cela était nouveau pour elle.

Elle n'avait eu que trois amants dans sa vie. De gentils garçons, tous les trois. Mais le sexe avec eux n'avait rien eu de mémorable.

Cette expérience avec Jacob — d'accord, ses *deux* expériences avec Jacob — avait été spectaculaire !

Aujourd'hui plus encore que la veille, admit-elle avec un frisson de plaisir. D'abord, parce que Jake, à la lumière du jour, lui apparaissait dans toute sa splendeur. Lui aussi la découvrait dans son plus simple appareil… A cette pensée, le rose lui monta aux joues.

Ensuite, parce que la veille, elle avait désespérément cherché à mettre de la distance entre eux. Pas aujourd'hui.

Elle aurait pu rester des heures ainsi, allongée contre lui, la tête sur son épaule, tandis qu'il lui effleurait les seins du bout des doigts…

Sa brusque rougeur n'échappa pas à Jake.

— A quoi penses-tu ? demanda-t-il d'un ton espiègle.

— Oh ! rien. C'était… bien.

— Seulement *bien* ? s'exclama-t-il, l'air scandalisé. On peut dire que tu sais comment vexer un homme, toi.

Il la taquinait, et elle adorait cela. Qui aurait cru que sexe et humour faisaient si bon ménage ?

Un sourire aux lèvres, il la renversa sur le dos et lui immobilisa les poignets au-dessus de la tête.

— Avoue.

Oh ! ce corps ferme contre le sien, tout en muscles d'acier…

— Avouer quoi ? le taquina-t-elle à son tour.

— Que c'était mieux que « bien ».

— Peut-être…

— Mauvaise réponse.

Il remua légèrement, et elle sentit son sexe se durcir contre son ventre.

— C'était sensationnel, décréta-t-il dans un souffle brûlant.

Elle chercha une repartie spirituelle, mais fut prise de vitesse par un baiser fougueux. Il se mit à bouger sur elle, la pointe de son érection pressée contre le bourgeon sensible de son intimité…

— S'il te plaît, implora-t-elle.

— S'il te plaît quoi ?

Déjà, il était en elle, et le monde ne fut bientôt plus qu'un immense tourbillon de sensations.

Cette fois, après s'être retiré, il tira la couette sur eux et déposa un doux baiser sur sa tempe.

— Dors, murmura-t-il.

Dormir ? Comment le pourrait-elle, après une expérience si… si…

Les ombres étaient déjà longues lorsqu'elle s'éveilla. Un feu crépitait joyeusement dans la cheminée. Jake, vêtu de son seul jean, attisait les flammes. Il se retourna et sourit en la voyant.

— Enfin réveillée ?

— Quelle heure est-il ? demanda-t-elle, la voix encore lourde de sommeil.

Il consulta sa montre.

— Presque 5 heures.

— Déjà ! s'exclama-t-elle, puis elle retint son souffle.

Jake s'était levé, exhibant son corps bronzé, sculpté par le dur labeur au grand air. La braguette du jean était fermée mais pas boutonnée. Addison ne pouvait détacher les yeux du léger duvet noir qui disparaissait en dessous…

— Laisse-moi deviner. Tu as rendez-vous avec un pot de peinture, dit-il en la rejoignant.

— Un pot de… ?

Elle éclata de rire.

— Ah, on la sent encore…

Jake acquiesça et se pencha sur elle pour lui donner un baiser langoureux.

— Tu as peint cette chambre toute seule ?

— Oui, je suis une experte en peinture d'intérieur. As-tu idée des tarifs qui se pratiquent à New York ?

— Une femme économe ? Impossible…

— Une femme fauchée, surtout. Il me reste plusieurs prêts à rembourser. L'appartement, les frais de scolarité…

— Caleb affirme que tous les avocats sont riches.

— Je ne suis entrée que récemment chez Kalich, Kalich et Kalich.

— Drôle de nom pour un cabinet d'avocats, fit remarquer Jake.

— Surtout quand on sait que le troisième Kalich a pris la poudre d'escampette il y a vingt ans…

Il partit d'un grand rire et l'embrassa de nouveau. Elle se laissa volontiers entraîner.

— Et quels sont tes autres domaines d'expertise ? s'enquit-il.

— Oh ! je me débrouille en déblayage et cirage de parquets.

— Le vieux Chambers serait horrifié…

— Horrifié ? Parce que j'ai nettoyé ce taudis ? protesta-t-elle avec véhémence.

Jake se retint de rire devant son air indigné.

— Pour lui, c'était une question d'orgueil, expliqua-t-il avec un haussement d'épaules. Quand je travaillais ici, je lui ai souvent proposé de faire plus que réparer les barrières et m'occuper des chevaux. Il me répondait invariablement de me mêler de mes oignons. Mais ce n'est que ces dernières années, quand j'étais… absent, qu'il a vraiment laissé les choses se détériorer.

Addison l'observa à la dérobée. « Absent »… Quelle étrange façon d'évoquer la guerre, sa blessure, l'acte héroïque qui lui avait valu une prestigieuse médaille.

— Combien de temps as-tu été… absent ? demanda-t-elle avec douceur.

Ses traits se crispèrent.

— Trop longtemps, dit-il après un long silence. Et en même temps, pas assez.

Il détourna les yeux. Une cicatrice striait son épaule droite. Sur une impulsion, elle l'effleura du doigt. Il eut un mouvement de recul et ramassa précipitamment sa chemise sur le sol.

— Jake, je suis désolée. Je t'ai fait mal ?

— Ce n'est rien.

D'instinct, elle voulut le serrer dans ses bras. La tension qui émanait de lui l'en dissuada.

— Je n'avais aucune intention de...

— N'en parlons plus, dit-il sèchement, tout en se rhabillant. Je descends faire du café.

— Jacob, attends.

— J'ai dit que je ne voulais plus en parler, d'accord ? Allez, habille-toi.

D'une main tremblante, elle remonta la couette sous son menton. Quelques heures auparavant, ils ne faisaient plus qu'un, et à présent... Elle était nue. Exposée. Pas seulement son corps, mais son âme et son cœur aussi. En moins de vingt-quatre heures, elle était devenue extrêmement vulnérable. Comment cela avait-il pu aller aussi vite alors qu'elle avait toujours fait attention jusque-là ?

Avait-elle laissé échapper une plainte trahissant son émoi ? L'instant d'après, Jake était auprès d'elle.

— Addison, je suis désolé.

— Non, ce n'est rien. C'est juste que...

Elle secoua la tête, sans oser croiser son regard. Deux bras puissants l'enveloppèrent.

— Ce n'est pas toi, c'est moi, assura-t-il. Je n'aime pas parler de cette histoire.

— Je comprends.

Elle comprenait ? Il réprima un rire triste. Que comprenait-elle au juste ? Lui-même nageait en pleine confusion...

— J'étais pilote de Black Hawk, un hélicoptère destiné au transport de troupes et de matériel sur le champ de bataille, commença-t-il.

Sa voix se cassa.

— Il sert aussi aux missions de sauvetage des soldats restés au sol. Des soldats blessés ou en danger...

— Ne te force pas, dit Addison en posant un doigt sur ses lèvres.

— Parfois, tout se passe bien. Et parfois, non, continua-t-il, écartant sa main. Après quelque temps, on commence à compter les points. Deux soldats sauvés. Deux autres perdus. Deux ennemis abattus.

— Ce doit être horrible. Perdre ses hommes et ne jamais savoir à quoi s'attendre...

— Oui, d'où le système de comptage. Tant que le nombre de pertes est le plus faible, on reste sain d'esprit. Jusqu'au jour où...

Il eut un haussement d'épaules.

— Je ne peux pas en parler. Restons-en là, d'accord ?

— Comme tu veux.

Il la regarda quelques minutes, puis, soudain, la serra contre lui. Ils restèrent un long moment ainsi, dans les bras l'un de l'autre. Assez longtemps pour que le feu meure dans la cheminée. Enfin, il s'écarta.

— Je n'ai jamais raconté cela à qui que ce soit, murmura-t-il.

Addison lui caressa tendrement les cheveux. Il ne lui avait rien confié, vraiment, mais elle comprenait : il avait partagé un peu de sa souffrance avec elle.

— Bien. Une confession en appelle une autre, n'est-ce pas ?

L'effort qu'il déployait pour détendre l'atmosphère était palpable. Elle sourit.

— Tu es sûr ?

— Sûr et certain. D'ailleurs, puisque nous n'avons rien mangé de la journée, je vais te confier un autre secret.

— Je sais ! Tu te transformes en loup-garou à minuit !

— Non, dit-il en riant. Je sais cuisiner.

— Un homme qui fait à manger ? Impossible...

— Dis-moi ce dont tu as envie et tu verras.

Elle fit mine de réfléchir.

— Pourquoi pas des pancakes ?

— Et pourquoi pas les célèbres œufs brouillés à la

Jake Wilde ? Ou alors, ses succulents sandwichs au fromage fondu ? La vraie confession, c'est que je sais cuisiner, mais uniquement ces deux plats.

Elle éclata de rire.

— A ton tour de m'avouer quelque chose, la défia-t-il.

Tu es merveilleux... C'était l'aveu qui lui brûlait les lèvres, mais son courage la déserta. Et puis, ce n'était pas assez drôle.

— Addison n'est pas mon vrai nom.

— Ah non ?

Elle secoua la tête.

— Mmh... De quoi peut-il bien s'agir, alors ? Et pourquoi l'avoir changé ? demanda-t-il en lui tapotant le nez du doigt.

— Si je te le disais, tu comprendrais tout de suite...

— Hé, tu es censée me révéler ton secret, pas le fait que tu en possèdes un.

— Mes lèvres sont scellées.

— Vraiment ?

Sa bouche s'incurva en un sourire félin. Soudain, il la bascula sur le lit et l'embrassa.

— Dans ce cas, je vais devoir les desceller, murmura-t-il, espiègle.

Elle se laissa faire avec plaisir, puis noua les mains sur sa nuque.

— Tu as gagné. Approche, je vais te dire mon secret.

Il obéit, pressant l'oreille contre ses lèvres. Elle se prit à hésiter. Tout à coup, ce qu'elle s'apprêtait à dire ne lui parut plus drôle du tout. Personne ne connaissait son vrai nom. Pourquoi le révéler maintenant ? Et à lui entre tous ?

— Tu n'es pas obligée de me le dire, dit Jake.

— Non ?

— Non, car j'ai deviné. Tu t'appelles en réalité Cruella d'Enfer.

Elle éclata de rire. La boutade avait suffi à lui redonner confiance.

— Mon vrai nom est Adorée.

Contrairement à ses prévisions, Jake ne se moqua pas.

— Adorée, répéta-t-il affectueusement. Adorée... C'est joli. Presque autant que toi.

Elle se sentit rougir.

— Tu le penses vraiment ? dit-elle d'une voix ravie.

— Je pense surtout que le repas peut attendre.

Et il la fit rouler sur l'oreiller. Elle gloussa de plaisir.

— Que vais-je bien pouvoir faire de toi, Jacob Wilde ?

En guise de réponse, il pencha la tête et aspira un téton entre ses lèvres.

— Laisse-moi te donner quelques idées...

Ce qu'il fit sans plus attendre.

9

— Minuit ? Comment est-ce possible ?

Addison, enveloppée jusqu'aux chevilles dans une robe de chambre, fixait, incrédule, l'horloge de la cuisine.

Jake la dévorait des yeux, appuyé nonchalamment contre le chambranle de la porte. Elle était si belle qu'il n'avait qu'une envie, la ramener au lit. Mais il était tard et ils étaient tous les deux affamés. Se restaurer était indispensable s'il voulait reprendre des forces. La nuit était loin d'être finie…

— Quelle heure as-tu ? demanda-t-elle en se tournant vers lui.

Il consulta sa montre.

— La petite aiguille est sur le douze. La grande aussi, ce qui signifie qu'il est soit minuit soit midi. Vu comme il fait noir dehors, je parie pour minuit.

— Minuit… Comment avons-nous…

Elle se mordit la lèvre, écarlate. Seigneur, ce qu'il aimait cela, chez elle ! Des heures nue dans ses bras à explorer son corps, et elle rougissait encore comme une écolière ! Mais elle était aussi sûre d'elle, au lit comme en dehors. Une femme imprévisible qu'il valait mieux ne pas sous-estimer. Une femme avec qui on construisait un avenir…

Il fronça les sourcils. A quoi pensait-il ? Addison était une maîtresse fantastique, et le sexe avec elle était torride. Fin de l'histoire.

— Moi non plus, je n'ai pas vu le temps passer, dit-il en s'approchant d'elle. Je me demande pourquoi…

Elle rougit un peu plus, et il l'attira dans ses bras.

— Nous devrions manger quelque chose, ou ce sont deux squelettes qu'on va retrouver sur ce splendide linoléum.

Addison se blottit contre lui.

— Tu as quelque chose contre mon linoléum ?

— Rien, si ce n'est que cette teinte verdâtre me retourne l'estomac.

— C'est un vert chartreuse.

— Encore pire.

Addison caressa son torse, grisée par la sensation de sa peau nue sous ses doigts, de son épaisse toison, des battements sourds de son cœur.

— Il y avait du linoléum dans la cuisine, là où j'ai grandi, continua-t-elle. Pas vert mais rose, comme tout le reste. Les murs, les tapis, la salle de bains…

Elle lui adressa un sourire.

— Mais je me suis vengée. Mon appartement actuel est blanc du sol au plafond, meubles inclus.

— Aha. Voilà qui explique la chambre du vieux Chambers.

— *Ma* chambre, rectifia-t-elle.

— Je ne te le fais pas dire, convint Jake d'un ton suggestif.

Elle noua les bras autour de son cou. Elle mourait d'envie d'embrasser ses cicatrices, dont le relief rugueux se détachait sous ses doigts, mais s'en abstint. Le fait qu'il n'ait pas remis sa chemise était déjà une concession, elle le savait. Il souffrait, c'était évident ; il souffrait intérieurement, et elle ressentait cette souffrance. Ne rien pouvoir faire était un supplice.

— Tu es bien songeuse, dit-il en déposant un baiser léger sur ses lèvres.

Elle ébaucha un sourire.

— Le linoléum vert chartreuse me fait toujours cet effet.

— Dans ce cas, que dirais-tu de manger et quitter cette pièce au plus vite ?

— Excellente idée, capitaine. Qu'est-ce qui te fait envie ?

Il eut un petit rire sexy qui la fit rougir et il captura sa bouche.

— Je suis sérieuse, Jacob.

— Moi aussi.

Il l'embrassa de nouveau. Leur baiser se prolongea, intense et passionné. Puis elle se libéra de ses bras et ouvrit le réfrigérateur.

— Voyons… Il me reste du fromage…

— Parfait. Je vais nous faire mes fameux sandwichs au fromage fondu.

Effarée, elle lui lança un regard par-dessus son épaule.

— Tu n'es pas sérieux ?

— Hé, c'est une recette ancestrale des Wilde.

— Pas sûr que tes sœurs soient d'accord avec cette définition…

— Bon d'accord, c'est une recette du Trio Wilde Infernal.

Elle éclata de rire.

— Toi, Caleb et Travis ? Le « Trio Wilde Infernal » ?

— C'est ainsi qu'on nous appelait dans le coin.

Jake enfonça les mains dans les poches de son jean, et elle sentit son regard se poser sur ses fesses tandis qu'elle se penchait vers le compartiment inférieur.

— A vrai dire, le fromage fondu, c'est la spécialité de Travis, compléta-t-il d'un ton distrait.

— Dieu merci !

— La mienne, c'est les hot dogs frits.

Elle fronça les sourcils.

— Dis-moi que c'est une plaisanterie.

— Ah là là, vous les New-Yorkais êtes si prompts à critiquer…

— Je n'ose demander quelle est la contribution de Caleb à un tel festin.

— Les chamallows grillés au feu de bois. Tu sais, croustillants à l'extérieur, fondants à l'intérieur.

— Non, je ne connais pas.

— Comment ? Tu n'as jamais fait griller de chamallows autour d'un feu de camp ?

— Jamais.

— Tu ne sais pas ce que tu perds.

— C'est aussi ce que me disait Charlie…

Avant même de terminer sa phrase, elle s'interrompit. Pourquoi avait-elle mentionné Charlie ? La réponse se présenta d'elle-même : il était temps de savoir ce que Jake pensait de cette odieuse rumeur sur leur prétendue relation.

— Charlie…, répéta Jake, en se demandant aussitôt ce que son intonation trahissait.

De la curiosité ? Certainement. Qui ne serait pas curieux face à ce millionnaire léguant à une « amie » plusieurs milliers d'hectares d'excellentes terres texanes ?

De la jalousie ? Non. Bien sûr que non…

— Juste « Charlie » ? ne put-il s'empêcher d'ajouter.

Addison claqua la porte du réfrigérateur et lui fit face.

— Charles Hilton, dit-elle d'un ton sec.

Et empreint de défi. A l'instar de son regard… D'accord, peut-être avait-il eu l'air légèrement jaloux. Voire carrément dévoré par la jalousie.

— C'était un ami, continua-t-elle. Je te l'ai déjà dit, non ?

— Hé, je n'insinuais pas…

— Oh ! vraiment ?

— Addison, s'il te plaît. Tout ce que je voulais savoir…

Bon sang, pourquoi se justifiait-il ? Il la connaissait depuis, quoi, deux jours ? Même pas. Elle avait son passé, comme lui le sien. Quant à la nature de ses sentiments pour ce Charlie...

Et zut. Inutile de se voiler la face : cette question l'obsédait.

— Tu l'aimais ? s'enquit-il avec circonspection.

— Pour la énième fois, c'était mon ami ! explosa Addison. Au fond, tu es comme les autres, seulement prêt à croire ce qui t'arrange...

Sans la laisser terminer, il scella ses lèvres d'un baiser à la fois tendre et possessif. A son grand soulagement, elle lui répondit aussitôt avec transport. Comme il approfondissait son exploration, elle s'agrippa à son cou et s'abandonna contre lui.

— Je suis désolé, Adorée. Je te crois. D'ailleurs, même si tu l'aimais...

— Je l'aimais, oui. Comme un père, le coupa-t-elle. Et lui m'aimait comme sa fille.

Jake hocha la tête, plus soulagé qu'il n'aurait voulu se l'avouer.

— Tant mieux. Je ne supporterais pas que son fantôme vous hante, toi et ce ranch délabré.

Il y eut un silence, brisé par le rire clair d'Addison.

— Ce que tu dis n'a aucun sens, Jacob.

En effet, cela n'avait aucun sens. Il la connaissait à peine et rien ne les liait. D'ailleurs, il refusait de s'attacher à qui que ce soit. Addison ne faisait pas exception. Il devait aller de l'avant, point. S'en tenir aux faits et rien d'autre.

— Jake ?

— Alors dis-moi... Quel genre d'homme était-ce, ce Charlie ? demanda-t-il.

Elle se dérida.

— Vous vous seriez bien entendus. Il était très pragmatique.

— Ton patron ?

— Un collègue, mais meilleur avocat que je ne le serai jamais.

— Allons, je parie que tu es la reine du barreau.

— Ce que j'ai appris, je le dois à Charlie. Il était mon mentor et mon héros, dit Addison en souriant.

Un muscle tressaillit sur la tempe de Jake.

— Les héros n'existent que dans les contes de fées, répliqua-t-il froidement.

Elle lui caressa la joue avec douceur.

— Tu en es pourtant un, observa-t-elle.

— Non. Je n'ai jamais fait que ce pour quoi j'avais été entraîné.

— L'héroïsme revêt de nombreuses formes.

Il ne put retenir un rictus méprisant.

— Foutaises de journalistes…

— C'est la vérité, protesta-t-elle. Mon père… Il était pompier.

— D'accord. Ces gars-là sont de vrais héros, concéda-t-il.

— Il était entraîné à pénétrer dans des bâtiments en feu, poursuivit Addison. Jusqu'au jour où il n'en est pas ressorti…

— Je suis désolé, Adorée. Quel âge avais-tu ?

— Six ans. Je me souviens encore de son courage exemplaire.

— Ce n'est pas la même chose…

— Si. Tu as sauvé des vies.

Jake sentit sa mâchoire se crisper.

— En tant qu'avocate, tu es bien placée pour savoir qu'il ne faut pas croire tout ce qu'on raconte.

— Jacob…

Il la contourna et rouvrit la porte du réfrigérateur.

— Je croyais que nous devions manger quelque chose, dit-il, changeant délibérément de sujet.

Il lui tournait le dos, offrant aux yeux d'Addison ses épaules qui semblaient taillées dans la pierre. Elle avait effleuré un point sensible, elle le savait… et tenait trop à lui pour s'y risquer de nouveau.

— C'est vrai ! s'exclama-t-elle comme si cela lui était totalement sorti de la tête. Alors…

Elle fit mine de passer en revue les rayons inspectés cinq minutes plus tôt.

— Nous avons du fromage blanc, du pain complet, de la salade… Oh ! et du tofu, aussi…

Aucune réaction de la part de Jake. Sa tension était palpable, déferlant sur elle comme une vague de chaleur.

— C'est décidé. Ce sera tofu et céréales, dit-elle gaiement. Le tout accompagné de pain grillé avec…

La porte se referma brusquement. Elle leva les yeux vers Jake. Il paraissait moins sombre. Plus détendu. Une ébauche de sourire lui étirait même le coin des lèvres.

Son cœur s'allégea. Elle sourit à son tour, bénissant son intuition féminine. Toute femme savait qu'un homme paniquait à la seule mention de graines de soja.

— Je t'emmène dîner, annonça-t-il. Ou déjeuner. Comme tu préfères.

— A minuit ? Au milieu de nulle part ?

— Insinuerais-tu que Wilde's Crossing ne vaut pas la Grosse Pomme ?

Elle le provoqua d'une moue dédaigneuse. Le sourire de Jake s'élargit.

— Que dirais-tu d'un pari ?

— Cinquante cents, et pas de fast-food, décréta-t-elle, espiègle.

— Cinquante cents ? Tu appelles cela un pari ?

— J'attends ta proposition.

Il l'enlaça, les doigts croisés dans le creux de son dos.

— Si je gagne, on remplace le tofu par de la crème fouettée.

Addison sentit ses joues s'empourprer.

— De la crème fouettée ? Sur les céréales ? dit-elle, feignant l'innocence.

— Sur toi, répondit Jake d'une voix rauque. Sur tes lèvres, tes seins, tes cuisses…

Elle lui donna un baiser léger.

— Pari tenu. A condition qu'il en reste pour étaler sur toi après…

Il laissa échapper un grognement excité. Avant qu'il ait pu la plaquer contre le réfrigérateur, elle s'échappa vers la porte dans un déhanché aguicheur.

Les yeux fixés sur Addison, Jake sentit son rire mourir sur ses lèvres, chassé par une sensation nouvelle. Il brûlait de la rattraper, bien sûr. De la renverser sur le lit et lui faire l'amour des heures durant. Mais pas seulement. Il voulait plus que cela. Il la voulait dans son cœur et dans sa vie…

Comment était-ce possible ? Avait-il complètement perdu la tête ?

— Jake ? Allez, viens mettre ta chemise, fainéant.

La voix d'Addison le ramena sur terre. Elle l'attendait dans l'embrasure de la porte, un pull sur le bras.

— Quelque chose ne va pas ? demanda-t-elle, inquiète.

— Non. Ce n'est rien.

Elle le dévisagea d'un air soucieux.

— Tu es sûr ? Je peux préparer des œufs brouillés si tu ne veux pas sortir…

Une fraction de seconde plus tard, il la serrait dans ses bras, ses lèvres rivées aux siennes, dans un baiser si intense qu'elle lâcha le pull pour mieux s'accrocher à lui.

Tout en s'abandonnant à ses baisers, Addison sentait l'inquiétude la gagner. Quelque chose n'allait pas, elle le voyait bien. Si seulement il acceptait de se confier à elle… Elle l'aiderait et le réconforterait.

Comment ignorer la souffrance de l'homme dont elle était en train de tomber éperdument amoureuse ?

— Si on me voit avec cette chemise sans boutons, on saura qui les a arrachés.

Jake sourit devant l'embarras manifeste d'Addison.

Par chance, le vieux Chambers était du genre économe. Les meubles en piteux état et la collection d'antiquités faisant office d'équipement électroménager en témoignaient. Les chemises de travail qu'il avait laissées dans un placard des années plus tôt n'avaient pas bougé. Il en choisit une bleue et l'enfila. Elle était un peu juste, mais ferait l'affaire.

Le vrai problème, c'était ce qui lui arrivait.

En route pour un café, il roulait comme un possédé. Il conduisait toujours vite, mais ce soir…

Ce soir, il regrettait de ne pas piloter un jet capable de l'emmener au-delà des nuages. Il avait besoin de sentir le monde disparaître sous ses pieds.

Que diable s'était-il passé dans cette cuisine ? Ils étaient là à plaisanter, à revivre les longues heures passées au lit tout en anticipant celles à venir… et soudain, le sexe n'avait plus suffi. *Suffi à quoi ?* Telle était la question…

Il jeta à Addison un regard à la dérobée.

Une seule fois auparavant, l'incertitude l'avait assailli. Cette nuit où il avait perdu ses hommes. Non…

Ses mains se contractèrent sur le volant.

Pas des hommes. Des adolescents. Dix-huit, dix-neuf ans. Vingt et un ans pour le plus âgé. Et tous étaient morts par sa faute, parce qu'il était arrivé trop tard…

— Jacob ?

Addison lui effleura le bras. Il sursauta, totalement

désorienté. Il lui fallut plusieurs secondes pour se rappeler où il était. Et avec qui. Une femme qui ne savait rien de lui, sinon qu'il était censé être un héros.

— Jacob, répéta-t-elle. Tu roules beaucoup trop vite…

Un coup d'œil au compteur le lui confirma. Il leva le pied de l'accélérateur.

— Quelque chose ne va pas ?

— Non, tout va bien, répondit-il.

Quel soulagement ce serait de s'ouvrir à elle, de lui avouer qu'il ne méritait ni sa médaille ni l'adulation dont il faisait l'objet… Mais c'était impossible. Et si elle se mettait à le regarder comme lui se regardait chaque matin ? Avec déception ou, pire, avec dégoût ?

Leur destination se profilait à l'horizon. La vieille enseigne, toujours la même, clignotait dans la nuit. « Angie's Café, ouvert 24h/24 ». Au moins, il avait gagné son pari…

— Qu'est-ce que je te disais ? Angie's ne ferme jamais, lança-t-il triomphalement en se garant sur le parking. Par contre, le menu ne propose pas de tofu…

L'expression soucieuse d'Addison le coupa dans sa tirade. Il la serra contre lui en un geste apaisant.

— Cesse de t'inquiéter pour moi. Je vais bien.

Elle ne le croyait pas. Il le lisait dans ses yeux.

— Je n'ai besoin que de ce que tu m'apportes depuis hier. J'ai besoin de *toi*.

C'était la vérité.

Ce que cette vérité signifiait et où elle le mènerait… il n'en avait pas la moindre idée. Une seule chose était sûre : il changeait, et cela l'effrayait plus que tout ce qu'il avait connu jusque-là.

10

L'intérieur d'Angie's Café était brillamment éclairé, et aussi animé que n'importe quel bar de Times Square à cette heure.

Une femme potelée leva les yeux du comptoir à leur arrivée. Un instant de stupéfaction passé, elle se précipita pour les accueillir, serrant Jake dans ses bras avec force exclamations. Ce dernier la souleva comme si elle ne pesait pas plus qu'une plume.

— Tu es revenu faire de moi une honnête femme, Jake Wilde ?

— Je n'épouserai personne d'autre, répondit-il avec un large sourire.

Elle pouffa, et il fit les présentations. Angie inspecta Addison de la tête aux pieds, opina d'un air approbateur, puis les installa dans un box contre le mur.

Comme elle leur tendait le menu, Jake secoua la tête.

— Inutile, Angie. Je rêve de ton petit déjeuner depuis des mois.

— Donc œufs au plat, bacon, porridge, toasts beurrés et pommes de terre sautées, le tout accompagné de litres de café, énuméra-t-elle en souriant.

— Ajoute quelques saucisses, et ce sera parfait, compléta Jake.

— Et vous, mademoiselle ? La même chose ?

Addison leva les yeux du menu.

— Je vais prendre un œuf poché sur une tranche de pain complet grillé, sans beurre.

Elle ignora avec superbe la grimace de Jake.

— Et avec cela ?

— Un café, sans sucre, s'il vous plaît.

— Une formule petit déjeuner. Un œuf poché sur pain complet avec porridge, récapitula Angie.

— Non, pas de porridge, merci, corrigea Addison.

— *Avec* porridge, répéta fermement la tenancière avant de s'éloigner, son crayon sur l'oreille.

— Non, attendez ! J'ai dit que je ne voulais pas...

— Peu importe ce que tu veux, expliqua Jake d'une voix patiente. Tu es dans le Sud, ici. Tout vient avec du porridge.

— Flash info, Jacob. Je ne suis pas du Sud.

— Oh ! personne n'est parfait...

Elle lui tira la langue.

— Tu essaies de me distraire ?

— Y ai-je réussi ? demanda-t-elle, son sourire le plus provocant aux lèvres.

Il lui prit la main, le regard voilé par le désir.

— Tu tiens vraiment à le savoir ?

— Pas en public, voyons, le réprimanda-t-elle avec sévérité.

— Soit. Mais en échange, goûte le porridge. Qui sait ? Tu pourrais aimer.

— Crois-moi, capitaine...

— Lieutenant, rectifia Jake.

Son sourire s'était brusquement évanoui.

— Je croyais que...

— Médaille et promotion vont de pair.

Etait-ce de l'ironie ou de l'amertume qui perçait dans sa voix ? Elle n'aurait su le dire.

— Je ne comprends pas...

— Quand on reçoit une médaille, on monte en grade. C'est aussi simple que cela.

Non, elle ne le croyait pas. Son regard s'était assombri, comme plus tôt dans la cuisine. Si seulement il acceptait de lui *parler*...

— J'ai longtemps été lieutenant. C'est ainsi que mes hommes m'appelaient, et ainsi que je me considère, conclut-il.

Le ton sans réplique la dissuada de protester davantage.

— Tu dois te réjouir d'être de retour, murmura-t-elle.

— Oui et non... Le champion de l'indécision, n'est-ce pas ?

Il eut un petit rire sans joie.

— Ce doit être difficile de revenir, après tout ce que tu as vu, dit-elle en serrant ses mains dans les siennes.

— Le monde que j'ai vu n'est pas celui que j'avais imaginé enfant...

— Le monde n'est jamais tel qu'on se l'imagine enfant.

Jake contempla Addison en silence. Elle avait raison, bien sûr. Mais c'était particulièrement vrai pour lui, bercé toute son enfance d'histoires de héros combattant pour des raisons forcément honorables...

Il mêla ses doigts à ceux de la jeune femme.

— Parle-moi de ton père, dit-il enfin. Sa mort a dû être un choc terrible pour toi et ta mère.

Une ombre passa dans les grands yeux argentés.

— Oui. Je l'adorais. Nous étions très proches. Je n'ai jamais aimé les poupées et tous ces trucs de filles. Je préférais la lecture et les sciences.

— La future avocate à l'œuvre, plaisanta-t-il.

Elle sourit.

— Il m'encourageait à devenir forte et indépendante afin de réaliser mes rêves.

— Un excellent conseil, approuva Jake. C'était un homme bien.

— Oui…

Elle déglutit péniblement.

— T'ai-je dit qu'il était retourné dans la maison pour sauver un petit garçon piégé dans les flammes ? C'est à ce moment-là que le toit s'est effondré…

— Adorée, je suis désolé. Je n'aurais pas dû…

— La mère est venue nous voir, continua-t-elle. Elle voulait que nous sachions à quel point l'héroïsme de mon père l'avait touchée.

Jake serra la mâchoire.

— Alors même qu'elle avait perdu son fils…

— Oui, dit Addison. Comme ces pompiers et policiers qui ont perdu la vie le 11 Septembre. Ils sont morts en héros.

C'est vrai, pensa Jake. Un héros faisait ce qui était juste. C'était cette détermination à faire le bien qui comptait. Le jour où on l'oubliait, on perdait à jamais le droit d'être appelé un héros.

— Après cela, rien n'a plus été pareil, reprit Addison. Ma mère n'a pas supporté la mort de mon père. Nous avons perdu la maison et… elle a commencé à changer.

Elle eut un sourire empreint de tristesse.

— Mon père avait beau être un héros, j'aurais préféré qu'il soit avec nous… Tu comprends ?

Oui, il comprenait.

Il comprenait parfaitement. L'héroïsme était une notion relative. L'important, c'était de rentrer auprès des siens. Il l'avait toujours su. Et quand on échouait à ramener ses hommes sains et saufs…

— Le petit déjeuner est servi, annonça Angie en déposant deux immenses assiettes devant eux.

Addison contempla la sienne, d'un air atterré : œufs au plat, bacon, saucisses et toasts beurrés. Et porridge.

— Notre chef ne sait pas préparer les œufs pochés,

expliqua gaiement la tenancière. Et nous sommes justement à court de pain complet.

Elle regarda Addison, les mains sur ses hanches généreuses.

— Je vous ai épargné les pommes de terre sautées. Vous m'avez tout l'air d'une de ces toquées de régimes.

Addison ne répondit pas, les yeux toujours rivés à son assiette.

— Goûtez-moi donc ce porridge, continua Angie. Ça vous remplumera. Les Texans aiment les femmes bien en chair. Pas vrai, Jake ?

— Absolument, répondit Jacob.

L'œillade assassine qu'elle lui lança lui arracha un sourire qu'il tenta de dissimuler derrière son air le plus angélique. Puis il attendit. Il savait qu'elle ne résisterait pas au plaisir de relever le défi silencieux qu'il lui lançait.

Angie partie, elle saisit sa fourchette et, avec un soupir résigné, la plongea dans l'épais gruau.

— Tu me le paieras, grogna-t-elle, avant d'avaler une bouchée.

— J'y compte bien, rétorqua Jake.

Elle le foudroya du regard… et éclata de rire.

— Moi aussi.

Soudain, il comprit. Contre toute attente, Adorée — *son* Adorée, forte, sexy, intelligente — commençait à faire partie de sa vie.

Et ça le terrorisait plus que tout.

Ils rentrèrent en chantant du Johnny Cash au son de la radio. Enfin, Jake chantait, tandis qu'elle se contentait de fredonner. C'était la première fois qu'elle écoutait de la musique country et se surprenait à aimer. Les paroles étaient sincères et profondes.

Comme Jacob.

Il avait su rester simple malgré son enfance dorée. Il était aussi capable d'une grande tendresse. Mais la guerre l'avait douloureusement marqué. Travis et Caleb ne lui avaient rien dit à ce sujet, sinon qu'il reniait son statut de héros.

Par modestie ? Non. Plus elle le connaissait, plus elle soupçonnait une autre raison…

— Addison ?

La voix de Jake la fit sursauter. Perdue dans ses pensées, elle n'avait même pas remarqué qu'ils étaient arrivés au ranch.

La lueur de désir dans ses yeux affola son cœur.

— Mon Adorée, murmura-t-il.

Et elle s'abandonna à ses baisers, sans plus penser à rien.

Jake s'éveilla aux premières lueurs de l'aube.

Addison, blottie contre lui, dormait paisiblement. Il la contempla, émerveillé par sa beauté et son naturel.

Jamais il n'avait rencontré une femme comme elle. Minauderies et faux-semblants lui étaient totalement étrangers. Elle se désintéressait de sa fortune, ne feignait pas la compassion, ne détournait pas les yeux de ses cicatrices. Il la rendait heureuse, tout simplement.

Et elle le lui rendait bien ! Jamais il n'aurait cru connaître de nouveau un tel bonheur.

Il déposa un baiser sur son épaule, quitta silencieusement le lit et enfila son jean, qu'il n'avait pas changé depuis… combien de jours, déjà ? Il avait perdu toute notion du temps. Quel jour était-on ? Dimanche ? Lundi ? Addison partait en fin de semaine…

Non, il ne voulait pas y penser. Pas tout de suite. D'abord, il devait appeler sa famille, qui devait se faire un sang d'encre.

Sur la véranda, il sortit son portable et composa le numéro d'El Sueño. Il était tôt, mais Lissa avait toujours été matinale. Elle décrocha à la deuxième sonnerie.

— C'est moi, Jake. Je suis toujours vivant.

— Oui, nous l'avions deviné, n'ayant reçu aucun appel de la police ou de l'hôpital, ironisa-t-elle.

— Désolé, Liss…

— Tu es un grand garçon, tu n'as aucun compte à nous rendre.

Il se frotta la joue. Sa cicatrice le démangeait, comme chaque fois qu'il faisait quelque chose de stupide.

— Tu es un idiot, Jake.

— On me le dit souvent.

— Quelle surprise, dit Lissa en s'esclaffant.

Son ton s'adoucit.

— Comment vas-tu ?

— Bien.

— Mais pas assez pour revenir à El Sueño ? C'est ici ta place, Jake.

Décidément, elle ne perdait pas le nord.

— Travis et Caleb sont là ?

Un long soupir lui parvint depuis l'autre bout de la ligne.

— Travis est à Dallas. Caleb avait un rendez-vous à Austin. Em et Jaimie sont retournées à New York. Et moi, dans une demi-heure, je suis partie.

— Personne ne m'a attendu ?

— Nous t'avons attendu pendant deux ans, Jake. Nous t'aimons, tu le sais, mais…

— Je comprends.

— Vraiment ?

Il y eut un long silence. Lissa s'éclaircit la gorge.

— Le Général a appelé. Il dit qu'il regrette de ne pas avoir pu venir te voir.

— J'ai déjà entendu cela avant…

— Comme nous tous. Cette fois, pourtant, je jurerais qu'il était sincère.

— Pas moi. Je le connais trop bien.

— Et maintenant, Jake, que comptes-tu faire ? Toujours décidé à repartir ? demanda Lissa.

Il hésita, pensa à Addison endormie dans la chambre.

— Je… Pour l'instant, rien n'est sûr.

— Tiens-nous au courant, d'accord ? Oh ! et Jake… Tu as beau être un idiot, tu restes mon frère préféré.

Il rit pour lui faire plaisir, sachant pertinemment qu'elle cherchait à le dérider.

— Tricheuse. Tu dis cela à chacun de nous.

— C'est vrai, admit-elle. Mais au moment où je le dis, je le pense vraiment. Passe me voir en Californie, d'accord ?

Il promit et raccrocha.

Il avait omis de lui demander ce qu'il adviendrait d'El Sueño. S'il n'en prenait pas la tête, qui le ferait ? Gérer un ranch n'était pas simple, surtout un ranch aussi prospère que le leur. Chevaux, cultures, droits d'extraction, pétrole, n'étaient que quelques-uns des nombreux domaines dans lesquels El Sueño se spécialisait.

Jake poussa un soupir. Autrefois, il débordait d'idées pour le développer davantage encore. En prendre la direction serait sa chance de les mettre en œuvre. Et une bonne raison de rester à Wilde's Crossing, le temps de voir où cette histoire avec Addison le menait…

Si elle le menait quelque part.

Il n'y avait pas de place dans sa vie pour une femme, il le savait. Même lui était assez lucide pour s'apercevoir qu'il nageait en plein brouillard. Pourtant, pour la première fois, il envisageait de s'installer. Rien n'était sûr, mais…

Mais quoi ? Que lui dirait-il ? *Reste. Ne retourne pas à New York. Je ne sais pas ce que j'ai à t'offrir, ni de quoi demain sera fait, mais je te veux auprès de moi.* Un parfait résumé. Il ne savait pas ci, il ne savait pas cela... Elle non plus ne savait rien de lui. C'est à peine s'il se reconnaissait lui-même.

Certes, son cauchemar avait disparu depuis sa rencontre avec Addison... Mais cela ne signifiait rien. Il reviendrait. Il revenait toujours. Le Black Hawk. Le col de montagne. Les flammes. L'explosion. Puis la fumée, les cris, ses hommes tués, tout cela parce qu'il n'était pas là où il *savait* qu'il aurait dû être...

Deux bras nus l'enlacèrent par-derrière.

Il fit volte-face, les poings serrés, prêt à se défendre... Addison se tenait devant lui, pâle comme un linge.

— Je suis désolée, Jacob. Je ne voulais pas te surprendre.

— Non, c'est à moi de m'excuser. Je ne sais pas ce qui m'a pris...

Oh si, il le savait très bien. Le cauchemar, les réflexes acérés, le besoin de fuir en avant pour ne pas se sentir piégé... Tout cela faisait désormais partie de lui. Son Adorée méritait mieux qu'un homme détruit. Il devait partir, *maintenant.*

Au lieu de quoi, il l'entoura de ses bras et enfouit son visage dans ses cheveux. Lorsqu'elle leva les yeux vers lui, il l'embrassa longuement, jusqu'à ce que le monde s'efface autour d'eux.

En fin de matinée, ils partirent faire quelques courses au supermarché.

Malgré ses efforts pour paraître détendue, Addison n'était pas à son aise. Les passants reconnaissaient la Thunderbird et les regardaient avec curiosité. Quand Jake la prit dans ses bras sur le parking, ils restèrent carrément bouche bée.

— Jacob, les gens nous regardent, protesta-t-elle.

— Qu'ils regardent.

Et il l'entraîna vers l'entrée du magasin, où il lui déposa un baiser sur le nez. Derrière elle, quelqu'un applaudit. Aussitôt, elle sentit ses joues s'empourprer... et cessa subitement de s'inquiéter. Il avait raison, après tout. Qu'ils regardent ! Pour la première fois de sa vie, cela lui était complètement égal.

Un vrai miracle.

Une fille qui voyait sa mère perdre la raison et devenir du jour au lendemain la risée de la ville, la « folle » dans la caravane rose près de la voie ferrée... cette fille-là grandissait en cherchant coûte que coûte à passer inaperçue. D'ailleurs, elle n'était rentrée qu'une seule fois après son départ à l'université. Pour les funérailles de sa mère. Personne ne l'avait reconnue, ni n'avait chuchoté derrière son dos. Et pour cause : elle avait appris à se fondre dans le décor. L'anonymat était son armure.

Enfin, avait été son armure. Jusqu'au jour où elle avait rencontré Charlie.

Les rumeurs étaient revenues au galop.

Et, aujourd'hui, c'était à cause de Jacob qu'on parlerait d'elle. Jacob, son amant...

Un délicieux frisson la traversa.

— Qu'y a-t-il, Adorée ?

— Rien.

Elle feignit de s'absorber dans le choix d'une salade, comme si la survie du monde en dépendait. A quoi bon des mots quand les faits parlaient d'eux-mêmes ? Jacob n'était pas seulement son amant.

Il était l'amour de sa vie, elle en était sûre maintenant.

Ils repartirent du supermarché avec des steaks, de la salade, du pain et du fromage, sans oublier le vin, puis se rendirent dans un magasin de vêtements où Jake acheta un jean et plusieurs chemises de rechange.

Et des bottes, malgré les protestations d'Addison.

— C'est une loi, au Texas. « Tout propriétaire de ranch ne portant pas de bottes encourt une amende », déclara-t-il solennellement.

L'après-midi était déjà bien avancé lorsqu'ils rentrèrent au ranch. Jake se proposa d'inspecter ses terrains pour une première estimation de leur valeur.

— A moins que tu ne préfères une promenade à cheval ? Tu sais monter, au moins ?

— Evidemment ! répliqua-t-elle, piquée au vif.

Un mensonge éhonté...

Elle le suivit à l'enclos et observa avec méfiance les quelques chevaux qui y paissaient. Son expression ne sembla pas échapper à Jake.

— Tu es sûre de savoir monter ? demanda-t-il, sans chercher à dissimuler son scepticisme.

— Je t'ai dit que oui.

— Quand es-tu montée à cheval pour la dernière fois ?

Elle se mordit la lèvre.

— Je ne sais plus...

— Réponds à ma question, Adorée.

— Quelques années, dit-elle évasivement.

Il croisa fermement les bras.

— Bon, d'accord. C'était à une foire, en ville, qui proposait des balades à poney.

Jake éclata de rire.

— Donc tu ne sais pas monter. Promis, je t'apprendrai.

Elle lui rendit son sourire. C'était la première fois qu'il mentionnait leur avenir commun...

Le vieux Chambers possédait une camionnette décrépite dont il fit le plein, et ils partirent explorer le domaine.

Tout, autour d'elle, l'émerveillait. Les collines bleutées dans le lointain. Les antilopes qui se figeaient, apeurées, à leur passage. Les taches de couleur formées par les premières fleurs du printemps. La rivière bondissant sur les rochers.

Jake, quant à lui, repérait les améliorations à apporter : barrières à réparer, routes à niveler, terres cultivables à labourer. En fermant les yeux, il imaginait déjà le résultat. Le domaine regorgeait de promesses. Entre les mains d'un homme entreprenant et compétent… un homme comme lui…

Non, cette idée était absurde ! Il n'avait aucune intention de s'installer à Wilde's Crossing. C'était seulement que… il se sentait si bien ici. Aux côtés d'Addison.

Freinant brusquement, il fit demi-tour et prit la direction du ranch.

Addison le considéra avec surprise.

— On rentre déjà ?

— J'ai besoin de toi, répondit-il simplement.

A ces mots, Addison sentit son cœur se mettre à danser dans sa poitrine. Elle aussi avait besoin de lui. Pour toujours.

Ils firent l'amour et prirent une longue douche ensemble.

Quand elle revint dans la chambre après s'être séché les cheveux, Jake avait enfilé le jean et une des chemises achetés le matin même.

— Tadam ! s'exclama-t-il, lui faisant face avec un sourire radieux.

Il était si beau…

Soudain, il se figea.

L'air furieux, il porta la main à son visage.

Instinctivement, elle suivit son regard et vit qu'il observait son propre reflet dans le miroir de la chambre. Ainsi, c'était la cicatrice qui s'étirait sur sa joue qu'il cherchait à dissimuler !

En une fraction de seconde, elle fut sur lui. Elle lui saisit le poignet, avec une force qui la stupéfia elle-même.

— Ne recommence jamais cela, s'écria-t-elle, bouleversée. T'excuser, cacher ta cicatrice… plus jamais, tu m'entends ? Je me fiche de tes blessures.

Elle écarta sa main et la couvrit de baisers.

— Tout ce qui compte, c'est que tu sois vivant. Que nous nous soyons rencontrés. Que je… que je…

En larmes, elle s'interrompit, incapable d'articuler un mot de plus.

11

Addison prépara deux tasses de café qu'ils emportèrent sous la véranda. Elle prit place dans un vieux fauteuil en osier, Jake sur une banquette chancelante.

— Il faut que je te parle, dit-il, rompant le silence.

Addison eut l'impression que son cœur allait manquer un battement.

— Tu sais que tu peux tout me dire, Jake, l'encouragea-t-elle avec douceur.

— Viens t'asseoir près de moi.

Elle prit la main qu'il lui tendait et s'installa à côté de lui sur la banquette.

— Il est temps que tu saches la vérité, continua-t-il. Concernant cette histoire de héros…

Sa voix baissa d'un ton.

— En réalité, je suis tout sauf un héros.

La tension qui émanait de lui était presque palpable. Ce n'était ni par modestie ni par humilité qu'il disait cela, elle le sentait, aussi s'abstint-elle de l'interrompre.

— Je t'ai dit que j'étais pilote de Black Hawk, n'est-ce pas ?

D'un signe de tête, elle acquiesça.

— Le Black Hawk est un appareil robuste capable de tout endurer. Comme mes hommes. C'étaient des soldats remarquables.

C'était. Ainsi, il utilisait le passé…

— Notre travail est tantôt dangereux, tantôt ennuyeux.

Tout le monde dans le métier te le dira. Quand tu n'es pas en mission, submergé par l'adrénaline, tu luttes pour ne pas t'endormir.

— Tu as dû vivre des moments terrifiants…

— Oui. Seuls les imbéciles n'ont peur de rien. Mais la mission passe avant tout. S'infiltrer ou évacuer. Pendant que les politiciens et les historiens soliloquent sur la guerre, les soldats, eux, se serrent les coudes pour survivre.

Comme il hésitait, elle posa une main qu'elle espérait réconfortante sur sa cuisse.

— Mais un problème est survenu, n'est-ce pas ?

Il acquiesça. Après un silence qui lui sembla interminable, Jake se leva et s'approcha de la balustrade, le regard perdu dans le vague.

— Une unité était partie en patrouille. Simple routine. Sur le chemin du retour, on leur a signalé qu'un terroriste internationalement recherché s'était réfugié dans un village voisin. Attendre les renforts signifiait risquer de perdre la cible…

— Alors ils y sont allés seuls, conclut-elle.

De nouveau, il acquiesça.

— Droit dans le piège. Un col de montagne étroit… Ils se sont fait canarder.

— Jake, tu n'es pas obligé…

— Si, la coupa-t-il. J'ai besoin que tu saches ce qui s'est vraiment passé.

Elle se leva à son tour et le rejoignit. Comme elle avait envie de l'enlacer ! De le prendre dans ses bras pour lui dire que tout allait bien ! Mais elle sentit qu'il ne supporterait pas ce contact.

— Nous sommes allés les chercher. On appelle cela une « extraction », précisa-t-il avec un sourire amer. En réalité, le plus souvent, ce sont des morts ou des mourants que l'on *extrait*.

— Mais tu es parti à leur secours...

— Nous avons évacué les morts, les blessés et les quelques chanceux qui n'avaient pas été touchés. Nous pensions les avoir tous ramenés. Avant de découvrir qu'il manquait deux hommes...

Il tourna vers elle un visage de cendre.

— On ne laisse personne derrière, Addison. Pas même les morts. Encore moins d'éventuels survivants... L'équipage et moi étions d'accord. Il fallait y retourner.

— Un autre Black Hawk n'aurait-il pas pu y aller ?

— Il n'y avait pas d'autre Black Hawk.

Sa voix n'était plus qu'un murmure. Le soleil couchant dessinait des bandes de feu sur son visage, semblables à des peintures de guerre.

— Nous *devions* y retourner. Mais cette ordure de colonel a refusé d'en donner l'ordre.

— Il devait avoir ses raisons, avança-t-elle. Peut-être refusait-il de sacrifier d'autres vies...

Jake frappa du poing le montant de la véranda.

— Il se fichait totalement de nos vies ! C'était un fils de politicien qui avait atterri là par erreur quelques jours plus tôt.

— Donc, il manquait d'expérience...

— De tripes, oui. Son père est l'une des grandes voix en matière de fiscalité. Or, un Black Hawk coûte une fortune, dans les six ou sept millions de dollars. Il a préféré ne rien faire plutôt que de s'attirer les foudres paternelles.

Addison frémit. Elle avait partagé sa vie, ses pensées, son lit, elle n'avait aucun mal à imaginer la suite de l'histoire.

— Tu y es allé quand même, murmura-t-elle.

— Nous nous sommes disputés. Le ton est monté. J'ai fini par le menacer de le tuer s'il ne donnait pas l'ordre.

Ses lèvres s'étirèrent en un sourire glacial.

— Il m'en savait capable.

— Il a cédé ?

— Oui, après avoir perdu un temps précieux. Quand nous sommes arrivés sur place, nos hommes étaient morts, leurs corps déchiquetés, et l'ennemi avait eu le temps de se réarmer.

— Mon Dieu, Jacob…

— Ils ont attaqué et massacré mon équipage… Je les ai tués jusqu'au dernier.

Sa voix se brisa. Addison se plaça devant lui et l'obligea à la regarder.

— Tu n'as rien à te reprocher, Jacob. Tu as fait tout ce que tu as pu, et même plus.

— Non. J'aurais dû ignorer mes ordres.

— Tu les *as* ignorés. Tu as contraint ton commandant à agir !

— Mais trop tard ! Beaucoup trop tard… Je ne mérite ni ma médaille ni ma promotion.

— Et le colonel ? s'enquit-elle.

Il eut un rire amer.

— Lui aussi a reçu une médaille, ainsi qu'une promotion au Pentagone. Les médias ne parlent que de lui. Quand on l'appelle « héros », il prend l'air modeste tout en offrant son meilleur profil aux caméras.

Elle serra ses mains dans les siennes.

— Mon père aurait été fier de te connaître. Comme moi, dit-elle avec sincérité.

Jake sentit une boule d'émotion lui nouer la gorge. Incapable de parler, il la prit dans ses bras et la serra très fort contre lui.

Comment un tel miracle était-il arrivé ?

Quelques jours plus tôt, il n'était qu'une coquille vide.

Un semblant d'homme tourmenté par ses souvenirs, errant sans but dans un monde sinistre.

Addison avait changé sa vie.

Aujourd'hui, il s'éveillait à son côté, après s'y être endormi paisiblement. Son cauchemar n'était même pas revenu. Plus de flammes déchirant le ciel, de Black Hawk explosant dans un hurlement de métal, d'hommes agonisant dans la poussière...

Pendant près de deux ans, tous — médecins, infirmières, jusqu'à sa famille — lui avaient sans cesse répété qu'il devait affronter ses démons intérieurs. Exhumer ses blessures secrètes. Consulter un psychologue, rejoindre un groupe de parole, se libérer...

C'était chose faite. Il avait ouvert son âme à Addison, son Adorée, lui avait laissé voir les ténèbres qui le dévoraient à petit feu. Et malgré cela, elle était fière de le connaître, fière de lui.

Seigneur, ce qu'il l'aimait !

De tout son cœur. Mais il ne pouvait pas le lui avouer. Pas encore. L'enjeu était trop important. Comment aurait-il pu lui dire qu'il la voulait pour toujours à ses côtés quand cela revenait à lui demander d'abandonner sa vie actuelle pour lui ? Et si elle refusait ? Si elle n'était pas amoureuse de lui ? Cette éventualité le terrifiait.

Il devait l'éloigner d'ici, l'emmener dans un lieu romantique...

Il connaissait justement l'endroit idéal.

— Au restaurant ? répéta Addison, surprise.

— Oui. L'occasion pour toi de remettre cette robe noire que tu portais à notre première rencontre, dit Jake. Les escarpins, aussi.

Mi-taquine, mi-aguicheuse, elle battit des cils.

— Tu les aimes donc à ce point, ces escarpins ?

— Assez pour retrouver celui que tu avais perdu, répliqua-t-il avec un sourire.

— D'accord. Robe noire, talons aiguilles. Donne-moi une demi-heure.

— Tu as vingt minutes.

Il la poussa vers l'escalier d'une petite tape sur les fesses. Une onde de désir fusa dans ses veines. A ce rythme, il ne tiendrait jamais la soirée...

— Addison ?

Elle se retourna à mi-chemin.

— Est-ce que New York te manque ?

Après un silence qui lui sembla interminable, elle finit par répondre :

— Non, pas du tout. Je me plais, ici. Bien plus que je ne l'aurais cru.

Ils se dévisagèrent en silence.

Dis-moi que tu m'aimes et que tu veux que je reste, implora-t-elle en silence.

Dis-lui que tu l'aimes et que tu veux qu'elle reste, s'exhorta Jake. Le courage lui manqua.

— Tu vas adorer Dallas.

— Pardon ?

— C'est là que je t'emmène dîner.

— Mais Dallas est à deux heures d'ici ! s'exclama Addison.

Il eut un large sourire.

— Pas quand c'est moi qui conduis...

Moulée dans cette robe de soie noire, elle était absolument époustouflante.

Jake était à deux doigts de la lui enlever pour la dévorer des yeux, perchée sur ses talons aiguilles, vêtue seulement de son string et d'un soutien-gorge sexy...

Bon sang, ce n'était pas le moment de s'égarer ! Il

l'emmenait au restaurant, se rappela-t-il fermement. Après, et après seulement, elle serait tout à lui.

Il portait son jean neuf, un T-shirt noir, neuf également, et une veste en cuir. Addison l'avait tant admirée dans le magasin qu'il avait fini par l'acheter, plus pour lui faire plaisir qu'autre chose. Ses bottes de cow-boy, cirées pour l'occasion, complétaient l'ensemble.

Le trajet passa en un éclair, et pas seulement parce qu'il roulait vite. Ils avaient tant de choses à apprendre l'un sur l'autre. Tant de points communs. Le football, par exemple. Jake était un fervent supporter des Dallas Cowboys.

— Quelle surprise, ironisa Addison, avant de se lancer dans un éloge passionné des New York Jets.

— Quelle surprise, riposta-t-il du tac au tac.

Ils éclatèrent de rire.

Ils aimaient tous les deux les chiens, les balades sur la plage à l'aube, les longues soirées d'hiver au coin du feu. Le vin rouge de Californie et les baguettes françaises étaient leurs péchés mignons. Au moment d'entrer dans le restaurant, il ne restait à Jake qu'un seul aveu à lui faire. *Je t'aime.*

Mais ce serait pour plus tard.

Le maître d'hôtel les conduisit à une table avec vue sur un jardin délicatement éclairé.

— Oh ! c'est parfait ! s'exclama Addison, aux anges.

Non, c'est toi qui es parfaite, rectifia Jake.

L'aimait-elle ? Chacun de ses sourires, chacune de ses caresses lui soufflait que oui. Pourtant, il hésitait encore à lui ouvrir son cœur. Accepterait-elle de sacrifier sa vie confortable pour plonger dans l'inconnu ? De quitter New York pour Wilde's Crossing ?

Et lui, s'installerait-il à New York s'il le fallait ?

Sa place était ici, il le sentait. Pas seulement au Texas ou à Wilde's Crossing, mais à El Sueño, la terre de ses ancêtres. Celle qu'ils avaient conquise par les armes et à la sueur de leur front.

Et dire que quelques jours plus tôt, il n'avait qu'une envie : partir. Il était alors comme un homme en cavale, fuyant le passé, fuyant un avenir incertain. Se fuyant lui-même. L'immobilité signifiait perdre pied.

Plus maintenant.

Il était de nouveau maître de sa vie. L'avenir, désormais, regorgeait de promesses. Il lui suffisait de regarder Addison... Il n'aurait pu choisir meilleur endroit où l'emmener. Simple. Intime. Raffiné. Une piste de danse occupait une partie de la salle.

Il se leva de table, main tendue.

— Mademoiselle McDowell, m'accorderez-vous cette danse ?

Son sourire illumina la pièce.

— Avec plaisir.

Il l'attira dans ses bras, et sut avec certitude qu'il ne l'en laisserait plus jamais partir.

Addison poussa un soupir de bien-être.

Le dîner avait été enchanteur.

Elle s'était toujours considérée comme une New-Yorkaise dans l'âme. New York était sa ville et aucune autre, à ses yeux, ne la valait. Sauf peut-être Dallas finalement.

Le restaurant était spectaculaire. La nourriture, délicieuse : bisque aux champignons, coquilles Saint-Jacques et trévise braisée, le tout accompagné de champagne. Mais surtout, il y avait Jacob.

Son Jacob.

Séduisant en diable — pas une femme dans la salle qui ne lui fît de l'œil. Attentif. Drôle. Charmant. Elle adorait danser avec lui, sentir son corps musclé pressé contre le sien, s'enivrer de son odeur puissamment masculine... Une vague de désir déferla en elle.

Bon sang, à quoi jouait-elle ?

— Addison.

— Oui ?

Il rit, d'un petit rire guttural et terriblement sexy.

— Je sais exactement à quoi tu penses, Adorée.

— Ah oui ? Et que comptes-tu faire ?

Elle lui décocha un sourire empreint de défi.

Cinq minutes plus tard, ils filaient sur l'autoroute dans la vieille Thunderbird.

Incapable de résister au désir qui l'avait envahi quand il avait posé les yeux sur le sourire séducteur d'Addison, Jake l'avait entraînée vers la sortie, jetant une poignée de billets sur la table. Bien sûr, il ne lui avait pas encore avoué ses sentiments, mais ce serait pour plus tard... Quand il serait capable d'aligner trois mots cohérents. Assouvir son désir était sa priorité immédiate.

Pas question, cependant, de s'arrêter dans un motel. Le ranch Chambers était devenu leur nid, aussi miteux fût-il. Sauf qu'il restait plus d'une heure de route...

Jamais il ne tiendrait aussi longtemps. Addison non plus. Sa main légère tremblait sur sa cuisse. Il glissa une main sous sa robe, et le gémissement qu'elle poussa décupla son excitation.

— Jacob, tu ne peux pas..., protesta-t-elle faiblement.

Oh si, il pouvait. Ses doigts se faufilèrent sous le string et s'insérèrent en elle. Elle cria, le regard chaviré, et lui mordilla l'épaule tandis que ses muscles intimes se contractaient autour de lui.

Avec un grognement rauque, il donna un brusque coup de volant. La voiture fit une embardée avant de s'immobiliser sur le bas-côté.

Il était tard. Il faisait nuit noire et la route était déserte.

— Adorée, murmura-t-il, le souffle court.

Il lui arracha son string et la prit sur ses genoux. A peine avait-elle baissé sa braguette qu'elle l'attirait en elle, profondément, toujours plus loin dans sa moiteur brûlante.

Elle le chevauchait à présent, gémissant son nom, et il plongea les doigts dans ses cheveux pour l'attirer à lui, capturer sa bouche, recueillir de ses lèvres ses plaintes exaltées.

Sitôt arrivés au ranch, ils se jetèrent l'un sur l'autre. Leurs vêtements s'éparpillaient autour d'eux à mesure qu'ils montaient l'escalier. Enfin, ils tombèrent ensemble sur le lit. *Leur* lit.

Au bord de l'extase, Jake eut le temps de penser à cette femme qu'il serrait dans ses bras, et à ce qu'il lui dirait au matin.

Il lui dirait qu'il l'aimait et n'irait nulle part sans elle.

Qu'il la voulait pour toujours à ses côtés.

Le monde n'était qu'un immense brasier. Des hommes criaient et mouraient dans les flammes. Le Black Hawk aussi, monstre d'acier agonisant. Lui était vivant, mais couvert de sang. Beaucoup de sang. Le sien, et celui des autres...

— Jacob.

Quelqu'un criait son nom. Un de ses hommes. Qui ? Où ? Il ne le voyait pas à travers la fumée et le sang qui l'aveuglaient. Mais il l'entendait. Entendait ses cris de douleur. Un camarade l'appelait à l'aide, le suppliait de le sauver...

Une main le tira en arrière. Non. Il devait retrouver ses hommes. Il devait...

— Non ! hurla-t-il, et il frappa au hasard.

— Jacob ! S'il te plaît, réveille-toi ! Jake !

Le souffle court, il se réveilla en panique. Son cœur cognait si fort qu'il semblait sur le point d'exploser. Une fine pellicule de sueur couvrait sa peau.

Où était-il ? Il mit plusieurs secondes à se souvenir. Le ranch Chambers. Celui d'Addison, désormais. Sa chambre, baignée des premières lueurs de l'aube. Il était par terre, les jambes empêtrées entre les draps. La lampe de chevet gisait, en miettes, sur le plancher.

— Addison ? Mon Dieu, Addison...

— Je suis là, Jacob.

Elle se tenait accroupie à son côté, très pâle. Il se dégagea tant bien que mal et l'enlaça.

— Addison, tu es blessée ?

— Je vais bien.

Non, elle n'allait pas bien. Elle frissonnait de la tête aux pieds. Attrapant la couette, il l'en enveloppa et la serra contre lui. Bon sang, pourquoi avait-il fallu qu'elle le voie dans cet état ?

— Je suis désolé. Est-ce que... est-ce que je t'ai frappée ? Je suis sûr d'avoir frappé quelque chose...

— La lampe. Pas moi.

Dieu merci... Il observa la jeune femme plus attentivement. Son cœur se glaça. Ses beaux yeux argentés étaient agrandis par le choc. Ses lèvres tremblaient. Elle avait l'air de quelqu'un qui a vu le diable.

— Pardonne-moi, mon Adorée, dit-il en la berçant doucement.

— Il n'y a rien à pardonner, Jacob. Tu as fait un cauchemar, c'est tout.

Il se raidit.

— Ce n'est pas un simple cauchemar. Celui-là revient me hanter chaque nuit, toujours le même...

— Mais pas depuis que nous sommes ensemble, objecta-t-elle.

Non, en effet. Et pour cette seule raison, il s'était cru

guéri. Quelle naïveté ! Il était toujours le même lâche qu'il y a deux ans… A la différence que, aujourd'hui, son rêve avait mis en danger la femme qu'il aimait.

— Je vais faire du café, dit Addison.

Sa voix chevrotait. La voir si bouleversée lui donnait envie de la serrer dans ses bras et lui avouer combien il l'aimait. C'était son vœu le plus cher. Pour cette raison, il la repoussa et commença à s'habiller.

Caleçon. Chaussettes. Jean.

— Jacob ?

Elle passa hâtivement une robe de chambre tandis qu'il enfilait son T-shirt sans répondre.

— Que fais-tu, Jacob ? demanda-t-elle en le regardant chausser ses bottes. S'il te plaît, écoute-moi. Oublie le café. Reviens au lit…

— Le sexe n'est pas la solution à tout.

Elle tressaillit, comme sous l'effet d'une gifle. Elle ne méritait pas une telle cruauté, il le savait. Mais c'était plus fort que lui. En quelques secondes, tous ses espoirs s'étaient envolés en fumée.

— Je tiens à toi, Jacob. Tu es tout pour moi, murmura-t-elle.

— Non. Je ne suis rien pour personne. Je ne vaux rien…

— C'est faux ! Tu ne penses pas ce que tu dis…

— Rentre chez toi, Addison. Retourne à ta petite vie new-yorkaise.

— Jacob…

Les larmes inondaient ses joues lorsqu'elle s'élança après lui dans l'escalier.

— Je ne veux pas que tu t'en ailles, et toi non plus. Je le sais.

C'était vrai, il ne le voulait pas. Sa vie était en friche, rien ne tournait rond dans sa tête, mais il l'aimait et l'aimerait toujours. C'était justement pour cette raison qu'il devait la quitter. Elle méritait mieux qu'un minable comme lui.

Le contact léger de la main d'Addison sur son épaule l'arrêta au moment où il ouvrait la porte. S'endurcissant le cœur, il lui fit face.

— Nous deux, ce n'était qu'une passade, assena-t-il froidement. Nous ne faisions que prendre du bon temps en attendant de reprendre le cours de nos vies respectives.

Seigneur, comme il se haïssait pour ces paroles !

— Je ne te crois pas ! protesta-t-elle.

— Désolé si je t'ai donné à croire que c'était plus que cela.

Le regard blessé qu'elle lui lança ébranla sa résolution. Mais il tiendrait bon. Il le fallait.

Elle tendit la main vers lui, en larmes.

— Jacob, s'il te plaît, écoute-moi ! Tu as besoin d'aide !

Non, il avait besoin de partir et sillonner les routes au volant de sa vieille Thunderbird, sans personne pour l'obliger à affronter ses souvenirs douloureux.

Il avait besoin de disparaître.

Sans un mot, il tourna les talons et sortit.

12

Caleb contemplait Dallas et ses gratte-ciel miroitants depuis la fenêtre de son cabinet. La vue était captivante — plus que les dossiers s'empilant sur son bureau. Comment travailler dans de telles conditions ?

Et zut.

Il fit pivoter son fauteuil, sans pour autant toucher aux documents sur sa table de travail. Qui croyait-il duper ? Ce n'était pas la vue qui le distrayait, mais son frère. Jacob.

Où diable était-il passé ?

Trois mois s'étaient écoulés depuis qu'il avait disparu de la circulation. Pas un mot, pas un appel, aucun e-mail. Seulement ce message envoyé simultanément sur son portable et ceux de Travis, Em, Lissa et Jaimie :

Ne vous inquiétez pas. Je vais bien.

Il eut un geste d'impatience.

Comment un homme qui rentrait chez lui plus hargneux qu'un chien enragé, insultait une femme en public, entamait une aventure avec elle, puis disparaissait sans laisser de trace, pouvait-il aller bien ?

Jake et Addison étaient partis. Mais pas ensemble. Elle était rentrée à New York et lui… Dieu seul savait où il se trouvait.

« Je ne sais rien. » C'est tout ce qu'il avait pu tirer

de la jeune femme lors de leur bref échange, comme si Addison était au bord des larmes… ce qui ne l'avait pas empêchée de les renvoyer tous les deux.

— Je préférerais que nous cessions toute collaboration, leur avait-elle dit en guise d'explication.

Rien de plus.

Non que sa relation avec leur frère les concernât. Ils espéraient seulement qu'elle savait où était Jake. Depuis cette note énigmatique, il n'avait appelé aucun d'entre eux…

Le grésillement de l'Interphone l'interrompit dans ses réflexions.

— J'ai dit que je ne voulais pas être dérangé, aboya-t-il à l'oreille de son assistante.

— Je sais, mais…

— Il n'y a pas de « mais » qui tienne. Ni appels ni messages…

La porte s'ouvrit. Il pesta, avant de bondir sur ses pieds en découvrant son visiteur.

— Papa ?

Le Général, imposant dans son uniforme orné de rubans et de médailles, le salua d'un signe de tête.

— Bonjour, Caleb.

— Tu aurais dû… Je veux dire, je ne t'attendais pas, balbutia Caleb, pris au dépourvu.

— Pas le temps de m'annoncer. J'arrive de Washington, où j'avais rendez-vous avec… Enfin, ce n'est pas important.

Il referma la porte, traversa le bureau et prit place dans un fauteuil.

— Je t'en prie, assieds-toi, dit-il.

Il l'invitait à s'asseoir dans son propre bureau, pensa Caleb, incrédule. Et lui obéissait ! En d'autres circonstances, le comique de la situation l'eût fait rire. Mais pas aujourd'hui. Son père n'était pas abonné aux visites surprises. Qu'est-ce qui pouvait bien l'amener ?

La réponse ne tarda pas.

— Je m'inquiète pour ton frère.

— Travis ?

— Jacob.

Zut. Que savait-il, au juste ?

Caleb réfléchissait, cherchant le mot juste, quand la porte s'ouvrit de nouveau. Travis fit irruption dans la pièce… et s'arrêta net en voyant son père. Il eut un froncement de sourcils, auquel Caleb répondit par un haussement d'épaules perplexe.

— Travis, tu tombes bien. Assieds-toi, ordonna le Général.

Travis obtempéra et s'installa sur une chaise à côté de lui. Caleb n'en revenait pas. En un clin d'œil, leur père avait pris les choses en main.

— Je disais justement à ton frère que je m'inquiétais pour Jacob.

Les deux hommes s'interrogèrent du regard. Deux choix s'offraient à eux : prétendre qu'il n'y avait aucune raison de s'alarmer, ou dire la vérité.

La franchise l'emporta.

— Jake a disparu, commença Caleb. Personne ne sait où il est.

— Si, moi, annonça Travis.

Deux paires d'yeux se braquèrent sur lui.

— Il est à Wilde's Crossing. Au ranch Chambers, pour être précis.

— Au ranch McDowell, corrigea Caleb.

— A vrai dire, c'est le ranch Wilde, maintenant. Jake l'a acheté pour deux millions et demi de dollars, ce qui fait de lui le nouveau propriétaire du lieu, expliqua Travis. Je le sais, car c'est moi qui gère ses finances.

Caleb fronça les sourcils.

— C'est absurde. Il a refusé de reprendre El Sueño

et quitté Wilde's Crossing, peut-être même le Texas. Pourquoi rachèterait-il le ranch Chambers ?

— Le ranch Wilde, c'est ainsi qu'il l'appelle. Et je ne m'explique pas plus que toi cette décision. Il ne décroche pas son téléphone.

— C'est pas vrai…

— Comme tu dis.

— Tu ne crois quand même pas qu'il ferait quelque chose de stupide ?

— Tu veux dire, comme nier qu'il est un véritable héros ? dit Travis. Ou refuser l'aide de sa famille ?

— Ou abandonner la femme qui l'aime…

— En admettant qu'elle l'aime vraiment.

— Les gens les ont vus ensemble, protesta Caleb avec véhémence. Et ce qu'ils ont vu, c'est un homme et une femme fous amoureux l'un de l'autre.

— Vous avez terminé ?

Les deux frères sursautèrent. Le Général n'était pas du genre à passer inaperçu. Pourtant, dans le feu de la conversation, ils l'avaient complètement oublié.

— Assez perdu de temps, tonna-t-il en se levant de son fauteuil. Direction l'aéroport.

Travis serra les dents.

— Tu as encore un avion à prendre, je suppose ?

— En effet, confirma le Général. Et vous aussi. Nous allons tous à Wilde's Crossing.

Jake entendit le véhicule avant même de l'apercevoir. Un SUV ou un 4x4, massif et rapide. Et un conducteur pressé de le voir, devina-t-il avec un sourire. Depuis qu'il avait fait l'acquisition du ranch, il s'était attendu à voir débarquer ses frères d'un jour à l'autre. La cavalerie arrivait en force… Déjà, un nuage de poussière se détachait sur le ciel bleu.

Il soupira, ramassa son T-shirt et s'en épongea le front. En le regardant de plus près, il vit qu'il était troué et couvert de taches… Tant pis. Cela ferait l'affaire.

Il avait travaillé dehors toute la journée à réparer la grange, puis les marches vermoulues de la véranda. Il était fatigué, courbaturé, et n'avait qu'une envie : siroter une bière après une bonne douche chaude.

Bref, il se sentait bien.

Les gars de son groupe de parole lui avaient assuré que le travail physique était un bon moyen de remettre de l'ordre dans ses idées. Ils avaient eu raison.

— Reviens à l'essentiel, lui avait conseillé l'un d'eux.

Encore un excellent conseil. Travail au grand air la journée. Réunions plusieurs soirs par semaine. Quelques heures sous la véranda à écouter les grillons et les coyotes, puis au lit. De cynique, il était rapidement devenu un converti. Ce régime, en particulier les discussions à cœur ouvert lors des réunions, avait opéré de grands changements en lui.

Non, à bien y réfléchir, c'était à lui-même qu'il devait ces changements. Il était de nouveau aux commandes de sa vie, et la sensation était libératrice. Bien sûr, il lui restait certains problèmes à régler, mais cela viendrait en son temps. La preuve, son cauchemar avait totalement disparu. Plus de flammes, de cris, de morts… Désormais, il rêvait d'Addison. De tout ce qu'il avait irrémédiablement perdu.

L'arrivée en trombe du 4x4 l'empêcha de s'attarder sur le sujet.

Les voilà, pensa-t-il avec une pointe d'appréhension.

La main en visière, il reconnut Travis au volant, Caleb à côté de lui et, s'extirpant du siège arrière…

Il cligna les yeux, stupéfait. Le Général ? Ici ? Impossible. C'était une hallucination due à une insolation, sans aucun doute…

— Jacob, dit son père en s'avançant vers lui.

D'accord, il était bien réel. Et maintenant ? Devait-il saluer ? Non, pas en jean et T-shirt tachés, et puis il ne faisait plus partie de l'armée. Finalement, il tendit une main couverte de sueur et de poussière. Son père la serra.

— Content de te voir, mon fils.

— Moi aussi, mon général.

Ses frères s'étaient approchés et lui serrèrent la main à leur tour. Jake se racla la gorge.

— Alors, vous passiez dans le coin, vous avez vu de la lumière… ?

Caleb et Travis sourirent. Pas le Général.

— Nous sommes venus exprès pour te voir, Jacob, dit-il d'un ton sévère.

Jake pinça les lèvres. L'heure n'était manifestement pas à la plaisanterie. Et cette façon de l'appeler « Jacob », froide, accusatrice. Rien à voir avec la connotation affectueuse que prenait son nom dans la bouche d'Addison.

— Tu ne nous invites pas à nous asseoir ?

Il regarda autour de lui. L'intérieur du ranch ? Autant ne pas y penser. Il l'avait entièrement vidé de ses meubles au moment de commencer les travaux, quelques semaines plus tôt, avant même la finalisation de la vente.

— Si, bien sûr. Allons sous la véranda, proposa-t-il. Il y fait frais et il y a des bières dans la glacière.

Le Général monta les quelques marches et s'installa dans un fauteuil. Travis et Caleb l'imitèrent. Un long silence s'installa, à peine troublé par un bourdonnement d'abeilles dans l'avant-toit.

Comme personne ne se servait en bière, Jake donna l'exemple, suivi par ses frères. A la surprise générale, leur père fit de même. L'avaient-ils seulement déjà vu boire une bière avant ? Jake hésita à lui offrir un verre, y renonça, et but une longue gorgée à même la bouteille.

— Bon, commença-t-il. Pourquoi êtes-vous venus ?

Le Général ne répondit pas. Caleb et Travis échangèrent un de leurs regards habituels.

— Où étais-tu passé ? demanda Travis.

— Ici et là.

— Tu peux être plus précis ?

— J'ai voyagé. C'est assez précis pour toi ?

— Pourquoi ne pas nous avoir contactés ? insista Caleb.

— Je l'ai fait. Je vous ai envoyé…

— … ce stupide message, oui. Cela t'aurait-il tué de nous appeler ?

Jake sentit les muscles de sa mâchoire se contracter.

— Peut-être…, murmura-t-il.

— Pardon ?

— J'avais besoin de me retrouver seul avec moi-même pour réfléchir, vous comprenez ? Désolé si je vous ai inquiétés. Ce n'était pas mon intention.

— Dans ce cas, pourquoi n'avoir donné aucun signe de vie ?

— Je vous l'ai dit, j'ai envoyé un message sur vos portables.

— « Ne vous inquiétez pas. Je vais bien », récita Caleb avec une moue exaspérée.

— Très rassurant, en effet. Un robot n'aurait pas été plus concis, renchérit Travis, sarcastique.

Il y eut un silence. Jake finit sa bière et posa la bouteille par terre.

— Si je ne vous ai pas contactés, c'est parce que je n'étais pas prêt, expliqua-t-il posément.

— Pas même pour discuter de l'achat de ce ranch ?

Il haussa les épaules avec désinvolture.

— Je me doutais que vous l'apprendriez.

— Et ?

— Et quoi ?

Ses frères secouèrent la tête d'un même mouvement.

— Jake, tu ne peux pas continuer ainsi, dit Travis, radouci.

— Continuer à te haïr toi-même sans aucune raison, ajouta Caleb.

— Pour moi, il y a une raison, même si je sais maintenant qu'elle est illogique. C'est… compliqué.

La plus grande confusion se peignit sur les traits de ses frères. Comment leur en vouloir ? Jusqu'à récemment, lui aussi naviguait en eaux troubles, sans vraiment comprendre ce qui lui arrivait.

— J'étais en état de stress post-traumatique, rongé par la culpabilité…

— Tu as fait tout ce que tu as pu, objecta Travis.

— C'est ce que j'essaie d'accepter, Trav. Mais je ne peux m'empêcher de me demander ce qui serait arrivé si j'avais menacé mon commandant plus tôt…

— Quoi ? Tu ne nous avais jamais dit cela !

Le Général s'éclaircit la gorge, pour la plus grande surprise des trois frères. Ils avaient presque oublié sa présence…

— C'est inacceptable, Jacob. Tu mériterais de passer en cour martiale.

— Oui, j'en suis conscient, répondit Jake.

— Un soldat doit obéir aux ordres.

— En effet.

— Tu n'avais aucune excuse.

— Non, aucune excuse. Mais une excellente raison, répliqua-t-il, dents serrées.

Un infime sourire voltigea sur les lèvres de son père. Il posa sa bière à peine entamée et lui serra affectueusement le bras.

— Un point de vue qui se défend, convint-il. Tu as fait des progrès, mon fils.

— Merci. C'est grâce au groupe de soutien aux vétérans que j'ai rejoint.

— Une excellente initiative. Pendant un moment, j'ai cru que… tu t'étais égaré.

— Moi aussi. Mais quelqu'un a su me remettre sur le droit chemin.

— Addison, murmura Travis.

Le Général hocha la tête.

— Addison McDowell.

— Comment le sais-tu ? demanda Jake, stupéfait.

— Tu es mon fils, Jacob. Je m'intéresse à ce qui se passe dans ta vie. Cette jeune femme semble avoir du caractère…

— Oui, en effet.

— T'es-tu confié à elle ?

Il acquiesça d'un signe du menton.

— Tant mieux, répondit le Général. Content que tu aies pu parler à quelqu'un…

Il eut une toux embarrassée et se leva brusquement.

— Je dois y aller. J'ai un dîner à la Maison Blanche avec le vice-président, annonça-t-il.

Jake se leva à son tour, imité par ses frères. Caleb lui donna une tape fraternelle sur l'épaule.

— Tout va bien, alors ?

— Oui, tout va bien.

— Au fait, nous avons eu Addison au téléphone, intervint Travis, visiblement mal à l'aise. Elle nous a renvoyés tous les deux.

Jake sentit son estomac se nouer.

— Navré, les gars. Est-ce qu'elle… est-ce qu'elle a parlé de moi ?

Le regard qu'échangèrent ses frères était une réponse plus qu'éloquente.

— Désolé, dit Travis.

Il balaya du regard le ranch et les champs alentour.

— C'est à cause d'elle que tu as acheté cet endroit, n'est-ce pas ?

— Oui, admit Jake. Elle avait fini par en tomber amoureuse. Et puis, je ne pouvais pas le laisser tomber entre les mains d'un nouveau Chambers.

Cette remarque lui valut un sourire collectif.

— Si seulement tu avais accepté de reprendre El Sueño…, dit le Général.

— J'accepte. Enfin, si tu veux bien me faire l'honneur de réitérer ton offre.

Caleb et Travis se fendirent d'un large sourire. Leur père aussi.

— Tout l'honneur est pour moi, répondit-il en saluant.

Jake salua à son tour. Puis le Général fit une chose à laquelle il ne s'attendait pas : il le serra dans ses bras. Sa vue se brouilla. Le pollen. Ce devait être à cause du pollen…

— Papa, bredouilla-t-il, et il lui rendit son étreinte.

De nouveau seul, il ouvrit une autre bière et s'installa dans un fauteuil, les pieds sur la balustrade. Après quelques minutes, un écureuil pointa le bout de son museau.

— Bienvenue, lança Jake en levant sa bouteille. Une bière ?

L'animal le fixa avec méfiance.

Non, bien sûr. Les chips de son déjeuner auraient sans doute été plus à son goût. Ou les miettes de son sandwich au fromage fondu…

Il se releva brusquement.

L'écureuil, pris de panique, s'enfuit à toutes pattes. Jake inspira profondément. C'était plutôt à lui de paniquer. Aller voir Addison ? L'idée était complètement folle. Elle refuserait de le recevoir, et à raison, après les horreurs qu'il lui avait jetées au visage.

Pourtant, s'il y avait encore une chance…

Même dans le cas contraire, il *devait* lui parler. Lui dire que tout ce qui lui arrivait de bien, c'était à elle qu'il le devait.

Il avait mis longtemps à affronter la réalité. Admettre qu'il avait besoin d'aide. Rappeler son psychologue et lui demander le nom d'un groupe local de soutien aux vétérans. Mais il y était arrivé. Il avait rejoint un cercle d'hommes comme lui.

S'il avait réussi cela, alors tout était possible.

Sans plus hésiter, il rentra et fit son sac.

13

Addison achevait de vider son bureau. Plus que quelques tiroirs et elle aurait terminé. Non qu'elle eût beaucoup d'affaires à collecter. Quelques stylos. Un carnet vierge qui aurait dû être son journal intime. Quelques photos : de Charlie, d'elle bébé dans les bras de ses parents, de sa remise de diplôme.

Une autre du ranch Chambers.

C'est ainsi qu'elle l'appelait. Ni elle ni Charlie ne l'avaient possédé assez longtemps pour qu'elle y associe l'un de leurs noms. En définitive, seul un vieux grincheux y avait laissé son empreinte…

Avec un soupir, elle ferma le tiroir qu'elle venait de vider et ouvrit le suivant.

Peut-être le nouveau propriétaire resterait-il assez longtemps pour le faire réellement sien. Elle n'avait aucune idée de son identité, et peu lui importait. Ce pincement au cœur qu'elle avait ressenti à l'annonce de la vente était absurde ! Elle n'était restée que quelques semaines, n'avait laissé sa marque que dans une seule pièce. La chambre partagée avec Jacob…

Seigneur, parviendrait-elle jamais à l'oublier ?

— Mademoiselle McDowell ?

Elle pivota sur ses talons. Un employé des ressources humaines attendait dans l'embrasure de la porte, un sourire artificiel scotché aux lèvres.

— Avez-vous terminé, mademoiselle McDowell ?

Navré de vous presser, mais il reste plusieurs documents à signer.

Encore de la paperasse... Elle se retint de lever les yeux au ciel. Il lui semblait n'avoir fait que signer des papiers, depuis ce matin où elle avait brusquement décidé de changer de vie.

— Encore cinq minutes, répondit-elle. Je ferai un saut à votre service en partant.

— Inutile. J'ai les papiers avec moi. Je vous accompagne à la sortie.

Elle haussa un sourcil. Le jeune employé eut la décence de rougir.

— Pour vous aider à porter vos affaires, s'empressa-t-il d'ajouter.

Un mensonge dont ni lui ni elle n'était dupe. Ce n'était pas un renvoi. Elle avait démissionné... ce qui n'empêchait pas Kalich, Kalich et Kalich de craindre qu'elle ne s'enfuie avec des informations confidentielles. Elle qui ne demandait qu'à tout laisser derrière elle...

Charlie lui avait un jour affirmé qu'elle se lasserait de ce genre de vie.

— Tu te trompes, avait-elle objecté en riant. J'ai toujours rêvé de travailler dans un grand cabinet d'avocats à Manhattan. Des affaires complexes, des clients importants...

— Et sans scrupule. Des associés exigeants. Des heures de travail interminables. Beaucoup d'argent, mais pas le temps de le dépenser. Tu verras, l'avenir me donnera raison...

— Oui, Charlie. Tu avais raison, murmura-t-elle en glissant la photo de son ami dans son attaché-case.

— Pardon ? Vous avez dit quelque chose, mademoiselle McDowell ?

Elle leva les yeux vers le jeune employé.

— Donnez-moi ces papiers, que je les signe et fiche le camp d'ici.

Sitôt chez elle, elle jeta son attaché-case par terre et commença à se déshabiller, impatiente de se débarrasser de sa tenue sévère de Miss Super-Avocate.

Chez elle… Dire qu'elle s'était endettée jusqu'au cou pour cet appartement minuscule surplombant une rue où défilait chaque jour l'équivalent de la population de Wilde's Crossing…

Bon sang, que lui arrivait-il, aujourd'hui ? Pourquoi penser au ranch et à cette ville dont elle ne voulait plus jamais entendre parler ?

A l'homme qui lui avait brisé le cœur…

Après une douche rapide, elle secoua ses cheveux humides, passa un vieux T-shirt et un pantalon de jogging et gagna la cuisine.

Qu'allait-elle manger ce soir ?

Le contenu du réfrigérateur offrait le menu habituel : yaourts, salade, tofu, fromage blanc, quelques fruits. *Pas même de quoi faire un sandwich au fromage*, railla une petite voix dans sa tête.

Elle claqua la porte.

Ridicule ! Elle n'avait pas songé au Texas ou à Jacob Wilde depuis des mois.

Bon, d'accord. Des semaines. Au moins trois jours, en tout cas.

Ou deux.

Avec un soupir, elle se laissa tomber sur un tabouret devant le comptoir. Qui croyait-elle leurrer ? En réalité, elle n'avait pas cessé une seconde d'y penser. Le Texas. Cette stupide petite ville. Le ranch délabré. Et Jacob.

Il était avec elle à chaque instant, dans ses pensées et dans ses rêves. Pourquoi ? N'avait-elle pas laissé tout cela derrière elle ? Ce n'était qu'une passade, rien de plus. Elle n'était certainement pas amoureuse de lui.

C'était juste sa complexité qui l'avait attirée. Sa souffrance. Sa solitude. Un peu comme ce poisson rouge abandonné sur le perron du tout premier immeuble qu'elle avait habité à New York. Il paraissait si misérable dans son bocal... Comme personne n'en voulait, elle avait fini par l'adopter.

Si elle ne pouvait abandonner un poisson rouge dans son bocal, comment aurait-elle tourné le dos à un homme blessé ?

Il l'avait rejetée, mais elle espérait sincèrement qu'il avait cherché de l'aide et fait la paix avec lui-même. Malgré les mots durs qu'il avait eus, elle ne le détestait pas. Et pourquoi le détesterait-elle ? Il avait eu raison. Ni lui ni elle ne comptaient rester à Wilde's Crossing. Ils n'avaient fait que s'amuser le temps d'une parenthèse dans leur vie...

Inexplicablement, ses yeux s'embuèrent de larmes.

— Quelle idiote !

Elle n'avait jamais aimé Jacob. A quoi cela rimait-il de se lamenter tout haut ? Et puis, aujourd'hui ne marquait-il pas le début d'une nouvelle vie ?

L'argent de la vente du ranch lui avait permis de quitter son travail, comme Charlie l'avait prédit. Elle trouverait une place dans un petit cabinet juridique du Queens ou de Brooklyn. Un appartement tout proche avec une petite terrasse et un carré de verdure. Comment avait-elle pu rêver d'habiter un quartier surpeuplé de Manhattan ? Cela la dépassait. Bien sûr, ce ne serait pas Wilde's Crossing, où l'on avait la sensation de toucher le ciel...

Elle chassa cette pensée. Au diable Wilde's Crossing, et le ranch, et... et...

Un juron lui échappa.

Saisissant la première publicité qui lui tombait sous la main, elle composa le numéro et commanda une pizza.

La livraison prendrait trois quarts d'heure, avait déclaré l'employé au bout du fil.

Une heure et demie plus tard, Addison était sur les nerfs. Peut-être aurait-elle dû s'en tenir à ses yaourts et son œuf poché habituels. Ou à un sandwich au fromage fondu. Jacob était-il sérieux à ce sujet ? Les gens mangeaient-ils vraiment ce genre de chose ? Et pourquoi diable perdait-elle son temps à penser à lui, un homme aux prises avec ses problèmes et…

Bon sang, ne pouvait-elle être honnête avec elle-même pour une fois ?

Elle l'aimait. Problèmes ou non.

Mais lui avait seulement feint de tenir à elle. D'être un type bien. Un homme rare, séduisant, à la fois tendre et viril. Un homme si absolument parfait qu'il lui avait brisé le cœur en la rejetant.

La sonnette retentit.

— Pas trop tôt, pesta-t-elle en se dirigeant vers la porte.

Elle défit la chaîne, tourna la clé dans la serrure et, dans sa rage contre la pizzeria — contre Jacob, contre elle-même —, ouvrit grand la porte sans regarder dans le judas.

— Vous avez deux heures de retard ! tempêta-t-elle.

Elle s'interrompit net. Ce n'était pas un adolescent boutonneux avec sa pizza végétarienne qui attendait sur le seuil, mais… Jake. Grand. Elancé. Sexy en diable en T-shirt noir, jean délavé et bottes poussiéreuses, une barbe de trois jours au menton.

— Jacob ?

— Addison… Mon Adorée…

Il lui ouvrit ses bras.

Elle dut faire appel à tout son sang-froid pour ne pas s'y blottir. Oh non, pas question de répéter la même erreur. Elle n'était pas si stupide.

— Adorée, je sais que je ne mérite pas de seconde chance. Je suis indigne de toi…

— En effet.

— Je sais. Je me suis conduit comme le dernier des misérables, mais…

— Oui, tu es dur, cruel et… et…

Elle éclata en sanglots et se jeta dans ses bras.

— Mon Dieu, comme tu m'as manqué ! s'exclama-t-elle, les joues ruisselantes de larmes.

Jake la serra contre lui.

Le discours qu'il avait si soigneusement préparé durant le trajet se dissipa dans son esprit. La femme qu'il aimait était là, entre ses bras, resplendissante avec ses cheveux lâchés, son visage sublime, sa tenue négligée…

— Adorée, murmura-t-il, et il se pencha pour l'embrasser.

Qu'y avait-il de plus doux que le goût de ses lèvres sur les siennes ? Jamais il n'avait été plus heureux qu'en cet instant.

Il la souleva dans ses bras et, d'un coup de pied, referma la porte derrière lui.

— Jacob, s'il te plaît, haleta-t-elle.

Dans un film, les deux amants se seraient livrés à un lent effeuillage sur fond de musique romantique. Mais pas eux. Il y avait trop longtemps qu'ils étaient séparés. Les mains de Jake luttaient maladroitement avec le cordon du jogging. Celles d'Addison tremblaient sur la ceinture du jean.

Quand, enfin, plus aucun obstacle ne se dressa entre eux, il l'allongea sur le sofa, où ils s'unirent corps et âmes.

— Je t'aime, souffla-t-il après une étreinte passionnée. Je t'aime depuis le premier soir.

— Pourquoi n'avoir rien dit ?

— Parce que je ne te méritais pas.

Elle lui donna un coup de poing dans l'épaule.

— Qui crois-tu être pour décider de qui me mérite ou non ?

— J'étais perdu. J'avais besoin d'aide, se justifia-t-il. J'avais beau le savoir, je refusais obstinément de l'admettre.

Il lui caressa la joue, laissant son pouce s'attarder sur ses lèvres.

— Merci de m'avoir obligé à regarder la vérité en face.

— Je n'ai fait que t'aimer, murmura-t-elle. Je t'aimerai toujours, Jacob.

— Tu as intérêt.

Elle le défia du menton.

— Sinon ?

— Sinon, je devrai te kidnapper et te séquestrer au ranch A & J.

— Le ranch A & J ?

— Anciennement ranch Chambers. Je l'ai acheté. Il nous appartient, désormais.

— Tu l'as acheté ? répéta Addison, incrédule.

— L'acte notarié est à nos deux noms. Rappelle-moi de faire la rectification quand tu seras devenue Mme Jacob Wilde.

Elle sourit, de ce petit sourire effronté qu'il aimait tant.

— Vous êtes bien sûr de vous, monseur Wilde…

— En effet, mademoiselle McDowell. Tout à fait sûr.

— Et quand comptiez-vous faire votre demande ?

Pour toute réponse, il saisit sa main et y déposa un baiser.

— Addison McDowell, voulez-vous devenir ma femme ?

Elle prit un air grave, qui le rendit nerveux.

— Adorée, je ne te donne pas le choix. Tu *dois* m'épouser. Ma vie est trop vide sans toi.

— La mienne aussi, dit-elle.

Elle sourit, et il l'embrassa avec fougue, à la fois soulagé et heureux. Mais le plus dur restait à venir.

— Je sais à quel point tu aimes New York et ton travail, reprit-il prudemment. Mais tu sais, Dallas est une grande ville et…

— Je veux vivre à Wilde's Crossing.

Pendant une fraction de seconde, il resta bouche bée. Elle lui donna une pichenette au menton.

— Y vivre, et y travailler, précisa-t-elle. La ville compte bien quelques cabinets juridiques, non ?

— Caleb parle depuis longtemps d'y ouvrir une filiale. Il a de nombreux clients sur place et cherche un bon associé. Qu'en dis-tu ? Wilde et Wilde, au lieu de Kalich, Kalich et Kalich ?

Addison éclata de rire. Il en profita pour poser la bouche sur ses seins.

— Tu m'as tellement manqué, susurra-t-il, titillant de sa langue un téton dressé.

La sonnette d'entrée retentit.

— Zut… J'avais commandé une pizza, murmura la jeune femme.

Il se leva prestement, extirpa son portefeuille de la poche de son jean et en sortit un billet de cent dollars.

— Laissez-la sur le palier, cria-t-il en glissant le billet sous la porte.

Puis il rejoignit Addison.

— Où se trouve la chambre ? demanda-t-il, les lèvres rivées aux siennes.

— A côté. La pizza va refroidir…

— J'ai une confession à te faire… J'adore les pizzas froides.

— Quelle coïncidence ! Moi aussi…

Elle sourit en ouvrant grand les bras.

Et il sut qu'il avait enfin trouvé sa place.

SANDRA MARTON

La fierté de Caleb Wilde

Traduction française de
ÉLISABETH MARZIN

HARLEQUIN

Titre original :
THE RUTHLESS CALEB WILDE

Ce roman a déjà été publié en 2013.

1

Caleb Wilde faisait de son mieux pour avoir l'air de s'amuser. Ce qui, en toute logique, aurait dû être le cas. Ne se trouvait-il pas à New York, une de ses villes préférées ? Et la soirée à laquelle il assistait se tenait dans un club de SoHo si branché qu'aucune enseigne n'en signalait l'entrée.

Encore que « branché » n'était peut-être pas le qualificatif qu'il choisirait... « Prétentieux » semblait plus approprié, mais qu'est-ce qu'il en savait, après tout ? Caleb étouffa un bâillement. Décidément, son cerveau s'était mis en congé.

Pas à cause du bruit, même si le niveau sonore atteignait des sommets vertigineux. Mais comment pourrait-il en être autrement quand le D.J. était si célèbre qu'il interrompait ses sets pour signer des autographes ?

Pas à cause de l'alcool non plus. Il faisait durer le même verre de whisky depuis le début de la soirée.

Et en aucun cas, non plus, parce que la soirée était ennuyeuse.

Le client qu'il était venu voir à New York fêtait son quarantième anniversaire. Le club grouillait de personnalités en tout genre. Hommes d'affaires. Traders. Magnats des médias. Stars d'Hollywood. Princes d'Europe. De second rang mais princes quand même.

Et bien sûr, les incontournables créatures de rêve qui peuplaient toujours ce genre de soirée, par dizaines.

Il n'y avait qu'un seul problème. Il était trop fatigué pour apprécier quoi que ce soit.

Depuis l'aube, il n'avait pas arrêté. A 7 heures, rendez-vous avec un client à son bureau de Dallas. A 10 heures, réunion avec ses frères au ranch Wilde. Puis départ pour New York à bord d'un des jets privés familiaux. Déjeuner avec le client qui fêtait son anniversaire. Apéritif et dîner avec un vieux copain de l'époque où il travaillait pour la CIA.

Caleb étouffa un nouveau bâillement.

« Fatigué » n'était pas le mot. Il dormait debout et seule la politesse l'avait poussé à accepter cette invitation.

Et aussi la curiosité, à vrai dire.

Il avait lui-même célébré son anniversaire peu de temps auparavant. Barbecue au ranch en compagnie de ses frères et de sa belle-sœur, coups de téléphone de ses sœurs — et du général, avec deux jours de retard mais bon, quand on avait un monde à diriger on était toujours débordé…

Une petite fête très simple dans une ambiance détendue. Rien à voir avec ce soir.

— Ce type n'est plus vraiment en âge de fréquenter les clubs branchés, avait dit Caleb à ses frères le matin même.

— Comme toi, avait déclaré Travis.

— Oui. Enfin non… Ce que je veux dire…

— Ce que tu veux dire, c'est que tu es un dinosaure, avait coupé Jake.

— Absolument, avait approuvé Travis. On entend tes os craquer.

Ses frères avaient échangé un regard. Puis ils avaient éclaté de rire.

— On dirait deux poules, avait commenté Caleb d'un ton qui se voulait indigné.

— Cot cot !

Sur ce caquètement de Jake, ils avaient échangé quelques coups de coudes, puis il avait accepté avec un soupir démesuré, de faire un effort et d'aller à la soirée.

— Et n'oublie pas le compte rendu, avait ajouté Travis. En tant que vieux sages nous-mêmes nous voulons tous les détails.

Caleb but une gorgée de whisky.

Pour l'instant, tout se passait selon ses prévisions.

Depuis la galerie, où il s'était installé après avoir trouvé son hôte et échangé avec lui en hurlant les quelques politesses de circonstance, il avait une vue panoramique sur la piste de danse. L'étage était bondé, mais ce n'était rien en comparaison de la foule qui se pressait en bas.

Dominés par la plate-forme du D.J., des centaines de corps trempés de sueur s'agitaient dans la lumière stroboscopique.

Dont une grande partie de femmes, toutes superbes, pour la plupart assez intéressées pour lui adresser des regards et des sourires que seul un homme mort serait incapable d'interpréter.

Rien de très surprenant.

Il ne faisait rien pour séduire. C'était l'ADN Wilde, un savant mélange de sang viking et romain, tempéré par une bonne dose de gènes comanches ou kiowas.

Les sœurs Wilde les taquinaient sans pitié à propos de leur physique, ses frères et lui.

« Oh ! oh, oh », disait Jaimie en imitant à la perfection une demoiselle victorienne tombant en pâmoison.

« Calme-toi, mon cœur ! » soupirait Emily, la main sur la poitrine.

« Si grands. Si beaux. Si ténébreux... »

Ça, c'était la réplique favorite de Lissa, prononcée avec l'emphase d'une actrice de cinéma des années 30.

Cette soirée avait tout pour plaire à un Wilde. Tant de belles femmes...

Sauf que ce soir, il n'était pas intéressé.

« J'suis juste un cow-boy du Texas », avait-il dit avec un accent à couper au couteau à la blonde qui l'avait abordé quelques instants plus tôt.

Elle avait aussitôt battu en retraite.

D'accord, il avait été un peu dur avec elle. Mais après tout, elle n'avait qu'à pas lui demander en battant des cils, s'il était riche et célèbre et si elle était censée le reconnaître ?

En fait, il l'était. Riche, sans conteste. Célèbre également, dans les milieux d'affaires.

Au moins cette femme ne cachait-elle pas son jeu.

Un autre jour, il aurait peut-être répondu en souriant qu'il était l'un et l'autre, avant de demander ce qu'elle comptait faire de cette information.

Pas ce soir.

Caleb consulta sa montre. Pour l'instant, il avait juste envie que la prochaine demi-heure s'écoule rapidement. Ensuite, il dirait à son hôte — s'il le trouvait — qu'il avait passé un excellent moment mais qu'il était navré, il avait un rendez-vous à la première heure demain à Dallas...

— ... pour vous ?

Caleb se retourna. Il y avait une fille juste derrière lui. Mignonne. Pas spectaculaire, surtout dans une soirée comme celle-ci, mais mignonne malgré tout. Grande. Blonde. Grands yeux bleus.

Très maquillée.

Trop, à son goût. Mais quelle importance ?

Mignonne ou non, il n'était pas d'humeur.

— Désolé, mais je suis sur le point de m'en aller.

Elle se pencha légèrement en avant et ses seins effleurèrent le bras de Caleb. Elle s'écarta aussitôt, mais il fut électrisé par ce contact furtif.

Elle parla de nouveau. A cause de cette fichue musique,

il ne la comprit pas davantage que la première fois. En revanche, il la regarda plus attentivement.

Ce truc qu'elle portait, c'était quoi ? Une robe, ou quelque chose qui pourrait passer pour une robe avec quelques dizaines de centimètres de tissu en plus... Un tissu noir. Ou bleu marine. Chatoyant, en tout cas. A moins que ce soit l'effet de la lumière.

Noire ou bleue, la robe semblait collée sur elle. Fines bretelles. Décolleté plongeant. Décolleté scandaleusement plongeant, qui révélait les rondeurs d'une poitrine généreuse.

Le regard de Caleb descendit plus bas, là où s'arrêtait la robe, juste en haut des cuisses de la jeune femme.

A sa grande surprise, son corps et son cerveau se réveillèrent.

Il sourit. Pas la jeune femme.

— Je m'appelle Caleb. Et vous ? Je n'ai pas entendu votre nom.

Le regard des immenses yeux bleus devint glacial.

— Je ne vous l'ai pas dit.

O.K... Elle devait être d'humeur joueuse. Lui pas.

— Dans ce cas, pourquoi m'avez-vous abordé ?

— Je suis payée pour ça.

— Eh bien, on peut dire que c'est direct. Mais sachez, mademoiselle, que je ne suis absolument pas intéress...

— Je suis payée pour vous demander ce que vous buvez et vous apporter un autre verre. Je suis serveuse, *monsieur.* Si ce n'était pas le cas, je ne vous aurais pas adressé un seul regard, croyez-moi.

Caleb resta interdit.

Au fil des ans, quelques femmes l'avaient envoyé promener, bien sûr. La fille du cours élémentaire, Carrie ou Coney, quelque chose comme ça, qui l'avait frappé parce qu'il s'était moqué d'elle pour une bêtise, à la récréation. Et aussi une de ses ex-maîtresses, qui n'avait pas apprécié de recevoir des boucles d'oreilles en saphir en guise de cadeau d'adieu après lui avoir suggéré qu'il était temps de fixer une date de mariage.

Cependant, aucune des deux ne l'avait remis à sa place d'entrée de jeu.

Il devrait sans doute être furieux.

Mais non.

En fait, le franc-parler de Blondie lui inspirait une certaine admiration.

Ce visage, ce corps, cette robe... Des dizaines d'hommes avaient dû la draguer ce soir. Jusqu'au moment où elle s'était dit : « Stop ! » Cette tenue provocante, ce n'était pas elle qui l'avait choisie, bien sûr.

Pour sa part, il avait préféré travailler pendant ses études de droit plutôt que de toucher à l'argent de son père ou à celui qu'il avait hérité de sa mère. Il avait été livreur de pizzas, serveur dans un snack et barman dans un bar.

Le bar imposait un code vestimentaire à ses employés. Pour les hommes : chemise blanche, nœud papillon noir, pantalon noir, chaussures noires. Pour les femmes : ruban noir autour du cou, T-shirt blanc décolleté une taille trop petit, jupe noire couvrant à peine les fesses et talons aiguilles noirs.

Sinon c'était la porte.

Au XXIe siècle aux Etats-Unis, la discrimination sexuelle se portait bien. En tant qu'avocat, et même en tant qu'homme, il était bien placé pour le savoir.

Malgré tout, il méritait mieux que d'être traité comme un obsédé sexuel, non ?

Il le dit à Blondie.

— Voulez-vous boire un autre verre ? se contenta-t-elle de demander sèchement.

— Non, répliqua-t-il sur le même ton.

Puis il lui tourna le dos, but une nouvelle gorgée de

ce qui restait de son whisky et concentra de nouveau son attention sur la piste de danse.

Rien de changé de ce côté-là. Sauf que l'ambiance était encore plus torride. Des dizaines de corps qui se trémoussaient, se frottaient... La foule se donnait à fond.

Les serveurs et les serveuses aussi. Jusque-là il ne les avait pas remarqués. A présent ils lui sautaient aux yeux.

Des hommes beaux, torse nu, pantalon noir moulant, qui riaient avec les clients et se laissaient approcher par les clientes émoustillées.

Des femmes belles, toutes dans la même tenue — minirobe moulante, décolletée et scintillante, talons aiguilles vertigineux.

Aucune d'entre elles n'était aussi belle que Blondie.

Ou plutôt aucune n'avait la même prestance.

Elle était facile à repérer, même parmi la foule, avec ses épaisses boucles blondes relevées sur le sommet de son crâne. Mais surtout, il y avait sa façon de se tenir. Maintien noble. Port de reine.

Sa tenue hyper-sexy, autant l'oublier. Son attitude l'indiquait aussi clairement que si elle brandissait une pancarte : « N'approchez pas ! »

Fasciné, Caleb était incapable de la quitter des yeux.

Alors qu'elle servait une des tables qui entouraient la piste de danse, l'un des hommes qui y étaient assis leva les yeux vers elle, lui dit quelque chose et posa la main sur sa hanche. Elle fit un bond en arrière comme si elle avait été piquée par un scorpion.

Elle se frayait déjà un chemin parmi la foule des danseurs avec son plateau de verres dans les mains, lorsqu'un autre homme lui toucha les fesses. Vivement, elle fit un pas de côté et lui planta un talon aiguille dans le pied.

Sans renverser une seule goutte.

Caleb ne put s'empêcher de sourire. Madame était

capable de se défendre toute seule… Sauf que l'homme la suivait. Il la coinça dans un coin miraculeusement libre et lui dit quelque chose à l'oreille.

Elle secoua la tête.

L'homme lui parla encore. Et la toucha encore. Une caresse furtive des seins.

Le sourire de Caleb s'évanouit. Il se redressa, tendit le cou. Des gens passaient dans tous les sens, lui bouchaient la vue…

Bien. Blondie s'était échappée et se dirigeait d'un pas rapide vers une porte, sans doute de service.

Mais ce type odieux la suivait toujours.

Il atteignit la porte en même temps qu'elle. La saisit par les épaules. L'attira contre lui. Se frotta contre elle.

La jeune femme se débattit. En vain.

L'homme semblait trop fort, trop déterminé, peut-être trop ivre ou trop drogué. A présent il avait une main sur un sein et l'autre… Bon sang ! L'autre entre ses cuisses…

Caleb fut assailli par une bouffée de rage. Personne ne voyait donc ce qui se passait ? Etait-il le seul à comprendre que ce n'était pas un simple dérapage mais… une tentative de viol ?

Il pivota sur lui-même et déposa son verre sur la table la plus proche. Puis il descendit l'escalier en fendant la foule de la même manière qu'il esquivait les défenseurs lorsqu'il jouait au football comme ailier au lycée et à l'université.

Où était-elle passée ?

Il avait beau être grand, un mètre quatre-vingt-dix, il était pratiquement impossible de voir quoi que ce soit dans cette cohue… La porte de service était située au fond de la salle. Sur la gauche… Il fonça dans cette direction en traversant la piste de danse sans prendre le temps de s'excuser auprès des gens qu'il bousculait.

Après ce qui lui sembla une éternité, il parvint enfin de l'autre côté.

La porte était là.

Mais Blondie avait disparu. L'homme aussi.

Caleb regarda autour de lui. Rien.

Il prit une profonde inspiration. O.K. Un bon Samaritain avait dû voir ce qui se passait et intervenir.

Ou bien l'homme avait décidé qu'il s'était assez amusé et avait renoncé.

Ou bien…

Nom de Dieu !

Quelqu'un venait d'ouvrir la porte, puis de reculer vivement en la laissant se refermer. Durée de la manœuvre, trois secondes environ… mais ça avait suffi. Il avait eu le temps de tout voir. La porte ne conduisait pas dans la cuisine. Elle ouvrait sur une pièce sombre, de dimensions réduites. Une réserve, sans doute.

A l'intérieur, la serveuse blonde, coincée contre un mur, se débattait pour repousser le type penché sur elle.

Caleb se précipita vers la porte. L'ouvrit à la volée. Hurla une injure.

Le type se retourna vers lui.

— Qu'est-ce qui vous prend ? Mêlez-vous de vos affaires ! Fichez le camp d'ici !

Caleb regarda la jeune femme. Ses yeux étaient agrandis par la terreur et son visage livide malgré les nombreuses couches de maquillage. Une bretelle de sa robe était déchirée et son torse à moitié découvert.

— Ça va ?

— Il était sur le point de…

La voix de la serveuse se brisa.

— Hé, mec, t'es sourd ? Je t'ai dit de ficher le camp…

L'homme était à peu près de la même taille que Caleb. Et aussi musclé. Mais ils n'étaient pas tout à fait dans le même état. L'un d'eux vibrait d'excitation et de frustration. L'autre de rage et d'indignation.

Caleb se jeta sur l'inconnu.

Ce fut très rapide. Deux crochets du droit dans la mâchoire, un du gauche dans l'estomac et l'ordure vacilla sur ses jambes, plié en deux.

— Je voulais juste m'amuser…

— Moi aussi, rétorqua Caleb avec un rictus méprisant avant de le frapper une dernière fois.

Ce fut le coup de grâce. Le type bascula en arrière, heurta le mur et glissa lentement à terre, aux pieds de la serveuse.

Caleb darda sur lui un regard haineux, s'essuya les mains sur son pantalon, puis leva les yeux vers la jeune femme. Elle était encore plus pâle.

— Hé, c'est fini, murmura-t-il d'une voix douce.

— Il… Il ne m'a pas lâchée de la soirée.

Sa voix était à peine audible et elle tremblait comme une feuille. Etouffant un juron, Caleb enleva sa veste et la lui tendit.

— Mettez ça.

— J'ai tout fait pour me débarrasser de lui, mais il ne voulait pas me laisser tranquille.

Un long frisson la parcourut.

— Il… il s'est jeté sur moi. Il m'a poussée là-dedans. Et puis…

Caleb s'avança vers elle pour lui mettre la veste sur les épaules. Elle eut un mouvement de recul.

— Doucement, murmura-t-il comme si c'était une des pouliches dont il s'occupait lorsqu'il était enfant et qu'il travaillait avec les journaliers au ranch *El Sueño*.

Il lui posa la veste sur les épaules avec précaution. Celle-ci la couvrait jusqu'aux genoux.

— Enfilez-la.

Elle s'exécuta. En prenant soin de ne pas la toucher, il boutonna la veste.

La jeune femme tremblait mais elle le laissa faire.

Son agresseur gémit.

Caleb lui jeta un coup d'œil. Son nez saignait et paraissait de travers. Une de ses paupières, fermée, était enflée.

« Il méritait bien pire », songea-t-il rageusement.

Comme si elle devinait sa pensée, la jeune femme lui toucha furtivement le bras.

— Pouvez-vous me faire sortir du club, s'il vous plaît ?

— Vous voulez que j'appelle la police ?

Elle secoua la tête.

— Non. La publicité… Et il n'a pas… Il n'a pas réussi à… Vous êtes arrivé avant qu'il ait le temps de…

Elle inspira profondément.

— Je veux juste rentrer chez moi.

Caleb hocha la tête. Excellente idée. Sauf que traverser la foule…

— Est-il possible d'éviter l'entrée principale ?

— Oui. Cette porte, derrière vous… elle conduit à l'entrée réservée aux fournisseurs.

Dans sa fureur, il n'avait même pas remarqué la porte en question…

— Je vais passer mon bras autour de vos épaules, prévint-il. Juste par précaution, d'accord ?

Elle le regarda. Son mascara avait coulé. Ses lèvres tremblaient. Il eut un pincement au cœur. Jamais il n'avait vu une femme aussi belle…

— D'accord ? répéta-t-il.

— Oui.

Il la prit par les épaules. Elle se raidit mais ne s'écarta pas. Quelques instants plus tard, il ouvrit une porte donnant sur la rue. Celle-ci était sombre et déserte. Il avait fréquenté suffisamment d'endroits de ce genre lorsqu'il travaillait à la CIA pour être aussitôt sur le qui-vive.

— Restez près de moi.

Elle se blottit contre lui, tandis que la porte se refermait derrière eux.

Comme elle semblait fragile... Caleb serra les dents. S'il ne se retenait pas, il ferait demi-tour pour donner à l'ordure qui l'avait agressée une correction digne de ce nom.

Mais il ne pouvait pas se le permettre.

Elle avait besoin de lui.

Et lui, il avait besoin d'une voiture... Il était venu en taxi, mais à en juger par le calme qui régnait dans la rue, ils risquaient d'attendre longtemps avant d'en voir passer un. Caleb sortit son portable de sa poche et appela le service de location de voitures avec chauffeur qu'il utilisait lors de ses séjours à New York. Par chance, une de leurs limousines venait de déposer quelqu'un à quelques rues de là.

En attendant son arrivée, il tint la jeune femme étroitement serrée contre lui. Quelques minutes plus tard, une longue voiture noire s'arrêta le long du trottoir. Le chauffeur en descendit et ouvrit la portière arrière.

La jeune femme se tourna vers Caleb.

— Merci.

— Ce n'est rien, répondit-il en souriant.

— Je ne sais même pas votre nom.

Il faillit dire qu'il s'était présenté un peu plus tôt dans la soirée, puis il se ravisa. De toute évidence, elle ne se souvenait pas de l'incident. Tant mieux, parce qu'il n'en était pas particulièrement fier.

— Caleb. Et vous êtes... ?

— Sage. Merci pour...

Elle s'interrompit et ses joues s'enflammèrent.

— Qu'y a-t-il ?

— Combien va coûter le trajet ?

Elle tapota une petite pochette pailletée fixée à son poignet.

— Je garde mon argent et mes clés sur moi. Les vestiaires ne sont pas sûrs. Mais le problème c'est que… je ne pense pas avoir de quoi payer…

— Il est hors de question que je vous laisse payer !

— Non… Je ne peux pas accepter…

— J'aurais appelé une voiture de toute façon, mentit-il. Je peux bien faire un détour pour vous raccompagner.

— Me raccompagner… ?

Elle déglutit péniblement.

— Oh non… Ce n'est vraiment pas…

— Si, coupa-t-il d'une voix douce mais ferme. Je vais vous raccompagner jusqu'à votre porte, m'assurer que vous êtes bien rentrée chez vous, puis je m'en irai.

La jeune femme se mordit la lèvre. On pouvait presque voir ce qu'elle pensait s'inscrire dans une bulle au-dessus de sa tête. « Va-t-il lui aussi se transformer en mon pire cauchemar ? »

— Parole de scout, dit-il en levant la main.

Par quel autre moyen la convaincre que ses intentions étaient honorables ? C'était idiot, mais aucun autre ne lui venait à l'esprit…

Après une hésitation, elle finit par hocher la tête.

— Merci encore.

Juste avant de monter dans la limousine, elle se tourna de nouveau vers lui.

— Il faut que je vous prévienne… J'habite Brooklyn.

Caleb réprima une moue de dérision. Elle avait dit ça sur le même ton que si elle parlait de la Mongolie…

— Pas de problème. Tous mes vaccins sont à jour.

Sage écarquilla les yeux. Puis elle laissa échapper un petit rire. Un peu tremblant, mais si agréable à entendre…

— Vous êtes gentil, murmura-t-elle.

Lui ? Gentil ? Caleb Wilde, l'ex-espion ? Caleb Wilde, l'avocat d'affaires ? Il avait été qualifié d'intelligent et même de brillant. D'audacieux. D'impitoyable. Mais gentil…

— Merci, dit-il avec sincérité.

— De rien.

Ils se sourirent, puis elle s'éclaircit la voix.

— Je ne… Je n'ose pas imaginer ce qui se serait passé si vous n'aviez pas…

— N'y pensez pas. D'ailleurs, nous n'en parlerons pas non plus. D'accord ?

Il tendit la main.

Sage le considéra un instant. Puis elle posa sa main dans la sienne.

Pas de mauvaise surprise, songea Sage en montant dans la limousine. Son sauveur n'était pas n'importe qui.

Et il était incroyablement séduisant.

Pas juste mignon comme beaucoup trop d'hommes dans cette ville, mais d'une beauté sauvage à couper le souffle. Non que ça ait la moindre importance…

Beau et courageux.

Il était venu à son secours alors que personne d'autre n'avait bronché. Des tas de gens avaient vu ce qui se passait. Elle s'était débattue à coups de pied et de poing lorsque cet homme l'avait entraînée dans la réserve. Mais les gens qui avaient assisté à la scène avaient cru que c'était un jeu sexuel un peu spécial. Ou bien ils avaient décidé de ne pas s'en mêler.

D'ailleurs, quelqu'un avait ouvert la porte, pouffé et lancé : « Excusez-moi de vous déranger ! »

Si cet étranger n'était pas intervenu…

— Sage ?

Elle tressaillit et leva les yeux vers Caleb.

— Votre adresse, dit-il d'une voix douce.

L'espace d'une seconde, elle hésita malgré tout.

Caleb posa la main sur la sienne, sur la banquette en cuir.

— Vous pouvez me faire confiance. Je vous le promets.

Malgré l'expérience qui lui avait pourtant appris à être méfiante, elle sourit à son chevalier blanc.

Oui, elle pouvait lui faire confiance.

Elle le sentait.

2

La circulation devint plus dense dans Manhattan, mais elle se fluidifia de nouveau dès qu'ils eurent traversé le pont de Brooklyn.

Sage était silencieuse. Le petit rire que Caleb avait réussi à lui arracher n'était plus qu'un souvenir. Blottie dans le coin à l'autre bout de la banquette, elle avait le visage tourné vers la vitre. Il ne voyait que l'arrière de sa tête et ses épaules, très raides sous sa veste.

Et puis ses jambes. Longues. Très longues.

Bon sang. Il ne pouvait pas se permettre de reluquer ses jambes. Pas dans un moment pareil. Elle venait de vivre une expérience atroce. La regarder comme une femme désirable n'était pas correct.

Ce dont elle avait besoin c'était… Quoi donc ? Il se sentait terriblement impuissant. Elle n'avait pas voulu qu'il appelle la police et il comprenait sa réaction. Malgré tout, elle avait sûrement besoin de… de quoi ? Un thé bien chaud ? Un cognac ? Quelqu'un à qui parler ? Quelqu'un contre qui se blottir ? Elle l'avait autorisé à la tenir dans ses bras mais pas plus d'une minute.

Normal. Pour elle il était un étranger. Un homme. Et se retrouver dans les bras d'un homme devait bien être la dernière chose dont elle avait envie. Le problème c'était que son instinct lui criait de passer un bras autour de ses épaules pour la réconforter, de lui caresser doucement les cheveux, comme à un enfant qu'on cherche à apaiser.

Elle était trop silencieuse. Trop repliée sur elle-même. Sa plaisanterie stupide l'avait un peu détendue mais ça n'avait pas duré. Elle n'avait plus prononcé un seul mot depuis qu'elle avait donné son adresse au chauffeur.

Si seulement il parvenait à la faire sortir de son mutisme... A la faire parler. De n'importe quoi. Mais il avait beau se creuser la tête pour trouver un moyen d'amorcer la conversation, c'était le vide absolu. De quoi parlait-on à une femme pour lui faire oublier qu'elle avait failli se faire violer ?

Caleb crispa la mâchoire. Le minable qui l'avait agressée s'en était vraiment tiré à bon compte ! Un homme prêt à violer une femme méritait... Il inspira profondément. S'il s'était acharné sur lui, Sage aurait été encore plus traumatisée. Il n'avait pas de regrets à avoir. L'emmener loin de cet endroit était ce qu'il y avait de mieux à faire.

Il jeta un coup d'œil à Sage. Elle avait replié ses jambes sous elle. Et elle tremblait.

Il se pencha vers le chauffeur.

— Pouvez-vous éteindre la climatisation, s'il vous plaît ?

— Ce n'est pas la peine, dit-elle en se tournant vers lui. Pas à cause de moi, en tout cas.

— Oh non, c'est pour moi que je demande ça. Je suis gelé. Vous les habitants du Nord, vous n'avez pas peur de vous transformer en glaçons, apparemment.

Elle le regarda d'un air interloqué.

— J'suis un gars du Texas, expliqua-t-il en imitant l'accent du Sud pour la seconde fois de la soirée.

Brièvement, elle hocha la tête, puis se tourna de nouveau vers la vitre.

Pour amorcer la conversation, c'était raté... Il attendit quelques minutes avant de faire une nouvelle tentative.

— Nous sommes arrivés à Brooklyn, non ?

Question stupide. Qui méritait une réponse stupide… Mais son interlocutrice était trop polie pour ça.

— Oui, en effet.

— Dans quel quartier habitez-vous ?

— East New York.

— C'est un nom intéressant.

Ce commentaire valut à Caleb l'ébauche d'un sourire.

— En tout cas, c'est un quartier intéressant.

— Ce qui veut dire ?

— Etes-vous déjà allé à Brooklyn ?

— Une pendaison de crémaillère à Park Slope il y a sept ou huit ans, ça compte ?

Cette fois, il eut droit à un sourire plus net, presque malicieux. Il réprima à grand-peine l'envie d'exprimer bruyamment sa satisfaction.

— Non ?

— Non, confirma-t-elle. Park Slope est un quartier huppé. Très prisé par les avocats, les experts-comptables… qu'y a-t-il ?

— Ce soir-là j'étais chez un ami avocat, dont la femme est experte-comptable, expliqua Caleb en souriant.

— Ne me dites pas que vous êtes vous-même expert-comptable !

— Non, en effet.

Caleb fit une pause.

— Je suis avocat.

— Ce n'est pas ce que j'aurais imaginé non plus.

— Pourquoi pas ?

Pourquoi pas, en effet ? se demanda Sage.

Eh bien, les avocats et les experts-comptables étaient censés être des gens réfléchis, non ? Or cet homme avait réagi instinctivement. Elle haïssait le concept même de violence, mais en le voyant frapper son agresseur elle avait ressenti… de l'admiration. Oui, c'était bien ça.

Son comportement était si viril… Dur mais tendre.

Le mélange le plus sexy qui pouvait exister. Il était vrai qu'elle ne connaissait pas très bien les hommes. A part David, bien sûr. Qu'elle adorait, mais qu'elle ne pouvait pas imaginer lui apportant le même soutien que Caleb.

Elle était presque certaine que ce dernier était le type qui l'avait horripilée sur la galerie. Mais au moins, il était resté correct. Et surtout, il n'avait pas hésité à voler à son secours.

Et à présent, il faisait tout son possible pour l'aider à se détendre. Ses efforts pour alimenter la conversation étaient touchants, mais elle n'avait qu'une envie : se rouler en boule et faire comme si elle n'était pas là. Comme quand elle était petite fille…

Il semblait déterminé à l'en empêcher.

Et il avait sans doute raison.

Faire comme si la réalité n'existait pas n'avait jamais marché quand elle était enfant. Et ça ne marchait pas non plus aujourd'hui.

— … j'attends toujours.

Elle tressaillit.

— Vous attendez ?

— Oui. De savoir si je dois être flatté ou non que vous ne m'imaginiez pas avocat.

Le cœur de Sage se mit à battre un peu plus vite. Caleb avait un sourire extraordinaire. Et elle n'avait jamais vu un homme aussi beau… Mais qu'est-ce qui lui prenait ? Ce n'était vraiment pas le moment de penser des sottises pareilles…

— Votre crochet du droit n'est pas celui d'un avocat.

Caleb pouffa, ravi de voir un sourire malicieux étirer les lèvres de Sage. Mais le silence s'installa de nouveau. Pas bon… Il ne fallait surtout pas laisser retomber la conversation. Visiblement, parler faisait du bien à Sage. Elle avait toujours les doigts crispés sur les pans de sa veste, mais son attitude était un peu plus détendue.

« Dis quelque chose, Wilde ! » Il s'éclaircit la voix.

— Si Park Slope est un quartier huppé, celui où vous vivez est… ?

La limousine ralentit et s'arrêta le long du trottoir.

— Nous sommes arrivés, monsieur.

Caleb regarda par la vitre.

— C'est ici que vous habitez ?

A peine eut-il posé cette question qu'il se maudit. Il aurait dû prendre un ton encore plus consterné ! Histoire de la vexer un peu plus… A en juger par son regard noir, Sage était outrée par sa réaction. Mais comment réagir quand on raccompagnait une femme chez elle et qu'on se retrouvait devant un taudis ?

Un agent immobilier dirait sans doute que l'immeuble en brique rouge de quatre étages devant lequel ils étaient garés avait le charme de l'ancien.

Mais il n'était pas agent immobilier !

La rue était bordée d'immeubles strictement identiques à celui-ci et dans le même état. Nombreuses fenêtres condamnées. Barreaux rouillés. Marches affaissées conduisant à des porches délabrés.

La rue elle-même était étroite. Visiblement interminable. Mal éclairée. Plusieurs réverbères ne fonctionnaient pas.

Et pas un chat dehors. Il était tard, bien sûr. Mais n'était-on pas dans la ville qui se vantait de ne jamais dormir ?

— Merci.

La voix de Sage fit tressaillir Caleb. Le chauffeur avait ouvert la portière. Elle s'apprêtait à descendre.

— Merci pour tout. Bonne nuit.

Il la saisit par le bras.

— Attendez !

Elle tenta aussitôt de se dégager d'un geste vif. Il se maudit de nouveau. Décidément, il n'en ratait pas une ! Après l'avoir froissée voilà qu'il l'effrayait…

Il la lâcha.

— Je voulais juste vous dire…

Caleb hésita. Comment lui suggérer poliment qu'elle ferait mieux de déménager ?

Dans le regard de Sage, la peur avait laissé place au défi.

— Ça ne ressemble pas à Park Slope, n'est-ce pas ?

Au diable la politesse !

— C'est le moins qu'on puisse dire.

Les yeux bleus de Sage lancèrent des étincelles.

— Dois-je m'excuser de ne pas habiter un quartier chic ?

— Non. Bien sûr que non ! Je voulais simplement dire… Où se trouve le métro ?

— Pourquoi ?

— Parce que j'essaie de vous imaginer en train de faire ce trajet toutes les nuits, voilà pourquoi.

— Je… En général je rentre à pied depuis la station de métro en compagnie d'un ami.

— Ah. Et où est-il, ce soir ?

Sage réprima un soupir. Excellente question… Mais elle n'avait aucune envie d'y répondre. Pas question de parler de David.

— Ecoutez, tout va bien puisque grâce à vous, je n'ai pas été obligée de prendre le métro. Alors merci encore. Je vous suis sincèrement reconnaissante pour tout ce que vous avez fait. Tenez, votre veste…

— Gardez-la.

Sage arqua les sourcils.

— Vous me la rendrez une fois que je vous aurai raccompagnée jusqu'à votre porte.

— Non. Ce n'est pas nécess…

Caleb descendit de la limousine et en fit le tour.

— Pas de discussion.

— C'est une habitude chez vous de n'en faire qu'à votre tête ?

— Quand j'estime que c'est fondé, oui.

Sage soupira, visiblement résignée. Caleb tendit la main.

Après une hésitation, elle la prit. La main de Caleb était chaude et puissante. Elle réprima l'envie de croiser ses doigts avec les siens. A vrai dire, elle ne se sentait pas si courageuse que ça.

Parce qu'il avait raison. Sans lui, elle aurait été obligée de rentrer seule à pied. Or il y avait eu récemment plusieurs agressions dans le quartier contre des femmes qui vivaient seules.

Non qu'elle vive seule. Pas exactement, en tout cas.

— Merci, dit-elle tandis qu'ils montaient les marches conduisant au porche. Une fois de plus.

— Ne me remerciez pas. Il est normal que je vous accompagne.

Devant la porte de l'immeuble, il tendit la main.

— Vos clés.

Sage eut un haussement d'épaules qui se voulait désinvolte.

— La serrure est cassée.

Caleb se retenait pour ne pas faire de commentaire, comprit-elle quand il hocha brièvement la tête. Il ouvrit la porte.

Et lâcha un juron étouffé.

Comment le blâmer ? Elle devait se retenir pour ne pas jurer elle aussi chaque fois qu'elle pénétrait dans cette entrée sale et sombre, qu'elle respirait les relents de bière et d'urine, qu'elle voyait les portes dégradées qui donnaient sur le hall et l'escalier branlant qui montait dans l'obscurité.

« Dis quelque chose ! N'importe quoi… » Elle s'efforça de prendre un ton enjoué.

— J'habite au quatrième.

Caleb la regarda d'un air effaré.

— Que faites-vous dans un endroit comme celui-ci ?

Elle réprima un soupir. Il y avait bien une demi-douzaine de réponses possibles. Mais n'importe laquelle d'entre elles révélerait des choses qu'elle préférait garder pour elle…

— J'y habite, déclara-t-elle d'un air aussi digne que possible avant de se diriger vers l'escalier.

Les mains de Caleb se refermèrent sur ses épaules et il la fit pivoter vers lui.

— Arrêtez de jouer les coriaces ! Votre numéro est au point mais tout à l'heure il a failli vous coûter très cher. Ici aussi, il pourrait vous arriver n'importe quoi.

Elle haussa les épaules.

— Pour l'instant, je n'ai pas les moyens de vivre ailleurs.

— Vous n'avez personne qui puisse vous aider ?

— Je me débrouille très bien toute seule.

— Bien sûr…

Une porte s'ouvrit brusquement. Deux hommes sortirent dans le hall. Grands, forts, la mine patibulaire. L'un d'eux avait le visage à moitié couvert de tatouages.

Sage déglutit péniblement. Elle les croisait régulièrement et ils prenaient un malin plaisir à lui dire des horreurs. L'un d'eux faisait systématiquement claquer sa langue quand elle passait.

— Oups, dit le tatoué. On dérange ?

L'autre eut un sourire qui dévoila deux dents en or.

— Ils ont l'air bien partis pour s'amuser, en tout cas.

— Tu crois que ça leur ferait plaisir d'avoir de la compagnie ? reprit le tatoué.

Les doigts de Caleb se crispèrent sur les épaules de Sage.

— Caleb, non…, murmura-t-elle.

— Ca-leb, non…, répéta le tatoué d'une voix de fausset.

Sage inspira profondément, puis elle lança :

— Caleb, tu viens ?

— Alors, mec, tu vas avec elle ou pas ? Parce que si tu n'y vas pas…

Sage agrippa la main de Caleb et l'entraîna vers l'escalier.

Il voulut se dégager. Elle resserra son étreinte et monta les marches avec détermination. Il réprima un soupir. Impossible de l'obliger à le lâcher sans lui faire mal...

— Bon sang, je ne vais pas fuir devant ces... ces...

Ils venaient d'atteindre le premier étage. Elle posa un doigt sur ses lèvres.

— Ils sont deux, murmura-t-elle. Et tu es seul.

Il laissa échapper un petit rire. Dur. Sinistre.

A en juger par la façon dont il avait terrassé son agresseur au club, il y avait des chances pour que les deux hommes ne fassent pas le poids contre lui, songea-t-elle. Mais pas question de le laisser prendre le moindre risque. Il en avait déjà fait assez ce soir.

Il n'y avait qu'un seul argument susceptible de le convaincre de laisser tomber, devina-t-elle intuitivement.

— Imagine que pour une raison ou une autre ça tourne mal. Qu'est-ce que je deviens ?

Au même instant au rez-de-chaussée, la porte se referma en claquant.

Sage vacilla de soulagement.

Etouffant un juron, Caleb la prit dans ses bras et elle s'affaissa contre lui.

— Tout va bien, murmura-t-il.

Elle hocha la tête. Oui, à présent qu'elle était dans ses bras tout allait bien.

Mais s'il n'avait pas été là ?

— Je ne te remercierai jamais assez...

Il se pencha vers elle et déposa sur ses lèvres un baiser léger comme un papillon. Un baiser qui n'avait rien de sexuel. C'était juste pour la rassurer, comprit-elle.

Et s'il l'embrassait autrement ? S'il lui donnait un vrai baiser ? Que ressentirait-elle ?

— Sage ? Ça va ?

— Oui.

— O.K. Plus que trois étages et tu pourras te débarrasser de moi.

Au quatrième, elle indiqua une porte.

— C'est ici.

Il tendit la main en déclarant d'un ton pince-sans rire :

— Je suppose que cette serrure-ci n'est pas cassée ?

Elle secoua la tête. Lui donna ses clés. Sans parvenir à masquer le tremblement de ses doigts.

— Tu as peur ? demanda-t-il aussitôt.

Elle secoua la tête. Pas question d'avouer qu'après son départ, une fois seule, elle ne pourrait pas s'empêcher de repenser à ce qui s'était passé au club. La scène se jouerait encore et encore dans son esprit…

— Si, tu as peur. Et je te comprends.

— Non, ça va. Sincèrement.

Caleb déverrouilla la porte puis bloqua le passage. Dans son ancienne vie, il avait appris à ne jamais entrer dans un endroit susceptible d'être dangereux sans prendre des précautions élémentaires. Bien sûr, on était aux Etats-Unis. Pas en Iran ni au Pakistan. Cependant tout était possible. Après ce qui s'était passé au club et ce qui avait failli se passer au rez-de-chaussée quelques minutes plus tôt, la prudence s'imposait.

La porte ouvrait directement sur un salon genre boîte à chaussures, sur lequel donnait une cuisine minuscule. A en juger par le nombre de portes, il y avait au moins une chambre et sans doute une salle de bains. Le mobilier était fatigué mais ce qui frappait le plus c'était l'ordre qui régnait dans le salon.

— Ne bouge pas.

Caleb inspecta toutes les pièces puis revint vers Sage.

— C'est bon. Pas de problème.

Et maintenant, le moment était venu de prendre congé, se dit-il fermement.

— Je sais qu'il est tard mais… veux-tu boire un café ?

— Oui, avec plaisir, s'empressa-t-il de répondre.

— Bien.

Sage ferma la porte et la verrouilla.

— Pour être honnête…

Elle eut un sourire hésitant.

— Je ne pense pas pouvoir dormir tout de suite.

Caleb lui prit le menton.

— Tu es en sécurité, à présent.

— Je sais.

Elle sourit de nouveau.

— C'est l'un des inconvénients du métier d'actrice… Une imagination débordante, je veux dire.

— Tu es actrice ?

— Oui. C'est pour ça que je travaille la nuit. Ça me permet de passer des auditions dans la journée.

— Est-il possible que je t'aie déjà vue jouer ?

Ils pouffèrent en même temps, conscients que c'était la question cliché.

— Récemment ? Eh bien, oui… dans une pub pour Perrier. Si on regarde très attentivement, on arrive à me reconnaître, déclara-t-elle avec dérision. Je suis la cliente numéro quatre à la caisse.

Caleb pouffa.

— La cliente numéro quatre, hein ?

Sage haussa les épaules.

— J'ai bien essayé de décrocher le rôle de la cliente numéro deux parce qu'elle a une réplique, mais le réalisateur a préféré une autre actrice.

— Grave erreur de sa part.

Quand Sage laissa à son tour échapper un petit rire, Caleb dut se retenir pour ne pas crier : « Hourra ! »

— Quand je recevrai mon premier Tony Award ou mon premier oscar, je le rappellerai dans mon discours de remerciement.

Ils se sourirent joyeusement. Puis leur rire s'éteignit dans leur gorge. Le temps parut s'étirer. Le silence s'épaissit.

Et l'atmosphère devint électrique.

Caleb recula d'un pas.

Sage en fit autant.

— Je vais faire le café, lança-t-elle d'un ton enjoué. Laisse-moi juste une minute pour me changer, d'accord ?

— Bien sûr.

Sage disparut pendant cinq minutes. Ce qui donna à Caleb le temps de se ressaisir. Et de se demander ce qu'elle allait mettre. Des images lui traversèrent l'esprit et il se morigéna. Il devrait avoir honte ! Il n'y avait rien de sexuel dans tout ça. Comme pour le conforter dans cette idée, elle réapparut en jogging, démaquillée et les cheveux lâchés.

Comment pouvait-elle être encore plus ravissante dans cette tenue ?

— … froissée.

Caleb tressaillit.

— Pardon ?

Elle lui tendit sa veste.

— Elle est froissée. Je suis désolée.

— Oh. Ce n'est rien.

Il posa la veste sur le dossier d'un fauteuil rembourré qui avait vu des jours meilleurs.

— Je vais juste… me laver les mains, si ça ne te dérange pas.

— Oh ! bien sûr. Je prépare le café. Tu crois que le chauffeur prendrait une tasse ? On pourrait…

— Il a une Thermos. Les chauffeurs de cette compagnie en ont toujours un.

Il secoua la tête. Incroyable. Après ce qu'elle venait de vivre, elle pensait au bien-être du chauffeur…

— Mais c'est une attention délicate. Je lui dirai que tu as pensé à lui.

Caleb gagna la salle de bains et ouvrit le robinet d'eau froide. Elle était glaciale. Ça tombait bien. Il fallait absolument qu'il se ressaisisse.

Sage était une femme très attirante, certes. Mais après ce qui lui était arrivé ce soir, il serait indigne de...

Il s'aspergea le visage d'eau froide.

— Une tasse de café, dit-il à son reflet dans le miroir. Juste une seule. Et ensuite tu t'en vas.

Il rejoignit Sage dans la cuisine.

— Excellent, ce café, dit-il quelques instants plus tard après avoir bu sa tasse.

— Je le mouds moi-même.

— Ah. C'est sans doute pour ça. Bon, eh bien...

Il se leva. Quitta la cuisine. Se dirigea vers la porte, suivi par Sage.

Pas solide du tout cette porte. Et pas de judas. Une chaîne, d'accord. Mais une chaîne sur une porte aussi mince, c'était aussi efficace que de charger un pistolet avec des boulettes en papier...

— Tu as oublié quelque chose.

Il se retourna. Sage lui tendit sa veste.

Il la prit et demanda :

— Ça va aller ?

— Oui, pas de problème, répondit-elle.

Beaucoup trop vite... Et d'un ton trop enjoué pour être sincère.

— Tu ne devrais pas rester seule cette nuit. Il n'y a pas quelqu'un qui pourrait venir te tenir compagnie ?

— Ça va aller, je t'assure.

Caleb regarda le canapé. Il n'était pas grand et semblait branlant, mais il y avait un gros coussin dessus et une couverture pliée sur le dossier.

— Je reste. Je vais dormir sur le canapé.

— Non, ce n'est pas...

Caleb avait déjà sorti son portable de sa poche. Il

appela le chauffeur de la limousine pour le prévenir qu'il n'avait plus besoin de lui.

— Dites à votre patron de m'envoyer la facture et d'y ajouter deux cents dollars pour vous. Oui. Je vous en prie.

— Ce n'était pas la peine, protesta faiblement Sage quand il eut raccroché. Je suis…

— Et demain matin je donnerai quelques coups de téléphone. Je connais des gens qui devraient pouvoir te trouver un autre logement. Et un autre job.

— Caleb, je t'assure…

— Rappelle-toi. Je n'en fais qu'à ma tête, murmura-t-il en écartant une boucle blonde de la joue de Sage. Et je suis têtu comme une mule.

Son regard se promena sur son visage, s'attarda sur ses lèvres. Bon sang, comme il était tentant de l'embrasser ! Mais pas question. S'il passait la nuit chez elle, c'était pour la protéger. Pas parce qu'il avait envie d'elle.

« Hypocrite ! »

Oui, d'accord. Il avait envie d'elle. Terriblement envie. Mais il ne profiterait pas de la situation. C'était hors de question. Malgré tout, il pouvait l'embrasser, non ? Juste une fois…

« Stop ! »

— Va te coucher, dit-il d'une voix rauque.

Elle ne discuta pas.

Cela signifiait-il qu'elle avait les mêmes pensées que lui ? Caleb serra les dents. Pas question de le vérifier.

Il la suivit des yeux jusqu'à ce que la porte de la chambre se referme derrière elle. Puis il s'assit sur le canapé, enleva ses chaussures, s'allongea, tira la couverture sur lui. Contre toute attente, il finit par s'assoupir au bout d'un moment.

Quelque chose le réveilla.

Sans bouger, il entrouvrit les paupières.

Debout sur le seuil de la chambre, Sage le regardait.

3

L'éclairage de la rue l'enveloppait d'une lumière douce. Elle était toujours en jogging. Pieds nus, les cheveux ébouriffés.

Comme elle était belle ! Il n'avait qu'une envie. Se lever, la prendre dans ses bras… Il ne bougea pas. S'appliquant à respirer régulièrement, il continua de l'observer à travers ses cils. Son pouls battait à cent à l'heure et les pensées tourbillonnaient dans son esprit. Etait-elle en proie au même désir que lui ? Allait-elle le rejoindre ? Se pencher sur lui et l'embrasser ?

Ou bien s'était-elle levée pour des raisons plus prosaïques ? Peut-être ne parvenait-elle pas à dormir, tout simplement.

Sage détourna les yeux et gagna la cuisine à pas feutrés.

Caleb expira profondément. Quelle déception… Mais c'était mieux ainsi. S'il était resté c'était pour la protéger. Son désir pour elle était égoïste. Elle méritait mieux. Ne lui avait-elle pas accordé sa confiance ?

Il devait s'en montrer digne. C'était une question d'honneur. Or l'honneur était la valeur fondamentale sur laquelle était basée sa vie. Comme celle de ses frères. Leur père avait consacré trop de temps à sa carrière de général quatre étoiles pour être très présent, mais il avait malgré tout réussi à inculquer certains principes à ses fils.

L'honneur. La loyauté. Le devoir.

Une lumière s'alluma dans la cuisine. Caleb entendit

la porte du réfrigérateur s'ouvrir, puis se refermer. Puis le bruit étouffé d'un verre posé avec précaution sur le comptoir. Sage se servait un verre d'eau. Ou de lait. En s'efforçant de troubler le moins possible le silence...

Et maintenant ? Que faire ? Rester où il était ? Se lever ? Aller voir si elle avait besoin de quelque chose ? Besoin de lui ? Caleb se traita intérieurement de tous les noms. Il n'y avait qu'une seule attitude à adopter. Ne pas bouger. Continuer à faire semblant de dormir. Rester fidèle à ses principes.

Il se redressa. Passa une main dans ses cheveux. Faillit fermer les premiers boutons de sa chemise. Se ravisa. Allons, c'était ridicule ! Et pourquoi pas mettre sa veste, aussi ?

Il se leva et se dirigea vers la cuisine. Il ne voulait surtout pas surprendre Sage, mais il était pieds nus et elle ne l'entendit pas. Il s'immobilisa sur le seuil de la pièce. Debout devant le comptoir, sur lequel était posée une bouteille de lait, elle avait le dos tourné. Ses boucles blondes ruisselaient sur ses épaules.

Il fut assailli par une bouffée de désir qui lui coupa le souffle. « Fais demi-tour immédiatement, bon sang ! Retourne te coucher ! »

— Sage ?

Elle sursauta. Le verre qu'elle tenait à la main lui échappa et se brisa en mille morceaux en même temps qu'elle se retournait.

Furieux contre lui-même, Caleb réprima un juron. Dire qu'il ne voulait pas la surprendre...

— Sage, ce n'est que moi. Je suis désolé...

Elle tremblait de tout son corps et son visage était livide.

— Oh mon Dieu, Caleb ! J'ai cru...

— Ne bouge pas. Tu risques de te couper.

Trop tard. Un filet de sang se mêlait au lait répandu sur le sol et aux débris de verre.

Caleb tendit les bras.

— Je vais te sortir de là.

Après une brève hésitation, elle se pencha en avant et noua les bras autour de son cou. Il la souleva de terre.

Quel plaisir de la serrer contre lui ! De sentir son souffle dans son cou. Ses cheveux sur son visage. Ses seins, son ventre, tout son corps contre le sien... Ce serait si bon de la serrer encore plus fort. D'enfoncer les doigts dans ses boucles soyeuses, de... Assez !

Il la porta dans la salle de bains, l'assit sur le siège des toilettes fermé et alluma l'applique au-dessus du lavabo.

— O.K. Examinons cette coupure.

— Ce n'est rien.

— Sans doute, mais il vaut mieux s'en assurer ?

Caleb s'agenouilla et prit le pied de Sage dans ses mains. Un pied petit. Cambré. Aux ongles d'un rose très pâle. Les pieds, ce n'était pas son truc. Son truc c'étaient les femmes, tout simplement. Et pourtant, il mourait d'envie de porter ce pied délicat à ses lèvres, de le couvrir de baisers...

Submergé par une vague de désir, il reposa le pied de Sage par terre et se releva.

— O.K.

Il réprima une moue de dérision. Depuis quand *O.K.* était-il devenu son mot favori ?

— Voyons... De quoi avons-nous besoin ? Un gant de toilette, une serviette, de l'alcool et un pansement...

— Caleb.

— Oui ?

Sage s'humecta les lèvres.

— Je n'ai rien au pied. Regarde. La coupure ne saigne plus. Elle est si minuscule qu'on la voit à peine.

Caleb dut faire un effort pour détourner les yeux de

la bouche de Sage. Elle avait raison. Le sang ne coulait plus. Et la coupure était à peine visible.

Comment réagirait-elle s'il y posait ses lèvres ?

Il réprima un juron. Jamais il n'avait été aussi près de perdre le contrôle de lui-même... Prenant une profonde inspiration, il pensa à une rivière glacée, à un lac glacé, à une mer glacée...

— Les gants de toilette... Où les ranges-tu ?

— Sincèrement, Caleb...

— Rappelle-toi, je suis têtu comme une mule.

Sage pouffa.

— D'accord. Les gants sont dans ce placard, sur l'étagère du milieu.

Il ouvrit le placard, prit un gant et le passa sous l'eau. Puis il s'agenouilla de nouveau devant Sage et souleva son pied.

Sage retint son souffle. Cet homme avait vraiment des mains superbes, constata-t-elle, fascinée. Puissantes et fines à la fois. Très douces, aussi. Des mains faites pour caresser... A son grand dam, elle fut envahie par une vive chaleur. Bon sang, n'avait-elle pas assez pensé à lui ce soir ? N'était-ce pas à cause de lui qu'elle avait été incapable de trouver le sommeil ?

Ridicule. Elle était ridicule.

Elle s'éclaircit la voix.

— C'est moi qui t'ai réveillé ? Je suis désolée. Je n'arrivais pas à dormir.

— Des mauvais rêves ?

— Non. Je n'arrivais pas à dormir, c'est tout.

Elle déglutit péniblement. Comment réagirait-il si elle lui avouait que c'était à cause de lui ?

Au même instant il leva les yeux et leurs regards se croisèrent. Elle fut parcourue d'un long frisson.

Il se leva.

— J'ai presque fini, dit-il d'un ton brusque. Il ne reste plus qu'à désinfecter et mettre un pansement.

— Ce n'est pas la peine.

— L'alcool et les pansements sont dans l'armoire à pharmacie, je suppose ?

Elle réprima un soupir. Inutile de discuter avec lui, ça ne servirait à rien...

— Oui.

Son sauveur était têtu comme une mule. Et déterminé à prendre soin d'elle. Ce que personne n'avait jamais fait avant lui.

Enfin, sauf David... mais ça n'avait rien à voir.

Caleb s'agenouilla de nouveau devant elle, tamponna la coupure avec un coton imbibé d'alcool. Ses gestes étaient très doux. Comme ses mains. Tout en lui était doux... Ce qui était surprenant, étant donné la façon dont il avait neutralisé son agresseur et réagi face aux deux types dans le hall.

Par ailleurs, il était très concentré. Sur son pied, sur cette blessure sans importance. Etait-il toujours comme ça ?

Etait-il aussi concentré quand il faisait l'amour ?

Sage laissa échapper un petit gémissement.

— Je te fais mal ? demanda Caleb en levant les yeux.

— Non.

— Tu es sûre ?

Elle hocha la tête. Non, il ne lui faisait pas mal. C'était juste qu'elle mourait d'envie de le toucher...

D'enfoncer les doigts dans ses épais cheveux de jais.

De caresser son visage. Ses pommettes saillantes, son nez droit, sa bouche sensuelle.

De plonger son regard dans le sien pour vérifier si ses yeux étaient réellement bleus. Peut-être étaient-ils noirs comme ses cils, si longs, si épais ?

N'importe quelle femme serait prête à tout pour avoir des cils comme les siens.

Pour avoir un homme comme lui.

Sage fut de nouveau envahie par une vive chaleur. Etait-elle devenue folle ? Ce n'était pourtant pas son genre de fantasmer sur un étranger.

— Arrête...

La voix rauque de Caleb la fit tressaillir.

— Tu as entendu ? Arrête de me regarder comme ça, insista-t-il.

L'atmosphère de la pièce minuscule s'était chargée d'électricité. Caleb partageait visiblement son trouble... Mais il lui laissait la possibilité d'en rester là. Il suffisait de répliquer : « Je ne vois pas ce que tu veux dire. »

Elle était actrice. Et malgré son peu d'expérience, elle avait du talent. Elle pouvait très bien dire cette réplique de manière convaincante.

Sauf qu'elle n'en avait aucune envie !

— Je ne peux pas m'en empêcher, murmura-t-elle.

Caleb émit un grognement de désespoir.

— Sage, est-ce que tu sais ce que tu fais ?

— Non. Mais je sais ce que je veux.

Caleb tendit les bras vers elle en même temps qu'elle les tendait vers lui. Il la hissa sur ses pieds et la serra dans ses bras.

Puis, il l'embrassa.

Rien à voir avec le baiser furtif qu'il avait déposé sur ses lèvres un peu plus tôt.

C'était un baiser avide.

Elle lui abandonna sa bouche, l'incitant à donner libre cours à sa passion. Il ne se fit pas prier et approfondit son baiser avec fougue.

Quelle sensation extraordinaire !

Elle noua les bras autour de son cou et il resserra son étreinte. Electrisée par le contact de sa virilité pleinement éveillée contre son ventre, elle laissa échapper un gémissement. Il s'arracha à sa bouche pour demander :

— Tu es sûre ?

— Oui. Oui !

Capturant de nouveau sa bouche, il la souleva de terre et la porta dans la chambre, où il la reposa sur ses pieds à côté du lit.

Alors qu'elle se débattait avec son sweat-shirt, il lui saisit les mains et les embrassa.

— Laisse-moi te déshabiller.

Elle leva les bras tandis qu'il remontait lentement son sweat-shirt. Il le lui enleva et le jeta par terre.

Instinctivement, elle referma les doigts sur sa chemise. Il secoua la tête.

— Pas encore, murmura-t-il.

Il avait trop envie de la voir entièrement nue avant d'aller plus loin. Or il avait de plus en plus de mal à garder le contrôle de lui-même…

— Pas encore, répéta-t-il en faisant glisser son pantalon de jogging sur ses hanches puis le long de ses jambes interminables.

Mon Dieu, ce qu'elle était belle ! Seins hauts et ronds. Taille fine. Hanches rondes, délicieusement féminines. Jambes sublimes. Et à la jonction des cuisses, des boucles blondes…

— Tu es splendide, Sage…

A son tour, elle déboutonna sa chemise. Il s'en débarrassa d'un mouvement d'épaules. Avec un murmure appréciateur, elle promena les mains sur ses épaules, son torse, son ventre.

Envahi par une multitude de sensations, Caleb ferma les yeux tandis qu'elle explorait son corps. Un corps dont il n'avait pas à rougir, du reste. Il s'entretenait depuis toujours. Sports d'équipe, entraînement pour la CIA, équitation. Parce qu'il estimait indispensable de rester en forme et aussi, il fallait bien le reconnaître, par vanité.

Aujourd'hui, étrangement, il avait le sentiment de l'avoir fait aussi pour elle, une femme qu'il n'avait jamais imaginé rencontrer un jour.

Les mains de Sage atteignaient sa ceinture. Non, s'il la laissait poursuivre, il allait perdre le contrôle de la situation… Il l'écarta de lui d'un geste doux pour se déshabiller lui-même avant de la reprendre dans ses bras.

Le contact de leurs épidermes leur arracha un même gémissement de plaisir. Ils se laissèrent tomber sur le lit tout en s'embrassant avec ferveur.

Les draps blancs offraient l'écrin idéal pour la peau dorée de Sage… Et aussi pour son innocence. Qui n'avait rien à voir avec une quelconque question de virginité. Non, l'innocence était chez elle une qualité intrinsèque. Il couvrit ses seins de baisers avant d'aspirer et de lécher tour à tour leurs pointes durcies, lui arrachant des cris extatiques. Il traça ensuite un sillon de baisers jusqu'au triangle de sa féminité et lui écarta les cuisses. Dieu, qu'elle était belle !

Du bout de la langue, il commença de l'explorer.

Les cris de Sage se firent plus aigus.

Alors, il approfondit ses caresses, l'embrassant à pleine bouche, la mordillant, la léchant.

Elle atteignit la volupté suprême avec un long gémissement modulé.

Il recueillit avec délectation le miel de son plaisir, puis il se redressa et captura sa bouche pour le partager avec elle.

Elle répondit à son baiser tout en ondulant lascivement des hanches contre lui.

Sans cesser de l'embrasser, il prit place entre ses cuisses.

Et se figea.

Non. Non… Non !

— Qu'y a-t-il ? demanda-t-elle dans un souffle.

— Je n'ai pas de préservatifs.

Elle posa un doigt sur ses lèvres.

— Ce n'est pas grave.

— Mais si ! Je...

— Il n'y a pas de problème, je prends la pilule.

Un long soupir de soulagement échappa à Caleb. Jamais il n'avait entendu des paroles aussi douces !

Sage creusa les reins.

Il entra en elle.

Elle était brûlante. Humide. Offerte.

— Sage...

Elle gémit. Son regard était vague et sa tête se balançait d'un côté et de l'autre sur l'oreiller.

Il s'enfonça au plus profond d'elle. Accéléra le mouvement. Se laissa emporter dans une danse échevelée qu'il contrôlait à peine.

Il avait connu beaucoup de femmes. Il avait eu des tas d'aventures. Il aimait le sexe et n'ignorait rien du plaisir.

Mais jamais il n'avait éprouvé des sensations aussi inouïes...

L'esprit embrumé, il se laissa porter par le rythme de leurs deux corps.

Sage tremblait. Sanglotait. Elle dit son nom, puis elle poussa un cri étranglé.

Il fut emporté par le raz-de-marée qui la balayait et ils basculèrent ensemble dans une jouissance abyssale.

Repus, ils sombrèrent dans un profond sommeil, étroitement enlacés.

Quelque chose réveilla Caleb.

Un bruit ?

L'espace de quelques secondes, il resta hébété. Où était-il ?

La femme qui se trouvait dans ses bras poussa un petit soupir et la mémoire lui revint. Sage…

En souriant, il pressa ses lèvres sur ses cheveux avec douceur pour ne pas la réveiller. La fenêtre laissait filtrer la lumière du jour. Et les bruits de la rue. C'était ça qui avait dû le réveiller. Il était habitué au silence de son appartement.

Sage l'apprécierait-elle, ce silence ?

Il resta interdit. Quelle pensée saugrenue… Bien sûr, il espérait bien revoir Sage la prochaine fois qu'il viendrait à New York…

Et pourquoi pas à Dallas ?

N'importe quoi.

Un café, voilà ce qu'il lui fallait.

Avec précaution, il se leva, enfila son pantalon et gagna la cuisine, pieds nus. Le sol était toujours jonché de morceaux de verre baignant dans du lait. Pas de problème. Il allait nettoyer, mais d'abord…

Il avait dit à Sage qu'il essaierait de lui trouver un autre logement. Et un autre job. A New York ou à Dallas, quelle différence ?

Une sacrée différence, bien sûr… Mais se renseigner n'engageait à rien, après tout. Caleb alla prendre son portable sur la table basse du salon. Puis il regagna la cuisine et appela son frère Travis. Qui répondit à la huitième sonnerie.

— J'espère que c'est vraiment important, vieux. Je ne sais pas quelle heure il est à New York, mais ici, dans le monde réel, il est…

— Tu sais si le théâtre de Dallas cherche des comédiens ?

Il y eut un long silence.

— Travis, je t'ai demandé…

— J'ai entendu. Mais qu'est-ce qui t'arrive ? Pourquoi cette question ? Et comment veux-tu que je sache si…

— Cette rousse avec qui tu sors. L'actrice. Elle ne t'aurait pas dit par hasard s'ils avaient besoin de comédiens ?

— Je *sortais* avec elle. Et elle n'est pas actrice mais chanteuse. De quoi parles-tu, bon sang ?

De quoi, en effet ? Caleb secoua la tête. Que lui arrivait-il ? Nuit torride et pas assez de sommeil. Un mélange redoutable...

— Caleb ?

Le ton de Travis était inquiet. Caleb eut une moue de dérision. Pas étonnant...

— Oui, Travis. Ecoute, oublie ce que je...

Du bruit dans la salle de bains... Sage était réveillée. Il était temps de raccrocher...

— Qui êtes-vous ?

Caleb pivota sur lui-même. Un homme se tenait dans l'encadrement de la porte de la cuisine. Un peu plus jeune que lui, et plus petit.

— Caleb ? dit Travis à l'autre bout de la ligne.

— Je te rappelle.

Caleb raccrocha.

Super. Quelqu'un avait pénétré par effraction dans l'appartement de Sage pendant qu'il tirait des plans sur la comète...

— Ecoutez, je n'ai pas envie de m'énerver, dit-il d'un ton posé. Alors soyez raisonnable. Faites demi-tour et sortez...

L'intrus fit un pas en avant.

— Je vous ai posé une question. Qui êtes-vous ? Et que faites-vous chez moi ?

Caleb tressaillit.

— Que voulez-vous dire ?

— Où est Sage ? Que lui avez-vous fait ?

— Vous connaissez Sage ? Et vous habitez... ?

— Ça suffit. J'appelle la police.

— Non. Attendez une minute.

— David ?

Sage passa devant l'inconnu et entra dans la cuisine.

— Ne lui fais pas de mal, je vais t'expliquer, dit-elle à Caleb.

— Tu connais ce type ?

— Oui, je...

— C'est vrai qu'il habite ici ?

— Oui, c'est vrai. Je...

L'inconnu prit Sage par les épaules.

— Ça va ?

— Oui, très bien. Caleb, je te présente...

— David, j'ai entendu, coupa Caleb d'un ton glacial.

— Caleb ! Ce n'est pas ce que tu crois.

— Ben voyons...

— Je t'assure ! Je vais t'expliquer...

— Inutile. Tes petits arrangements avec ton amant ne m'intéressent pas.

David lâcha Sage et s'avança vers Caleb la main tendue.

— C'est idiot, j'aurais dû téléphoner pour prévenir de mon retour. Je...

Caleb crispa la mâchoire. Comment avait-il pu être aussi stupide ? Il prit une profonde inspiration. Et pour la seconde fois en moins de douze heures, il mit toute sa force dans un crochet du droit.

Sage hurla. David s'écroula sur les morceaux de verre et le lait. Elle tomba à genoux à côté de lui.

— David ! David, parle-moi !

Elle leva vers Caleb un regard effaré.

— Comment as-tu pu le frapper ?

Caleb eut un rictus haineux.

— Comment aurais-je pu ne pas le faire ?

Il la contourna, alla chercher ses chaussures et sa chemise dans la chambre, prit sa veste dans le salon et quitta l'appartement.

4

Travis Wilde se tenait devant la porte vitrée des bureaux de Wilde & Wilde, Avocats, à Dallas. Derrière ces portes, de l'autre côté du hall au parquet de chêne, se trouvait la réception, domaine d'une femme aux cheveux gris et au visage sévère, invariablement vêtue de noir.

Edna Grantham — « mademoiselle Edna » si vous ne vouliez pas vous attirer ses foudres — était le cerbère de son frère depuis que celui-ci avait ouvert son cabinet.

Elle rappelait à Travis son institutrice du cours moyen, une femme glaciale qui n'avait aucune indulgence pour les bêtises occasionnelles des garçons de neuf ans. Aujourd'hui Travis était adulte et il lui arrivait encore de faire des bêtises, mais il les assumait. Cependant, les vieux souvenirs avaient la vie dure et il ne pouvait s'empêcher d'être impressionné par Mlle Edna.

De toute évidence, elle ne le portait pas dans son cœur. Ses regards glacials et ses réponses monosyllabiques étaient éloquents. Elle ne lui pardonnait pas de distraire régulièrement Caleb de son travail pour l'emmener déjeuner de tacos achetés à un nouveau camion-cantine dans le quartier d'Arts District, ou de le pousser à partir tôt le vendredi pour boire une bière au bar du coin, ou même de l'inciter à faire l'école buissonnière quand Jake était en ville.

En réalité, quand Caleb se laissait entraîner c'était parce qu'il le voulait bien. Certes, il prenait son travail d'avocat très au sérieux. Comment le blâmer ? Mais à moins d'être attendu au tribunal ou d'avoir rendez-vous avec un client, il disait rarement non à une petite diversion.

Il lui arrivait même d'en prendre l'initiative. Mlle Edna refusait peut-être de l'admettre mais sous le costume de l'avocat battait le cœur d'un vrai Wilde.

Sauf depuis quelque temps.

Depuis quelque temps, Caleb était constamment « trop occupé ». En particulier quand il s'agissait de voir des gens.

C'était la raison de sa visite. Il était temps de demander à Caleb ce qui se passait. Jake aussi avait remarqué que quelque chose clochait. Tout comme Addison, la femme de Jake, la seconde Wilde de Wilde & Wilde, Avocats. Elle travaillait au bureau de Dallas trois jours par semaine et voyait donc Caleb plus souvent que ses frères. Elle était catégorique. Il avait changé. « Il est très silencieux. Et un peu à cran. »

La veille, Travis avait dîné au ranch de Jake et d'Addison. Caleb avait été invité, bien sûr. Il n'était pas venu.

« Il a dit qu'il était trop occupé », avait répondu Jake à la question de Travis.

« Trop occupé. » C'était l'excuse systématique de Caleb. Avec : « Je n'ai pas le temps. »

Il n'avait plus de temps libre pour rien. Ni les dîners. Ni les barbecues du week-end. Ni même les parties de poker mensuelles, tradition qu'il avait pourtant instaurée lui-même à l'âge de glace.

Il était trop occupé pour tout. Et si vous insistiez, il vous lançait un regard noir, aussi déplaisant que nouveau.

Pour quelle raison ? Travis n'en avait aucune idée et Jake non plus. La seule chose qu'ils savaient c'était que le changement d'attitude de leur frère datait de son voyage à New York, quelques mois auparavant.

Il était revenu différent. Ce qui était insensé. Donc, il y avait un problème. Mais lequel ?

« Il faut que l'un de vous lui parle », avait déclaré Addison la veille au soir.

Les frères Wilde étaient très proches. Depuis toujours et pour toujours. Mais chacun respectait la vie privée des deux autres. Et des trois, Caleb était sans doute celui qui ruminait ses problèmes le plus longtemps avant d'en parler.

Travis en était conscient. Mais il commençait à s'inquiéter. Comme Jake et Addison. Voilà pourquoi il se trouvait devant la porte des bureaux de Wilde & Wilde, Avocats. Il avait pris ses précautions, bien sûr. Pas question que Caleb le voie venir avec ses gros sabots. Dans son attaché-case, il avait des documents, une lettre…

Une affaire un peu différente de celle dont s'occupait Caleb d'ordinaire. Le hasard l'avait mise entre ses mains la veille… mais bon sang, plus il restait là à réfléchir moins il savait comment il allait s'y prendre ! Il lissa sa cravate. S'éclaircit la voix. Un peu de cran ! Il n'était pas dans ses habitudes d'être aussi nerveux.

Allons bon. Mlle Edna le regardait à travers les portes vitrées. D'accord… Inspirer profondément une dernière fois. Expirer. Et en avant. Il ouvrit les portes et traversa le hall jusqu'à la réception.

— Bonjour, dit-il d'un ton plus vif qu'il ne l'aurait voulu.

Mlle Edna jeta un coup d'œil furtif à droite puis à gauche, se souleva de son siège et se pencha vers lui.

— Oh ! monsieur Travis, murmura-t-elle. Je suis si heureuse de vous voir !

— Travis. Juste Travis, rectifia-t-il machinalement.

Ce qu'il faisait depuis des années, sans résultat.

— Vous êtes heureuse de me voir ?

Mlle Edna hocha vigoureusement la tête.

— C'est M. Caleb...

— Que se passe-t-il ?

— C'est justement le problème, monsieur Travis. Je n'en sais rien. Tout ce que je peux vous dire c'est qu'il n'est plus lui-même. Et c'est de pire en pire. Aujourd'hui, par exemple...

— Oui ?

— M. Caleb avait rendez-vous avec le juge Henry. Un rendez-vous pris depuis des mois et qu'il avait eu beaucoup de mal à obtenir. Eh bien, il l'avait oublié. Et quand je le lui ai rappelé, il m'a dit de téléphoner au greffier pour l'annuler. Annuler un rendez-vous avec le juge, vous vous rendez compte ?

L'estomac de Travis se noua. La situation était encore plus grave qu'il ne le pensait...

— D'accord. Dites-lui que je suis ici, s'il vous plaît.

Mlle Edna rougit. Une grande première...

— Peut-être vaut-il mieux que vous entriez dans son bureau sans être annoncé.

— Parce que si vous m'annoncez, il risque de...

— Il dira qu'il est occupé.

— Vous avez raison. J'y vais. Je lui dirai que vous n'étiez pas à votre bureau.

— Dites-lui ce que vous voulez, monsieur Travis. Mais faites ce qu'il y a à faire.

Travis hocha la tête. Si Mlle Edna était inquiète au point de lui faire confiance, la situation était vraiment *très* grave...

Le bureau de Caleb se trouvait au bout d'un long couloir.

Travis passa devant une grande salle de réunion, une petite salle de réunion, une bibliothèque, divers bureaux occupés par divers collaborateurs, un local réservé aux fax et aux imprimantes, et enfin le bureau de sa belle-sœur. Vide. C'était un jour où elle ne travaillait pas à Dallas. Une chance. Si le ton montait entre Caleb et lui, il valait mieux pour elle qu'elle ne les entende pas.

La porte de Caleb était fermée. Travis compta jusqu'à trois, frappa et tourna la poignée sans attendre de réponse. La porte s'ouvrit sur une pièce qui était du pur Caleb. Baie vitrée ultramoderne. Tapis d'Orient authentique. Canapé de cuir, fauteuils et table basse design. Bureau en noyer, ancien, imposant.

Caleb était debout devant la baie vitrée, le dos tourné.

— Je suis occupé, Edna. Quel que soit…

— Eh bien, voilà un mystère résolu, coupa Travis d'un ton enjoué. Toi, tu n'es pas obligé de l'appeler « mademoiselle ».

Caleb pivota sur lui-même.

— Que fais-tu ici ?

— Ravi de te voir, moi aussi, frangin.

Caleb eut un sourire à peu près aussi naturel que celui de Travis.

— Content de te voir, Trav, mais…

— Mais tu es occupé.

— Exactement.

Travis jeta un regard entendu au bureau de son frère, que pas un seul dossier n'encombrait.

— Je vois ça.

Le sourire de Caleb s'effaça.

— Quel est le problème ?

— Tu es toujours occupé ces derniers temps.

Caleb croisa les bras.

— Il y a des tas de gens dans mon cas. Mais dis-moi, tu n'as jamais appris à frapper avant d'entrer ?

— J'ai frappé.

— Et attendre qu'on t'autorise à entrer ? Tu ne l'as pas appris ?

Travis avança lentement vers Caleb.

— Quel formalisme ! Entre frères c'est un peu exagéré, tu ne crois pas ?

— Je ne suis pas d'humeur à discuter, d'accord ?

— Tu n'es pas d'humeur à grand-chose, ces derniers temps.

— Bon, ça suffit. Je ne sais pas comment tu as réussi à faire fléchir Edna, mais comme je viens de te le dire je suis…

— Occupé. Je sais.

Travis s'installa dans l'un des fauteuils situés en face du bureau.

— Tu permets que je m'assoie ?

Caleb plissa les yeux.

— Ecoute, ce n'est pas le moment de faire le clown.

— Parce que ?

— Parce que… Parce que j'ai rendez-vous avec un juge dans…

— Faux.

— Bon sang, Travis…

— J'ai un nouveau client pour toi.

— J'en ai déjà plus qu'il ne m'en faut.

— Mais cette affaire est différente. Ça ne touche pas au droit des entreprises.

— Tu veux un scoop ? lança Caleb d'un ton sarcastique. Le droit des entreprises c'est mon domaine. Tu n'es pas au courant ?

Travis sortit de son attaché-case une enveloppe en papier kraft qu'il tendit à Caleb. Celui-ci n'esquissant pas un geste, il la lança sur le bureau.

— Jette un œil.

— Ça ne m'intéresse pas.

— C'est un de mes clients. Un Nordiste, mais j'essaie de ne pas lui en tenir rigueur. Intelligent. Dur à cuire. Fortune colossale. Arbre généalogique remontant au *Mayflower*.

— Tant mieux pour lui. Maintenant, si tu veux bien…

— Mais il a un problème. Son seul héritier. Un fils. Qui n'a jamais rien fait pour que son père soit fier de lui et qui vient d'aggraver la situation en mourant.

— Triste histoire, commenta Caleb d'un ton froid.

— Oui. Et il se trouve que le fils laisse un bébé, pour l'instant encore bien au chaud dans le ventre de sa maîtresse.

— Trav, je suis sûr que les fans de soap-opéras sont fascinés par ce mélo, mais…

— Les soaps, c'est dépassé, Caleb. Tu n'es pas au courant ?

Caleb prit une profonde inspiration. Inutile de discuter. Travis irait au bout de son histoire.

— D'accord. Je t'écoute.

— La maîtresse du fils refuse de se plier aux exigences du père. Ce dernier veut l'enfant. Il veut lui donner son nom. L'élever. Mieux encore, il veut l'adopter.

— L'adopter ? s'exclama Caleb, intrigué malgré lui.

Il avait toujours aimé le droit des entreprises. Mais par moments, il finissait par trouver ça un peu austère. Sans lien avec la vie. Tout le contraire de la situation décrite par Travis.

— Oui. Il veut que la dame lui cède l'enfant à la naissance. Mais comme elle refuse, il a décidé de la poursuivre en justice.

— Pour quel motif ?

— Il affirme qu'elle ne sera pas en mesure d'élever correctement l'enfant. Elle n'a pas d'argent. Pas de travail. Elle vit, selon lui, dans un taudis. Et elle est, toujours selon lui, d'une moralité douteuse.

— Alors que de son côté il a tout. L'argent. La position sociale. Le pouvoir. La haute moralité des Pères pèlerins.

— Exactement. Le problème, c'est que la dame prétend que le père n'est pas le fils de mon client.

— Un test ADN suffira à prouver…

— Elle refuse le test. Elle ne veut rien avoir à faire avec mon client et ne répond même plus à ses appels.

Travis eut un large sourire.

— Raison pour laquelle il a besoin d'un excellent avocat.

— Il a besoin d'un super-héros, tu veux dire. Mais au fait, pourquoi cherche-t-il un Texan s'il est sur la côte Est ?

— Ce qu'il cherche avant tout c'est un bon avocat. Or il a entendu parler de toi. Il se trouve que tu as la réputation d'être un grand ténor du barreau, figure-toi. Quand il a pris conscience que nous étions parents…

— Désolé, Trav. Je ne suis pas intéressé.

— Trop occupé ? Pas le temps ?

Caleb foudroya son frère du regard.

— Merci d'être passé. La prochaine fois téléphone avant.

Travis se leva. Se dirigea vers la porte.

— Il n'y a pas grand-chose qui t'intéresse, ces derniers temps.

— Ecoute, je ne sais pas quel est ton problème, mais…

— Bien sûr que si, tu le sais.

Travis ne souriait plus et son ton s'était durci. Caleb réprima un soupir. Travis avait raison. Il savait quel était le problème. Depuis des semaines, dix semaines très exactement, depuis son retour de New York, il évitait ses frères. Il s'était dit qu'ils ne s'en rendraient pas compte. Comment avait-il pu y croire un seul instant ? Bien sûr qu'ils s'en étaient rendu compte ! Et à présent, ils voulaient des explications. Dommage pour eux, parce qu'ils n'en auraient pas. Comment pourrait-il leur expliquer quelque chose qu'il ne comprenait pas lui-même ?

Il n'avait pas de réponses aux questions qu'ils se

posaient. Tout ce qu'il avait c'était de la rage et du dégoût. Il était furieux.

Contre Sage. Et contre lui-même. A quoi bon le nier ?

Caleb entendit la porte se fermer. Il poussa un soupir de soulagement. Travis était parti. C'était déjà ça. Sauf que ça ne changeait rien à la situation. Il se retrouvait seul avec les souvenirs qui le hantaient.

Il avait couché avec une femme qu'il venait de rencontrer. Jusque-là, rien de nouveau. Il avait passé toute la nuit dans son lit. Rien de nouveau, non plus... Sauf que le lit en question n'était pas seulement celui de la femme. C'était le lit qu'elle partageait avec son amant. Aujourd'hui encore, cette pensée le révulsait. Un autre homme avait couché entre ces draps, tenu comme lui cette femme dans ses bras, lui avait fait l'amour, avait entendu ses cris de plaisir...

Jurant à mi-voix, il laissa son regard errer au-delà de la baie vitrée. Elle l'avait ridiculisé. Elle lui avait laissé croire qu'elle était pure, entière, disponible... Alors qu'elle avait un amant qu'elle trompait ouvertement.

Caleb frissonna. Peut-être s'était-il ridiculisé tout seul, en réalité. Après tout, l'accord qu'elle avait passé avec son amant ne le regardait pas. Certes, il le trouvait critiquable et l'arrivée inopinée de cet homme l'avait mis hors de lui. Mais de là à frapper ce pauvre type ?

L'homme qui avait agressé Sage au club avait largement mérité les coups qu'il avait reçus. Son amant était juste rentré chez lui au mauvais moment.

Et si pour sa part il avait réagi aussi violemment, c'était par humiliation. Il n'avait pas supporté d'avoir été dupé par l'air innocent de Sage. Et encore moins d'avoir envisagé de lui faire une place dans sa vie... Comment avait-il pu être aussi stupide ? Et pourquoi ne parvenait-il pas à l'oublier ?

— Il s'est passé quelque chose à New York.

Caleb pivota sur lui-même. Travis était devant la porte fermée, les bras croisés.

— Je croyais que tu étais parti.

— J'ai fermé la porte mais je suis toujours là.

— Eh bien, rouvre-la et va-t'en.

— Je ne partirai pas tant que tu ne m'auras pas expliqué ce qui s'est passé sur la côte Est.

— J'ai rencontré un client. J'ai déjeuné avec un ami. Je suis allé à une soirée dans un club branché. Ça va ? Tu es content ?

— Je ne suis pas idiot. Il s'est passé quelque chose. Tu m'as appelé de New York, le matin.

— Vraiment ? répliqua Caleb en arquant les sourcils.

Comme si ce moment n'était pas gravé à tout jamais dans sa mémoire…

— Il était tôt. 6 heures et quelques pour toi, et…

— Je ne me souviens pas.

— Tu avais l'air… bizarre.

— Peut-être parce que ce coup de téléphone n'existe que dans ton imagination.

— Pourquoi m'as-tu appelé ? Tu avais une voix, je ne sais pas… joyeuse. Et puis tout à coup, elle a changé. Elle est devenue… moins joyeuse.

— Tu as eu raison de choisir la finance. Tu te débrouilles mieux avec les chiffres qu'avec les mots.

— Caleb, il s'est passé quelque chose et nous voulons savoir quoi.

— C'est un pluriel de majesté ?

— Je parle en mon nom et en celui de Jake et Addison. Et aussi du dragon qui garde l'entrée de ton antre.

Caleb se dirigea vers son bureau et fit glisser vers Travis l'enveloppe qu'il lui avait apportée.

— Tu as trop d'imagination, Travis.

— Tu es allé voir un médecin ?

— Pardon ?

— C'est pour ça que tu es allé à New York ?

Caleb porta la main à son front. Allons bon…

— Bon sang, pourquoi n'y ai-je pas pensé plus tôt ? poursuivit Travis d'une voix blanche. Ton coup de fil… Ton comportement depuis ton retour… Tu es malade ? Mon Dieu, si tu… si tu te bats contre la maladie sans nous en avoir parlé…

— Non, Travis. Tout va bien. Je suis désolé de t'avoir inquiété.

Caleb se laissa tomber dans son fauteuil en se maudissant intérieurement.

— Je ne suis pas malade. Je suis juste…

— Juste quoi ?

Caleb soupira. Après tout, en parler lui ferait peut-être du bien…

— Assieds-toi. Je vais t'expliquer.

Il n'omit aucun détail. L'agression, le retour en limousine, le quartier mal famé, l'immeuble mal fréquenté.

— J'ai préféré ne pas la laisser seule après ce qu'elle venait de vivre. Je me suis installé sur le canapé dans le salon.

— Et ?

— Elle s'est relevée, moi aussi, et…

— Tu as fini par coucher avec elle.

— Oui.

— Ce sont des choses qui arrivent.

— Oui. Mais le lendemain matin… un type est arrivé et il s'est étonné de me trouver là. C'était son amant. Quand il a compris que j'avais passé la nuit avec elle, il s'est excusé de nous avoir dérangés.

— Quoi ?

— Je l'ai allongé d'un coup de poing.

Caleb se leva et se mit à faire les cent pas.

— Je ne sais pas ce qui m'a pris. C'était son appartement et sa maîtresse. L'intrus, c'était moi. Pas lui. J'ai perdu la tête.

— Pas étonnant. Ils pratiquent l'amour libre, ou appelle ça comme tu voudras, et ce n'est pas ton truc.

— Ah non, pas du tout. Si j'avais su que j'étais dans le lit d'un autre homme, avec la femme d'un autre homme…

— Le problème c'est que tu l'as découvert après coup et de manière un peu abrupte.

Travis se leva et donna une tape sur l'épaule de Caleb.

— Oublie cette histoire. C'était juste une aventure sans lendemain de toute façon, pas vrai ?

— Oui, répliqua Caleb d'un ton ferme.

— Eh bien, il est temps de tourner la page.

Caleb hocha la tête.

— Tu as raison. Merci pour ton écoute et tes commentaires judicieux.

— Travis Wilde, Super-Psy, à votre service, déclara Travis d'un ton solennel.

Puis il eut un sourire malicieux.

— Et toi qui disais que je ne m'en sortais bien qu'avec les chiffres…

Caleb lui rendit son sourire.

— Merci, Dr Wilde.

— Oh ! mais ne crois pas t'en tirer à si bon compte. Si tu veux vraiment me prouver ta reconnaissance, jette au moins un coup d'œil sur ce dossier.

— Quel… ? Ah oui, ton client. Celui qui veut voler son bébé à la maîtresse de son fils décédé.

— Allons, sois un peu plus…

Caleb pouffa.

— Je plaisante. D'accord. J'y jetterai un coup d'œil. Je trouverai peut-être quelqu'un à recommander à ton client. Parce qu'il est hors de question que je prenne cette affaire. Ne serait-ce que parce qu'elle n'entre pas dans mes compétences.

Il raccompagna Travis à la porte puis il s'installa à son bureau. C'était incroyable comme il se sentait mieux depuis qu'il avait parlé de ce qui s'était passé à New York... Il s'était fait une montagne de l'incident, mais grâce à Travis il était enfin capable de relativiser.

Une aventure sans lendemain. Rien de plus, rien de moins. Et elle appartenait au passé.

Il ouvrit l'enveloppe que lui avait laissée son frère et la vida. Des photos tombèrent à l'envers sur le bureau. Peu importait. Tout ce qui l'intéressait c'était le dossier lui-même. Il l'ouvrit et parcourut rapidement la première page. Présentation des parties engagées dans ce qui s'annonçait comme une sale affaire...

Thomas Stinson Caldwell. Soixante-deux ans. Adresse prestigieuse sur Park Avenue. Fondateur et président d'un empire immobilier évalué à... Caleb émit un petit sifflement. Pas étonnant qu'il s'imagine pouvoir tout acheter. Caldwell était veuf. Son fils, David Charles Caldwell, était décédé huit semaines plus tôt, à l'âge de vingt-huit ans.

Page deux, la femme.

Sage Dalton. Vingt-quatre ans.

Caleb eut l'impression de manquer d'air. Sage ? Sage et David ? Non. C'était impossible.

Il retourna les photos et sentit le sang se retirer de son visage.

Sur une photo, l'homme qu'il avait allongé d'un coup de poing dans l'appartement de Sage.

Sur l'autre...

Sage.

5

Tout en marbre et dorures, les toilettes pour dames de l'hôtel St Regis, situé en plein cœur de Manhattan, étaient somptueuses.

A son entrée, Sage avait été accueillie par une hôtesse en uniforme blanc et or.

— Si vous avez besoin de quelque chose, n'hésitez pas à le demander, mademoiselle, avait-elle dit à Sage quelques instants plus tôt.

Après l'avoir remerciée, Sage s'était regardée dans les miroirs qui tapissaient les murs du sol au plafond. Elle avait une mine épouvantable… La pâleur de son visage faisait ressortir les cernes qui creusaient ses yeux. Et à l'exception de la légère rondeur de son ventre, masqué par la veste de son tailleur, elle était d'une maigreur impressionnante.

Il y avait seulement deux jours qu'elle ne vomissait plus son petit déjeuner tous les matins. Elle était épuisée. Par sa grossesse et par son travail de serveuse au restaurant grec de sa rue, à Brooklyn.

« Ou bien vous faites les deux services, ou bien je prends quelqu'un d'autre », lui avait dit le patron.

Elle assurait les deux services. De toute façon, elle avait besoin d'argent. Lorsqu'elle était retournée au club pour toucher sa paye et donner sa démission, le directeur ne lui avait pas laissé le temps d'ouvrir la bouche.

« Je t'ai entendue faire un scandale, hier, avait-il dit

dès qu'elle avait franchi la porte. Pas de divas chez moi, Dalton. Tu es virée. »

Il y aurait eu de quoi rire, mais elle n'avait pas le cœur à rire ce jour-là. Et ça n'avait pas changé depuis, d'ailleurs. Elle était complètement désemparée. Et très angoissée. Il fallait qu'elle trouve un logement plus sûr. C'était la priorité numéro un. La deuxième c'était de faire des économies. Le peu d'argent qu'elle avait mis de côté ne suffirait jamais pour le bébé...

Le bébé. *Son* bébé. Elle avait découvert qu'elle était enceinte de la manière la plus banale. Absence de règles suivie de nausées matinales. Quand elle avait fini par se décider à acheter un test, elle avait été anéantie par le résultat. Une demi-douzaine de tests plus tard, elle avait dû se rendre à l'évidence. Nier la réalité ne servait à rien. L'homme qu'elle méprisait le plus au monde lui avait laissé un cadeau d'adieu.

C'était sa faute. D'abord, elle n'aurait jamais dû coucher avec lui. Ensuite, elle aurait dû avoir conscience qu'il fallait impérativement prendre sa pilule à heure fixe, même quand on était débordée par les auditions, le travail et les cours... Mais il était vrai qu'elle la prenait pour réguler son cycle. Pas comme moyen de contraception. Elle n'avait pas prévu de passer une nuit torride avec un inconnu...

Une fois convaincue qu'elle était enceinte, elle avait passé des jours et des nuits à tourner en rond, en proie à un tourbillon de sentiments contradictoires.

Impossible de garder ce bébé. Elle n'avait pas d'argent et aucune perspective d'avenir. Ça, c'était la voix de la raison.

Cette vie minuscule était à elle. Elle ne serait plus jamais seule. Et surtout, elle pourrait élever son enfant comme elle aurait voulu l'être elle-même. Dans l'amour et la joie plutôt que dans l'amertume et le désespoir. Ça, c'était la voix du cœur. Celle qui l'avait emporté.

Elle mettrait son bébé au monde. *Son* bébé. Rien qu'à elle.

Cette décision n'avait rien à voir avec l'étranger dont elle était enceinte. Son chevalier blanc s'était révélé arrogant et implacable. Il l'avait jugée sans même lui laisser le temps de s'expliquer. Non qu'elle lui doive la moindre explication. Ce qui s'était passé entre eux n'était qu'une aventure sans lendemain. Peu importait qu'elle n'ait jamais eu d'aventure sans lendemain auparavant. Peu importait qu'elle n'ait même pour ainsi dire jamais eu d'aventure tout court…

Elle était une femme adulte. Et cet homme n'était qu'un… donneur de sperme. Même si ce « don » n'avait pas été fait par l'intermédiaire d'un tube à essai, mais de caresses, de baisers, de… Sage se foudroya du regard dans le miroir. Ce qu'elle pouvait être pathétique ! Pourquoi ne parvenait-elle pas à effacer ce souvenir de son esprit ? Sans doute parce que les ouvrages qu'elle avait lus disaient la vérité. Les femmes enceintes avaient tendance à être à la merci de leurs hormones et de leurs émotions.

Sage sortit de son sac du blush et du rouge à lèvres. Le moment était venu de camoufler sa pâleur et ses cernes pour se transformer en femme sophistiquée, sûre d'elle en toute circonstance.

Elle n'était pas complètement idiote. Elle avait très bien compris pourquoi il avait choisi de lui donner rendez-vous au St Regis. C'était l'un des hôtels les plus luxueux de New York. Le genre d'endroit où flottait dans l'air un parfum d'argent et de prétention. Si vous apparteniez au cercle restreint des hyperprivilégiés, vous y étiez dans votre élément. Si vous faisiez partie du commun des mortels, vous aviez cruellement conscience de ne pas y être à votre place.

Or pour le père de David, elle n'était qu'une fille de cuisine, tout droit sortie d'un mauvais roman du XIXe siècle. Pauvre, pas mariée, enceinte et désespérée. Il n'avait pas entièrement tort. Sauf qu'elle n'était pas désespérée. La vie ne serait pas facile tous les jours, mais elle s'en sortirait. Quand on y mettait vraiment du sien, on s'en sortait toujours.

Conclusion ? Caldwell ne la connaissait pas du tout. D'ailleurs, il ne connaissait même pas son propre fils. S'il avait connu le vrai David, il saurait qu'elle ne pouvait pas être enceinte de lui.

Comment était-il au courant de sa grossesse ? Elle n'en avait aucune idée. Sans doute avait-il engagé des détectives privés pour enquêter sur elle lorsqu'il avait découvert que son fils et elle étaient très proches. Et peut-être avait-il décidé de continuer à la faire surveiller après la mort de David. Peu importait.

Tout ce qu'elle savait c'était que quelques semaines plus tôt Caldwell avait commencé à l'appeler régulièrement pour lui faire avouer qu'elle portait l'enfant de son fils et exiger qu'elle le lui vende. Bien sûr, il ne l'avait pas formulé de cette manière. Il avait parlé d'« offrir à l'enfant l'éducation que David aurait souhaitée pour lui ». Malgré son refus catégorique, il avait insisté. Combien voulait-elle pour le bébé ? Un million ? Deux ? Quatre ? Cinq ?

Sage mit du blush. Rose vif sur blanc lavabo. Effet désastreux. C'était aussi l'avis de l'hôtesse, apparemment…

— Merci, dit-elle à la jeune femme qui lui tendait une poignée de mouchoirs en papier.

Elle s'essuya les pommettes. Au bout d'un moment, elle avait renoncé à convaincre Caldwell que le bébé n'était pas de David. Elle avait cessé de prendre ses appels. Ignoré les messages qu'il lui laissait. Ça avait payé.

La semaine dernière, elle avait reçu une lettre.

« Mademoiselle Dalton, vous avez gagné. Je renonce à vous faire changer d'avis. Mon avocat a rédigé un document par lequel vous renoncez de votre côté à tout droit à l'héritage pour votre enfant. Si vous acceptez de le signer en sa présence, la mienne et celle de témoins, vous n'entendrez plus jamais parler de moi. »

Voilà pourquoi elle était ici aujourd'hui. Et si Caldwell espérait qu'elle se laisserait intimider par le luxe du décor, il allait être déçu.

Une touche de rouge à lèvres ? Pas mal. Remettre en place les épingles qui retenaient ses cheveux… Sage se tourna vers l'hôtesse.

— Comment me trouvez-vous ?

La jeune femme hésita, visiblement embarrassée.

— Eh bien…

— Je suis d'accord.

Sage prit un billet d'un dollar dans son sac, hésita, en prit un deuxième et les tendit à l'hôtesse en souriant.

— Merci.

— Oh ! vous n'êtes pas obligée de…

Sage réprima une moue de dérision. De toute évidence, malgré son tailleur gris acheté en solde l'année dernière — ou l'année d'avant ? — elle ne faisait pas illusion. Tant pis.

— Si, je vous en prie, insista-t-elle d'une voix douce.

— Merci, mademoiselle. Et bonne chance.

Bonne chance… Oui, pourvu que tout se passe bien, se dit Sage quelques instants plus tard en se dirigeant vers les ascenseurs.

Elle avait rendez-vous avec Caldwell dans la suite 1740. Pour plus de discrétion, avait-il expliqué lorsqu'elle avait exprimé le souhait de le rencontrer plutôt dans le hall. « Pas question de prendre le risque d'éveiller la curiosité des médias. Si vous espérez vous faire de la publicité à bon compte, vous pouvez oublier. »

Le décor de l'ascenseur était à la hauteur de celui du reste de l'établissement.

— Votre étage, madame, dit le liftier lorsque la cabine s'immobilisa.

Dans le couloir, Sage s'efforça d'ignorer les battements de son cœur. Elle s'immobilisa devant la porte de la suite 1740. Leva la main pour frapper. La baissa. Consulta sa montre. Elle était en avance de six minutes. Et alors ? Plus vite elle en aurait terminé, mieux elle se porterait.

Elle redressa les épaules. Inspira profondément. Frappa. La porte devait être entrouverte parce qu'elle s'ouvrit toute seule. Comme dans un mauvais film à suspense… Elle déglutit péniblement.

— Il y a quelqu'un ?

Rien. Elle franchit le seuil.

— Il y a quelqu'un ?

Elle avança encore et entra dans un grand salon inondé de soleil et décoré avec le luxe de rigueur. A quelques mètres sur la droite, une porte était entrouverte.

— Monsieur Caldwell ?

Une silhouette indistincte à cause du soleil émergea de la pièce voisine.

— Bonjour, Sage.

Elle crut que son cœur s'arrêtait de battre. Cette voix… C'était celle qui hantait ses rêves.

— Non, murmura-t-elle d'une voix étranglée.

— Ravi de te revoir.

— Non…

Elle recula d'un pas chancelant tandis que la silhouette avançait lentement et devenait un homme.

Grand. Mince. Athlétique.

— Caleb ?

Il eut un sourire froid qui transformait son beau visage en masque cruel.

— Bien vu.

Elle répéta son nom. Puis ses jambes se dérobèrent sous elle.

Caleb jura et bondit en avant. Il la saisit par les épaules juste avant qu'elle touche le sol. S'était-elle vraiment évanouie ou jouait-elle la comédie ? C'était une excellente actrice. Elle le lui avait largement prouvé la fois où il avait passé la nuit dans son lit. Le lit d'un autre homme...

Non. Ce n'était pas de la comédie. Elle avait vraiment perdu connaissance. D'accord. Il avait voulu la surprendre. La déstabiliser pour lui faire avouer qu'elle essayait de soutirer le plus d'argent possible à Caldwell. Parce que c'était sans aucun doute son objectif...

Mais l'effet de surprise avait été plus fort que prévu... Comme elle semblait fragile dans ses bras. Et terriblement mince... Quant à son visage, à part les cernes sous ses yeux il était d'une pâleur effrayante. Son parfum, lui, n'avait pas changé. Il était toujours aussi subtil. Féminin. Délicat. Et ses cheveux, qu'il sentait contre sa joue, toujours aussi soyeux... Mais comment pouvait-il avoir des souvenirs aussi vivaces ? Et pourquoi avaient-ils encore le pouvoir de le troubler ? C'était insensé ! Il savait qui elle était vraiment. Il savait qu'elle portait l'enfant de son amant décédé. Il savait qu'elle tentait d'extorquer à son client le plus de millions possible.

Et à présent, il savait qu'il n'aurait jamais dû prendre cette affaire...

Sage gémit. Il ferma la porte d'un coup de pied, puis

la porta jusqu'à un canapé de brocart sur lequel il la déposa.

— Sage.

Pas de réponse.

— Sage, répéta-t-il d'un ton impérieux.

Toujours pas de réaction.

Bon sang… Il se rendit dans la chambre et la traversa jusqu'à la salle de bains. Prit une serviette, la passa sous l'eau froide, l'essora. Il avait déjà fait tout ça… Il avait déjà pris soin d'elle… Sauf que cette fois, ce n'était pas par sollicitude. Il avait juste besoin qu'elle reprenne connaissance. Il se moquait éperdument qu'elle ait une mine épouvantable et un bébé dans le ventre.

Crispant la mâchoire, Caleb retourna dans le salon et s'accroupit à côté du canapé. Il passa la serviette sur le visage de Sage avec des mouvements brusques et impersonnels.

— Allez, ouvre les yeux.

Sage battit des cils, ses paupières s'ouvrirent et son regard vague rencontra le sien. Il jeta la serviette sur une table basse, se leva, croisa les bras et attendit. Peu à peu, le regard de Sage devint plus net. Puis elle se redressa d'un bond sur le canapé. La peur se lisait dans ses yeux.

Parfait, se dit-il. C'était exactement le but recherché.

— Que… que fais-tu ici ? bredouilla-t-elle.

Il eut un sourire froid.

— Quelle façon de saluer un vieil ami, Sage…

— Que fais-tu ici ? répéta-t-elle d'un ton plus ferme. Tu n'es pas Thomas Caldwell !

— Brillante déduction.

Caleb sortit une carte de sa poche et la lança sur les genoux de Sage.

— Caleb Wilde. Je suis l'avocat de Thomas Caldwell.

Elle ouvrit de grands yeux. Regarda la carte.

— Son… avocat ? Mais comment ? Comment as-tu… ?

— Juste un de ces curieux tours que joue parfois le destin.

— Tu t'imagines que je vais croire ça ?

— A vrai dire, au début j'ai eu beaucoup de mal à y croire moi aussi. Peut-être que la vie aime les plaisanteries de mauvais goût.

Sage resta silencieuse pendant un instant, puis elle prit une profonde inspiration et se leva. Elle vacilla sur ses jambes et il faillit la prendre dans ses bras. Ce n'était qu'un réflexe, se dit-il aussitôt avec irritation. La réaction naturelle d'un homme devant une femme ayant besoin d'aide.

— Assieds-toi, intima-t-il sèchement.

— Je m'en vais.

— Tu veux encore t'évanouir ?

Il l'agrippa par le bras.

— Assieds-toi, bon sang !

Elle le regarda, dégagea son bras et se laissa tomber sur le canapé.

— Où est Caldwell ?

— J'ai contrarié tes projets, n'est-ce pas ? Tu avais prévu de traiter avec un homme qui pleure son fils.

— Qui pleure son fils ?

Sage eut un petit rire tremblant.

— Pour un avocat, monsieur...

Elle jeta un coup d'œil à la carte, sur laquelle ses doigts étaient toujours crispés.

— ... Wilde, vous manquez de perspicacité.

— Ton pigeon ne viendra pas.

— Mon quoi ?

Caleb s'assit dans un fauteuil en face du canapé.

— Combien ?

— Pardon ?

— Combien veux-tu pour le bébé ?

— Comment oses-tu... ?

— Ne perdons pas de temps. Tu as dit à Caldwell que tu ne lui donnerais pas le bébé mais c'est uniquement pour faire monter les enchères. Dis-moi ton prix et je te dirai si tes prétentions sont réalistes.

Sage bondit sur ses pieds.

— Au revoir, monsieur Wilde.

Caleb se leva à son tour et scruta son visage. Elle jouait très bien l'indignation. Normal. Elle était actrice.

— Venons-en à l'essentiel, mademoiselle Dalton. La dernière offre était de cinq millions. Je suis autorisé à monter jusqu'à six. Pas plus. C'est à prendre ou à laisser.

Sage eut un petit rire triste.

— Vous êtes pitoyables. Toi et ton patron.

— Mon client.

— Patron ou client, je m'en moque. Je suis venue ici pour signer un papier qui me débarrasserait définitivement de lui. Rien à signer ? Alors je n'ai rien à faire ici. Et tu peux lui dire que s'il continue à me harceler, je porterai plainte contre lui.

Sage contourna Caleb et se dirigea vers la sortie. Il la suivit des yeux. Elle était hypocrite et dissimulatrice, mais il fallait reconnaître qu'elle avait du cran. Il attendit qu'elle soit presque arrivée à la porte.

— Mademoiselle Dalton. Vous accusez mon client de harcèlement, mais il vient de perdre son fils unique et vous, vous voulez le priver du seul petit-fils ou de la seule petite-fille qu'il aura jamais.

Sage se retourna vers lui.

— Et si vous lui demandiez quand il a vraiment perdu David, monsieur Wilde ?

Caleb réprima un soupir. De toute évidence, les relations entre le père et le fils n'avaient pas été idylliques. Et à vrai dire, il n'appréciait pas Caldwell. Ce dernier avait quelque chose de très déplaisant. Mais ce n'était pas son problème. Il était avocat, pas psy.

— Les querelles de famille ne m'intéressent pas.

— La justice non plus, apparemment.

Caleb eut un sourire froid.

— Inutile de te fatiguer, Sage. Tu ne réussiras pas à me blesser.

— Je m'en doute. Tu es complètement insensible.

Il la rejoignit à grands pas et lui saisit les poignets.

— Ne crois pas ça. Je ressens quelque chose pour toi. Ce que ressentirait n'importe quel homme pour une femme qui l'aurait entraîné dans le lit de son amant.

Le visage de Sage perdit le peu de couleur qui lui restait.

— Tu es ignoble.

Elle tenta de se libérer mais il resserra les doigts sur ses poignets.

— Tu ne disais pas ça, cette nuit-là. Et si ça se trouve, tu étais déjà enceinte de ton amant.

Les yeux de Sage se noyèrent de larmes.

— Va au diable !

— Etais-tu déjà enceinte ? insista Caleb d'un ton impérieux.

Elle lui lança une injure si grossière qu'elle le fit ciller.

— Tu as passé la nuit avec moi, et après mon départ tu as couché avec lui, je suppose…

Elle lui cracha au visage.

Il se figea. Plusieurs réactions étaient possibles. A commencer par une bonne gifle… Oui, il pourrait la gifler. Ensuite il la prendrait dans ses bras, il l'embrasserait, il la porterait jusqu'au canapé et il se perdrait en elle…

Il lâcha les poignets de Sage, encore plus furieux contre lui-même que contre elle. S'exhortant au calme, il sortit un mouchoir de sa poche et s'essuya le visage avant de déclarer d'un ton posé :

— Je suppose que le moment n'est pas plus mal choisi qu'un autre pour te poser une question.

Relevant le menton, elle plongea son regard dans le sien.

— Non, ce n'est pas de toi que je suis enceinte. Si c'était le cas, je ne suis pas certaine que j'aurais gardé le bébé.

Caleb dut faire appel à toute sa volonté pour rester impassible. Il n'avait couché avec elle qu'une fois et elle lui avait dit qu'elle prenait la pilule. Malgré tout, même s'il était pratiquement sûr de ne pas être le père, il fallait bien qu'il pose la question. Mais à présent, une autre question se posait. Pourquoi était-il aussi blessé par la violence de sa réponse ? Elle qui le disait insensible…

— Dans ce cas, il me reste une seule chose à te dire.

Il fit une pause.

— Mon client est prêt à s'engager à cesser tout contact avec toi. Mais à une condition. Que tu fasses un test de paternité.

— Combien de fois faudra-t-il que je le répète ? Ce bébé n'est pas de David !

— Si c'est vrai et si tu veux avoir la paix, fais ce test.

Après une hésitation, Sage inspira profondément.

— Quand ?

Caleb sortit une enveloppe de la poche intérieure de sa veste et la lui tendit.

— Demain matin. 10 heures.

Elle esquissa un sourire amer.

— Es-tu toujours aussi certain d'obtenir ce que tu veux ?

— Toujours.

Caleb réprima une moue de dérision. Quel mensonge ! Si c'était vrai, il ne serait pas rongé par la colère et par la haine à cause d'une femme qu'il avait désirée plus qu'aucune autre…

— Que dois-je faire ? demanda Sage.

— Tu trouveras tous les renseignements dans cette enveloppe. Le protocole du test, l'adresse du cabinet de la gynéco et ses références. Elle dirige le service d'obstétrique d'un grand hôpital de Manhattan. A moins que tu préfères t'adresser à ton médecin… ?

Son médecin, c'était une infirmière qu'elle avait vue une fois dans une clinique du planning familial…

— Je vais lire la documentation, éluda Sage. Si quelque chose me pose un problème, je t'en informerai.

— Le laboratoire qui pratiquera les analyses dispose de prélèvements effectués sur David Caldwell. Si malgré tes affirmations tu as des doutes, tu peux en profiter pour leur en fournir d'autres…

— Tu es l'homme le plus abject que j'aie jamais eu le malheur de rencontrer.

Sur ces mots, Sage ouvrit la porte et quitta la suite.

6

Sage passa une heure à lire la documentation que lui avait fournie Caleb, et le reste de la nuit à appréhender ce qui l'attendait le lendemain.

La brochure mentionnait qu'un « léger inconfort » pouvait être ressenti pendant le prélèvement et — plus inquiétant — que ce dernier comportait des risques « minimes » pour le bébé et pour la mère. Minimes mais existants, donc…

Elle alluma son ordinateur portable pour faire des recherches complémentaires et trouva un site où elle put interroger deux femmes ayant subi ce genre de test. Dans la réalité c'était beaucoup moins désagréable que l'idée qu'on s'en faisait, répondirent-elles toutes deux. Et surtout, ni elles ni leurs bébés n'avaient eu le moindre problème. La présence affectueuse d'une personne proche était très appréciable, précisa l'une d'elles, aussitôt approuvée par l'autre.

Sage eut un pincement au cœur. Elle n'avait personne. Sa mère était morte depuis longtemps, et de toute façon, si elle avait rempli ses devoirs de mère, l'amour n'avait jamais été au programme. David était la seule personne à avoir vraiment pris soin d'elle.

Jusqu'à la nuit où Caleb l'avait défendue, protégée, soignée. Avant de devenir son amant. Puis ce monstre froid et arrogant.

Sage éteignit son ordinateur et se leva. Elle avait mal

au dos. Autre joie de la grossesse... Elle s'étira puis alla se poster à la fenêtre. L'aube se levait déjà. Autant commencer à se préparer. Après avoir pris une douche, elle s'habilla et attacha ses cheveux en queue-de-cheval. Puis elle se prépara une tisane, s'assit à la table de la cuisine et fit le point une dernière fois.

Si elle refusait de faire ce test, Thomas Caldwell continuerait de la harceler. Non. Pas Thomas Caldwell. Son avocat. Caleb Wilde. C'était lui qui ne la lâcherait pas jusqu'à la naissance du bébé, moment où elle pourrait effectuer un test beaucoup plus simple et se débarrasser enfin de lui et de son client.

Elle but une gorgée de tisane. Elle avait une foule de choses à faire pendant les six prochains mois. Trouver un autre logement. En dehors de la ville. La vie à New York était trop chère. Elle n'aurait jamais les moyens d'y élever un enfant seule. Et de toute façon, elle n'aimait pas particulièrement vivre en ville.

Le seul bon souvenir qu'elle gardait de son enfance c'était la campagne. Elle voulait que son enfant grandisse lui aussi entouré de prés et d'arbres. La première chose à faire était donc de décider où elle voulait vivre. Ensuite, il faudrait trouver un logement. Et surtout, du travail.

Son rêve de devenir actrice pouvait attendre. Elle avait à son actif deux années d'études supérieures — cours du soir — qui feraient très bien sur son curriculum. Et elle avait de l'expérience dans plusieurs domaines. En tant que serveuse, elle se débrouillait très bien, ayant travaillé dans toutes sortes de restaurants et de bars. Elle était également vendeuse. Trois Noëls derrière le comptoir de la bijouterie Chez Macy's en étaient la preuve.

Conclusion ? Elle était prête à commencer sa nouvelle vie. Mais comment y parvenir avec Caleb Wilde sur le dos ? Impossible. Et le pire, c'était qu'elle n'arrêtait pas de penser à lui. Il fallait dire que son souvenir était partout dans cet appartement. Dans le salon. La cuisine. La chambre, où ils avaient fait l'amour... Non. Ils avaient juste couché ensemble. Aujourd'hui, elle le savait. Mais cette nuit-là...

— Idiote !

Du sexe. Rien de plus. Comme sa mère, qui était elle aussi tombée enceinte et lui avait donné le jour, vingt-quatre ans plus tôt... Mais avec une énorme différence. Elle, elle aimerait son bébé. Elle l'aimait déjà. Mais il fallait qu'elle fasse sortir Caleb Wilde de sa vie.

Sage posa la main sur son ventre. Puis elle se leva, prit son sac et quitta l'appartement.

Caleb s'était arrangé pour que le Dr Fein n'ait pas d'autres rendez-vous le matin du test. Le cabinet du médecin se trouvait dans un élégant hôtel particulier situé dans l'Upper East Side à proximité de la Cinquième Avenue.

A 9 h 30, il arriva en taxi et sonna à la porte.

— Oui ? dit une voix impersonnelle dans l'Interphone.

— Caleb Wilde. Je suis l'avocat chargé du dossier relatif au test de paternité qui doit être pratiqué sur...

La porte s'ouvrit sur un hall. La réceptionniste, assise derrière un bureau, lui sourit.

— Bonjour, monsieur.

— Bonjour. Mlle Dalton est arrivée ?

— Elle n'a pas rendez-vous avant 10 heures.

Caleb hocha la tête. Il le savait. Mais allait-elle venir ? Avait-elle changé d'avis à propos du test depuis qu'elle avait lu la brochure qu'il lui avait donnée ? Il l'avait lue hier soir. Et il n'avait pas fermé l'œil de la nuit. Le protocole paraissait épouvantable.

— Monsieur Wilde ? Vous pouvez rester, bien entendu, mais vous savez sûrement que ce n'est pas nécessaire.

Nous sommes un centre agréé et nous offrons toutes les garanties légales.

— Oui, bien sûr. Je… voulais juste voir si Mlle Dalton venait bien au rendez-vous.

— Si elle ne vient pas, vous en serez informé, monsieur.

— Evidemment. Et de toute façon, j'ai un autre rendez-vous…

Il y eut un coup de sonnette. La réceptionniste appuya sur un bouton et la porte s'ouvrit. Sage entra dans le hall. Pas la jeune femme de la veille, en tailleur et escarpins, qui voulait donner l'image d'une femme sophistiquée. C'était la Sage de leur première rencontre, qui avait disparu quelques instants dans la salle de bains après leur arrivée chez elle, pour en ressortir avec le visage et l'allure d'une jeune fille naturelle et innocente. Pas maquillée, les cheveux attachés en queue-de-cheval, elle était vêtue d'un vieux jean et d'un T-shirt qui semblait plus vieux encore.

Et elle était stupéfaite de le voir. Et contente ? Cette lueur fugace dans ses yeux… ? Non. Pas du tout. Son regard était froid.

— Que fais-tu ici ?

Caleb s'éclaircit la voix.

— Je suis passé au cas où… où tu aurais des questions sur…

Elle darda sur lui un regard méprisant, puis elle se détourna pour se diriger vers le bureau de la réceptionniste.

— Sage Dalton, dit-elle d'une voix ferme. J'ai rendez-vous avec le Dr Fein.

— Bonjour, mademoiselle Dalton. Le médecin va bientôt venir vous chercher. J'ai des papiers à vous faire remplir.

Sage prit la liasse que lui tendait la jeune femme et s'assit à une petite table. Il était temps de partir, se dit Caleb. Sa présence était inutile. Et indésirable. Il consulta sa montre. Il avait vraiment un rendez-vous. Avec Caldwell. Ce dernier lui avait proposé de le retrouver pour le petit déjeuner, mais c'était la dernière chose dont il avait envie. Leur rendez-vous n'était que dans une heure. Pourquoi ne pas rester encore quelques minutes ? Sage n'en avait visiblement aucune envie, mais peut-être y avait-il dans ces papiers des questions d'ordre juridique auxquelles elle ne savait pas répondre.

Il s'assit en face d'elle. Elle ne leva pas les yeux. A 9 h 55, elle se leva et rendit les formulaires à la réceptionniste. Une minute plus tard, une femme en blouse jaune pâle sortit d'un couloir situé derrière le bureau.

— Mademoiselle Dalton ?

Sage se leva. Caleb aussi.

— Bonjour. Je suis Janet, l'infirmière. Le Dr Fein va vous recevoir et s'entretenir quelques instants avec vous avant que nous procédions au prélèvement. Si vous voulez bien me suivre.

Sage hocha la tête. Son visage était livide, constata Caleb. Comme après l'agression au club... Il la suivit. L'infirmière arqua un sourcil.

— Vous êtes... ?

— Caleb Wilde. L'avocat chargé du dossier.

— Pas *mon* avocat, précisa Sage d'un ton sec.

— Je représente le client qui a demandé ce test.

— Et ? dit l'infirmière d'un ton poli.

— Et je vais rester avec Mlle Dalton jusqu'au moment du prélèvement.

L'infirmière regarda Sage.

— Mlle Dalton ?

Sage lança un regard haineux à Caleb.

— Il veut s'assurer que je ne change pas d'avis et que je ne m'éclipse pas par la porte de derrière. Si ça l'amuse...

*
* *

Le médecin leur serra la main à chacun, puis les invita à s'asseoir en face d'elle.

— Etes-vous certaine de vouloir autoriser M. Wilde à assister à notre conversation, Sage ?

Sage haussa les épaules.

— Ça m'est égal.

Sa voix était basse. Moins ferme que quelques minutes plus tôt.

— Très bien, dit le Dr Fein en prenant les papiers que Sage avait remplis. Accordez-moi un instant pour lire ça.

Sage était assise très droite sur sa chaise, les mains sur les genoux. Elle se mordillait la lèvre, constata Caleb. Il eut un pincement au cœur.

— Sage ?

Elle le regarda. Il s'éclaircit la voix.

— Ça va ?

Pas de réponse.

— Tu veux quelque chose ? De l'eau, peut-être ?

Toujours pas de réponse. Il se pencha vers elle.

— Ecoute, il n'y a rien de personnel dans tout ça.

— Bien sûr. Tu es avocat.

Il tressaillit.

— Ce que je veux dire, c'est qu'il s'agit juste de... défendre les droits de Caldwell.

— Il n'en a aucun.

— C'est ce que tu dis.

— C'est ce que je sais, monsieur Wilde. Et vous le saurez vous aussi très bientôt.

— Ecoute, j'essaie seulement de te dire que...

— Rends-moi service, ne me dis rien.

Le médecin leva les yeux et regarda tour à tour Sage et Caleb.

— Bien, dit-elle d'un ton enjoué. Sage ? Je veux

juste revoir certains points avec vous. D'abord, je veux m'assurer que vous êtes consciente qu'il faudra attendre environ cinq jours avant d'avoir les résultats.

— Oui, je le sais.

— Bien. En ce qui concerne le protocole, il existe deux méthodes standard. Je saurai laquelle vous convient le mieux une fois que je vous aurai examinée. Chacune est fiable à 99,99 %. Vous savez ça également ?

Sage ouvrit la bouche. Aucun son n'en sortit.

— Sage ?

— Oui, murmura-t-elle.

— Le prélèvement est un peu désagréable. Rien d'insurmontable, mais…

— Je le sais aussi.

Sage tremblait de nouveau. Et sa voix était rauque. Caleb crispa les poings.

— Chaque méthode comporte un risque minime pour la mère et l'enfant. En êtes-vous bien consciente également, mademoiselle Dalton ?

Caleb regarda Sage. Ses tremblements s'accentuaient.

— Est-il déjà arrivé que des bébés…

— Ça suffit ! s'écria Caleb.

— Monsieur Wilde, je veux juste m'assurer que Mlle Dalton comprend bien…

— Elle comprend. Moi aussi. C'est pour ça qu'il n'y aura pas de test.

— Pardon ?

— Vous m'avez bien entendu. Nous ne ferons pas ce test.

— A quoi joues-tu ? s'exclama Sage.

Caleb se leva.

— Lève-toi.

— Mais qu'est-ce que tu crois ? Que tu peux me donner des ordres ? Sors d'ici, Caleb Wilde ! Je n'ai pas besoin de toi !

— Si.

— Monsieur Wilde. Mademoiselle Dalton…

— As-tu lu la brochure que je t'ai donnée ?

— Evidemment.

— Alors tu sais que les risques sont inacceptables.

Sage se mordit la lèvre. Il avait raison. Mais quel choix avait-elle ?

— La décision ne t'appartient pas, déclara-t-elle.

Il hocha la tête. Elle avait raison. C'était à elle qu'appartenait la décision. Il n'avait aucune légitimité. Sauf en tant que représentant de son client…

— Tu as raison, dit-il d'un ton très calme. C'est à toi de décider si tu veux faire ce test ou pas. Mais c'est moi qui ai délivré l'autorisation de le pratiquer. J'annule cette autorisation. Il n'y aura pas de test.

— Tu ne peux pas faire ça.

Sans doute pas, en effet, reconnut Caleb intérieurement. Mais il était le seul juriste dans cette pièce. Qui allait lui opposer des arguments juridiques ? Il sourit.

— Je viens de le faire.

Sage se leva lentement.

— Va au diable, murmura-t-elle. D'abord tu fais en sorte que je sois dans l'impossibilité de refuser le test. Et ensuite tu décrètes que tu ne l'autorises plus.

Elle se tourna vers le médecin.

— En a-t-il réellement le pouvoir ?

— Eh bien… C'est la première fois que cette situation se présente…

— Si vous pratiquez le test, docteur, nous ne reconnaîtrons pas les résultats. Et de toute façon, mon client ne paiera pas le test.

— Moi je le paierai, intervint Sage. Combien coûte-t-il ?

— Quatre mille dollars, répondit Caleb. Tu as cette somme ?

Dans le regard de Sage fixé sur lui, il lut un mélange d'incrédulité, de colère et de désespoir.

— Tu es l'être humain le plus méprisable que j'aie jamais connu, murmura-t-elle.

Il ne répondit pas. Il remercia le médecin pour son temps et lui dit de lui facturer les coûts éventuels. Puis il prit Sage par le bras, mais elle se libéra aussitôt. Il la reprit par le coude et l'entraîna dehors. Sur le trottoir, elle lui fit face.

— Pourquoi ?

— Je te l'ai dit. Les risques sont trop grands.

— Qu'est-ce que ça peut bien te faire ? Je ne te comprends pas. Je ne comprends absolument rien à ton attitude !

Il émit un petit rire.

— Bienvenue au club.

— Tu n'as pas à prendre des décisions pour moi. Je suis assez grande pour les prendre toute seule.

— Je sais.

— Alors pourquoi te mêles-tu de ma vie ?

Un coup de vent fit voler une mèche folle devant les yeux de Sage. Sans réfléchir, Caleb l'écarta.

— Laisse-moi t'aider, plaida-t-il d'une voix douce.

— C'est complètement délirant ! Tu travailles pour…

— Caldwell est mon client. Il me paie pour du conseil juridique. Je vais lui conseiller d'attendre la naissance du bébé parce que le prélèvement pourra s'effectuer de manière beaucoup plus simple et sans danger.

— Il n'acceptera pas.

— Si. Je me charge de le convaincre.

— Je te dis que non. Et je ne peux pas commencer à organiser ma nouvelle vie tant que je n'en ai pas fini avec cette histoire. Il faut que je trouve un logement. Un travail. Comment veux-tu que je m'occupe de tout ça si je me réveille tous les matins en sachant que Caldwell va me téléphoner, me surveiller, me faire suivre, peut-être ?

— Je m'en occupe.

Sage secoua la tête. Des larmes perlèrent à ses paupières, puis roulèrent sur ses joues.

— Pourquoi ? Réponds juste à cette question, d'accord ? Pourquoi fais-tu ça ?

— Parce que c'est ce qu'il faut faire.

— Ce n'était pas ce que tu pensais hier.

Caleb sourit.

— Peut-être suis-je un peu lent à comprendre.

— Tu es sincère, n'est-ce pas ? Tu vas vraiment le convaincre de me laisser tranquille jusqu'à la naissance de mon bébé ?

— Oui.

— Pourquoi ? répéta-t-elle, toujours incrédule.

Il crispa la mâchoire. Comment avait-il pu refuser pendant si longtemps d'admettre l'évidence ?

— Parce que je pense que tu dis la vérité. Le bébé n'est pas de David.

Sage laissa échapper un petit soupir à peine audible.

— Non.

Caleb la prit par les épaules et demanda d'une voix très douce :

— Sage. Est-il de moi ?

Nouveau silence. C'était comme ça qu'il aurait dû poser la question, hier, se maudit-il. Pas avec agressivité.

— Dis-moi la vérité. Est-ce mon enfant ?

Les lèvres de Sage tremblèrent.

— Oui. C'est de toi que je suis enceinte.

7

« Le monde s'est figé. » « L'axe de la Terre s'est déplacé. » « Le temps s'est arrêté. » Chaque fois qu'il avait entendu ce genre de clichés, il avait dû se retenir pour ne pas pouffer, se souvint Caleb. Aujourd'hui, il était bien obligé de reconnaître qu'ils n'étaient pas aussi ridicules qu'il le pensait.

La réponse à une question qu'il n'avait jamais imaginé poser un jour venait de bouleverser sa vie. Il savait qu'il était censé dire quelque chose, mais quoi ? Son cerveau s'était mis sur pause. Bien sûr, dans un film il dirait : « Je t'aime, Sage. Epouse-moi et nous vivrons heureux jusqu'à la fin de nos jours. » Alors elle se jetterait dans ses bras en s'écriant : « Oh oui, oui ! Moi aussi je t'aime ! » Musique. Générique.

Sauf que ce n'était pas un film. Il n'était pas Tom Hanks, elle n'était pas Meg Ryan. C'était la vie réelle et ils se connaissaient à peine. Un grand froid envahit Caleb. Il n'avait pas envie de se marier avant très très longtemps. Et le jour où il le ferait, ça ne serait évidemment pas avec une étrangère.

— Tu m'avais dit que tu prenais la pilule.

— C'était vrai. Et elle est efficace à 99,9 %, selon la notice. Super, non ? Ça marche… sauf dans un nombre infime de cas, dont je fais partie.

Puis elle releva le menton.

— Tu sais quoi ? Si tu n'avais pas envie de le savoir,

ou si tu n'as pas envie de me croire, il ne fallait pas poser la question.

Elle avait raison... Et le pire c'était qu'il la croyait. D'abord à cause de sa détermination à faire le test de paternité. Ensuite, parce que c'était la femme qu'il avait tenue dans ses bras, cette nuit fatidique. Il avait beau désapprouver l'arrangement qu'elle avait passé avec son amant, il avait la conviction qu'elle était incapable de mentir sur un sujet pareil.

— Je te crois. C'est juste... c'est juste que ça fait un choc.

Sage se souvint de ce qu'elle avait ressenti en voyant les petites bandes des tests de grossesse virer au bleu.

— Je sais, murmura-t-elle.

— Il faut que nous parlions.

— Il n'y a rien à dire.

— Tu es enceinte de moi. Nous avons beaucoup de choses à nous dire.

Bien sûr. Elle réprima une moue amère. Caleb était avocat. Malgré le choc qu'il avait reçu, il s'était déjà ressaisi. Il savait déjà quel discours lui tenir et quels papiers lui faire signer. Contrairement à Thomas Caldwell, il ne voulait rien avoir à faire avec le bébé.

Et ce n'était pas elle qui s'en plaindrait.

Caleb proposa d'aller à son hôtel.

Dans cette suite au luxe tapageur ? Sage secoua la tête.

— Pas question. Il y a un café à côté de la station de métro.

— Tu as raison. C'est l'endroit idéal pour discuter de ta grossesse. Nous pourrons demander des conseils à la serveuse.

Sage réprima un soupir.

— Je n'aime pas ton hôtel.

— Tu ne le connais pas.

— Bien sûr que si. J'y suis allée hier.

— C'est Caldwell qui avait loué cette suite, pas moi. Je suis descendu au…

— Je me moque de savoir dans quel hôtel tu es descendu. Je ne veux pas y aller.

Caleb arqua un sourcil.

— C'est une guerre de territoire ?

— Bien sûr que non.

En fait, il n'avait pas tort, reconnut Sage intérieurement. Il n'était pas question qu'elle lui laisse le moindre avantage psychologique.

— D'accord, allons chez toi, dit-il.

La scène du crime… Elle sentit ses joues s'enflammer. Non, ce n'était pas mieux.

— Nous pouvons très bien discuter ici. D'ailleurs, je ne vois pas de quoi. Je suis capable de me débrouiller seule et je n'ai pas l'intention de te demander quoi que ce soit.

Caleb referma les mains sur ses épaules.

— Il ne s'agit pas de toi ou de moi mais de… la situation.

— C'est un bébé, pas une situation, objecta-t-elle en s'efforçant de réprimer le tremblement de sa voix. Et de toute façon, j'ai déjà pris ma décision.

— Sans me consulter.

— Tu n'es pas concerné.

Caleb lâcha un rire amer.

— Tu portes mon enfant. J'ai l'intention d'assumer mes responsabilités.

— Tes responsabilités ? Qu'entends-tu par là, exactement ?

— Tu veux que je te réponde honnêtement ? Je ne sais pas. Et c'est justement de ça que nous devons discuter.

Sage hocha la tête. Il la regarda. Etaient-ce des larmes, dans ses yeux ? Il eut l'impression qu'une poigne de fer lui étreignait le cœur. Elle semblait si jeune, si perdue, si vulnérable…

Sans réfléchir, il se pencha vers elle et effleura ses lèvres. Erreur, songea-t-il aussitôt. Trop de souvenirs se réveillaient… Il se détourna. Héla un taxi qui venait vers eux. Puis il regarda Sage. Elle était pâle et ses lèvres tremblaient. Bon sang, comme il avait envie de l'embrasser…

— Allons-y.

Quelques minutes plus tard, ils roulaient en direction de Brooklyn.

Le quartier de Sage était toujours aussi sordide. Des poubelles pleines à ras bord encombraient le trottoir. L'une d'elles était renversée et son contenu était répandu sur le sol. Il prit Sage par le coude et ne la lâcha plus jusqu'au quatrième étage.

— Tes clés, dit-il.

Elle les lui tendit en roulant les yeux. Dès qu'ils furent dans le salon, il indiqua le canapé.

— Assieds-toi.

Les bras croisés sur sa poitrinne, elle le fusilla du regard.

— Tu as entendu ? Je t'ai dit de…

— Tu me prends pour un caniche ?

— Très drôle.

Elle gagna la cuisine, ouvrit un placard, prit un mug et une boîte de tisane, puis remplit la bouilloire. Le tout en faisant le plus de bruit possible. Caleb la rejoignit, lui prit la bouilloire des mains et la posa sur la cuisinière d'un geste brusque.

— Qu'est-ce que tu fabriques ?

— Je fais de la tisane.

Elle leva les yeux vers lui et battit des cils avec un sourire mielleux.

— Pourquoi ? Tu en veux ?

Bon sang ! Avait-elle décidé de le faire sortir de ses gonds ? S'il ne se retenait pas, il la saisirait par les épaules et la secouerait comme un prunier... Ou bien il l'attirerait contre lui et il l'embrasserait jusqu'à ce que... Mauvaise idée !

Il accrocha à ses lèvres un sourire factice.

— Oui, je veux bien.

Posément, il enleva sa veste, desserra sa cravate, déboutonna le col puis les poignets de sa chemise, remonta ses manches.

— Fais comme chez toi, je t'en prie, déclara Sage d'une voix suave.

Il tira une chaise, s'assit à la table, étendit ses jambes, croisa les bras, de plus en plus irrité. La bouilloire siffla. Sage mit des sachets dans deux mugs. Il détestait la tisane...

— Pourquoi tu bois de la tisane ? demanda-t-il d'un ton rogue quand elle posa les mugs sur la table. C'est ridicule.

— Du miel ?

— Quoi ?

— Veux-tu du miel dans ta tisane ?

— Pourquoi pas du sucre ?

— J'ai arrêté le sucre blanc.

— Pas de sucre. Pas de café. Tu es une maniaque de la diététique ?

Sage s'assit en face de lui.

— Je suis enceinte.

— Merci, je sais.

— On ne dirait pas ! Tu es stupide ou quoi ? Les femmes enceintes sont censées éviter la caféine ! Avoir un régime équilibré ! Manger des produits naturels ! Tu comprends ?

Caleb s'éclaircit la voix.

— Je… Je ne savais pas. Je suis complètement ignorant en matière de grossesse.

— Oui.

La colère semblait avoir subitement abandonné Sage. Elle mit les coudes sur la table et appuya son front contre ses poings.

— Oui, répéta-t-elle. Moi aussi.

Des larmes roulèrent sur ses joues. Caleb se leva, prit une feuille de Sopalin à un rouleau accroché au-dessus de l'évier et la lui donna. Il s'accroupit à côté d'elle.

— Je suis désolé.

Elle se moucha bruyamment.

— Non, ce n'est pas ta faute. J'ai lâché la nouvelle comme une bombe.

Il rapprocha sa chaise de la sienne, s'assit et lui prit les mains.

— Nous sommes tous les deux novices.

— C'est le moins qu'on puisse dire ! s'exclama-t-elle avec un petit rire tremblant.

— Mais nous apprendrons.

Il sourit et lui lâcha une main pour écarter une mèche folle de son front.

— Regarde tout ce que je viens d'apprendre. Pas de caféine. Régime équilibré. Produits naturels. Et je te parle d'un type qui pense que tout ce dont on a besoin dans une cuisine c'est une cafetière, quelques bagels, du fromage à tartiner et une pile de prospectus pour se faire livrer des plats à domicile.

Sage rit. Un vrai rire qui donna envie à Caleb d'applaudir.

Il poussa son mug devant elle.

— Allez, bois une gorgée. Bien. Une autre. Parfait. Tu as faim ? Tu veux que je te prépare quelque chose ?

— Caleb…

— Non ?

— Caleb. A propos de ce que tu as dit. Que nous devions parler…

— Oui. Il le faut.

Sage hocha la tête.

— Je veux juste que tu saches… Je n'attends vraiment rien de…

— Nous sommes adultes tous les deux. Nous devons faire face.

Sage hocha de nouveau la tête. Parfait, songea Caleb. Il y avait du progrès. Ils étaient plus calmes l'un et l'autre. Beaucoup plus calmes. Lui en tout cas, il l'était. Cette colère qui l'avait fait bouillir, ce n'était pas contre elle, c'était parce que pour la première fois de sa vie, il ne savait plus ni quoi dire ni quoi faire.

Sage se leva.

— Je reviens dans une minute.

— Non. Nous ne pouvons pas retarder éternellement cette discussion.

Elle sourit.

— Leçon numéro deux à propos de la grossesse. On a sans arrêt envie de faire pipi.

— Oh.

Il la suivit des yeux. Comme elle était fière… déterminée à se débrouiller toute seule.

Bon sang, qu'était-il supposer faire à présent ? Les options légales, il les connaissait. Mais pour le reste…

Quelques instants plus tard, Sage revint dans la cuisine. Elle s'était recoiffée. Il sentit son cœur faire un petit bond bizarre. Non, ça devait être son estomac. Il n'avait rien mangé depuis ce matin. Il n'avait même pas bu de café… Il prit son mug. But une gorgée de tisane. Réprima une moue de dégoût.

Sage pouffa.

— On dirait que tu viens d'avaler des vers de terre.

— Ce n'est pas si mauvais, les vers de terre.

Devant sa mine effarée, il pouffa à son tour.

— Quand on grandit avec deux frères toujours prêts à lancer des défis, on fait des tas de choses dont on évite de discuter dans la bonne société.

Elle s'assit en face de lui, la mine grave.

— Je suppose qu'on évite également de discuter de ce qu'on doit faire quand on découvre que la femme avec qui... avec qui on a couché est enceinte.

— La femme avec qui j'ai fait l'amour, rectifia Caleb à voix basse.

Leurs regards se rencontrèrent. Au bout d'un moment, Sage détourna les yeux en se mordant la lèvre.

— Je... J'ai fait des projets. Enfin, j'ai essayé mais avec Caldwell qui me harcelait constamment...

— Oublie Caldwell.

Pourquoi avait-il la voix aussi rauque ? se demanda Caleb avant de poursuivre :

— Oublie-le. Il ne t'ennuiera plus.

— Tu es certain ?

— Oui. Je m'en charge.

— Merci.

— Ne me remercie pas. C'est normal. Quels sont tes projets ?

— Le premier, la priorité des priorités, c'est de déménager.

— Ça va de soi.

— Je vais chercher quelque chose... je ne sais pas encore où exactement. Peut-être dans le Queens. Ou bien à Long Island. Ou même dans le New...

— Une maison. Un enfant a besoin d'un jardin. D'un chien. D'espace pour se dépenser.

— J'y ai pensé, mais les loyers sont sans doute...

— Louer n'est pas une bonne solution. Certes, à

cause de la crise les loyers ont tendance à baisser, mais pour la même raison il y a des maisons à vendre à des prix très intéressants.

Mon Dieu. Travis serait fier de lui. Ou peut-être pas. Il parlait davantage comme un agent immobilier que comme un homme sur le point de devenir… de devenir… Caleb déglutit péniblement.

— C'est possible, mais je dois rester réaliste.

— Je suis d'accord. Le sens des réalités c'est justement ma spécialité.

Avait-il vraiment dit ça ? se demanda Caleb avec effarement.

— Ce que je veux dire c'est que je vais réfléchir aux solutions possibles et… Qu'y a-t-il ?

Quand Sage plissait les yeux, ça n'annonçait rien de bon. Il l'avait déjà remarqué à plusieurs reprises…

— Ça fait presque trois mois que je réfléchis aux solutions possibles.

— Je n'en doute pas, mais…

— Il n'y a pas de « mais », Caleb. C'est moi qui ai fait face à la « situation », comme tu as dit tout à l'heure.

— Tandis que de mon côté, je n'étais au courant de rien, fit-il valoir en s'efforçant de réprimer la colère qui menaçait de renaître. Ce qui amène une question. Pourquoi ne m'as-tu pas prévenu quand tu as découvert que tu étais enceinte ?

— Pour commencer, j'ignorais ton nom de famille. Je ne savais rien de toi, à part que tu vivais au Texas. Ce que nous avons fait… ce que j'ai fait…

Les joues de Sage s'enflammèrent.

— Je n'arrive toujours pas à y croire. Et je n'en suis pas fière du tout.

Des images s'imposèrent à l'esprit de Caleb. Sage dans ses bras, brûlante et passionnée…

— Je ne regrette pas ce qui s'est passé cette nuit-là, dit-il d'une voix rauque. Et tu ne devrais pas non plus.

Elle bondit sur ses pieds.

— Je ne veux pas en parler.

Il se leva et s'approcha d'elle. Elle réprima un frisson. Il était trop près, trop viril, trop tout ce qu'elle avait essayé de toutes ses forces d'oublier.

— C'est pour ça que nous sommes ici, dit-il d'une voix douce. Pour en parler.

— Du bébé. Pas de…

— Je n'ai jamais cessé de penser à toi. Je n'arrivais pas à t'oublier.

— Arrête !

Sage ferma les yeux.

— Je ne veux pas…

— Moi non plus !

Il enfonça les doigts dans ses cheveux.

— Mais je ne peux pas m'en empêcher. Trop de souvenirs de toi. De tes baisers. De ta peau contre la mienne. De ton corps mêlé au mien…

Elle tenta de se dégager. Il referma les doigts sur sa nuque. L'obligea à lever la tête vers lui.

— Non ! protesta-t-elle avec véhémence..

Mais il était trop tard. La bouche de Caleb s'était emparée de la sienne. Son baiser était passionné mais aussi plein de tendresse. Laissant échapper un gémissement, elle y répondit avec ferveur. Un long moment plus tard, il interrompit son baiser mais ne la lâcha pas.

— Pourquoi ne m'as-tu rien dit, hier ? Tu étais prête à subir un prélèvement pour un test de paternité plutôt que de me dire la vérité ?

— Lâche-moi.

— Réponds-moi. Pourquoi ne m'as-tu rien dit, hier ?

— Il y a trois mois, la vérité ne t'intéressait pas. Pourquoi aurais-tu voulu l'entendre hier ?

— Que veux-tu dire ?

— Tu es parti, cette nuit-là. Sans poser de questions. Sans chercher à comprendre. Tu t'es contenté de frapper David et de me dire ce que tu pensais de moi, puis tu as disparu.

— Et alors ?

— Et alors ? Ça s'est terminé comme ça entre nous. Et aujourd'hui tu me dis que lorsque je t'ai vu hier dans cet hôtel, j'aurais dû tendre la main en souriant et dire : « Bonjour, monsieur, je suis heureuse de vous revoir et, au fait, je suis enceinte de vous » ?

Sage s'écarta de Caleb d'un mouvement brusque, les yeux étincelants.

— Quelle fantastique entrée en matière ça aurait fait !

Il faillit lui dire qu'elle se trompait, puis il se ravisa. Non, elle avait raison. Il ne l'aurait jamais crue. Il ne savait même pas pourquoi il la croyait aujourd'hui. Parce qu'il la croyait. Ce qui s'était passé ce matin avait tout changé. Elle était redevenue la femme qu'il avait rencontrée cette nuit-là, un mélange bouleversant de vulnérabilité et de courage. Et elle faisait naître en lui des émotions qu'il n'avait jamais éprouvées auparavant avec aucune femme.

— Je n'aurais pas dû m'en aller comme ça, cette nuit-là, reconnut-il. J'étais vraiment mal placé pour te juger.

— Surtout sans avoir pris la peine de poser quelques questions au préalable.

— Quelles questions y avait-il à poser ?

— Laisse tomber. Ça n'a pas d'importance.

— Bien sûr que si.

Sage considéra Caleb. Puis elle eut un sourire amer.

— D'accord. Pourquoi ne pas avoir demandé si David et moi nous étions amants, par exemple.

— Tu insinues que vous ne l'étiez pas ?

— Me croirais-tu si je te l'affirmais ?

Le pouls de Caleb s'accéléra.

— Essaie pour voir.

Silence.

Caleb jura et saisit Sage par les épaules.

— Je veux la vérité. Etiez-vous amants ?

— Non.

Les yeux de Sage se noyèrent de larmes.

— C'était mon ami. Mon meilleur ami…

Sa voix se brisa. Caleb voulut la prendre dans ses bras pour la réconforter mais il en fut incapable.

Pas encore. Pas tant que les images d'elle avec Caldwell continueraient de le poursuivre.

— Le jour où je l'ai perdu a été le plus horrible de ma vie.

Caleb hocha la tête. Il faudrait trouver des mots apaisants…

— Pourquoi viviez-vous ensemble ? s'entendit-il demander.

— C'est tout ce qui vous intéresse, toi et ton ego démesuré ?

— Réponds-moi, insista-t-il froidement.

— Nous ne vivions pas ensemble. Pas dans le sens où tu l'entends. David avait besoin d'un logement. Je lui ai proposé de l'héberger le temps qu'il trouve quelque chose.

— Tu es en train de me dire que vous étiez colocataires ?

Allons bon, elle plissait de nouveau les yeux…

— Je te le dis parce que c'est un fait. Nous étions amis. Point final.

Caleb hocha de nouveau la tête. Encore une question. Il se haïssait pour éprouver le besoin de la poser, mais il fallait absolument qu'il sache.

— Où dormait-il ?

— Va au diable, Caleb ! Je ne sais pas pourquoi j'ai pris la peine de te parler. La vérité ne t'intéresse absolument pas !

— Où ?

— Il dormait sur le canapé, répondit Sage d'un ton crispé. Nous l'appelions en plaisantant la « chambre d'amis ».

— « Nous », s'entendit répéter Caleb.

Elle darda sur lui un regard étincelant. Etait-ce de la colère ou bien des larmes ?

— « Nous », absolument. Parce que David était plus que mon ami. Il était… ma famille, le frère que je n'ai jamais eu. Il était toujours là pour moi, toujours. Jusqu'à ce qu'une nuit il descende d'un bus dans une rue mal éclairée au moment où une voiture grillait un feu rouge…

La voix de Sage se brisa. Caleb tendit les mains vers elle, mais elle recula vivement.

— David et moi nous ne couchions pas ensemble. Il n'en a jamais été question et ça n'aurait jamais pu arriver. Il était gay !

Le mot sembla résonner dans tout l'appartement.

— Gay ?

— Oui, gay.

Sage essuya ses larmes d'un geste rageur et lança à Caleb un regard dont il sut qu'il ne l'oublierait jamais.

— Et toi… toi tu es le roi des pauvres types !

Elle pivota sur elle-même et quitta la cuisine. Quelques secondes plus tard, la porte de la salle de bains se referma en claquant.

Caleb restait figé. David Caldwell était gay. Il n'avait jamais été l'amant de Sage. Quant à lui, Caleb Wilde, il était… Oui, d'accord. Il était le roi des pauvres types.

Mais pas seulement. Il…

Ce fut à cet instant qu'il prit vraiment conscience de ce qui lui arrivait. Il se laissa tomber sur sa chaise.

Lui, Caleb Wilde, il…

Il allait devenir père.

8

Sage écumait de rage. Mais contre qui était-elle le plus furieuse ? Contre Caleb ou bien contre elle-même ? Il n'était jamais venu à l'esprit de Caleb de poser la moindre question au sujet de cette fameuse nuit. De se demander si par hasard il avait mal interprété la situation.

Mais à vrai dire, pourquoi l'aurait-il fait ? Elle avait couché avec lui quelques heures seulement après l'avoir rencontré… Oui, couché avec lui. Rien d'autre. C'était purement sexuel. Ce qui s'était passé entre eux n'avait aucune importance pour lui. Et pour elle encore moins…

Quelle menteuse ! Les moments qu'elle avait passés dans ses bras avaient été les plus extraordinaires de sa vie. Du moins c'était ce qu'elle avait cru. Et aujourd'hui, elle portait son bébé. Mais pourquoi lui avait-elle avoué la vérité ? Hier, dans la suite, le mensonge s'était imposé à elle le plus naturellement du monde. « Non, ce n'est pas de toi que je suis enceinte. » Alors qu'est-ce qui avait changé ? Rien. Absolument rien, à part sa soudaine incapacité à se taire. En lui disant la vérité, elle n'avait fait que compliquer un peu plus la situation.

Elle répétait l'histoire de sa mère. Pour reprendre la formule brutale de celle-ci, elle s'était fait « engrosser » par un amant de passage.

Sage se regarda dans le miroir. Dire qu'elle allait mettre au monde un enfant illégitime… Bien sûr, elle était consciente que les naissances hors mariage choquaient de moins en moins. Cependant, elle était profondément marquée par son enfance de fille illégitime dans une petite ville très conservatrice, auprès d'une mère aigrie qui avait passé sa vie à ressasser ses regrets. Etait-ce pour cette raison qu'elle avait révélé la vérité à Caleb ? Espérait-elle inconsciemment qu'en apprenant la nouvelle il lui dirait... Quoi donc ? Qu'il reconnaîtrait l'enfant ? Qu'il assumerait son rôle de père ? Un week-end sur deux et la moitié des vacances ? Pour que son enfant soit comme ses camarades et qu'il ait un père lui aussi, même si c'était un père à temps partiel ?

Sage s'affaissa sur le siège des toilettes. Ces dernières semaines, elle avait soigneusement refoulé ce genre de pensées. Elle s'était concentrée sur les problèmes pratiques. Logement. Travail. Pour oublier sa propre enfance ? Pas de père. Pas même un nom ou une photo. Seulement les récriminations incessantes de sa mère contre l'homme qui avait gâché sa vie. « Un menteur. Comme tous les hommes. Prêts à dire n'importe quoi pour coucher. La femme qui fait confiance à un homme est une imbécile, et le jour où ça tourne mal elle n'a que ce qu'elle mérite. »

Une vision de la vie dont Sage avait pu constater la pertinence depuis le collège, où des filles tombaient amoureuses de garçons qui leur mentaient pour obtenir la seule chose qui les intéressait, jusqu'aux castings, où de jeunes actrices se laissaient séduire par des producteurs qui leur faisaient miroiter une carrière de star.

Quant au sexe... Elle avait essayé. Une fois. L'année où elle était arrivée à New York. Avant tout parce qu'elle en avait assez d'entendre les autres filles dire que c'était fantastique. Mais ça n'avait rien eu de fantastique, alors elle n'avait jamais recommencé... Jusqu'à cette fameuse nuit, où elle avait découvert qu'en effet le sexe pouvait être fantastique.

— Sage ?

Elle sursauta. Puis elle bondit sur ses pieds et fit couler de l'eau. Comme si elle était très occupée et pas complètement désemparée…

— Sage ? Ça va ?

— Oui ! J'arrive dans une minute.

Elle s'agrippa au rebord du lavabo, se pencha en avant et inspira profondément. La question essentielle était toujours sans réponse. Pourquoi avait-elle dit la vérité à Caleb ? Peut-être à cause de son attitude chez le médecin. Il avait refusé de la laisser faire le test à cause des risques qu'il présentait. L'espace d'un instant, il était redevenu son chevalier blanc.

— Sage ! Si tu es malade…

Elle se redressa, regarda son reflet dans les yeux, se retourna et ouvrit la porte.

— Je vais bien, dit-elle d'un ton posé.

— Dans ce cas, il faut que nous parlions.

Ah. Le moment était venu où l'homme séduisant, riche, attentionné ou odieux selon les moments, l'homme qui avait mis sa vie sens dessus dessous, allait lui faire *la* proposition. De l'argent contre la promesse de disparaître de sa vie. Un peu moins nul que son père mais pas tant que ça. Sage réprima un soupir.

— Ne tournons pas autour du pot, d'accord ? Je sais ce que tu vas me dire.

— Ouah. Un talent très utile.

— Et je peux te faire gagner beaucoup de temps. Je veux…

— Tu me l'as dit. Un logement. Un travail. A présent, c'est mon tour.

Ce qu'elle voulait c'était qu'il s'en aille… Mais mieux valait le laisser parler. Elle ne parviendrait pas à se débarrasser de lui tant qu'il ne l'aurait pas fait.

— Très bien.

Elle sortit de la salle de bains, passa devant Caleb et se dirigea vers le salon d'un pas décidé. Impressionné malgré lui, Caleb la suivit. Comment une femme en jean et T-shirt pouvait-elle avoir une allure aussi majestueuse ?

Elle s'installa dans un fauteuil, tandis qu'il s'asseyait sur le canapé. Toujours aussi pâle, elle semblait néanmoins aller à peu près bien. Mais qu'en savait-il ? Il était loin d'être un expert en femmes enceintes et elle était restée si longtemps dans la salle de bains… Il avait cru qu'elle était malade. Les femmes enceintes n'avaient-elles pas tendance à avoir des nausées ? Il n'y connaissait rien. Ses trois sœurs étaient accaparées par leurs carrières. Jake venait de se marier. Quant à Travis… c'était Travis. Ce serait un véritable miracle s'il décidait un jour de vivre avec une femme. Alors de devenir père…

Pour sa part, il ne l'avait pas choisi, mais s'il avait été à la recherche d'une femme avec qui avoir un enfant, Sage aurait été un bon choix. Peut-être même le choix idéal. Elle était intelligente. Courageuse. Drôle… du moins quand elle ne se querellait pas avec lui. Mais à vrai dire, il aimait bien ça. Les femmes ne discutaient jamais avec lui. Elles étaient généralement d'accord avec tout ce qu'il disait. D'ailleurs, ses sœurs le taquinaient souvent à ce sujet.

A toutes ces qualités, il fallait ajouter la beauté. Sage était superbe. Boucles dorées comme le soleil. Grands yeux bleus comme l'océan. Lèvres pulpeuses, absolument divines. Quant à son corps… On le devinait à peine sous ce T-shirt ample, mais il n'avait pas besoin de le voir. Son souvenir restait gravé dans sa mémoire. Ses seins splendides, son ventre plat… qui devait commencer à s'arrondir. Quel effet cela ferait-il d'y promener la main avant de la glisser entre ses cuisses et de…

— Caleb ?

Il leva les yeux. Devinait-elle ses pensées ? Se doutait-elle qu'il mourait d'envie de... Submergé par une vague de désir, il se leva, se dirigea vers la fenêtre, enfonça les mains dans ses poches et fixa la rue sordide. Ce n'était pas le moment de se laisser distraire. Pendant qu'elle était dans la salle de bains, il avait eu le temps de réfléchir. Et de trouver une solution. Très simple. Qui ne devrait pas soulever beaucoup d'objections de la part de Sage. De toute façon, même si elle avait des objections, ça ne changerait rien. La loi et la raison étaient de son côté. Il inspira profondément. Arbora son masque d'avocat. Se retourna. Regagna le canapé.

Ils parlèrent en même temps.

— Ecoute, Caleb, je sais que tu ne t'attendais pas...

— Sage, le problème c'est que je ne m'attendais pas...

Ils s'interrompirent.

— Toi d'abord, dit Caleb.

— Je sais que... je te dois des excuses.

Sage s'humecta les lèvres. A la vue de sa langue rose, Caleb fut submergé par une nouvelle vague de désir. Bon sang !

Il bondit de nouveau sur ses pieds.

— Oui, c'est vrai. Tu me dois des excuses. Tu aurais dû me dire la vérité tout de suite. Mais je suis prêt à te pardonner.

— Quelle magnanimité, ironisa-t-elle.

— Ce que je veux dire c'est que... nous avons un problème et nous devons trouver une solution.

Sage darda sur lui un regard meurtrier.

— Je vais avoir ce bébé !

— Tu croyais que j'allais te demander de ne pas le garder ?

— C'est juste pour que ce soit bien clair, répliqua-t-elle en relevant le menton et en croisant les bras.

— Bien sûr que tu vas l'avoir. C'est de ça que je veux discuter. Le bébé. Toi. Moi. Comment nous allons faire.

— Je t'ai déjà dit que j'avais des projets.

— Je suppose que tu vois un médecin.

— Une infirmière dans une clinique, oui.

— Tu n'as pas de gynéco ?

Le ton effaré de Caleb hérissa Sage. Et pourquoi s'était-il levé après lui avoir dit de s'asseoir ? Pour être en position dominante ? Elle se leva. Il était de toute façon beaucoup plus grand qu'elle, mais c'était quand même mieux…

— Non, je n'ai pas de gynéco.

— Tu vas en avoir un.

Elle plissa les yeux.

— Vraiment ?

— Et cet appartement… Tu ne peux pas rester ici.

— Tu as écouté ce que je t'ai dit ? Je…

— Et tu te nourris correctement ?

— Gruau et graines germées d'alfalfa, répliqua-t-elle d'une voix suave. Et toi ?

— Très drôle.

— Ecoute, j'apprécie ta sollicitude mais je me suis débrouillée toute seule jusqu'à présent et…

— Quand déménages-tu ?

— Bientôt.

— Pour aller où ?

— Je te l'ai dit. Dans le Queens. Ou à Long Island, ou…

— Dans le New Jersey. Oui, c'est ce que tu as dit. Ce ne sont pas des projets mais des idées. Je veux des projets précis pour le bébé.

— *Mon* bébé.

— *Notre* bébé, rectifia Caleb.

Oui, *leur* bébé… Mais elle serait ici et Caleb au Texas, à des millions de kilomètres… Caleb croisa les bras.

— Voici ce que j'ai décidé.

— Ce que *tu* as décidé ?

— Laisse-moi parler.

— Laisse-moi t'épargner cette peine. Je ne veux pas de ton argent.

— Pardon ?

— J'ai dit : « Je ne veux pas de ton argent. » Oh ! inutile de prendre cet air outré. Je sais ce que tu vas me proposer.

Caleb arqua un sourcil.

— Vraiment ?

— Tu vas me faire un chèque. Et me donner un papier à signer. Sauf que…

— Quel genre de papier ?

— Un papier par lequel je reconnaîtrai avoir accepté ton chèque et je m'engagerai à ne plus t'importuner. Mais ça…

Caleb saisit Sage par les épaules.

— Tu n'as pas compris ce que je t'ai dit ?

— Lâche-moi !

— Tu n'as pas entendu quand j'ai dit « *notre* bébé » ?

— Si. Mais c'est une façon de parl…

Caleb attira Sage contre lui et l'embrassa. L'espace d'une seconde elle résista, puis elle noua les bras sur sa nuque et lui abandonna sa bouche. Il resserra son étreinte.

— Je n'ai jamais cessé de te désirer, murmura-t-il.

— Moi non plus…

Il l'embrassa de nouveau. Elle lui rendit son baiser. Puis il la souleva de terre et la porta dans la chambre. Il la déposa sur le lit et la déshabilla avec des gestes fébriles. Pas le temps de prendre son temps. Pas maintenant. Il y avait trop longtemps qu'il n'avait pas senti son corps nu contre le sien… Il arracha ses propres vêtements, qui volèrent dans la pièce.

— Caleb, murmura-t-elle en tendant les bras vers lui.

Il prit place entre ses cuisses et entra en elle d'un coup de reins puissant. Elle était brûlante. Et elle murmurait son nom d'une voix vibrante de désir. Il s'enfonça au plus profond d'elle. Se retira. Plongea de nouveau en elle. Encore. Et encore. De plus en plus vite.

— Caleb...

Avec un même cri rauque, ils basculèrent dans un gouffre sans fond.

Un long moment plus tard, leur respiration finit par s'apaiser.

— Ça va ? murmura Caleb.

Sage sourit.

— Oui.

— Le bébé... ?

— Ça va aussi.

Caleb embrassa Sage, puis roula sur le côté en la serrant dans ses bras.

— Tu es sûre que je ne t'ai pas fait mal ?

Elle posa la main sur sa joue.

— Absolument.

Il traça le contour de ses lèvres du bout des doigts, descendit le long de son cou, effleura les pointes de ses seins.

— Tu as des seins magnifiques, mon cœur.

Elle rougit. Mon Dieu, comme il aimait la voir rougir... Il poursuivit sa descente jusqu'à son ventre. Oui, pas de doute. Il était très légèrement arrondi.

— Ça commence tout juste à se voir, murmura-t-elle, comme si elle lisait dans ses pensées.

— Ça te rend encore plus belle.

— Tu trouves ?

— Oui.

Elle enfonça les doigts dans ses cheveux.

— Caleb ?

— Oui ?

— J'étais sincère... Je ne veux pas que tu croies... que tu te sentes obligé de...

Il la réduisit au silence par un baiser.

— C'est notre bébé, Sage. Je regrette seulement de ne pas avoir été auprès de toi plus tôt.

Les yeux de Sage se noyèrent de larmes.

— Ne pleure pas, mon cœur. S'il te plaît. Tu n'as aucune raison de pleurer.

Il se redressa et plongea son regard dans le sien.

— Nous allons vivre ça ensemble. Tu comprends ? Il n'y a plus de toi, plus de moi. Seulement nous. D'accord ?

— D'accord.

Il essuya ses larmes du bout des lèvres, déposa un baiser sur sa bouche.

— Sage, murmura-t-il d'une voix rauque.

Elle lui ouvrit les bras. Et son cœur.

Elle se réveilla seule dans le lit. Une bouffée d'angoisse lui pinça le cœur. Etait-il parti ? Elle tendit la main vers son peignoir... Et sourit en voyant Caleb entrer dans la chambre. Oh ! comme il était beau... Les cheveux ébouriffés, il était torse nu et pieds nus. Son pantalon, dont le premier bouton était ouvert, tombait sur ses hanches.

— Bonjour, belle endormie.

Elle ouvrit de grands yeux.

— C'est vraiment le matin ?

Il s'approcha du lit, se pencha sur elle, la prit dans ses bras et lui donna un baiser au goût de café.

— Matin, soir, je n'en ai aucune idée.

Il l'embrassa encore, lentement, tendrement.

— J'ai fait du café. Et de la tisane.

Elle sourit.

— Parfait.

— Bien sûr, nous pourrions oublier le café et la tisane pour passer directement au dessert…

Le ventre de Sage gargouilla. Avec un large sourire, Caleb déposa un baiser sur son front et se redressa.

— A la réflexion, que dirais-tu d'un petit déjeuner ?

Sage fit des œufs brouillés. Caleb prépara des toasts.

— Dommage que tu n'aies pas de fromage, dit-il en inspectant le contenu du réfrigérateur.

— J'ai du fromage blanc.

Il feignit de frissonner.

— Non, du vrai fromage. Tu sais bien. Jaune. En tranches. Vendu en sachet.

Ce fut au tour de Sage de frissonner.

— Ou bien de quoi faire des hot-dogs, ajouta-t-il. Des hot-dogs ce serait parfait.

— Ne me dis pas que ce sont tes aliments préférés !

Il pouffa, referma la porte du réfrigérateur et se tourna vers Sage. Bon sang, elle était sublime ! Pas de maquillage. Les cheveux lâchés. Enveloppée dans un peignoir qui s'entrouvrait sans arrêt, comme pour révéler furtivement des courbes féminines.

— Caleb ? Le fromage en sachet et les hot-dogs sont… ?

Il s'éclaircit la voix.

— Des spécialités de la maison. Ou plutôt, des spécialités des frères Wilde.

— Oh.

Elle ne savait rien de sa famille, songea-t-il soudain devant son regard perplexe. Mais il aurait tout le temps de lui en dire plus. Enfin, non. Pas vraiment. Il n'avait qu'une hâte. L'entraîner de nouveau au lit pour profiter au maximum des quelques heures qui leur restaient. Il devait être de retour à Dallas demain.

Leurs regards se croisèrent. Elle dit son nom. Il ouvrit les bras. Elle s'y blottit.

— Sage...

Elle soupira. Il la souleva de terre et la porta dans la chambre. Il parsema son corps de baisers, savourant la douceur de ses seins, de son ventre, puis de la fleur nichée entre ses cuisses.

— A mon tour, murmura-t-elle.

Ses mains étaient douces, ses lèvres brûlantes. Ses caresses et ses baisers, d'abord timides, s'enhardirent peu à peu. Elle n'avait jamais exploré le corps d'un homme comme elle était en train de le faire, comprit-il avec une bouffée de joie mêlée de satisfaction toute masculine. Ensuite ils s'embrassèrent longuement, chacun se délectant de la bouche de l'autre, puis soudain ils ne purent plus attendre. Le besoin de se fondre l'un dans l'autre était trop fort. Sage fut secouée la première par une explosion qui lui arracha un cri aigu. Caleb la rejoignit quelques secondes plus tard en criant son nom, puis il s'affaissa dans ses bras, peau humide contre peau humide.

Un long moment plus tard, il roula à côté d'elle et posa la main sur son ventre. Puis il se pencha et y pressa ses lèvres. Elle posa la main sur sa tête et s'endormit.

Trop occupé à réfléchir et à prendre des décisions, il resta éveillé et finit par se lever avec précaution pour ne pas la réveiller. Il ramassa ses affaires et gagna la salle de bains. Après avoir pris une douche et s'être rhabillé, il appela son pilote pour lui demander d'être prêt à décoller une heure plus tard. Lorsqu'il retourna dans la chambre, Sage dormait toujours. Il déposa un baiser sur ses lèvres. Elle remua, soupira, ouvrit les paupières et sourit.

— Caleb.

Il s'assit au bord du lit et lui prit la main.

— Il faut que je rentre chez moi. J'ai une réunion. Je ne peux pas l'annuler.

— Je comprends.

Il porta sa main à ses lèvres.

— Je reviendrai le week-end prochain. Nous trouverons une maison. Je vais prendre contact avec une agence immobilière.

— Je m'en occupe.

— D'accord. Mais choisis...

— Je sais. Un quartier sûr.

— Oui, évidemment. Mais ce que je voulais te dire c'est de prendre quelque chose qui donne sur le parc.

— Le parc ?

— Central Park, si tu veux habiter Manhattan. Sinon, je connais deux ou trois villes très agréables dans le Connecticut... Qu'y a-t-il ?

Sage s'assit. La couette glissa jusqu'à sa taille et Caleb en profita pour embrasser un sein.

— Non, écoute-moi.

— Je t'écoute. Mais par chance pour vous, madame, je suis multitâche.

Elle pouffa, mais le repoussa malgré tout.

— Sérieusement, Caleb. Je ne vais pas prendre un logement sur la Cinquième Avenue ni dans l'une de ces villes « charmantes » du Connecticut.

— Parce que ?

— Parce que je ne peux pas me le permettre.

— Et alors ? Moi je peux.

— Il n'est pas question que tu m'entretiennes.

— J'ai bien l'intention de prendre en charge notre enfant. Tu croyais que j'allais me dérober à mes responsabilités ?

Sage releva le menton.

— Que tu m'aides à élever notre enfant, c'est une

chose. Mais je ne veux pas être une « responsabilité » pour toi.

— Sage, mon cœur. Je me suis sans doute mal exprimé…

— Non, excuse-moi. C'est moi. Merci de vouloir m'aider.

Caleb s'écarta et déclara d'un ton froid :

— Je ne veux pas de tes remerciements, c'est clair ?

— Mais…

— C'est vraiment comme ça que tu vois les choses ? Je t'apporterais mon « aide » ?

— Je ne voulais pas te froisser. C'est juste que… Je me débrouille seule depuis des années. Je suis capable de…

— Si tu prends soin de mon enfant comme tu as pris soin de toi…

— Pour ton information, je m'en suis toujours très bien sortie.

— Oh ! bien sûr, commenta-t-il d'un ton sarcastique. Il suffit de voir ce… ce palace pour en avoir la preuve.

Sage remonta le duvet, le maintint devant elle comme un bouclier et se leva.

— Tu sais quoi ? Il est temps que tu t'en ailles.

— Oui, je suis d'accord.

Caleb se dirigea vers la porte, s'immobilisa et pivota sur lui-même en pointant le doigt vers Sage. La colère crispait ses traits.

— Je ne sais pas pour qui tu me prends mais qu'une chose soit claire. Je ne me dérobe jamais à mes responsabilités.

Des larmes de rage brillèrent dans les yeux de Sage.

— Tu me l'as déjà dit. Mais il ne s'agit pas d'une « responsabilité ». Il s'agit d'un bébé.

— Nom de Dieu, bien sûr que c'est un bébé ! Mon bébé.

— Cet enfant est à moi. Il fait partie de moi. Et si tu as l'intention de prendre le relais de Thomas Caldwell…

Caleb lâcha un juron. Puis il tourna les talons et s'en alla.

9

Que voulaient les femmes ?

Les hommes se posaient la question depuis des siècles.

Caleb avait souvent débattu de ce problème. Avec ses frères, avec des copains de fac, avec d'autres recrues dans les marines, et même avec des collègues au sein de la CIA. Il n'avait jamais trouvé de réponse. Personne n'en avait jamais trouvé. Travis avait bien résumé le problème. « Les femmes ne savent pas ce qu'elles veulent. »

A dix mille mètres d'altitude, Caleb but une longue gorgée de whisky. En tout cas, si ce que Sage voulait c'était se débarrasser de lui, elle n'avait aucune chance d'y parvenir.

— Monsieur Wilde ?

Caleb leva les yeux vers l'hôtesse.

— Le pilote vous informe qu'une tempête menace Dallas. Il risque d'y avoir des turbulences d'ici une heure ou deux.

— Merci, répliqua-t-il en réprimant une moue de dérision.

Côté turbulences, il était déjà gâté...

— Désirez-vous quelque chose ? Un sandwich, peut-être ?

Pour atténuer l'ivresse qu'il espérait bien atteindre avec ce deuxième verre de whisky ? Pas question.

— Merci, ça ira.

L'hôtesse se retira.

Caleb but une nouvelle gorgée de whisky. Si seulement il parvenait à se vider l'esprit… Malheureusement, une foule de pensées y tourbillonnait sans relâche. Il se rejouait encore et encore sa dernière conversation avec Sage pour tenter de comprendre ce qui s'était passé. Comment avaient-ils pu passer en un clin d'œil de l'amour à la guerre ?

Il revoyait la colère dans ses yeux… alors que quelques instants plus tôt c'était la passion qui les faisait étinceler.

Il posa son verre, prit le téléphone satellite de l'appareil sur son support et composa un numéro. Travis répondit.

— Bonjour, c'est moi.

— Caleb ?

— Jake est avec toi ?

— Plus exactement, je suis avec Jake à *El Sueño*. Tu arrives bientôt, n'est-ce pas ? Tu n'appelles pas pour dire que tu n'assisteras pas à la réunion ?

Caleb préféra ignorer ces questions.

— Vous êtes dans le bureau ? Mets le téléphone sur haut-parleur, tu veux bien ? Mais d'abord, ferme la porte.

— D'autres instructions ? plaisanta Travis.

Caleb ferma les yeux et s'exhorta au calme.

— Je veux vous parler à tous les deux. Et je préfère vous prévenir, je ne suis pas de bonne humeur.

— Rien de nouveau de ce côté. Tu as toujours eu tendance à être…

— Trav. J'ai besoin d'un conseil.

Silence. Puis Caleb entendit Travis dire « Jake ? C'est Caleb », puis ajouter quelque chose. Mais le son était soudain étouffé comme s'il avait mis la main sur le micro. Quelques secondes plus tard, un léger écho indiqua que Travis avait activé le haut-parleur.

— Caleb ?

— Jake ?

— Oui. Travis me dit que…

— Je voudrais vous demander votre avis à tous les deux, à propos de quelque chose.

— Bien sûr, dit Jake.

— Bien sûr, renchérit Travis.

Caleb hésita. Par où commencer ? Il n'était même plus certain d'avoir eu raison d'appeler ses frères.

— Caleb ? Tu es toujours là ?

Il s'éclaircit la voix.

— Supposons qu'un homme rencontre une femme. Et que… qu'il passe une nuit avec elle.

— Jusque-là ça paraît plutôt cool, commenta Travis en pouffant.

— Elle est… séduisante. Intelligente. Drôle. Elle est…

— Elle est bien, intervint Jake.

— Non, mieux que bien. Elle est… spéciale.

Silence.

Puis la voix de Jake s'éleva :

— Spéciale comment ?

En même temps que celle de Travis :

— Spéciale *spéciale* ?

Caleb se leva et se mit à arpenter la cabine.

— Oui, on peut dire ça. Donc, il la rencontre. Ils passent la nuit ensemble. Et lorsqu'il la revoit quelques mois plus tard, il découvre… qu'elle est enceinte.

Deux exclamations étouffées à l'autre bout de la ligne.

— Attends un peu, dit Travis. Ils n'ont passé qu'une seule nuit ensemble ?

— Oui.

— Et ils ne se sont pas revus pendant… combien de mois ?

— Trois. Il ignorait qu'elle était enceinte.

— Pourquoi ne l'a-t-elle pas prévenu ? s'exclama Jake d'un ton indigné.

— Parce que… elle ne connaissait pas son nom de

famille, et elle n'avait ni son adresse ni son numéro de téléphone.

— Et il est certain que c'est lui ? demanda Travis.

— Absolument.

— Parce qu'il y a eu un test de paternité ?

— Ecoutez, je ne vous ai pas appelés pour subir un interrogatoire mais pour…

— Nous demander notre avis, coupa Travis.

Caleb se rassit dans son siège, prit son verre et le vida.

— Le problème est le suivant. Elle ne veut pas faire ce qu'il lui dit.

Travis :

— Le test de paternité ?

— Non, pas ça.

Jake :

— Interrompre…

— Non plus. Quitter le taudis dans lequel elle vit. Prendre rendez-vous avec un gynécologue digne de ce nom. Accepter que cet homme lui achète tout ce dont elle a besoin, et le laisser s'occuper d'elle. Et du bébé une fois qu'il sera né, bien sûr.

— Bien sûr…, déclara Jake d'un ton circonspect.

— Il veut se conduire honorablement, renchérit Travis sur le même ton.

— Exactement, acquiesça Caleb. Il tient à assumer ses responsabilités.

Silence.

Caleb se leva et recommença à arpenter la cabine. A Wilde Crossing, au Texas, Jake et Travis se levèrent et se mirent à arpenter le bureau dans des directions opposées, en secouant la tête chaque fois qu'ils se croisaient.

— Et… de qui sommes-nous en train de parler ? finit par demander Travis.

— D'un ami.

— Bien, dit Jake. Avant tout, il faut qu'il évite d'agir dans la précipitation.

— D'accord, mais il faut quand même qu'il prenne des dispositions, objecta Caleb. C'est son bébé. Sa femme. Enfin non… ce n'est pas vraiment sa femme, mais…

— Voici ce que je lui conseillerais, dit Jake en se rasseyant au bureau et en invitant d'un signe de la main Travis à en faire autant. D'abord, demander un test de paternité. Ensuite, consulter un avocat en vue de rédiger un accord.

— Concernant par exemple l'aide financière qu'il souhaite apporter à la mère et à l'enfant, précisa Travis.

— Je vous ai dit qu'elle ne veut pas…

— Si elle ne veut vraiment pas accepter d'argent, il peut lui ouvrir un compte dans lequel elle puisera si elle veut, ou pas si c'est vraiment contraire à ses principes, l'interrompit Jake.

— Non, ce n'est pas une bonne solution, objecta Caleb. Imagine qu'elle n'y touche pas du tout ? Je refuse… Mon ami refuse catégoriquement de la laisser continuer à vivre au jour le jour et priver son enfant du confort qu'il est en mesure de lui assurer.

— Caleb ? Est-ce que tu… Est-ce que ton ami tient à cette femme ? Ou bien est-ce simplement une question d'honneur ?

— C'est une question d'ho…

Silence.

Puis Caleb reprit d'une voix à peine audible :

— Bien sûr qu'il tient à elle. Je vous l'ai dit. Elle est belle. Elle est intelligente. Elle est…

— Caleb, dit Jake. Comme je l'ai dit tout à l'heure, il vaut mieux éviter d'agir dans la précipitation. Il faut que tu prennes le temps de réfléchir. Rentre à la maison. Nous discuterons…

— Discuter n'a jamais suffi à résoudre un problème.

Quand les choses commencent à mal tourner, il faut agir. Or cette histoire est en train de mal tourner.

— Mal tourner comment ? demanda Jake.

Caleb ne répondit pas.

— Caleb, explique-nous ce qui se passe, intervint Travis.

— Je viens de le faire, rétorqua Caleb.

Ses frères gardèrent un silence lourd de sens.

— Et vous m'avez été d'un grand secours. Je vous en remercie.

— Caleb, est-ce qu'il s'agit de cette femme à New York ? demanda Travis. Est-ce qu'il s'agit de toi ?

— Je vous ai dit qu'il s'agissait d'un ami.

— Qui ? demanda Jake.

Mais Caleb avait raccroché. Jake désactiva le haut-parleur.

— Alors qu'en penses-tu ?

— Je pense que son ami s'appelle Caleb, répondit Travis.

— Moi aussi.

— Et maintenant ? Que fait-on ? On essaie de trouver où il est et on va lui parler ?

— Si vous aviez décidé de me rechercher tous les deux quand j'ai quitté Adorée — je veux dire Addison —, je vous aurais massacrés. Et si vous aviez eu des conseils à me donner, j'aurais refusé catégoriquement de les écouter.

— Tu as raison. Il vaut mieux éviter de le harceler.

— Absolument.

Très haut dans le ciel, encore à des centaines de kilomètres de Dallas, Caleb regardait par le hublot le ciel qui se remplissait de nuages blancs cotonneux. Un lit de nuages... Aussi blanc et aussi accueillant que celui qu'il avait partagé avec Sage quelques heures plus tôt.

Sage.

Ces larmes de colère dans ses yeux quand il était parti... Il aurait pu les effacer avec des baisers. Il aurait pu les tarir avec les mots qu'il avait sentis se former dans son cœur.

Caleb bondit sur ses pieds et se dirigea vers le cockpit.

— Ted ?

— Oui, monsieur Wilde. J'étais sur le point de demander à Sally de vous informer que les conditions météorologiques se sont améliorées.

— Nous faisons demi-tour.

— Demi-tour ?

— Nous retournons à New York. A Kennedy Airport. Si vous avez besoin de déposer un nouveau plan de vol, ou de...

Le pilote sourit.

— Non, pas de problème monsieur. Prochain arrêt, Kennedy.

Caleb hocha la tête et regagna son siège. A présent il ne restait plus qu'à réfléchir à la façon d'aborder la bataille qu'il allait livrer.

Lorsque le jet se posa à Kennedy Airport, il n'avait toujours pas la moindre idée de la manière dont il allait s'y prendre. Sage était si jalouse de son indépendance... Il avait téléphoné à la compagnie de location de limousines avant l'atterrissage. Une voiture serait disponible pour lui dans une heure.

Attendre encore une heure avant d'affronter le problème ? Non, pas question, avait-il décidé. Il avait téléphoné chez Hertz.

— Une préférence pour un modèle particulier, monsieur ?

— Quelque chose de rapide.

Le moteur de la voiture de sport qui l'attendait ronronnait déjà lorsqu'il s'installa au volant. Le trajet jusqu'à Brooklyn aurait dû durer une heure. Il l'effectua en trente minutes. Il s'arrêta dans un crissement de pneus le long du trottoir, devant deux gamins qui traînaient à proximité d'une bouche d'incendie. Il sortit deux billets de cent dollars de son portefeuille, les déchira en deux et donna une moitié à chaque gamin.

— Si la voiture est toujours là, dans le même état, quand je reviens, je vous donnerai l'autre moitié, d'accord ?

Les gamins hochèrent la tête avec un sourire ravi. Caleb traversa le trottoir, gravit les marches conduisant au porche, poussa la porte et monta l'escalier quatre à quatre. Il s'immobilisa devant la porte de Sage. Son cœur battait à cent à l'heure, mais ça n'avait rien à voir avec sa course dans les escaliers… Qu'allait-il lui dire ? Comment allait-il la persuader de ne pas s'entêter ? Il prit une profonde inspiration. Les idées viendraient une fois qu'il aurait commencé à parler. Il avait de l'éloquence, surtout lorsqu'il était sous pression. C'était l'une des qualités qui lui devaient sa réputation de grand ténor du barreau.

Sage venait de sortir de la douche. L'eau était glacée. Elle s'était enveloppée dans un peignoir, avait pris son téléphone et appelé le gardien. Quand elle lui avait dit qu'il n'y avait pas d'eau chaude, il avait étouffé un bâillement et répliqué qu'il verrait ce qu'il pourrait faire. Autrement dit, il ne ferait rien. Horripilée, elle s'était défoulée sur lui. Ça ne changerait rien au problème de l'eau, mais ça lui avait fait du bien. Au moins, elle n'était plus en larmes…

Le gardien n'était qu'une victime collatérale. La vraie cible, c'était Caleb. Pourquoi refusait-il de comprendre qu'elle ne voulait pas de son soutien financier ? Elle subviendrait seule aux besoins de son bébé et aux siens, merci beaucoup. Ce qu'elle aurait voulu qu'il lui offre…

On sonna à la porte. Le gardien ? Ça alors… Elle baissa les yeux sur sa tenue. Peignoir, pieds nus, cheveux mouillés dans la figure. Pas une gravure de mode, mais quelle importance ? Ce n'était pas M. Del Gatto qui risquerait d'être choqué.

Nouveau coup de sonnette. Coups de poing.

— Bon sang ! Ouvre cette porte !

Sage sentit le sang se retirer de son visage. Caleb…

— Sage ! (La porte vibra sous ses coups redoublés.) Ouvre-moi !

Sage alla ouvrir.

— Que fais-tu ici ?

Il la foudroya du regard.

— Comment se fait-il que cette porte ne soit pas équipée d'un judas ?

— Il faudrait demander au fabricant. Tu es venu pour discuter de portes ?

— Non, bien sûr que non. Je…

Caleb déglutit péniblement. Sa colère s'estompait, remplacée peu à peu par une autre émotion, inconnue et terrifiante.

— Sage, il faut que nous parlions.

— Change de disque, Caleb.

— Il faut que nous parlions calmement.

Elle ouvrit la bouche, puis la referma. D'accord. Il avait raison. Ils avaient beaucoup crié et très peu discuté. Or il y avait en effet certains détails à régler.

— Cinq minutes.

Caleb pénétra dans l'appartement et ferma la porte derrière lui.

— Très bien.

Il fit une pause, chercha ses mots.

— Pour commencer, à propos de l'aspect financier...

— Je ne veux plus en parler.

— Parfait. Ne parle pas. Contente-toi d'écouter. Je veux prendre soin de toi. Qu'y a-t-il de si terrible à cela ?

— Je n'ai pas besoin qu'on prenne soin de moi.

— Peut-être que tu as raison. Peut-être que c'est moi qui ai besoin de prendre soin de toi...

Oh ! et puis au diable les raisonnements, la logique ! Caleb prit Sage dans ses bras et l'embrassa. D'abord avec fougue, puis toute la tendresse qui lui comprimait le cœur. Elle lui rendit son baiser, salé par les larmes qui ruisselaient sur ses joues. Il la serra plus étroitement.

— Sage, excuse-moi, mon cœur. Je n'avais pas l'intention de te blesser.

Il lui prit le visage à deux mains et plongea son regard dans le sien.

— Oublions l'aspect financier de la situation. L'essentiel c'est nous. Toi. Moi. Le bébé que nous avons fait ensemble.

— Tu es un homme bon, Caleb Wilde. Je sais que tu tiens à assumer tes responsabilités.

— Ça ne me suffit pas. Je veux que nous devenions une vraie famille.

— Que dis-tu ?

— Sage. Epouse-moi. Deviens ma femme.

— Non... C'est délirant...

— Ecoute-moi, mon cœur. Nous nous entendons bien.

— Sauf quand nous nous disputons.

— C'est vrai. Mais si nous nous disputons c'est uniquement parce que tu es aussi têtue que moi.

Etait-ce l'ébauche d'un sourire sur les lèvres de Sage ? Le cœur battant, il poursuivit :

— Nous éprouvons du respect l'un pour l'autre. Nous nous entendons merveilleusement bien au lit comme en dehors.

Il posa la main sur son ventre.

— Et nous allons avoir un enfant. Il me semble que ce sont des bases solides pour un mariage.

Sage plongea son regard dans celui de son amant. Il avait raison. C'étaient des bases solides pour un mariage. Le monde était rempli de gens qui se mariaient pour beaucoup moins que ça.

Mais elle voulait beaucoup plus. Les larmes continuaient de ruisseler sur ses joues. Elle voulait son amour. Son cœur. Parce qu'elle l'aimait. Elle aimait cet homme bon, attentionné, droit, arrogant, exaspérant…

— Sage.

Il essuya ses larmes du bout des pouces.

— Je te rendrai heureuse, je te le promets.

De nouvelles larmes, encore plus abondantes, inondèrent les joues de Sage.

Elle allait refuser… Mais au moment où Caleb en arrivait à cette conclusion, elle sourit à travers ce déluge, déposa un baiser furtif sur ses lèvres et dit :

— Oui.

10

Quand une femme acceptait une demande en mariage, que se passait-il juste après ? Sage avait vu assez de films pour avoir une idée sur la question. Il y avait des baisers. Des rires. Une explosion de joie. D'accord, elle était réaliste et n'en espérait pas tant. Même si elle avait été faite avec tendresse, la demande de Caleb était fondée sur l'honneur et les principes. Malgré tout, elle aurait apprécié que le moment de tendresse dure un peu plus longtemps. Qu'il ne se désintéresse pas aussitôt d'elle pour se concentrer sur son téléphone.

Un baiser furtif. Un sourire. Puis il avait sorti son portable de sa poche et s'était métamorphosé en un homme qu'elle ne connaissait pas… Mais il était vrai qu'elle ne connaissait pas du tout Caleb Wilde. Il avait visiblement reçu un nombre impressionnant de textos, auxquels il avait longuement répondu. Ensuite, il avait passé plusieurs coups de téléphone consistant pour l'essentiel en une suite d'ordres laconiques.

Au moment où elle en arrivait à la conclusion qu'il avait oublié sa présence, il se tourna vers elle et lui intima :

— Fais ta valise.

Puis il lui tourna le dos pour reprendre sa conversation téléphonique.

— Ted, dans combien de temps pensez-vous…

— Pourquoi ?

— Excusez-moi un instant, Ted.

Caleb adressa un sourire poli à Sage.

— Pourquoi quoi ?

— Pourquoi m'as-tu dit de faire ma valise ?

— Pour que nous puissions partir d'ici le plus vite possible.

— Où allons-nous ?

Il la considéra un instant, puis il dit à Ted qu'il le verrait une heure plus tard et raccrocha.

— Nous allons à l'aéroport, répliqua-t-il. Tu n'as pas besoin de grand-chose. Une tenue de rechange, peut-être. Brosse à dents, peigne… encore que, après réflexion…

— De quoi parles-tu ?

— Je réfléchis à ce dont tu vas avoir besoin. Ou pas. Il y a de tout dans la salle de bains de l'avion. Brosses à dents, shampoing, articles de toilette…

— Quel aéroport ? Quel avion ? Tu t'imagines que tu peux me demander de faire quelque chose sans me donner la moindre explication ?

A en juger par son air interdit, il n'avait pas l'habitude qu'on exige de lui des explications, songea-t-elle tandis qu'il la regardait longuement. Il finit par esquisser un sourire poli.

— Oui, je suppose que je dois t'expliquer.

— Excellente idée.

— Nous prenons l'avion pour le Texas.

— Nous, c'est toi et ce Ted ?

— Ted est mon pilote.

— *Ton* pilote. Le pilote de ton avion ?

— Oui.

— Attends un peu… Tu t'imagines que je vais partir quelque part avec toi ?

— Bien sûr. Au Texas. Ça te pose un problème ?

— C'est toi qui as un problème. Parce que je n'ai pas l'intention d'aller où que ce soit.

— Ecoute, je n'ai pas le temps de discuter. Il faut que je rentre à Dallas.

Sage plissa les yeux.

— Personne ne t'en empêche.

— Bon sang, Sage…

Le portable de Caleb sonna. Il le sortit de sa poche et consulta l'écran.

— Caleb, écoute-moi…

Il leva la main, prit l'appel.

— Oui, c'est exact. Appelez mon bureau. Mon assistante vous…

Il se mit à arpenter la pièce. Sage l'observa tout en s'efforçant de garder un air à peu près serein. Le Texas ? Il voulait qu'elle aille au Texas ? Aujourd'hui ? Ce soir ? Quelle heure pouvait-il bien être ? Elle avait complètement perdu la notion du temps… Aller au Texas, alors qu'elle n'était jamais descendue plus au sud que le New Jersey ? Alors qu'elle avait sa vie à New York ? Et qu'elle ne savait pratiquement rien de Caleb et de sa famille… ?

Sauf qu'elle avait accepté de l'épouser. De toute évidence, une grave erreur.

— Caleb ! Ecoute…

Il leva la main pour lui intimer de se taire. Assaillie par une bouffée de colère, elle lui barra le passage tandis qu'il continuait à aller et venir. Il s'immobilisa et arqua les sourcils.

— Raccroche, marmonna-t-elle entre ses dents.

Il arqua encore les sourcils.

— Je suis sérieuse, Caleb. Raccroche !

Il la regarda comme si elle venait de débarquer d'une autre planète.

— Je vous rappelle, dit-il avant de raccrocher.

Puis il lança l'appareil dans un fauteuil et croisa les bras.

— Eh bien ?

— Tu ne peux pas prendre des décisions me concernant sans me consulter.

— Ce n'est pas ce que je fais.

— Vraiment ?

— Non. Oui. Enfin… J'essaie simplement d'activer les choses.

— En me traînant à Dallas.

— C'est là que je vis. Que j'exerce mon métier. J'ai des engagements…

— Tu as ta vie à Dallas.

— Oui. Et…

— Et moi j'ai la mienne ici. Tu ne peux pas…

— Tu t'imaginais que nous allions vivre à des milliers de kilomètres l'un de l'autre ? Toi à New York et moi au Texas ? Tu t'imaginais que j'allais être un mari et un père à temps partiel ? Je ne sais pas quel genre d'enfance tu as eue, mais moi j'ai grandi avec un père toujours absent.

— Et moi avec pas de père du tout. Mais je…

— Mais tu quoi ? Tu as quand même eu une enfance heureuse ? Eh bien pas moi. Et je n'ai pas l'intention d'infliger ça à mon enfant.

Sage ouvrit la bouche, puis la referma. Impossible de lui mentir ni de se mentir à elle-même.

— Tu as raison. Moi non plus je n'ai pas eu une enfance heureuse. Mais…

— Mais quoi ? Tu ne veux pas offrir une meilleure vie à notre enfant ? Moi si.

Sage regarda Caleb. Il avait raison. Bien sûr qu'elle voulait offrir une meilleure vie à son enfant. Leur enfant. Mais…

Elle se laissa tomber sur le canapé. Tout allait trop vite. Elle commençait à peine à s'habituer à être enceinte, et à présent il y avait un homme dans sa vie. Pas n'importe quel homme. Un homme puissant, exigeant, déterminé à assumer ses responsabilités et à accomplir son devoir. Ce qui était fantastique…

Sauf que ce qu'elle attendait de lui c'était… c'était…

— Sage.

Caleb s'accroupit à côté d'elle.

— Sage, regarde-moi.

Elle secoua la tête. Non, elle ne voulait pas. Pas quand il lui parlait d'une voix aussi douce, qu'il lui prenait les mains et qu'il les portait à ses lèvres…

— Mon cœur.

Elle leva les yeux, les plongea dans les siens et y vit tout ce dont une femme pouvait rêver.

— Caleb.

Sa voix se brisa.

— C'est trop… C'est comme si j'étais montée sur un petit manège dans un parc d'attractions et qu'il s'était transformé en montagnes russes. Les plus grandes et les plus rapides du monde.

Caleb rit.

— On m'a déjà traité de pas mal de choses, mon cœur, mais de montagnes russes les plus grandes et les plus rapides du monde, c'est une première.

Sage rit à son tour, mais des larmes perlaient à ses paupières et le cœur de Caleb se serra.

— Je suis désolé. Je sais que je devrais t'accorder davantage de temps. Dans un monde idéal, nous prendrions le temps d'apprendre à nous connaître. De dîner ensemble, de regarder des films ensemble. Je bâillerais devant une comédie romantique et toi tu roulerais les yeux devant les exploits de Tom Cruise dans la centième version de *Mission Impossible*.

Les yeux de Sage brillaient toujours mais elle sourit. Caleb lui rendit son sourire.

— Nous irions au parc, au musée, au zoo.

Deux larmes roulèrent sur les joues de Sage.

— Pas au zoo ? demanda-t-il en essuyant ses larmes.

— Je n'aime pas voir les animaux en cage.

— Eh bien, tu vois, ça nous fait déjà un point commun. Moi non plus, je n'aime pas ça. Pour continuer dans notre monde idéal, je resterais quelques jours à New York, puis je rentrerais à Dallas. Je reviendrais le week-end suivant. Au bout de quelques semaines, je t'emmènerais chez moi. Je te ferais visiter ma ville. Je te montrerais *El Sueño*.

— Qu'est-ce que c'est *El Sueño* ?

— Le Rêve. Le ranch familial.

— Un ranch ? Un vrai ranch ?

Oui, un vrai ranch, songea Caleb. Avec deux cent mille hectares de prairies. Des écuries. Des paddocks. Des étalons primés, des juments qui mettaient bas à la fin de l'hiver ou au début du printemps, des puits de pétrole...

— Oui, c'est un vrai ranch.

Il sortit un mouchoir de sa poche, la fit se moucher, rangea le mouchoir, puis la prit dans ses bras et lui caressa les cheveux.

— Tu aimeras *El Sueño*, Sage. Et ma famille.

— Ta famille. Je les avais presque oubliés. Deux frères. Trois sœurs.

— Et mon père.

— Le propriétaire du ranch, c'est ça ?

Caleb hésita. S'adapterait-elle à son mode de vie ? Elle en était capable, il n'y avait aucun doute là-dessus. Mais en aurait-elle envie ? Il y avait tellement de choses qu'elle ignorait...

— Je te donne un bref aperçu. Une de mes sœurs, Lissa, vit sur la côte Ouest. C'est une cinglée de cuisine, mais il ne faudra jamais lui dire que je l'ai appelée comme ça.

Un nouveau sourire étira les lèvres de Sage.

— Em et Jaimie vivent ici, à New York. Em fait de la musique. Jaimie essaie de percer comme styliste.

— Elles doivent être sympathiques.

— Oui. Vous vous entendrez bien.

— Et tes frères ? Ils vivent au Texas, comme toi ?

— Oui. Jake gère *El Sueño* et son propre ranch. Sa femme est fantastique. Elle est avocate, comme moi. Quant à Travis, c'est un conseiller financier, très réputé.

— Et ton père ? Si ton frère gère le ranch, que fait-il ?

Caleb eut une hésitation.

— Notre père est… militaire.

— Ah. Un soldat.

— Un général. Le général John Hamilton Wilde.

Sage tressaillit dans les bras de Caleb.

— Un général ?

— Quatre étoiles, précisa-t-il d'un ton faussement solennel. Pour te mettre complètement à l'aise.

Tout à l'heure, sa colère c'était en réalité de la peur, reconnut Sage intérieurement.

— Ça va être dur, n'est-ce pas ? dit-elle.

— Un peu compliqué par moments, peut-être. Mais nous nous en sortirons, Sage. Nous avons choisi la bonne solution. Pour le bébé. Et pour nous.

Caleb hésita.

— Ce que j'ai dit tout à l'heure. Que nous nous entendions bien. Ce n'est pas seulement ça. Je… Je tiens à toi. Tu es importante pour moi. Tu… Tu…

Des mots flottaient dans l'esprit de Caleb mais ils ne semblaient pas avoir de sens. Mieux valait embrasser Sage plutôt que de dire n'importe quoi…

— J'ai été stupide, murmura-t-il d'une voix rauque quelques instants plus tard. Je t'ai demandé de m'épouser et ensuite je me suis comporté comme si rien n'avait changé. Mais il faut que tu saches que je ne veux pas régenter ta vie. Je veux juste trouver la meilleure solution pour nous et le bébé.

Sage poussa un petit soupir et posa la tête sur son épaule.

— C'est dur pour moi de quitter tout ce qui m'était familier.

— Je sais. Et qui aurait envie de renoncer à ce somptueux appartement ? plaisanta-t-il.

Elle pouffa. Avec un sourire ravi, il se leva et la hissa sur ses pieds. Son sourire s'estompa et il plongea son regard dans le sien.

— Tout va bien se passer, tu verras.

— C'est juste que... J'ai grandi dans la pauvreté. Dans une petite ville. Tout le contraire de toi.

— Tu n'as pas vu Wilde Crossing. On ne peut pas dire que ce soit grand...

— Non mais tu comprends ce que je veux dire. Nous appartenons à des milieux très différents.

— En effet. Comme Jake et Addison. Aussi différents que le jour et la nuit. Et il faut reconnaître qu'Addison a dû changer beaucoup de choses dans sa façon de vivre.

— Pas Jake ?

— Si, lui aussi, bien sûr... Mais un des plus gros problèmes c'est cette drôle de façon de parler des gens de la côte est.

Sage pouffa.

— Ah oui ? Nous parlons bizarrement ?

— Oui. Ah, il y a aussi un point très important, qui concerne la cuisine. Les épouses Wilde doivent apprendre à apprécier certaines vieilles recettes familiales.

— Les biscuits et les patates douces ?

Caleb eut un sourire malicieux.

— Les sandwichs au fromage fondu et les hot-dogs frits.

— Oh ! berk !

— Recouverts de guimauve carbonisée.

— Caleb Wilde, c'est une plaisanterie, j'espère !

— Pas du tout. Ce sont de vieilles recettes de famille, dit-il d'un ton solennel. Des recettes des frères Wilde, en tout cas, datant de notre folle jeunesse. Jake est le spécialiste des sandwichs au fromage fondu. Travis est le roi des hot-dogs. Quant à moi, je suis expert en guimauve.

A sa grande joie, Sage éclata de rire. Il la prit dans ses bras.

— Je te promets que tout se passera bien.

— Je l'espère.

Il lui prit le menton et plongea son regard dans le sien.

— Fais-moi confiance, mon cœur, d'accord ?

Elle prit une profonde inspiration.

— Oui.

Il lui assura qu'ils ne partaient pas pour Dallas, puis il lui demanda d'aller dans la chambre faire sa valise.

— C'est une surprise, répondit-il quand elle lui demanda pourquoi. Fais-moi confiance, tu te souviens ?

Une fois la porte de la chambre refermée derrière elle, il laissa échapper un profond soupir. En réalité, il avait besoin d'être seul pendant quelques minutes. Elle avait peur. Eh bien, lui aussi… Il était subjugué par cette femme. Comment décrire autrement ce qu'il ressentait ? Son téléphone sonna. Il l'ignora. Ne pas agir dans la précipitation, lui avaient conseillé ses frères. Mais comment faire autrement dans une situation pareille ? Il ne regrettait pas sa décision. Sage était tout ce qu'un homme pouvait désirer. C'était une femme qu'un homme pouvait aimer… Son cœur fit un bond dans sa poitrine. Est-ce que… ? Etait-il… ?

Son téléphone émit le signal annonçant qu'il avait

reçu un texto. Il l'agrippa comme si c'était une bouée de sauvetage. Le message le ramena brutalement à la réalité. Il était de Caldwell.

Est-il exact que vous avez annulé ce test, Wilde ? J'exige des explications immédiates.

Caleb réprima un grognement. Comment avait-il pu se mettre dans une situation aussi délicate ? Il fallait absolument qu'il appelle Caldwell… Mais d'abord il avait d'autres coups de téléphone à donner. Il avait dit qu'il devait rentrer à Dallas pour son travail mais ce n'était qu'une excuse. En réalité, il pouvait se libérer toute la semaine. Il avait bien quelques rendez-vous prévus mais il pouvait se faire remplacer à présent qu'il avait une associée. La femme de Jake. Addison, ou Adorée comme l'appelait Jake, ce que personne n'était censé savoir, sauf que tout le monde était au courant. Addison en tout cas était une excellente avocate.

Caleb faillit appeler son bureau, puis il se ravisa. Pourquoi téléphoner quand on pouvait envoyer un texto et éviter les questions auxquelles on n'était pas prêt à répondre ? Il aurait bientôt beaucoup de choses à raconter à sa famille, mais auparavant Sage et lui avaient besoin de temps pour eux.

Retenu ici. Peux-tu te débrouiller sans moi pendant une semaine ?

Addison répondit aussitôt.

Aucun problème.

Ensuite ? Oui. Appeler son pilote.

— Prenez quelques jours de congé, Ted. Je vous rappellerai quand j'aurai besoin de vous.

Dernier coup de téléphone. Le plus important… Il appela son hôtel, une tour de verre qui donnait sur Central Park. Un établissement moderne et élégant où il occupait la même suite à chacun de ses séjours, et dont il connaissait bien le concierge. Il informa ce dernier qu'il resterait une semaine de plus et ajouta quelques instructions importantes.

— Je m'en occupe immédiatement, monsieur Wilde, assura l'homme.

On entendait presque son sourire dans sa voix, songea Caleb. Il consulta sa montre. A présent, il pouvait appeler Caldwell.

— Caleb ?

Il se retourna et sentit sa gorge se nouer. Sage s'était changée. Elle avait mis une robe à fines bretelles qui tombait toute droite jusqu'aux genoux et dont la teinte rappelait celle de ses yeux de manière saisissante. Chaussée de sandales à talons, elle avait les cheveux relevés sur le sommet de la tête. Comme il était tentant de défaire ce chignon pour laisser ses boucles blondes ruisseler dans son dos, puis d'ouvrir les boutons de sa robe…

— Qu'y a-t-il ? demanda-t-elle avec un sourire perplexe.

— Tu es si belle que j'en ai le cœur serré, murmura-t-il d'une voix rauque en la prenant dans ses bras.

C'était incroyable… Cette femme sublime et fière était à lui.

Et lui, il était à elle.

11

La voiture de location était toujours à la même place, étroitement surveillée par les deux adolescents. Caleb leur donna les moitiés des billets de cent dollars.

— Excellent travail.

Puis après réflexion, il leur donna à chacun un billet de cent dollars supplémentaire.

— Vas-tu me dire où nous allons ? demanda Sage lorsqu'il démarra.

— Je voulais te faire la surprise.

— Oh de toute façon, j'ai l'impression de vivre une surprise permanente.

Caleb pouffa.

— D'accord. Nous allons à mon hôtel. *Mon* hôtel. Pas le palace prétentieux que Caldwell avait choisi pour notre rendez-vous.

— Quelle horreur ! On aurait dit un décor pour *La Famille Adams*.

— La vieille série télévisée, oui, c'est vrai.

— La comédie musicale à Broadway. Je jouais dedans.

— Ouah...

— Oh ! il n'y a pas de quoi s'extasier. J'avais juste trois répliques dans le premier acte.

— Le métier d'actrice est difficile, n'est-ce pas ?

— Assez, oui. J'ai davantage joué off-Broadway qu'à Broadway. Et encore davantage off-off-Broadway. Et dans des tas de pubs...

— Je n'y connais pas grand-chose. Mais il y a de nombreux théâtres à Dallas.

— Je ne connais pas du tout le Texas.

— Eh bien, tu connaîtras bientôt. Dallas n'est pas aussi grand que New York, mais je t'emmènerai dans tous mes endroits favoris. Et si mon appartement ne te plaît pas, nous achèterons autre chose.

— Je croyais que tu habitais au ranch *El*...

— *El Sueño*. C'est le ranch de ma famille et il m'arrive d'y séjourner, mais je suis à Dallas la plus grande partie de la semaine. Cependant, qui a envie d'élever un enfant en ville au milieu des gratte-ciel ? Nous chercherons une maison. Peut-être un ranch. En dehors de Dallas. A Wilde Crossing, par exemple. Ça te plairait ?

— Je ne sais pas quoi dire, Caleb. Tout est si nouveau pour moi...

Caleb caressa la joue de Sage.

— Oui, bien sûr. Rien ne presse. Nous procéderons par étapes. Une chose à la fois, d'accord ?

— Merci de comprendre que j'ai besoin de temps pour m'adapter.

— C'est normal. Je suppose que tu appréhendes de rencontrer ma famille. Ne t'inquiète pas. Ils risquent d'être un peu surpris mais ils seront très heureux de t'accueillir. Et d'ici là, nous allons justement avoir un peu de temps pour nous. Je me suis arrangé pour que nous puissions rester à New York jusqu'à la fin de la semaine. Justement, nous sommes arrivés.

Sage regarda par la vitre. Caleb venait de s'arrêter le long du trottoir, devant un hôtel qui faisait face à Central Park. Il se tourna vers elle et lui caressa la joue.

— Eh bien, quelle tête tu fais... Ce n'est pas une façon de commencer la première semaine de notre vie commune.

— C'est adorable de dire ça. Si je fais une drôle de

tête c'est parce que je suis surprise. Une fois de plus. Je ne m'attendais pas à ce que nous restions quelques jours à New York.

— Tu es contente ?

— Oui.

Caleb se pencha vers Sage et l'embrassa.

— Hum. Monsieur ? Madame ?

Un portier en livrée se tenait à côté de la voiture et faisait visiblement de son mieux pour réprimer un sourire. Les joues de Sage s'enflammèrent. Caleb salua l'homme d'un hochement de tête.

— Si le voiturier peut s'occuper de la voiture...

— Bien sûr, monsieur.

Tandis que le portier ouvrait la portière côté passager, Caleb se pencha de nouveau sur Sage pour un dernier baiser furtif.

— Arrête, protesta-t-elle en pouffant.

Caleb descendit de voiture en sifflotant et lança les clés au voiturier, qui venait d'arriver. Sage remercia le portier, qui lui tendait la main pour l'aider à descendre.

— Bienvenue au New York Hotel, madame, déclara ce dernier avec un sourire courtois.

Caleb prit Sage par la taille et lui murmura à l'oreille :

— Et si on lui disait que tu n'es pas encore « madame » ?

Elle sentit son cœur se gonfler de joie. Pourrait-elle bientôt lui avouer ce qu'elle éprouvait pour lui ? Ou bien valait-il mieux éviter de pousser l'honnêteté trop loin ?

Claire et spacieuse, la suite de Caleb était décorée avec raffinement. La chambre donnait sur Central Park, comme le salon, et la salle de bains attenante était au moins aussi grande que son appartement, constata Sage. Mais le plus extraordinaire c'était la profusion de bouquets qui ornaient toutes les pièces. Roses, tulipes, orchidées, marguerites, et des variétés dont elle ignorait le nom étaient disposées avec goût dans des vases de formes et de couleurs diverses.

— Oh ! Caleb... C'est toi qui as commandé ces fleurs ?

— Elles te plaisent ? demanda-t-il d'un ton bourru. Je ne savais pas quelles étaient tes fleurs préférées, alors...

Elle se jeta à son cou. Le cœur battant, il referma les bras sur elle, enfouit son visage dans ses cheveux et sentit ses yeux s'humecter. Que lui arrivait-il ?

— Je voulais que cette journée et cette nuit soient spéciales pour toi, murmura-t-il.

Elle le regarda, les yeux brillants de larmes.

— C'est toi qui es spécial, Caleb...

Il l'embrassa avec ferveur, lui arrachant des soupirs qui se transformèrent en gémissements. Puis il fit ce dont il avait eu envie chez elle. Il défit son chignon. Déboutonna sa robe. Et l'enveloppa d'un regard ébloui. En culotte et soutien-gorge de dentelle bleu pâle et en talons aiguilles, la robe répandue en flaque à ses pieds, elle était magnifique. Et elle était à lui. Il la prit dans ses bras et captura sa bouche, tandis qu'elle détachait sa ceinture, ouvrait sa braguette, glissait la main dans son slip et refermait les doigts sur sa virilité vibrante de désir. Pour elle. Seulement pour elle...

Avec des gestes fébriles, il enleva sa chemise, ses chaussures et tout le reste. Puis il souleva Sage de terre et la porta dans la chambre, où il lui fit l'amour jusqu'à ce qu'elle sanglote de plaisir dans ses bras. Tandis qu'il contemplait son visage métamorphosé par la jouissance, il l'entendit crier son nom. Sa vie ne serait plus jamais la même, songea-t-il confusément. Pas seulement à cause du bébé. A cause de Sage. Parce que... Parce que...

Son esprit se vida et il la rejoignit dans le gouffre de la volupté.

Plus tard, enveloppés dans les peignoirs blancs de l'hôtel, ils explorèrent le petit réfrigérateur de la salle à manger et y découvrirent un plateau de fromages, des fraises et une bouteille de champagne sans alcool. Ils emportèrent leur butin dans la chambre et pique-niquèrent au lit. Lorsque du jus de fraise coula sur le menton puis dans le cou de Sage, Caleb le lécha du bout de la langue. Puis il versa quelques gouttes de champagne sur ses seins, les but, en versa d'autres dans son nombril, puis sur son ventre, puis plus bas, encore plus bas, lui écarta les cuisses, but encore. Se débarrassa de sa flûte, se redressa, s'enfonça en elle et l'emporta dans une valse lente qui s'accéléra peu à peu, pour s'achever dans un tourbillon vertigineux.

Ils prirent une douche dans l'immense cabine aux parois de verre, se savonnèrent mutuellement, se séchèrent, s'embrassèrent, se caressèrent, regagnèrent la chambre, tombèrent sur le lit. Elle noua les jambes sur ses reins, il entra en elle. Plus tard, ils s'endormirent dans les bras l'un de l'autre.

Lorsqu'ils se réveillèrent, le ciel était noir et les lumières scintillantes des gratte-ciel dessinaient autour de Central Park un collier de diamants. Affamés, ils commandèrent un dîner fin qu'ils dégustèrent dans le salon, allongés sur de grands coussins posés sur le sol devant la cheminée remplie et recouverte de bouquets de fleurs. Ils l'arro-sèrent d'une nouvelle bouteille de champagne sans alcool et échangèrent des confidences.

Sage expliqua à Caleb qu'elle était née dans l'Indiana, dans une petite ville au milieu de nulle part. Il eut le cœur serré en apprenant que son enfance avait été marquée par la pauvreté, certes, mais bien plus encore par l'amertume de sa mère et l'absence de son père.

Sa propre mère était morte alors que ses frères et lui étaient tout petits, mais il gardait un souvenir ému de la femme qui était devenue leur belle-mère. Et même si leurs relations avec leur père n'avaient jamais été très chaleureuses, du moins avaient-ils eu un père.

Sage lui raconta qu'elle était arrivée à New York avec deux cents dollars qu'elle avait économisés sur sa paye de serveuse au snack où elle travaillait quand elle était au lycée. Et qu'elle avait partagé son premier logement avec cinq autres filles.

— Imagine six femmes constamment en train de se battre pour la salle de bains, déclara-t-elle d'un ton délibérément léger. Un peu plus tard, j'ai eu un rôle dans un film de Sandra Bullock. Je devais juste rester assise à côté d'elle dans un restaurant, mais finalement on m'a donné quelques lignes de dialogue.

— Et tu as été géniale.

— Bien sûr, acquiesça-t-elle avec un sourire malicieux. Non, sérieusement je ne devais pas être trop mauvaise parce que j'ai obtenu d'autres petits rôles et puis mon agent m'a décroché une pub pour la télé.

Elle battit des cils.

— Je jouais une boîte de corn flakes qui parlait.

Caleb pouffa et l'embrassa en disant qu'il ne regarderait plus jamais les boîtes de corn flakes de la même manière.

— J'ai rencontré David juste après.

La voix de Sage s'adoucit.

— Il était merveilleux. Drôle. Attentionné. Intelligent. Il est devenu le grand frère que je n'avais jamais eu. Tout le monde l'aimait. Sauf son père. Quand David a révélé qu'il était gay, son père l'a déshérité. Il ne le prenait même plus au téléphone.

Caleb l'attira contre lui.

— Je regrette amèrement de l'avoir frappé.

— Non, ce n'était pas si grave. En fait, David considérait ça comme un compliment. Il passait des auditions pour un rôle d'hétéro et il disait que si tu n'avais pas soupçonné un seul instant qu'il était gay…

Sage posa la tête sur l'épaule de Caleb.

— Assez parlé de moi. A ton tour, maintenant.

— Voyons voir…

Que dire ? se demanda Caleb. Il n'aimait pas se confier ni exprimer ses sentiments. Mais il pouvait parler de sa famille. Et avant tout de ses frères. Il expliqua que Jake était revenu de la guerre avec une blessure et une médaille que lui avait value son héroïsme, que Travis n'avait peur de rien et que ses sœurs étaient comme elle.

— Comme moi ? s'exclama-t-elle, flattée.

— Oui. Belles, intelligentes, féminines mais coriaces. Addison, la femme de Jake aussi, d'ailleurs. Tu seras dans ton élément, mon cœur.

— J'espère. Et ton père ? Le général ?

— Voyons… Elégant. Guindé. Arrogant. Et voilà, tu sais tout.

— Mais non.

— Si. Deux frères. Trois sœurs. Un père…

— Tu n'as pas du tout parlé de toi.

Après une hésitation, Caleb se lança. Il expliqua qu'il avait d'abord eu envie d'entrer dans la police avant de choisir de devenir avocat. Puis, à sa grande stupéfaction, il se surprit à évoquer les cinq années qu'il avait passées dans les services secrets, après avoir été recruté par un de ses profs de droit.

— J'ai d'abord dit « non merci ». J'ai expliqué que j'étais beaucoup trop indépendant pour devenir espion.

Il laissa échapper un petit rire d'autodérision.

— Je voulais me payer sa tête, mais il a rétorqué que c'était justement une des raisons pour lesquelles je serais parfait pour le job.

— Et tu étais parfait, je suis sûre.

— Pendant quelque temps, oui. Au début c'était excitant. Et enrichissant. Mais au bout d'un moment, j'ai su que je ne voulais pas y passer ma vie. J'ai vu des choses…

Caleb eut un rictus de dégoût.

— J'ai fait des choses…

Sage l'embrassa.

— Je parie que tu es toujours resté fidèle à tes principes.

C'était vrai. Et c'était pour cette raison qu'il avait arrêté. Il avait réussi à accepter de risquer sa vie et celle des autres, et même une ou deux fois de sacrifier des vies pour défendre la sécurité de son pays et de son peuple. Mais peu à peu les choses avaient changé. Les justifications de certaines de ses missions lui avaient paru spécieuses. Il avait regimbé. Une fois. Deux fois. Alors il avait préféré tout arrêter. Il s'ouvrit à Sage comme il ne l'avait jamais fait avec personne. Sans entrer dans les détails, bien sûr. Il resterait toujours lié par le secret d'Etat. Cependant il voulait qu'elle sache tout de lui, le bon et le moins bon. Lorsqu'il se tut, il se surprit à attendre sa réaction avec anxiété et celle-ci gonfla son cœur de joie.

— Mon chevalier blanc, tu es l'homme le plus droit que j'aie jamais rencontré, déclara-t-elle avant de l'embrasser.

Après un silence, elle demanda :

— Est-ce que ta famille est au courant pour nous ?

— Non, pas encore. Je vais leur dire. Bientôt. Mais tu m'as fait réfléchir aujourd'hui. Nous avons besoin de temps pour nous. En tête à tête.

— Oui. Merci de nous en avoir accordé.

— J'adore mes frères et mes sœurs, mais parfois ils sont un peu envahissants.

— Quand penses-tu leur dire ?

— Bientôt.

Caleb captura la bouche de Sage et ils ne songèrent plus à discuter.

Le lendemain matin, ils se réveillèrent avec la pluie. Et un problème.

— Il faut que nous passions chez moi, annonça Sage au petit déjeuner.

— Pourquoi ?

— Parce que tu ne m'avais pas dit qu'une robe et un jean ne me suffiraient pas.

— J'ai des projets pour aujourd'hui.

— Peut-être, mais il faut d'abord que je… qu'y a-t-il ?

Caleb se leva.

— Debout.

— Je ne t'ai pas dit que je n'aimais pas recevoir des ordres ?

Caleb embrassa Sage puis fit claquer sa langue.

— Je commence à apprécier le goût de la tisane.

— N'essaie pas de noyer le poisson. Je veux savoir ce qui se passe.

— Habille-toi et tu verras.

Ils s'habillèrent, descendirent au rez-de-chaussée, où le portier leur appela un taxi. Un moment plus tard, ce dernier s'arrêta devant Saks sur la Cinquième Avenue.

— Que faisons-nous ici ? protesta Sage, tandis que Caleb l'entraînait dans le magasin.

— Tu ne peux pas passer une semaine entière avec un jean et cette robe bleue. Bien sûr, tu pourrais la passer nue au lit avec moi, mais il faut libérer la chambre de temps en temps pour que la femme de chambre puisse faire le ménage.

Une cliente qui passait à côté d'eux pouffa.

— Parle moins fort ! souffla Sage. Et je t'ai justement dit que je devais passer chez moi pour prendre des affaires.

— Pour l'instant, suis-moi, il y a des gens qui t'attendent.

— Quels gens ?

Sage ouvrit de grands yeux et s'exclama :

— Si tu crois que je vais te laisser m'acheter...

Caleb la prit dans ses bras et l'embrassa.

— Caleb, enfin ! Pas ici, au milieu de...

— Si, ici, au milieu de la foule. Je t'embrasserai jusqu'à ce que tu finisses par reconnaître que oui, un homme peut acheter quelques cadeaux à sa femme.

— Tu es impossible !

Un très long moment plus tard, après avoir demandé que tous les sacs et les cartons de robes, de jeans, de pantalons, de jupes, de corsages, de lingerie, de chaussures, et divers autres accessoires soient envoyés à l'hôtel, Caleb entraîna Sage au premier étage du magasin.

— Choisis quelques sacs, dit-il.

Elle écarquilla les yeux devant les centaines de modèles exposés sur les étalages.

— Il y en a tellement...

Lorsqu'elle fut occupée à comparer plusieurs modèles de sacs bowling, Caleb prit discrètement la vendeuse à part.

— Occupez-la pendant un bon quart d'heure, s'il vous plaît, murmura-t-il.

Cartier n'était qu'à quelques minutes. Caleb courut sous la pluie, rejoignit le directeur dans le salon privé où il lui avait préparé une sélection de bagues. Son choix se porta très rapidement sur un superbe diamant entouré de saphirs sertis sur or blanc. Un bijou classique et raffiné, comme celle qui le porterait... Il mit l'écrin rouge dans sa poche et repartit en courant chez Saks, où Sage hésitait entre un sac bowling et deux autres modèles non identifiés, du moins pour lui.

— Où étais-tu passé ? murmura-t-elle. Je voulais avoir ton avis.

— Aux toilettes, répondit-il avant de dire à la vendeuse qu'ils prenaient les trois.

— Tu es vraiment impossible ! s'exclama Sage à mi-voix.

— Je suis…

Et soudain, il eut *la* révélation.

Non, il n'était pas impossible.

Il était tout simplement fou amoureux.

12

Caleb se servit un cognac, contempla le parc à travers la baie vitrée et s'exhorta au calme. Sage était dans la chambre. Il lui suffisait de se tourner légèrement pour la voir, entourée des cartons et des sacs contenant les affaires qu'il lui avait achetées. Elle était excitée et heureuse. Lui aussi, il était excité et heureux. Ce qui ne l'empêchait pas d'être rongé par l'angoisse. Il avait l'impression que le petit écrin rouge était brûlant comme la braise dans sa poche…

Demander à Sage de l'épouser avait été facile. Après tout, c'était un choix rationnel. Mais lui dire qu'il l'aimait… Cette perspective était terrifiante. Parce qu'il risquait son cœur. Pour la première fois de sa vie. Le verre trembla dans la main de Caleb. Incroyable. Tous les dangers qu'il avait affrontés lorsqu'il travaillait pour la CIA semblaient dérisoires à côté du risque qu'il courait aujourd'hui.

Et si elle ne l'aimait pas ? Si elle lui disait : « Oh ! c'est adorable, Caleb. Je t'apprécie beaucoup et j'aime bien coucher avec toi, mais… »

Comme si elle avait senti son regard sur elle, Sage se tourna soudain vers lui, les yeux brillants.

— Tu es complètement fou de m'avoir acheté tout ça !

Il posa son verre de cognac sur la table basse et ouvrit les bras. Elle vint s'y jeter en courant avec un petit rire joyeux. Ils s'embrassèrent, se couvrirent de caresses, se déshabillèrent, se laissèrent tomber sur le tapis moelleux et firent l'amour avec passion.

Lorsqu'ils retrouvèrent la raison, ils étaient en retard. Le concierge avait réussi à obtenir pour Caleb une réservation de dernière minute chez Daniel et des places d'orchestre pour une pièce encensée par la critique, qui venait de démarrer.

Le restaurant était parfait, comme d'habitude, mais ce n'était pas l'endroit idéal pour donner la bague à Sage et lui dire qu'il l'aimait, se dit Caleb. S'il faisait ça, ils n'iraient jamais au théâtre. Or il avait choisi cette pièce spécialement pour elle. Pendant la représentation, tandis qu'elle regardait les acteurs, il ne la quitta pas des yeux, fasciné par sa concentration.

— Hé, murmura-t-il à la fin du premier acte.

Elle lui adressa un petit sourire tendre et complice qui fit s'évanouir sa peur. Elle l'aimait. Aucun doute là-dessus. Il suffisait de se montrer encore patient pendant encore deux ou trois heures et ensuite il pourrait lui ouvrir son cœur…

Le moment de rentrer à l'hôtel arriva enfin. Caleb ouvrit la porte de la suite, souleva Sage de terre et referma la porte derrière lui. Assez attendu. Le moment était venu. Il embrassa Sage. La reposa doucement sur ses pieds. Et vit le voyant rouge qui clignotait sur le téléphone du salon. Non ! Pas question d'écouter le message ! Il n'attendrait pas une minute de plus pour…

— Il y a un message, dit Sage au même instant.

— Rien ne nous oblige à l'écouter maintenant.

Elle pouffa.

— Bien sûr. Mais tu n'as pas envie de savoir qui a appelé ?

— Non.

Il posa les mains au creux de ses reins. Elle noua les bras sur sa nuque.

— Les messages ne m'intéressent pas, ce soir. C'est pour ça que j'ai éteint mon portable il y a déjà plusieurs heures.

— Ah.

Il parsema son cou de baisers.

— Ah, quoi ?

— Si ton portable est éteint, peut-être que la personne qui essaie de te joindre a vraiment *besoin* de te joindre.

Il se redressa. Elle avait peut-être raison. Il n'avait plus consulté son portable depuis l'après-midi.

— D'accord, dit-il à contrecœur. Je vais consulter la messagerie.

— Cinq minutes, c'est tout ce que je t'accorde, dit-elle avec un sourire mutin.

Il l'embrassa.

— Deux minutes, c'est tout ce qu'il me faut.

— Je vais me déshabiller.

— Surtout pas.

Il eut un sourire malicieux.

— C'est mon job, tu te souviens ?

Les joues en feu, Sage pouffa, l'embrassa puis s'éloigna vers la chambre.

Il prit le téléphone.

Sage dénoua ses cheveux et les brossa. Ils étaient un peu humides. A la sortie du théâtre, Caleb avait voulu héler un taxi mais elle lui avait proposé de rentrer à pied. Elle aimait marcher dans la ville. Il avait accepté et cette longue promenade avait été très agréable. La pluie avait recommencé à tomber un peu avant qu'ils arrivent à l'hôtel. Et à présent, ses cheveux frisaient. Pis, ils étaient emmêlés et impossibles à coiffer. Devait-elle les sécher ? Ou bien les laisser comme ça ? Que préférerait Caleb ? Il allait bientôt la rejoindre… La prendre dans ses bras. L'embrasser. La déshabiller... La fin parfaite d'une soirée parfaite. En compagnie de Caleb. Son amant. L'homme qu'elle aimait... Un long frisson parcourut Sage. Elle avait senti son regard sur elle ce soir. Il y avait quelque chose de différent dans ses yeux. Dans ses baisers... Se pourrait-il que... ? Ce soir, par moments, elle avait eu l'impression que peut-être... Stop ! Caleb appréciait sa compagnie. Il aimait lui faire l'amour. Il l'avait demandée en mariage. C'était déjà inespéré. Et si un jour un miracle se produisait...

— Bon sang, non !

La voix de Caleb était nettement audible depuis le salon. Sage regarda la porte de la chambre, restée entrouverte.

— Caleb ?

Il ne répondit pas. Il parlait toujours au téléphone mais elle ne distinguait pas ses paroles. Elle se dirigea vers la porte et regarda dans le salon.

Caleb était debout devant la baie vitrée, le téléphone vissé à l'oreille. Il était contrarié. Epaules raides. Jambes écartées. Tête levée. Un petit sourire étira les lèvres de Sage. Son amant était l'homme le plus beau du monde. Si seulement sa mère était encore là pour le rencontrer... Elle verrait qu'elle s'était trompée. Tous les hommes n'étaient pas égoïstes. Tous les hommes n'étaient pas menteurs. Caleb n'était ni l'un ni l'autre. Il était bon, attentionné, généreux, honnête. Et elle l'aimait, elle l'aimait, elle l'aimait...

— Quoi ?

Sage plissa le front. Tout à l'heure il était contrarié, à présent il était furieux... Devait-elle le rejoindre pour lui manifester son soutien ?

— Jake n'aurait pas dû t'en parler. C'est mon problème, pas le sien.

Sage plissa de nouveau le front. Elle ferait peut-être mieux de fermer la porte pour que…

— Addison. Ecoute-moi.

Addison. Sa belle-sœur. Son associée.

— Non, je ne discuterai pas de ça maintenant. Parce que je ne suis pas seul, bon sang. C'est si difficile à comprendre ?

Caleb se détourna de la baie vitrée et Sage fit un bond en arrière. Dieu merci, il ne l'avait pas vue, apparemment.

— D'accord. J'ai compris. Si Jake t'en a parlé c'est uniquement parce que tu lui as demandé s'il savait où me joindre, mais…

Caleb s'interrompit, écouta sa belle-sœur, en marmonnant de temps en temps un juron étouffé.

— Bien. Alors maintenant, écoute-moi bien. Cette femme, Sage Dalton, et cette situation, ça ne regarde que moi. Je suis en train de m'en occuper. Tu n'as pas besoin d'en savoir plus.

Un grand froid envahit Sage.

— Oui, bien sûr. J'en suis conscient. Les implications légales… Bien sûr. Un test de paternité. Oui. Après la naissance de l'enfant. Ça élimine tout risque de réclamation ultérieure.

Sage vacilla sur ses jambes.

— Bon sang ! Non, je ne l'ai pas épousée ! Tu me crois vraiment stupide à ce point ?

Sage recula dans la chambre, les jambes tremblantes.

— Je comprends.

Le ton de Caleb se calmait.

— Oui, tu as raison. Je n'aurais pas dû te laisser dans l'ignorance. Tu peux t'en occuper ? Bien. Parfait. Rédige un document. Qu'il soit bien clair que l'enfant sera à moi.

Sage étouffa un cri étranglé. Elle parcourut fébrilement la chambre du regard. Elle avait laissé son sac quelque part… Ah, il était là. Une minuscule pochette de soie. En fait, il n'était même pas à elle. C'était Caleb qui le lui avait acheté… Il avait acheté tout ce qu'elle avait sur le dos. Elle avait envie de s'arracher ses vêtements et de les lancer dans un coin, mais elle n'avait pas de temps à perdre.

Caleb voulait lui prendre son bébé… Il ne s'imaginait tout de même pas qu'elle allait se laisser faire. C'était son bébé à elle. Et à personne d'autre. Caleb Wilde était visiblement persuadé d'avoir gagné la partie, mais la partie n'était pas encore terminée.

— Addison, il faut que j'y aille. Je t'appellerai demain, quand j'aurai…

— Tu peux poursuivre ta conversation, lança Sage en entrant dans le salon. Ne te dérange pas pour moi.

— Sage ? Mon cœur ?

— Adieu, Caleb.

— Sage ! Qu'est-ce qui te… ?

La porte de la suite se referma en claquant.

Caleb la fixa avec ahurissement. Que se passait-il ? Il lâcha le combiné, se précipita vers la porte, l'ouvrit… Trop tard. Le couloir semblait s'étendre à l'infini. Sage avait disparu.

13

Lorsqu'il arriva aux ascenseurs, Caleb en vit un monter et l'autre descendre. Il courut jusqu'à l'escalier de secours, descendit les marches quatre à quatre, déboucha en trombe dans le hall… Trop tard.

Il était vide, à l'exception des employés de la réception qui le regardèrent d'un air interloqué. Oui, bon. Il devait avoir les cheveux hérissés. Et le regard fou, comme si c'était la fin du monde.

Le portier le regarda arriver. C'était un nouveau, que Caleb n'avait jamais vu. Son sourire était courtois mais son regard méfiant.

— Monsieur ? Puis-je vous aider ?

— Avez-vous vu passer une femme ?

— Monsieur ?

— Une femme ! Ma…

Sa quoi ? Qu'était-elle ? Pas sa femme. Sa petit amie ? Sa fiancée ? Bon sang ! Aucun de ces termes ne convenait…

— Blonde. Grande. Elle est entrée avec moi, il y a un petit moment.

— Oh. Oui, monsieur. Elle est sortie. Je lui ai proposé de lui trouver un taxi mais…

Caleb regarda par la porte vitrée. C'était le déluge.

— Dans quelle direction est-elle partie ?

— Par ici. Vers le coin de…

Caleb partit en courant. La pluie tombait dru, le vent

s'était levé… et aucune trace de Sage. Le portier s'était peut-être trompé. Il courait peut-être dans la mauvaise direction. Sauf que c'était le chemin de la station de métro la plus proche… Oui, elle était là-bas… On ne distinguait pas grand-chose avec cette pluie, mais quelle autre femme marcherait d'un pas décidé dans la rue en robe et talons aiguilles en pleine nuit et par un temps pareil ? Elle pourrait au moins enlever ses chaussures. Si elle glissait sur le trottoir mouillé et tombait…

Caleb accéléra encore. A une centaine de mètres de Sage il eut un réflexe stupide. Il cria son nom. Elle jeta un coup d'œil en arrière et se mit à courir. Super. L'estomac de Caleb se noua. Sage arrivait au coin de la rue et elle continuait à avancer sans ralentir. Bientôt, elle descendrait du trottoir. Or un gros camion de livraison arrivait à toute allure. Faisant appel à toute son énergie, Caleb réussit à accélérer encore, atteignit Sage, referma les bras sur elle et la tira en arrière contre lui. Une seconde plus tard, au passage du camion, une gerbe d'eau s'abattit sur eux.

En jurant, Caleb fit pivoter Sage dans ses bras. A la vue de son visage trempé par la pluie et les larmes, il jura de nouveau et l'embrassa. Elle se débattit en le criblant de coups de poing et en l'injuriant. Il lui saisit les poignets, l'immobilisa et se mit à hurler :

— Qu'est-ce qui t'a pris ? Tu n'avais pas vu le feu rouge ? Tu n'avais pas vu le camion ? A deux secondes près, tu aurais pu…

La voix de Caleb s'éteignit.

— J'ai failli te perdre, murmura-t-il, les jambes tremblantes.

Sage claquait des dents. Il enleva sa veste et l'enveloppa dedans.

— Je ne veux rien de…

Caleb héla un taxi qui ne s'arrêta pas.

— Caleb. Tu m'entends ? Je ne veux pas que…

— Taxi !

Le deuxième taxi ne s'arrêta pas non plus. D'accord. Pas de taxis. Pas de téléphone. Il l'avait laissé dans la suite… mais… oui ! Une cafétéria à quelques mètres.

— Viens, dit-il en prenant Sage par les épaules.

Elle secoua la tête et résista.

— Sage, voyons.

— Non.

— Mon cœur, nous allons nous noyer ici.

— Je ne suis pas ton « cœur ». Et je n'irai nulle part avec toi.

— Bien sûr que si tu viens avec moi. Où veux-tu aller ?

— A Brooklyn. Je veux reprendre ma vie. Loin de toi et de tes mensonges.

Caleb referma les mains sur les épaules de Sage.

— Je ne t'ai jamais menti !

— Bien sûr que si !

— Quand ? Et que t'ai-je dit qui n'était pas vrai ?

— Tu m'as dit… que tu voulais que nous formions une famille. Toi. Moi. Notre bébé.

— C'était… *C'est* la stricte vérité !

— Tu m'as dit… que tu tenais à moi…

— Oui. Ça c'est un mensonge.

Sage détourna la tête, mais il lui prit le visage à deux mains et plongea son visage dans le sien.

— C'était le plus gros mensonge que j'aie jamais dit parce que je ne « tiens » pas à toi, mon cœur, je t'aime. Je t'adore. Et si tu devais me quitter… Si tu devais me quitter…

Sage regardait Caleb. Sa bouche tremblait, non, elle tremblait de la tête aux pieds, constata-t-il. Il passa un bras autour de ses épaules et l'entraîna vers la cafétéria.

— Je ne rentrerai pas là-dedans, dit-elle sans conviction.

Caleb ouvrit la porte. Tous les regards se tournèrent

vers eux. Ils devaient ressembler à deux noyés, comprit-il. Et ils ruisselaient sur le sol... Il s'éclaircit la voix.

— Bonsoir, dit-il d'un ton enjoué en souriant à la serveuse. Ça ne pose pas de problème si nous nous installons dans un box ?

Elle haussa les épaules.

— Non.

— Et... pouvons-nous avoir une pile de serviettes en papier pour nous essuyer ?

Nouveau haussement d'épaules. Caleb entraîna Sage vers un box. Ils s'assirent l'un en face de l'autre.

— Du café ? demanda la serveuse.

— S'il vous plaît. Enfin, un café et une tisane. Ma femme ne peut pas boire de café. Elle est enceinte.

Sage rougit.

— Je ne suis pas sa femme.

— Mais elle est enceinte, insista Caleb.

Mais pourquoi était-il aussi bavard ? se demanda-t-il. C'était comme si les mots s'échappaient de sa bouche... Comme si les mots... Bon sang ! Voilà pourquoi Sage était partie comme une furie !

— Tu as entendu ma conversation téléphonique.

— Quelle conversation ?

Oui, c'était ça. Elle prenait un air innocent, mais ça ne pouvait être que ça. Elle l'avait entendu parler avec Addison. Or certains de ses propos et le ton sur lequel il parlait avaient pu prêter à confusion...

— Sage...

— Les serviettes en papier, dit la serveuse.

— Merci.

— Et votre café. Et la tisane...

— Merci.

Après le départ de la serveuse, Caleb se pencha vers Sage.

— Tu sais, ma conversation téléphonique avec Addison.

— Ta belle-sœur. Ton associée.

La voix de Sage tremblait légèrement.

— La femme qui rédige les papiers que tu espères me faire signer pour récupérer la garde de mon bébé.

— Notre bébé. Et non, je ne veux pas la garde.

Caleb prit une profonde inspiration avant d'ajouter :

— Je t'aime. Tu m'entends ? Je t'aime.

— C'est faux. Et tu m'avais dit que tu me croyais quand je disais que le bébé était de toi. Eh bien, c'est encore un mensonge.

Caleb saisit les mains de Sage et les maintint fermement dans les siennes.

— Tu m'as entendu dire à Addison que nous ferions un test de paternité après la naissance du bébé.

Sage hocha la tête. Si elle parlait, elle risquait d'éclater en sanglots... Parce que malgré tous ses mensonges, elle aimait encore Caleb. N'était-ce pas pathétique ?

— Sage, ce test nous permettra de nous débarrasser du père de David une fois pour toutes.

— Non. Il ne peut pas continuer à penser...

— C'est en partie ma faute. J'ai été tellement pris par ce qui se passait entre nous que j'ai oublié de le rappeler. Il a pris contact avec Addison et il a exigé un test.

— Oh ! Caleb...

— Je sais. J'ai commis une énorme erreur.

Sage fut envahie par un intense soulagement. Cependant Caleb avait un dernier point à éclaircir...

— Je... Je t'ai entendu lui dire que non, tu ne m'avais pas épousée, que tu n'étais pas stupide à ce point.

— En effet. Parce que Addison se demandait si nous ne nous étions pas mariés en douce. Et je dois reconnaître que l'idée m'a effleuré. Je veux dire, il n'y a pas un seul homme qui ait envie de mettre un costume de pingouin...

Caleb secoua la tête.

— Mais je ne suis pas complètement idiot. Mes

sœurs, et Addison aussi sans doute, m'écorcheraient vif si je les privais de tout le décorum. La musique. Les fleurs. Toi en longue robe blanche, moi en pingouin... Mon cœur, je sais que j'ai commis beaucoup d'erreurs, la plus impardonnable étant de ne pas t'avoir dit plus tôt que je t'aimais. Mais je voulais absolument trouver le moment et le lieu idéal.

— Comme ici, ce soir.

Sage sourit et Caleb sentit son cœur se gonfler de joie.

— Sage, dis-moi que tu m'aimes aussi. Que ce que j'ai vu dans tes yeux et senti dans tes baisers n'était pas le fruit de mon imagination.

— Je t'aime.

Il déglutit péniblement.

— Tu m'aimes ?

— Bien sûr.

Elle sourit à travers ses larmes.

— Je t'aimerai toujours, mon chevalier blanc.

Caleb se leva et s'agenouilla devant elle, sur le sol mouillé.

— Sage.

A la vue du petit écrin rouge dans sa main, elle sentit son cœur s'affoler dans sa poitrine.

— Mon cœur.

Caleb ouvrit l'écrin.

— Mon cœur, veux-tu m'épouser ? Pour la seule raison qui vaille. Par amour.

Sage se mit à rire. A pleurer. Elle lui prit le visage à deux mains et déposa un baiser sur ses lèvres.

— Sa réponse est « oui », commenta la serveuse.

Quelques instants plus tard, le premier taxi qu'ils hélèrent s'arrêta. Une fois dans la suite, Caleb embrassa Sage puis déclara :

— Une dernière chose.

Il lui prit la main et pressa une touche de son portable.

— Addison ? C'est Caleb. J'ai besoin que tu me rendes un service. Appelle Jake. Il est à côté de toi ? Travis aussi ? Parfait. Mets le haut-parleur, s'il te plaît. J'ai une nouvelle à vous annoncer. Et si ensuite l'un de vous pouvait appeler Em, Jaimie et Lissa…

Caleb s'interrompit, écouta, puis secoua la tête d'un air incrédule.

— C'est parfait, dit-il à Sage. Mes sœurs et même le général sont là pour le week-end.

— Caleb, murmura-t-elle. Que fais-tu ?

Il l'embrassa, puis il lança :

— Vous m'écoutez tous ? Je rentre à la maison. Avec la femme que j'aime. Et vous savez quoi ? Nous sommes enceintes.

A l'autre bout de la ligne, il y eut un bref silence surpris, puis des hourras et des applaudissements.

SANDRA MARTON

Le défi de Travis Wilde

Traduction française de
ÉLISABETH MARZIN

HARLEQUIN

Titre original :
THE MERCILESS TRAVIS WILDE

Ce roman a déjà été publié en 2013.

1

Aussi loin que remontaient les souvenirs de Travis Wilde, ses frères et lui se retrouvaient tous les vendredis soir.

Ils avaient commencé à se réserver cette soirée dès le lycée. La décision n'avait jamais été prise officiellement. C'était juste devenu une habitude, qui au fil des ans s'était muée en tradition. Les frères Wilde passaient la soirée du vendredi ensemble, quoi qu'il arrive.

Toujours. Bon d'accord, peut-être pas toujours.

Parfois, l'un d'eux était en voyage d'affaires. Caleb sur la côte Eseffmubsyt ou Ouest, pour conseiller un client de son cabinet d'avocats. Jacob en Amérique du Sud ou en Espagne, pour acheter des chevaux destinés à son ranch ou au ranch familial, *El Sueño*. Et lui-même n'importe où dans le monde pour rencontrer des investisseurs.

A une certaine époque, il pouvait également arriver que l'un ou l'autre des frères Wilde soit en train d'essayer de survivre au fond de l'enfer, parce que quelque part sur la planète une guerre nécessitait la présence du meilleur pilote d'hélicoptère de combat, agent secret ou pilote de chasse des Etats-Unis.

Il était même arrivé que ce soit une femme qui les empêche de se réunir. Mais pas souvent. Travis porta sa bouteille de bière à ses lèvres. Les femmes étaient des créatures charmantes et mystérieuses, mais les frères...

eh bien, c'étaient des frères. Avec qui on partageait le même sang et les mêmes souvenirs.

Ce qui n'était pas rien. Par conséquent, sauf imprévu genre fin du monde et apparition des Quatre Cavaliers de l'Apocalypse, si on était vendredi soir et si les frères Wilde se trouvaient à une distance raisonnable les uns des autres, ils trouvaient un bar où les bières étaient fraîches, les steaks saignants et la musique un mélange entraînant de Willie Nelson et de Bruce Springsteen.

Celui où il se trouvait en ce moment ne correspondait pas tout à fait à cette description...

Ce n'était pas là que les frères Wilde avaient prévu de se retrouver ce soir mais il s'était avéré qu'il était le seul des trois disponible. En principe, ils auraient dû aller dans un bar qu'ils appréciaient, à quelques rues de son bureau. Un endroit calme, avec des box spacieux, de la bonne musique, une demi-douzaine de variétés de bière brassée localement, à la pression ou en bouteille, et des steaks gigantesques grillés au barbecue.

Ce projet était tombé à l'eau et il s'était retrouvé ici par hasard. Après avoir appris qu'il serait seul, il avait roulé sans but pendant un moment puis, lorsqu'il avait fini par avoir faim et soif il s'était arrêté dans le premier bar qu'il avait vu. Ici, pas de box spacieux. Pas de Willie ni de Bruce. Pas de bière brassée localement. Pas de barbecue.

Quelques tables et chaises en piteux état. Le genre de musique à vous ramollir le cerveau, à plein volume bien sûr. Seulement deux marques de bière. Des hamburgers dégoulinant de graisse. La chose la plus appréciable c'était le bar lui-même, long, en zinc, qui évoquait soit des jours meilleurs soit des rêves oubliés.

Travis avait su ce qu'il trouverait dans ce bar dès qu'il avait vu sur le parking les pick-up cabossés aux pare-chocs rouillés et la demi-douzaine de Harley regroupées comme une meute de coyotes.

Il avait tout de suite su également ce qu'il n'y trouverait pas. Des visages sympathiques. Des filles qui auraient l'air de sortir d'un catalogue de mode. Une cible de jeu de fléchettes sur un mur et des photos de sportifs locaux sur un autre. De la bière St Ambrose et des steaks saignants.

Pas l'endroit idéal pour un étranger seul mais si on savait rester discret, ce que des années passées dans des contrées pas toujours accueillantes lui avaient appris à faire, on pouvait au moins y grignoter quelque chose avant de rentrer chez soi, avait-il pensé.

Quand il avait franchi l'entrée, quelques regards s'étaient tournés vers lui. Logique. Tout le monde ici devait se connaître au moins de vue. Physiquement, il ne faisait pas tache. Il était grand, un mètre quatre-vingt-dix, mince et musclé. Résultat d'une enfance passée à monter et à dresser des chevaux à *El Sueño*, le ranch familial de deux cent mille hectares situé à quelques heures de Dallas. La pratique du football pendant toute sa scolarité, y compris à l'université, avait affûté son corps d'athlète et l'instruction militaire avait fait le reste. A trente-quatre ans, il faisait de l'exercice chaque matin dans la salle de sport de son appartement de Turtle Creek, il continuait à monter pratiquement tous les week-ends, et il disputait des matches de foot improvisés avec ses frères... Non, rectification. Il avait longtemps joué au foot avec Caleb et Jake, mais aujourd'hui ces derniers n'avaient plus vraiment le temps.

Ce qui était l'une des raisons pour lesquelles il se trouvait dans ce bar ce soir. Ses frères n'avaient plus le temps de faire grand-chose. Mais il n'était pas en train de s'apitoyer sur lui-même. Il était adulte, après tout. Non, il regrettait juste la fin d'une époque. Travis porta la bouteille de Bud à ses lèvres, but une longue gorgée et regarda son reflet dans le miroir piqué accroché derrière le bar.

Célibat. Liberté. Pas de responsabilités, à part envers soi-même. Ses frères avaient abandonné cette vie pour expérimenter celle d'homme marié. Il leur souhaitait de tout cœur d'être heureux, mais même s'il ne le leur dirait jamais il doutait que ça se termine bien.

L'amour était un sentiment éphémère. Présent aujourd'hui, disparu demain. De belles paroles, au mieux. Comment ses frères avaient-ils pu passer à côté de cette évidence ? Ça le dépassait. A lui, elle ne lui avait pas échappé. Ce qui le ramenait à l'ancien rituel du vendredi soir avec steaks, bière… Et aux seuls liens sur lesquels on pouvait compter. Les liens fraternels.

Le genre de relations dont il avait fait l'expérience en grandissant avec Jake et Caleb, puis à l'université dans l'équipe de football, et enfin dans l'armée de l'air, d'abord pendant la période d'instruction, puis au sein du cercle restreint des pilotes d'avions de chasse.

Le terme tendance dans les médias pour évoquer ce genre de liens était « fraternité », mais on n'avait pas besoin de grands mots pour décrire la relation de confiance qu'on pouvait nouer avec un frère, qu'il soit de sang ou de hasard.

C'étaient ces liens qu'entretenait le rituel du vendredi soir. Se retrouver, parler de tout et de rien — du nouveau joueur recruté par les Cowboys, l'équipe de football de Dallas, de l'histoire tourmentée des Texas Rangers, du poker, un jeu qu'ils aimaient tous et auquel il excellait, de la Thunderbird vintage de Jake, de sa propre Chevrolet Corvette Stingray de 74, ou de la Lamborghini rutilante de Caleb.

Et des femmes, bien sûr.

Sauf que, depuis quelque temps, les frères Wilde ne

parlaient plus des femmes. Ou en tout cas, plus comme avant. Avec un soupir, Travis but une autre gorgée de bière. Caleb et Jake, mariés. Il n'arrivait toujours pas à y croire et pourtant c'était bien vrai. Comme tout ce que ça impliquait.

Pas plus tard qu'hier, il avait rappelé à ses frères — quand, dans le passé, avaient-ils eu besoin qu'on leur rafraîchisse la mémoire ? — que vendredi arrivait et qu'ils avaient prévu de se retrouver à 19 heures au bar situé à côté de son bureau.

« C'est d'accord », avait dit Caleb.

« A demain », avait dit Jake.

Résultat, il venait d'atterrir ici. Le Ranger Solitaire. Le pire, c'était qu'il n'était même pas surpris. Aucun problème avec ses belles-sœurs. Il adorait Addison et Sage. Il les aimait autant qu'il aimait ses trois demi-sœurs. Mais pourquoi le nier ? Le mariage — l'engagement —, ça changeait tout.

Caleb l'avait appelé dans l'après-midi.

— Je ne peux pas venir ce soir, Trav. Nous avons un cours d'accouchement sans douleur.

Un cours d'accouchement sans douleur. Son frère, l'avocat d'affaires redoutable ? L'ex-agent secret ?

— Travis ? avait dit Caleb. Tu es là ?

— Je suis là. Un cours d'accouchement sans douleur. D'accord. Amuse-toi bien.

— On n'y va pas pour s'amuser, vieux.

— Bien sûr.

— Tu verras, un jour.

— Ne parle pas de malheur.

Caleb avait pouffé.

— Tu te souviens de cette gouvernante que nous avons eue juste après la mort de maman ? Celle qui disait tout le temps : « D'abord vient l'amour, ensuite le mariage... » ?

Au souvenir de cette conversation, Travis frissonna. En quoi cela pourrait-il le concerner ? De toute façon, « amour » n'était qu'une manière élégante de dire « sexe ». Et pourquoi faire de la fausse modestie ? Il avait la vie sexuelle la plus riche qu'un homme pouvait espérer, sans aucune des complications d'usage.

Pas de « je t'aime et je t'attendrai », qui signifiait en réalité, comme il en avait fait l'expérience, « j'attendrai quelques mois avant de coucher avec un autre ». Ça, il avait déjà donné. La première fois qu'il était parti en mission à l'étranger. Mais, à vrai dire, une fois la colère passée il n'avait pas été plus perturbé que ça. Il était jeune. L'amour n'était qu'une illusion.

Il aurait dû s'en douter après avoir vu sa mère tomber malade puis mourir, sans que son père trouve le temps de rentrer chez lui auprès d'elle et de ses fils, parce qu'il était trop occupé à sauver le monde.

Mais, bon sang, qu'est-ce qu'il avait ce soir ? Travis leva les yeux et fit signe au barman qu'il souhaitait une autre bière.

Jake l'avait appelé presque tout de suite après Caleb. A la façon dont il avait dit « Salut », il avait deviné ce qui allait suivre. Jake s'était éclairci la voix.

— A propos de ce soir…

— Tu ne peux pas venir.

— Si. Enfin, non. Je ne peux pas.

— Parce que ?

— Eh bien, il se trouve qu'Addison a pris rendez-vous pour nous avec… ce gars.

— Quel gars ?

— C'est au sujet des travaux, tu sais. Le réaménagement de la maison.

— Je croyais que c'était ton rayon. L'agrandissement, les salles de bains supplémentaires, la nouvelle cuisine…

— Oui, mais lui il s'occupe de… du reste.

— C'est-à-dire ?

— Tu veux vraiment tous les détails ? Le papier peint, par exemple. Il doit venir avec des échantillons et Adorée m'a prévenu il y a plusieurs jours mais j'avais oublié et il est trop tard pour…

— D'accord. Pas de problème.

Pour que Jake utilise le petit nom de sa femme — soi-disant ignoré de tous —, il fallait qu'il soit très embarrassé. Inutile d'en rajouter…

— La semaine prochaine, avait dit Jake. D'accord ?

D'accord… Travis réprima une moue de dérision. La semaine prochaine, Caleb aurait un cours sur les meilleures manières de faire faire son rot à un bébé et Jake un rendez-vous pour choisir des échantillons de tissu. Les joies de la vie de famille.

Très peu pour lui. Ni aujourd'hui ni jamais. Sa vie telle qu'elle était lui convenait parfaitement, merci beaucoup. Le monde était vaste et il en connaissait une grande partie mais il avait encore des endroits à découvrir, des expériences à tenter… Des expériences qui pourraient peut-être lui faire oublier le goût du sang et de la mort. On parlait de se rincer le palais entre deux vins lors d'une dégustation, mais personne ne parlait de se rincer l'âme après une mission de pilote de chasse…

Décidément, qu'est-ce qu'il avait, ce soir ? Quoi de plus ridicule que de faire de la philosophie de comptoir dans un bar miteux ? Travis finit sa bière. Sans qu'il le lui demande, le barman ouvrit une autre bouteille et la posa devant lui.

— Merci.

— C'est la première fois que je vous vois ici.

Travis haussa les épaules.

— Il faut un début à tout.

— Vous voulez quelque chose à manger avant que la cuisine ferme ?

— Un steak.

— C'est votre argent, mais je vous conseille plutôt le hamburger.

— D'accord. Un hamburger. A point.

— Des frites, ça vous va ?

— Ça me va.

— Je vous sers ça tout de suite.

Travis but une gorgée de bière. Quelques semaines plus tôt, ses frères lui avaient posé à peu près la même question. Que lui arrivait-il ? Avait-il des problèmes ?

— C'est vous qui avez des problèmes, avait-il répondu avec un bref sourire. Mariés. Une vie rangée.

— Une vie rangée, c'est parfois ce dont on a besoin, avait répondu Jake.

— Oui, avait renchéri Caleb. Tu sais, le moment est peut-être venu de reconsidérer ton style de vie.

Reconsidérer son style de vie ? Pour rien au monde. Il aimait sa vie telle qu'elle était ! Beaucoup de travail. Beaucoup de plaisir. Il n'y avait rien à redire à cela. C'était son truc depuis toujours.

Et ses frères étaient comme lui. Même si la guerre les avait changés. Jacob luttait toujours contre les souvenirs de son accident. Quant à Caleb, il gardait au fond de lui une méfiance dont il ne se débarrasserait sans doute jamais.

Lui, il s'en était mieux sorti. Bien sûr, il lui arrivait parfois de se réveiller en sursaut, le cœur battant, assailli par des souvenirs que n'importe quel homme voudrait effacer de sa mémoire. Mais il suffisait d'une transaction financière risquée rapportant des millions ou d'une nuit torride avec une belle femme n'ayant pas plus envie de s'engager que lui pour le remettre d'aplomb.

C'était peut-être ça le problème… Il n'y avait pas eu de femme dans son lit depuis un moment. Et pourquoi donc, d'ailleurs ? La chasteté n'était pas plus son truc que le mariage. Pourtant, il y avait des jours, non, des semaines qu'il n'avait pas couché avec une femme...

— Un hamburger à point avec des frites, annonça le barman en faisant glisser une énorme assiette sur le bar.

Travis regarda la viande. Elle était de la taille d'un frisbee et carbonisée. Une chance qu'il n'ait pas vraiment faim... Il prit une frite et mordit dedans. L'endroit se remplissait. Presque tous les tabourets du bar étaient pris. Pareil pour les tables. La clientèle, si on pouvait utiliser ce terme, était essentiellement constituée d'hommes. Grands. Forts. L'air peu engageant. Barbus. Pleins de tatouages. Certains le dévisageaient. Il soutenait leurs regards. Il avait fréquenté suffisamment d'endroits de ce genre en Europe de l'Est et en Asie pour savoir qu'il ne fallait jamais baisser les yeux. Ça marchait, en particulier parce qu'il ne ressemblait pas à un cow-boy du week-end.

En dehors de sa taille et de sa carrure, qu'il devait à ses ancêtres vikings, romains, comanches et kiowas, il avait pour lui d'avoir troqué son costume Brioni sur mesure de conseiller financier pour un T-shirt gris passablement usé, un jean râpé et des bottes Roper qu'il portait depuis des années.

Sa tenue et son corps athlétique lui donnaient l'air de ce qu'il était. Un type qui ne cherchait pas les ennuis mais qui ne prendrait pas la fuite s'ils se présentaient. « Un mauvais garçon superbe et sexy », selon les termes d'une de ses maîtresses. Compliment qui l'avait terriblement embarrassé. Du moins c'était ce qu'il avait prétendu. Comment échapper à son ADN ?

Le sang de plusieurs générations de guerriers coulait dans ses veines comme dans celles de ses frères. Leur père, le général, leur avait inculqué certaines valeurs, parmi lesquelles le courage. Combien de fois leur avait-il conseillé d'adopter, dans les situations épineuses, une attitude signifiant « si tu es malin, ne me cherche pas des poux » ? C'était un message que la plupart des hommes comprenaient, même s'il y avait presque toujours un imbécile qui pensait ne pas être concerné.

— Salut, mon chou.

La dernière fois qu'il avait regardé, le tabouret à sa gauche était libre. Plus maintenant. Une blonde était perchée dessus avec les yeux brillants de quelqu'un qui s'apprête à ouvrir un paquet-cadeau inespéré. Oh-oh… Elle était sûrement un cadeau elle aussi. Pour quelqu'un. Mais pas pour lui. Pour le dire poliment, elle n'était pas son genre. Une épaisse crinière qui donnait l'impression d'avoir été disciplinée à grands renforts de laque. Une couche de maquillage qu'elle était sûrement obligée d'enlever à la truelle. Un T-shirt moulant et un jean trop serré, d'où un bourrelet sur lequel reposaient des seins énormes.

Tout ça n'était déjà pas réjouissant… Mais le pire c'étaient les usages en vigueur dans ce genre d'endroit. Quand une dame vous abordait, vous étiez censé être flatté. Sinon vous risquiez de l'offenser… Non seulement elle mais aussi tous les habitués. Or les regards de tous les barbus tatoués étaient braqués sur lui.

— Salut, répondit Travis.

Puis il reporta son attention sur son assiette.

— Vous êtes nouveau ici.

Il mordit dans son hamburger et se mit à mâcher avec application.

— Je m'appelle Bev.

Il hocha la tête et continua de mâcher. Elle se pencha vers lui et un de ses seins imposants s'écrasa contre son bras.

— Tu as un nom, cow-boy ?

Situation épineuse… Quoi qu'il fasse — à part répondre favorablement à l'invitation limpide de Bev — il allait s'attirer des ennuis. Elle allait se sentir insultée, ses copains allaient se sentir obligés de voler à son secours...

Il y avait peut-être une solution. Travis prit une serviette en papier dans un support en métal, s'essuya les lèvres, se tourna vers sa voisine et dit d'un ton courtois :

— Désolé, Bev, mais je ne suis pas intéressé.

Elle devint toute rouge.

Visiblement, il s'y prenait très mal...

— Je veux dire, vous êtes... séduisante mais je... j'ai rendez-vous avec quelqu'un.

— Vraiment ? rétorqua-t-elle sèchement. Vous voulez me faire croire que vous attendez votre petite amie ?

— Oui. Elle devrait arriver dans...

— Et vous ne l'attendez pas pour manger ?

Le type qui se trouvait de l'autre côté de Bev se pencha vers eux. Il était de la taille d'une montagne, et à en juger par le regard de ses yeux minuscules il rêvait de se battre.

Lentement, Travis reposa le hamburger et la serviette. La Montagne pesait facilement vingt kilos de plus que lui et la main refermée sur sa bouteille était aussi grosse qu'un jambon. Pas de problème. Il avait déjà affronté des hommes plus costauds et il s'en était bien sorti. Ça ajoutait même au plaisir de la bagarre. « Oui, mais La Montagne a des tas de copains dans ce bar. Et toi, tu es tout seul. » La voix de la raison. Contrairement à ce que disaient parfois ses frères, il lui arrivait non seulement d'entendre cette voix, mais aussi de l'écouter.

Cependant, Bev déblatérait sur les sales menteurs et sa diatribe avait attiré l'attention de plusieurs copains de La Montagne. Chacun d'eux était visiblement très désireux de jouer les chevaliers blancs, ce qui consistait sans aucun doute à se jeter sur l'étranger — lui-même — pour le démolir.

Recevoir des coups n'avait rien de grave. Ça lui était

déjà arrivé. Sauf qu'il y avait un problème. Il avait rendez-vous à Francfort lundi matin, pour négocier un contrat très important sur lequel il travaillait depuis des mois. Et il doutait que les membres du conseil d'administration de la société trois fois centenaire et ultraconservatrice Bernhardt, Bernhardt & Stutz apprécient de voir arriver un expert financier avec un œil au beurre noir, les lèvres tuméfiées et, pourquoi pas, une ou deux dents en moins…

— La dame te parle.

La Montagne s'était penché vers lui et il avait une haleine de chacal.

— C'est quoi le problème ? poursuivit-il. Tu es dur d'oreille, mon mignon ?

Travis sentit la première poussée d'adrénaline.

— Je ne m'appelle pas « mon mignon », répliqua-t-il posément.

— Il ne s'appelle pas « mon mignon », répéta La Montagne.

Un sourire ravi aux lèvres, Bev se laissa glisser de son tabouret. Peut-être s'était-il mépris sur ses intentions. Peut-être son rôle était-il uniquement de déclencher une bagarre. Dans un cas comme dans l'autre, sa marge de manœuvre rétrécissait à vue d'œil… La Montagne se leva.

— Vous commettez une erreur, déclara Travis.

Grognement dédaigneux de La Montagne.

Travis hocha la tête, but une gorgée de bière, dit mentalement adieu au contrat de Francfort et se leva.

— Dehors sur le parking ? Ou bien ici ?

— Ici, grogna une voix.

Trois hommes avaient rejoint La Montagne. Travis sourit. Il risquait de sortir très amoché de ce bar, mais au moins il se serait amusé un peu. Ce qui ne serait pas du luxe étant donné son état d'esprit plus que bizarre depuis le début de la soirée.

— D'accord. Ça me convient très bien.

Deuxième poussée d'adrénaline. Plus forte que la première. Il ne s'était pas battu dans un bouge depuis très longtemps. Depuis Manille. Ou Kandahar, peut-être. Oui, Kandahar, sa dernière mission. La mort tout autour de lui…

Décidément, réduire La Montagne en chair à pâté était une perspective de plus en plus réjouissante. Tant pis pour le contrat à Francfort. De toute façon, à part un miracle, rien ne pouvait plus le sauver…

La porte s'ouvrit à la volée.

Une bouffée d'air chaud s'engouffra dans le bar. Suivie par une grande blonde sexy, qui semblait sortir tout droit d'un catalogue de mode, elle.

Silence complet.

Tous les regards étaient fixés sur l'arrivante. Elle s'immobilisa. Et pâlit.

— Regardez ça, commenta une voix grasse.

Oui, ça valait le coup d'œil ! songea Travis. Puis il recouvra la raison. Il était sauvé.

Avant que quiconque ait le temps de réagir, il se dirigea vers la blonde avec l'assurance du joueur de poker qui a un carré d'as dans les mains.

— Pourquoi ce retard, ma chérie ?

Elle écarquilla les yeux.

— Pardon ?

— Te pardonner, je veux bien. Mais seulement si tu le demandes gentiment.

Sans lui laisser le temps de prononcer un mot de plus, il la prit dans ses bras et l'embrassa sur la bouche.

2

Une heure avant de faire son entrée dans la vie de Travis Wilde, Jennie Cooper était assise dans sa vieille Civic et elle se sermonnait. Il était presque 21 heures et elle n'avait toujours pas exécuté la première étape de son plan ! Etait-il vraiment si difficile de trouver un bar dans une ville comme Dallas ?

Oui. Très difficile. Du moins quand on cherchait un genre de bar bien précis. Dallas était une ville très étendue et elle avait parcouru tellement de quartiers qu'elle serait incapable de dire combien. Elle avait commencé par Richardson, ce qui était stupide parce qu'il était beaucoup trop proche du campus de l'université.

Après plusieurs autres tentatives, elle avait pris le chemin du quartier de Arts District, avant tout parce qu'elle le connaissait. Si visiter quelques galeries par un dimanche pluvieux suffisait pour connaître un quartier. Il n'y avait que huit mois qu'elle était à Dallas et elle ne connaissait pas encore parfaitement la ville. Dès qu'elle était arrivée à Arts District, elle avait compris que c'était de nouveau un mauvais choix. Elle ne se sentirait pas à l'aise dans ce quartier branché. Il était vrai qu'elle ne se sentirait à l'aise nulle part ce soir… Mais, en plus, c'était visiblement un quartier lui aussi très fréquenté par les étudiants.

Or il serait désastreux qu'elle rencontre quelqu'un de sa connaissance.

Jennie se gara le long du trottoir, mit sa Civic poussive au point mort et elle s'exhorta à réfléchir vite, avant que son plan tombe à l'eau. Quels étaient les autres quartiers de Dallas ? Turtle Creek. Elle ne connaissait ce dernier que de réputation. La population y était constituée en majorité de membres de professions libérales. Jeunes, riches, avec de brillantes carrières. Un petit rire de dérision faillit lui échapper. Elle pouvait au moins se vanter d'être jeune. Mais riche ? Pas avec le traitement d'une chargée de travaux dirigés. Quant à sa carrière, elle ne serait sûrement pas considérée comme brillante par les avocats, médecins, gourous de la finance ou grands patrons qui vivaient à Turtle Creek.

Quel genre de conversation pourrait-elle avoir avec un homme appartenant à une de ces catégories ? A supposer qu'il s'intéresse à elle. Et qu'ils discutent... Parce que ce n'était pas du tout l'objectif de cette soirée. A cette pensée, Jennie fut assaillie par une bouffée de panique. Elle prit une profonde inspiration et s'efforça de se ressaisir. Non, elle n'avait pas peur. Elle éprouvait juste un peu d'appréhension. Et quoi de plus normal ? Après tout, c'était la première fois — et la dernière — qu'elle cherchait un bar où les célibataires se rencontraient le vendredi soir.

« Où les célibataires se draguent le vendredi soir, ma petite Genevieve », objecta son alter ego.

— Où ils se rencontrent, marmonna-t-elle. Et je ne m'appelle pas...

Sauf que si. Ce soir elle s'appelait Genevieve. C'était ce qu'elle avait décidé en élaborant son plan.

« Bien. Je vois que la mémoire te revient. Tu es Genevieve. Et tu essaies d'enjoliver la situation. Ce soir, il ne s'agit pas de faire des rencontres, il s'agit de... »

Jennifer cessa d'écouter son alter ego. Malgré tout, il y avait du vrai dans ce qu'il lui soufflait, reconnut-elle.

A quoi bon tenter d'enjoliver la situation ? Son plan était très simple. Trouver un bar. Y entrer. Commander un verre. Trouver un homme qui lui plairait, flirter avec lui…

« Oublie les euphémismes. »

D'accord, ce qu'elle cherchait c'était un homme à ramener chez elle. A cette pensée, elle se mit à claquer des dents.

— Allons ressaisis-toi, dit-elle à haute voix.

Pas question de flancher. Elle avait vingt-quatre ans depuis dimanche et elle n'avait jamais couché avec un homme. C'était ridicule. Inadmissible. Et ça ne pouvait plus durer.

D'autant plus que la vieille chanson des Stones, *Time Is On My Side,* mentait. Le temps n'était pas de son côté. Bien au contraire. Il fallait donc remédier à cette aberration. Dès ce soir.

— Joyeux anniversaire, murmura-t-elle.

Ses dents se remirent à jouer des castagnettes. Stop ! Ce plan, elle l'avait élaboré pendant des semaines. Il était parfait et le moment était venu de l'exécuter. C'était ainsi qu'il fallait procéder. Sans complications. Ni sentiments. Elle n'avait pas de temps pour ça. Tout ce qu'elle voulait, c'était expérimenter quelque chose qu'elle ne connaissait que par les livres. Faire une enquête sur le terrain comme pour un travail de recherche, en quelque sorte.

Après tout, ce n'était pas différent de ce qu'elle avait fait avant de rédiger son mémoire de troisième année. Elle était allée à New York en voiture depuis le New Hampshire, afin de voir de ses propres yeux le quartier où, au XIXe siècle, bien avant que les travailleurs sociaux existent, Stanton Coit avait fondé un centre social destiné aux immigrants. C'était dans le même esprit qu'elle avait prévu de se rendre à Chicago pour visiter le musée Hull

House, du nom du second centre social américain, créé quelques années plus tard par Jane Addams…

La gorge de Jennie se noua. Ses années d'études n'auraient bientôt plus de sens.

Mais, pour l'instant, il fallait se concentrer sur le présent et garder son objectif à l'esprit. Elle jeta un coup d'œil dans le rétroviseur, mit son clignotant et déboîta. Elle roula vers le sud. Les rues devinrent plus étroites. Plus sombres. Les immeubles plus petits. Le point positif, c'était qu'il y avait beaucoup de bars.

Des tas de bars. Elle passa devant trois d'entre eux sans s'arrêter. Devant le premier, il n'y avait pas assez de véhicules garés. Devant le deuxième, il y en avait trop. Ceux qui étaient garés devant le troisième ne l'inspiraient pas. D'accord. Le quatrième serait le bon. Le Bon. Elle se garerait, se recoifferait, jetterait un coup d'œil sur son maquillage… C'était la première fois qu'elle se maquillait à ce point. A tous les coups ça avait coulé et elle en avait partout…

BAR.

Le cœur de Jennie se mit à cogner à grands coups.

Le voilà. Juste devant elle. Un bar appelé, de manière appropriée, BAR. Mais non, ce n'était sûrement pas son nom… Juste une indication, comme « Motel » sur l'enseigne d'un motel ou bien…

« Pour l'amour du ciel, Genevieve, c'est un bar ! »

Elle ralentit et tourna dans le parking. Il ne restait qu'une seule place libre, entre un énorme SUV noir rutilant et un pick-up rouge cabossé. Elle se gara, ouvrit sa portière, regarda les marques blanches estompées sur le sol. Sa voiture était mal centrée… Elle referma la portière, recula, tourna le volant, avança, vérifia de nouveau, recula encore une fois, tourna le volant, avança, vérifia. Cette fois, elle était bien garée… Elle éteignit le moteur. Après un dernier ronronnement, celui-ci devint silencieux.

Trop silencieux. Les battements de son cœur devenaient assourdissants...

« Ça suffit ! »

Elle ouvrit sa pochette Dior achetée dans un dépôt-vente, fouilla dedans, sortit son poudrier et l'ouvrit. Dans l'après-midi elle avait passé vingt minutes à errer nerveusement parmi les innombrables stands du rayon Parfumerie de Neiman Marcus, avant de finir par choisir celui dont la vendeuse semblait d'un abord un peu moins difficile que les autres.

— En quoi puis-je vous aider, mademoiselle ? Fond de teint ? Blush ? Sourcils ? Yeux ? Lèvres ? Cheveux ? Peau ?

Traduction : « Il y a du boulot, ma chérie ! »

Mais le sourire de la jeune femme était engageant. Jennie avait demandé d'une voix hésitante :

— Faites-vous les changements de look ?

Une heure plus tard, la vendeuse — esthéticienne, avait-elle précisé — lui avait mis un grand miroir dans les mains.

— Regardez.

Jennie avait regardé. Qui était cette inconnue dont les longs cheveux blonds ondulaient gracieusement ? Depuis quand ses cils clairs étaient-ils devenus noirs et recourbés ? Ses lèvres roses et pulpeuses ? Ses pommettes... Des pommettes ?

— Ouah, avait-elle murmuré.

L'esthéticienne avait souri.

— Oui. Votre petit ami va être ébloui. Et maintenant, que souhaitez-vous acheter ?

— Acheter ?

Jennie avait considéré les rangées de flacons et de tubes, les atomiseurs, les baumes, les pinceaux, les brosses.

— Je ne pense pas avoir...

Elle avait dégluti péniblement, puis elle avait indiqué un mascara à trente dollars.

— Je prends ça.

Frustration de l'esthéticienne magicienne. Et de Jennie, qui avait payé son dernier mascara six dollars au supermarché.

Tout ce temps et cet argent avaient-ils été bien utilisés ? L'instant de vérité était arrivé. En tout cas, même sur ce parking mal éclairé, son miroir lui assurait qu'elle était métamorphosée. Il lui donnait aussi l'impression de porter un masque. Ou un déguisement. C'était rassurant et ça la confortait dans l'idée que sa démarche était celle d'une universitaire qui menait un travail de recherche.

Jennie ferma son poudrier et le remit dans son sac. Oui, c'était pour un travail de recherche qu'elle se trouvait devant ce bar avec une enseigne au néon clignotante.

Un bar chic ? Non, sûrement pas. Le parking était plein de pick-up. Elle savait aujourd'hui que les pick-up étaient au Texas ce que les 4x4 étaient à la Nouvelle-Angleterre, mais la plupart de ceux-ci étaient en piteux état. Il y avait aussi plusieurs motos. Etait-ce bon signe ?

Et si c'était un bar carrément miteux ?

Allez, assez tergiversé. Jennie ouvrit la portière. Descendit de voiture. Ferma la portière. La verrouilla. Ouvrit son sac. Mit ses clés dedans. Referma son sac. Mit la fine bandoulière sur son épaule, à côté de la bretelle tout aussi fine de sa robe de soie vert émeraude, également achetée au dépôt-vente. Si on pouvait considérer comme une robe un vêtement qui s'arrêtait à mi-cuisses…

Mais oui, c'était bien une robe. Sur les campus, beaucoup de filles s'habillaient très court. « Tu n'es pas une fille sur un campus, Jennie. Et même quand tu en étais une, dans le New Hampshire, tu n'as jamais rien porté qui ressemble à ça ! »

Si elle l'avait fait, elle ne serait peut-être pas là ce soir, à chercher des réponses à des questions de plus en plus urgentes...

— Stop.

Jennie inspira profondément, puis se dirigea vers l'entrée du bar, en vacillant sur les talons vertigineux de ses escarpins, provenant eux aussi du dépôt-vente. En principe, elle était assez élégante pour séduire le genre d'homme qu'elle recherchait. Grand. Mince. Athlétique. Cheveux bruns, yeux sombres. Et très beau, bien sûr. Parce que tant qu'à perdre sa virginité et à vivre sa seule et unique expérience sexuelle avec un inconnu, il valait mieux que l'inconnu en question soit...

Ce bruit, c'était de la musique ? En tout cas c'était fort. Très fort. Qu'est-ce que c'était ? Faire la différence entre Tchaïkovski et Mozart c'était une chose. Mais reconnaître un morceau de rock... Jennie se mordit la lèvre. Peut-être était-elle en train de commettre une erreur. Oui, ce bar était loin de l'université. Elle n'y rencontrerait certainement personne de sa connaissance. Mais pour le reste ? La rue était sombre. Le bâtiment ne payait pas de mine...

« Ça suffit ! »

Elle releva le menton. Redressa les épaules. Se lissa une dernière fois les cheveux. Tira sur sa robe. Pourquoi n'en avait-elle pas choisi une qui couvre au moins les cuisses ?

Elle posa la main sur la poignée, ouvrit la porte... et fut agressée par une explosion de sensations détestables. La musique qui faisait vibrer le plancher. Une odeur écœurante de graillon. Et les gens qui criaient pour se faire entendre. Des centaines de gens... Non, pas des centaines mais un très grand nombre... Des hommes pour la plupart. Certains vêtus de cuir.

Serait-elle tombée sur un bar gay ? Non. Ces types n'étaient sûrement pas gays. Ils étaient... repoussants. Barbus. Pleins de tatouages. Bedaines surplombant des jeans sales. Il y avait aussi quelques femmes, mais ça n'arrangeait rien. Elles étaient... trop. Trop maquillées. Cheveux trop crêpés. Seins trop gros.

Mais il y avait bien pire. Tous les regards étaient braqués sur elle.

« Eh oui, Genevieve. C'est ce qui arrive quand une femme habillée comme une princesse entre dans un endroit de ce genre. »

L'estomac de Jennie se noua. Mon Dieu. Elle devait faire demi-tour. Immédiatement.

Trop tard.

Un homme s'avançait vers elle.

D'une démarche souple. Aussi fascinante que son sourire charmeur, à vrai dire...

Il avait les yeux sombres. Les cheveux couleur café noir.

Il était grand.

Grand, mince et athlétique.

Sous son T-shirt on devinait les muscles de ses épaules, de ses bras, de son torse. Et elle jurerait qu'il avait — comment appelait-on ça ? — des tablettes de chocolat, oui c'était ça.

Et puis un peu plus bas, caché sous son jean délavé...

Les joues en feu, Jennie leva précipitamment les yeux.

L'inconnu était tellement grand qu'elle était obligée de pencher légèrement la tête en arrière malgré ses talons. Leurs regards se croisèrent.

Le sourire de l'inconnu s'élargit et elle déglutit péniblement. Pour être beau, il était beau...

— Pourquoi ce retard, ma chérie ?

Stupéfaite, elle écarquilla les yeux. Ça alors… Personne ne savait qu'elle viendrait ici ce soir. Même pas elle !

— Pardon ?

— Te pardonner, je veux bien. Mais seulement si tu le demandes gentiment.

Avant d'avoir le temps de réagir, elle sentit ses bras se refermer sur elle et sa bouche se poser sur la sienne.

3

Travis aimait les femmes.

Le sexe était l'un des grands plaisirs de la vie. Mais il aimait également des tas d'autres choses chez elles. Leur parfum. Leur douceur. Ces sourires de Mona Lisa qui pouvaient vous plonger dans la perplexité pendant des heures, voire des jours.

Il aimait les embrasser. Il ne s'en lassait jamais. Des années de conversations de vestiaires lui avaient appris que certains hommes considéraient le baiser comme accessoire. Pas lui. Le baiser méritait qu'on s'y attarde. Il était si bon de goûter les lèvres d'une femme, de savourer leur texture soyeuse, de les sentir s'ouvrir sous les siennes…

Ce soir, il n'était pas question de ça. Cette blonde était séduisante, mais il n'y avait rien de personnel dans ce baiser. S'il l'embrassait, c'était avec un seul objectif en tête. Echapper à une bagarre dans un bouge de Dallas pour pouvoir honorer son rendez-vous de Francfort avec une tête décente.

La clé de la réussite ? Agir vite, profiter de l'effet de surprise, l'embrasser avec suffisamment de fougue pour étouffer d'éventuelles protestations. Les chances qu'elle joue le jeu étaient bonnes. Après tout, une femme qui entrait dans un bar comme celui-ci dans ce genre de tenue n'était pas une ingénue. Elle devait avoir envie de s'encanailler.

Et si jamais elle protestait, il ferait croire aux autres qu'elle était fâchée contre lui à cause d'une querelle d'amoureux. De toute façon, il n'allait pas leur laisser le temps, ni à elle ni à eux, de réagir. Un bref baiser, puis il l'entraînerait dehors où il lui expliquerait la situation. Et ensuite, ou bien il lui présenterait des excuses… ou bien elle trouverait ça drôle, et qui savait ce qui pouvait se passer ? La soirée était loin d'être finie…

Travis prit la blonde dans ses bras et l'embrassa sur la bouche. L'espace d'une seconde, il eut l'impression que tout se passait bien. Même si elle se raidissait et si les sons étouffés qu'elle émettait ne ressemblaient pas à des soupirs. Soudain, elle devint folle. De plaisir ? Ce serait flatteur pour son ego. Mais ses coups de poing et ses efforts désespérés pour s'arracher à sa bouche n'étaient certainement pas des manifestations de plaisir…

Derrière lui, un rire fusa.

— Qu'est-ce qu'il fabrique ? demanda quelqu'un.

— Aucune idée, répliqua quelqu'un d'autre.

Pas bon du tout…

— Je ne vous veux aucun mal, murmura-t-il contre les lèvres de Blondie.

— Mmmff !

Elle se débattit avec une vigueur redoublée. Et tenta de lui enfoncer un talon aiguille dans le pied. Heureusement qu'il portait des bottes !

— Mademoiselle, murmura-t-il à son oreille. Ecoutez-moi.

Grave erreur. Elle en profitait pour ouvrir la bouche. Elle allait crier, appeler au secours. Il n'avait donc pas le choix… Travis embrassa de nouveau l'inconnue. Elle tenta de lui donner un coup de genou qu'il évita de justesse.

Des huées s'élevèrent de la foule.

— La dame semble vraiment contente de te voir, cow-boy ! cria La Montagne.

Eclat de rire général.

D'accord...

Ignorant les « Mmmff ! » rageurs de Blondie, Travis enfonça une main dans ses cheveux pour l'empêcher de détourner la tête et murmura tout contre ses lèvres :

— Ne me repoussez pas, s'il vous plaît. Faites juste semblant de m'embrasser et je vous jure que je vous laisserai tranquille.

Pas de « mmmff », cette fois. Juste un petit soupir...

— C'est bien, approuva-t-il.

Puis il approfondit son baiser. Quelle bouche délicieuse ! Elle avait un goût de fleurs des champs après la pluie, un matin d'été... Il referma les bras autour de Blondie et l'attira contre lui.

Des applaudissements crépitèrent. Il les entendit à peine, tout entier absorbé par ce baiser, par le contact de ce corps souple et frémissant contre le sien. Un désir irrépressible le submergea. Il était en feu. Elle aussi. Des frissons la parcouraient. Elle gémissait. Elle...

Quel idiot ! Elle ne vibrait pas de désir pour lui. Au contraire ! Elle était morte de peur. Elle ne s'abandonnait pas à son baiser, elle avait juste cessé de lutter. Quel genre d'homme fallait-il être pour terroriser une femme afin de se tirer d'un mauvais pas ?

Tout à coup, le rendez-vous de Francfort perdit son importance. Il était un as de la finance, certes. Mais avant tout il était joueur. Il avait déjà perdu de l'argent et il en perdrait encore. Des millions étaient en jeu. Et alors ? Depuis quand était-il prêt à utiliser quelqu'un — une femme de surcroît — pour être sûr de gagner ?

Travis interrompit son baiser et regarda la jeune femme. Son cœur se serra. Pâle comme un linge, elle respirait avec peine. Et ses yeux... Ses yeux étaient splendides mais agrandis par la peur.

— Je suis désolé, murmura-t-il. Je n'avais pas l'intention de vous effrayer.

Cette comédie avait assez duré. Il laissait tomber. Tant pis pour ce qui allait se passer. Tout ce qu'il voulait c'était faire disparaître la peur de ce charmant visage. Non, « charmant » n'était pas le terme approprié. Ce nuage de cheveux soyeux, ces yeux marine, cette bouche rose et pulpeuse… Elle était belle. Splendide.

Et elle tremblait toujours… Il fallait à tout prix la rassurer.

— Je ne vous veux aucun mal.

Elle le considéra d'un air incrédule.

— C'est la vérité, insista-t-il d'une voix plus forte en prenant son visage entre ses mains et en plongeant son regard dans le sien. J'ai juste un petit problème. Avec les gens d'ici.

— Ça, c'est vrai, gronda La Montagne.

La blonde jeta un coup d'œil par-dessus l'épaule de Travis, puis le regarda d'un air interrogateur.

— Je leur ai dit que j'attendais ma petite amie et…

— Oui, c'est ce qu'il a dit, coupa un des copains de La Montagne. Mais nous savions qu'il mentait… Et nous n'aimons pas les menteurs.

Un grognement approbateur parcourut la salle.

Ignorant cette interruption, Travis poursuivit.

— Et quand la porte s'est ouverte…

Blondie posa un doigt sur ses lèvres.

— Quand la porte s'est ouverte, tu as su que c'était moi. Ta petite amie. Et tu as été soulagé parce que tu commençais à te demander si j'allais venir, c'est ça ?

Travis resta interdit. Qu'est-ce qu'elle racontait ?

— En réalité j'ai fait exprès d'arriver en retard, poursuivit-elle avec une petite moue contrite. C'est une des règles du rituel ancestral de séduction.

Le quoi ?

Blondie eut un sourire mi-malicieux, mi-candide.

— J'ai décidé de te faire attendre un peu pour semer le doute dans ton esprit.

Un autre sourire. Sexy. Terriblement sexy... Travis déglutit péniblement.

— Et tu t'es posé des questions, n'est-ce pas ?

Il voulut répondre, mais aucun son ne sortit de ses lèvres. Il s'éclaircit la voix.

— Oui. Absolument. Je... Je n'étais pas sûr que...

— Et tu as réagi à la perfection ! Tout y était. Machisme. Arrogance. Fébrilité. Besoin de marquer son territoire.

Travis ouvrit de grands yeux. Marquer son territoire ? Comme un animal ?

— Je suis ravie que tu aies confirmé les thèses développées dans mon mémoire de deuxième cycle.

— Ton mémoire de... ?

— Tu as été parfait. Merci.

Il y eut des murmures derrière Travis. Des gloussements.

Il était grand temps de prendre le large...

— Fantastique. Mais je pense que nous devrions poursuivre cette discussion ailleurs...

— Oh ! mon chou, j'espère que tu n'es pas contrarié de m'avoir aidée dans mes recherches ?

Explosion de rires.

Oui, il était largement temps de s'en aller. Avec un sourire factice, Travis prit la blonde par le coude et l'entraîna vers la porte.

« Tu ne crois pas que tu en as fait un peu trop, Genevieve ? » demanda l'alter ego de Jennie. Oui, à en juger par la tête que faisait l'inconnu, elle était allée trop loin, songea-t-elle. Son regard était froid, son sourire crispé, et il l'entraînait vers la sortie à toute allure. Mais, après tout, il méritait bien cette dernière petite pique.

Lui éviter d'être mis en pièces par cette bande de… de sauvages, d'accord. Mais elle ne pouvait pas laisser passer son comportement inadmissible. Il lui avait littéralement sauté dessus et elle avait failli mourir de peur.

Certes, c'était justement pour ça qu'elle était sortie ce soir. Enfin, pas pour avoir peur. Pour… pour faire ce genre d'expérience. Mais elle tenait à garder le contrôle de la situation. Elle voulait choisir l'homme avec qui… approfondir ses recherches.

Un homme civilisé. Un cadre en costume, sur qui on pouvait compter pour faire preuve de délicatesse. Pas un cow-boy fruste en jean délavé, T-shirt et bottes !

« Arrête de te plaindre, Genevieve ! Tu voulais un homme superbe et tu l'as trouvé. »

Oui, mais malgré tout…

— A bientôt ! lança une voix.

Nouvelle explosion de rires.

Jennie sentit les doigts du cow-boy se resserrer sur son coude et elle laissa échapper un petit cri de protestation.

— Hé !

Il ouvrit la porte d'un mouvement brusque et l'entraîna sur le parking en direction de l'énorme SUV noir à côté duquel elle avait garé sa Civic.

— Monsieur, je ne suis pas…

— Ça va ?

Jennie arqua les sourcils. Il y avait de l'inquiétude dans la voix du cow-boy. Pas vraiment ce à quoi elle s'attendait…

— Non. Oui. Enfin, je crois…

— Nous l'avons échappé belle. Merci, vous avez été parfaite. Jusqu'à la pique finale. Mais je peux difficilement vous en vouloir.

— M'en vouloir ? s'exclama Jennie avec indignation. Il ne manquerait plus que ça ! Ecoutez, monsieur…

— La vérité, c'est que nous sommes sans doute sortis juste à temps.

Oubliant son indignation, Jennie réprima un frisson.

— Quel était le problème, exactement ?

— Oh ! rien de très intéressant. Ça ne vaut pas la peine d'entrer dans les détails, répondit Travis en souriant.

Le cœur de Jennie s'affola dans sa poitrine. Mon Dieu, le sourire du cow-boy était dévastateur... D'accord. Mais elle ferait mieux de dire quelque chose. N'importe quoi. Rester bouche bée devant lui n'était pas très glamour. Mais, après tout, lui non plus n'était pas très glamour. Les bottes, le jean, les muscles d'acier... Tout était en acier, chez lui. Le torse. Les abdominaux. Le... le sexe qu'elle avait senti contre son ventre juste avant qu'il arrête de l'embrasser...

Jennie déglutit péniblement.

— Vous... vous n'aviez pas le droit de vous jeter sur moi et de...

— De vous embrasser ?

A son grand dam, elle sentit ses joues s'enflammer.

— Oui. Même dans les sociétés primitives, il existe certains usages à observer pour exprimer son désir...

— Vraiment ?

Quelle idiote ! Pourquoi avait-elle parlé de désir ? Une lueur étrange venait de s'allumer dans les yeux du cow-boy... Jennie recula précipitamment. Et se cogna contre le SUV, qui se trouvait juste derrière elle.

— Oui. Vous n'auriez pas dû faire ce que vous avez fait, répliqua-t-elle d'un ton qu'elle espérait ferme.

— Vous embrasser sans même vous avoir saluée ?

— Oui. Les règles du rituel de séduction sont...

Elle s'interrompit. Ce discours était ridicule. Même son alter ego restait muet de confusion...

— Peu importe. Il est tard et je...

— Travis. Travis Wilde.

Elle arqua les sourcils.

— Pardon ?

Le cow-boy sourit. Une fois de plus. Elle sentit son cœur s'affoler dans sa poitrine. Une fois de plus…

— C'est mon nom, dit-il d'une voix devenue rauque. Se présenter fait partie des règles du rituel de séduction, je suppose ?

— Eh bien… oui, mais…

— Et le vôtre ?

Jennie déglutit péniblement. Allons bon, elle avait de nouveau les joues en feu… Décidément, elle n'était pas douée pour ce genre de jeu.

— Je pourrais vous appeler Blondie, poursuivit le cow-boy en saisissant une mèche de cheveux et en la faisant glisser entre ses doigts. Ou bien Neiman Marcus.

— Quoi ?

— Vous semblez sortir tout droit de leur catalogue. Celui de Noël, dans lequel il y a les plus belles choses.

Jennie vacilla sur ses jambes. La voix du cow-boy était douce comme une caresse. Ses yeux noirs et brillants comme la braise. C'était exactement le genre d'homme qu'elle recherchait, qu'elle espérait…

— Mais je préférerais vous appeler par votre nom, si vous n'y voyez pas d'inconvénient.

— Jen… Genevieve, se reprit-elle. Mon nom est Genevieve.

— Eh bien, Genevieve, je suis enchanté de faire votre connaissance. Mais je tiens quand même à préciser que vous avez fait preuve d'une grande imprudence, ce soir. Vous en êtes consciente, je suppose ?

Jennie s'empourpra de plus belle.

— Ecoutez, monsieur Wills…

— Wilde. Travis Wilde.

— Si je vous ai laissé m'embrasser, c'est uniquement pour vous éviter d'être massacré !

Travis pouffa.

— Je ne parlais pas de ça. Le simple fait d'entrer dans ce bar toute seule était de la folie.

— Oh.

— Comme vous dites. Saviez-vous de quel genre de bar il s'agissait ?

— Je…

Jennie soupira.

— Non.

— C'est bien ce que je pensais. Cependant, pour ma part j'ai eu de la chance que vous arriviez.

— Ravie de vous l'entendre dire, acquiesça-t-elle en relevant le menton. Si je n'étais pas arrivée ils vous auraient mis en pièces.

Travis sourit.

— N'exagérons rien. J'aurais sans doute été un peu amoché, mais c'est moi qui les aurais laissés sur le carreau.

— Ils étaient beaucoup trop nombreux ! Vous n'auriez jamais pu vous en sortir.

— Bien sûr que si. Et en temps normal je ne me serais pas défilé. Mais il se trouve que j'ai un rendez-vous important lundi et que je ne peux pas me permettre d'arriver avec la tête du type qui passe ses week-ends à jouer les gros durs dans les bars.

Son ton catégorique indiquait que le cow-boy était sûr de lui… Jennie fut parcourue d'un petit frisson. Elle était sortie ce soir à la recherche un homme et elle en avait trouvé un. Mais il dépassait tout ce qu'elle avait imaginé. Il était plus que séduisant. Plus que sexy. Plus que macho.

« Et plus qu'idéal comme amant », roucoula son alter ego.

Elle tenta malgré tout de faire machine arrière.

— Eh bien, c'était… très intéressant, monsieur Wilde,

dit-elle d'un ton enjoué. A présent, si ça ne vous ennuie pas…

— A propos de ce rituel, coupa-t-il d'une voix rauque. En avons-nous observé toutes les règles ?

— De quoi parlez-vous ?

— Du rituel de séduction.

Genevieve rougit. Elle rougissait souvent et c'était charmant, songea Travis. Son visage prendrait-il les mêmes couleurs pendant l'amour ? Ses yeux seraient-ils plongés dans les siens comme en ce moment ? Les prunelles sombres, dilatées, mais exprimant la passion au lieu de la confusion ?

— Parce que si nous avons accompli tous les rites de la séduction…

Travis se rapprocha de Genevieve, et posa les mains à plat sur le SUV, de chaque côté de ses épaules.

— … j'aimerais passer à l'étape suivante.

— Quelle… quelle étape ?

Il plongea son regard dans le sien. Puis le fit glisser sur ses lèvres et s'y attarda, lui laissant le temps de deviner ses intentions.

— Non, murmura-t-elle.

— Si.

Comme au ralenti, il se pencha vers elle et l'embrassa.

Malgré elle, Jennie sentit ses lèvres s'entrouvrir d'elles-mêmes. La langue de Travis se glissa entre elles. Des sensations inouïes l'assaillirent.

Oh ! mon Dieu… Oh-mon-Dieu !

Travis la prit dans ses bras. Elle noua les siens sur sa nuque. Se plaqua contre lui. Et laissa échapper un gémissement. Ce qu'elle sentait contre son ventre… c'était son sexe. Dur comme de la pierre. Quelle sensation extraordinaire ! Elle avait envie de se frotter contre lui… D'onduler des hanches… De…

Travis la souleva légèrement de terre, un bras autour

de sa taille, l'autre sous ses fesses. Il mordilla doucement sa lèvre inférieure, l'aspira entre les siennes... Une chaleur intense se répandit dans tout son corps. Comme dans le bar, au moment où sa peur et son indignation s'étaient muées en quelque chose de très, très différent. Quelque chose qu'elle n'avait même pas osé s'avouer à elle-même...

— Attends, murmura-t-elle.

Il l'ignora. Tant mieux. Elle ne savait pas pourquoi elle avait dit ça. En réalité, elle n'avait pas du tout envie qu'il attende. Même si ça ne se passait pas comme elle l'avait prévu.

Il la reposa sur ses pieds, referma les mains sur ses seins et pinça délicatement leurs pointes hérissées. Mille petites flèches de plaisir la transpercèrent.

— Que fais-tu ? demanda-t-elle d'une voix étranglée.

Il eut un rire si sexy et si prometteur qu'elle fut parcourue d'un long frisson. Il l'embrassa dans le cou.

— A ton avis ?

Il l'embrassa à la naissance du cou et de l'épaule.

Elle ferma les yeux.

Et quand il lui demanda si elle voulait aller chez lui, la réponse s'imposa d'elle-même. Dans un souffle, elle répondit :

— Oui.

4

S'il avait pris la Corvette, il pourrait rouler plus vite, songea Travis. Cependant, les performances du SUV, un GMC Denali modifié pour répondre à ses besoins propres, n'étaient pas mauvaises non plus. Et de toute façon son appartement n'était qu'à une demi-heure de route.

Mais comme le trajet lui semblait long ! Il avait toutes les peines du monde à ne pas toucher la femme assise à côté de lui. Ce qui somme toute était assez normal. Il était dans la fleur de l'âge, il aimait le sexe et leur rencontre avait eu lieu dans des circonstances suffisamment inhabituelles pour l'aiguillonner.

Malgré tout, il y avait quelque chose de primitif dans son désir pour Genevieve. Il avait dû faire appel à toute sa volonté pour ne pas la prendre contre le SUV sur le parking. Céder à ses impulsions dans des endroits insolites, il n'avait rien contre. Mais, devant un bar rempli de brutes déterminées à le mettre en bouillie, ça ne semblait pas très indiqué.

De toute façon, il ne voulait pas faire ça dans la précipitation. Il voulait… Qui savait ce qu'il voulait ce soir ? Serait-il entré dans ce bar pour chercher la bagarre ?

Quand il était enfant, le football était un exutoire à la colère qu'il éprouvait parfois contre son père, qui passait plus de temps avec ses soldats qu'avec ses fils, même après la mort de leur mère. Plus tard, en Afghanistan, après avoir compris que les objectifs de la guerre à laquelle il participait n'étaient pas moraux mais politiques, il avait pris l'habitude d'évacuer sa rage lors de longues séances de course dans la chaleur écrasante du désert.

Alors ce soir, était-il furieux contre ses frères parce qu'ils l'avaient abandonné ? Parce que leur nouvelle vie retentissait sur la sienne en les rendant moins disponibles ? Bon sang, mais que lui prenait-il de se laisser aller à l'introspection alors qu'il était en compagnie d'une femme superbe, avec qui la nuit promettait d'être torride ?

Heureusement, ils étaient bientôt arrivés. Genevieve était silencieuse. En fait, elle n'avait pas dit un mot depuis qu'ils étaient montés dans le Denali… Il lui jeta un coup d'œil. Assise très droite sur le siège de cuir, elle regardait devant elle, les mains jointes sur les genoux. Des mains qui tremblaient… Regrettait-elle d'avoir dit oui ?

— Hé, dit-il d'une voix douce.

Elle le regarda puis détourna aussitôt les yeux. Il posa une main sur les siennes. Sa peau était glacée. Avait-elle peur ? Après la façon dont elle avait réagi dans ses bras sur le parking, ça semblait peu probable. Cependant l'expérience lui avait appris que tout était possible.

— Nous sommes presque arrivés, dit-il en lui pressant doucement les mains.

Elle hocha la tête en se mordant la lèvre inférieure. Une flèche de désir le transperça.

— J'habite à Turtle Creek, ajouta-t-il. Près de Lee Park.

Elle ne dit rien. Mais que pourrait-elle à cela ? Il n'était pas un agent immobilier qui emmenait une cliente visiter une propriété. Mais, tout de même, il aimerait bien qu'elle lui parle… Et comment se faisait-il qu'il l'emmenait chez lui ? D'ordinaire, il préférait aller chez ses maîtresses. Non que cette femme soit appelée à devenir sa maîtresse mais…

Bon sang, pourquoi se posait-il autant de questions ? Travis s'éclaircit la voix.

— Est-ce que… tu as envie de t'arrêter quelque part ? Pour boire un verre ? Manger quelque chose ?

Elle le regarda d'un air surpris. Pas étonnant… Ils savaient aussi bien l'un que l'autre où ils allaient et pourquoi. Et tout à coup il lui proposait de s'arrêter dans un restaurant ! Mais pourquoi pas, après tout ? Il sourit.

— Je viens juste de me rendre compte que nous n'avions pas pris le temps de faire connaissance, alors si tu as envie de dîner…

Elle s'humecta les lèvres. Un nouvel éclair de désir le transperça.

— Non.

Elle avait murmuré mais sa réponse était très claire. Elle était aussi pressée que lui. La vague de désir qui submergea Travis lui coupa le souffle. Heureusement qu'ils arrivaient ! Il ralentit. Actionna la télécommande des portes de son garage privé. Une fois garé, il détacha leurs deux ceintures de sécurité et prit Genevieve dans ses bras.

— Genevieve…

Elle entrouvrit les lèvres et il s'empara de sa bouche avec voracité. Bon sang, elle le rendait fou ! Il ne se souvenait pas d'avoir jamais éprouvé un désir aussi irrépressible. Mais, visiblement, ce n'était pas réciproque… Que se passait-il ? Elle ne répondait pas à son baiser… Au même instant, Genevieve laissa échapper un petit gémissement et lui abandonna sa bouche.

Pourquoi attendre ? se dit-il fiévreusement. Il avait envie d'elle. Ici. Maintenant. Ensuite, ils auraient tout le temps de monter chez lui et de recommencer… Non. Pas assez confortable. Ce serait dommage. Mais quand même quelques caresses… Il avait trop envie de la toucher…

Il glissa la main sous la robe de Genevieve, qui dénudait presque entièrement ses cuisses.

— Attends…

Non, impossible. Il fallait au moins qu'il… Il glissa la main entre ses cuisses.

— Travis…

C'était la première fois qu'elle prononçait son nom… La façon dont elle le murmura et la chaleur moite qu'il devinait sous sa culotte de soie accrurent encore le désir de Travis. Il s'empara de nouveau de sa bouche. Tandis qu'elle enfonçait les mains dans ses cheveux en gémissant, il glissa les doigts sous l'élastique de sa culotte et effleura le cœur de son intimité. Les petits cris extatiques qui s'échappèrent de la gorge de Genenieve faillirent lui faire perdre le peu de sang-froid qui lui restait. S'il ne s'arrêtait pas maintenant, il serait trop tard, il le savait. Un dernier baiser, puis il descendit du SUV et en fit le tour pour ouvrir la portière passager.

Il souleva Genevieve de son siège et captura de nouveau sa bouche tout en la portant jusqu'à l'ascenseur privé qui conduisait à son appartement, au dernier étage. Après l'avoir reposée sur ses pieds, il glissa sa clé électronique dans la fente. Les portes de la cabine s'ouvrirent. Il l'entraîna à l'intérieur et prit son visage entre ses mains.

— N'aie pas peur…

Pourquoi lui disait-il ça ? se demanda-t-il aussitôt. Elle avait accepté de venir chez lui sans la moindre hésitation et son désir pour lui était flagrant. Et, pourtant, il y avait quelque chose dans son attitude…

— Je n'ai pas peur, murmura Jennie.

C'était un mensonge, reconnut-elle intérieurement. Comme son silence sur les raisons qui l'avaient amenée dans ce bar. Sauf que ses intentions n'étaient plus tout à fait les mêmes. Les réactions que Travis déclenchait en elle n'avaient plus rien à voir avec son projet initial.

Malgré tout, elle n'avait pas été franche avec lui. Comment réagirait-il s'il savait qu'elle était sortie dans le but précis de coucher avec un homme ? S'il savait qu'elle n'avait jamais eu un seul amant et qu'elle n'en aurait certainement plus jamais aucun après lui ?

Cependant, elle avait dévié de son projet initial. Tout ce qui comptait à présent, c'étaient les baisers de Travis. Ses caresses. La pression de son sexe contre son ventre. Dur comme la pierre et si long… Parviendrait-elle à… à l'accueillir en elle ? Elle avait lu des articles rédigés par des spécialistes, elle avait vu des films. Des documentaires destinés aux étudiants de psychologie et de sociologie. La plupart des gens n'imaginaient pas à quel point ces films pouvaient être crus.

Mais rien ne l'avait préparée au plaisir mêlé d'appréhension que provoquait en elle le contact de ce sexe gonflé de désir.

La bouche de Travis quitta la sienne pour descendre le long de son cou, puis sur ses seins. Il mordilla doucement leurs pointes à travers la soie de sa robe. Instantanément, elle sentit des milliers de petits frissons délicieux la parcourir. Et puis il y avait cette boule de feu au creux de ses reins… cette chaleur entre ses cuisses…

Lentement, il fit glisser les bretelles de sa robe sur ses épaules et lui dénuda le buste. Elle gémit tandis qu'il refermait les lèvres sur un de ses seins, à travers la dentelle de son soutien-gorge. Doucement, il la fit pivoter sur elle-même et elle sentit bientôt la chaleur du torse de Travis contre son dos. Il écarta ses cheveux, déposa un baiser sur sa nuque, mordit délicatement sa peau, la lécha du bout de la langue. Puis elle entendit le glissement de la fermeture Eclair de sa robe.

— Non… quelqu'un pourrait…

— C'est un ascenseur privé. Nous sommes seuls.

Seuls… Jennie fut submergée par une vague de

chaleur. Sa robe tomba à ses pieds et Travis traça un sillon de baisers le long de son épine dorsale. Puis il la fit pivoter de nouveau face à lui. Son regard se promena lentement sur elle, sur son soutien-gorge de dentelle noire, sa culotte de soie noire, ses bas auto-fixants noirs et ses talons aiguilles rouges. La panoplie parfaite de la femme sexy et sûre d'elle qu'elle avait enfilée pour la soirée. Sous ce regard brûlant, les pointes de ses seins se hérissèrent de plus belle et la chaleur qui se répandait entre ses cuisses s'intensifia.

Travis plongea son regard dans le sien.

— Tu es belle, Genevieve. Incroyablement belle...

Sans la quitter des yeux, il promena ses doigts sur elle, de ses lèvres à ses seins en passant par son cou, de ses seins à son ventre, de son ventre à la jonction de ses cuisses.

— Travis...

Les prunelles assombries, il dégrafa son soutien-gorge et le laissa tomber sur le plancher de la cabine.

— Fantastique, chuchota-t-il.

Puis sa bouche se referma sur la pointe d'un sein. Elle répéta son nom dans un gémissement étranglé.

— Genevieve, écarte les jambes pour moi.

Une flèche de désir la transperça. Ces mots... Cette voix douce et rugueuse à la fois... Elle écarta les jambes. Il glissa la main entre ses cuisses. Effleura du bout des doigts sa culotte. Transpercée par mille petites flèches de plaisir, elle faillit perdre l'équilibre. Il la souleva de terre juste au moment où l'ascenseur s'arrêtait et où les portes s'ouvraient. Alors, elle enfouit son visage dans le cou de cet homme qui allait devenir son amant et huma avec délectation l'odeur de sa peau, mélange d'homme et de savon. Elle n'avait jamais compris pourquoi certaines femmes aimaient l'odeur de la sueur masculine. C'était un fait établi par la recherche, mais elle ne l'avait jamais compris. Jusqu'à cet instant…

Travis traversa un immense salon, très haut de plafond. La lumière qui filtrait à travers les baies vitrées éclairait des meubles bas et un parquet ciré. Au bout de la pièce, un escalier de verre et d'acier conduisait à l'étage. Il le monta, fit une pause sur le palier pour l'embrasser. D'une voix rauque, il murmura son nom et elle sentit un frisson de désir se répercuter au plus profond de son être. Quelques instants plus tard, il pénétra dans une autre pièce immense. Un lit couvert de coussins noirs et blancs trônait au milieu, sous un ciel parsemé d'étoiles.

Il la reposa par terre, face au lit, en la faisant glisser lentement contre lui. Il effleura ses lèvres. Les parsema de baisers légers qui devinrent peu à peu gourmands, puis voraces. C'était enivrant, mais elle était presque nue et pas lui… Jennie s'arracha à sa bouche.

— Que se passe-t-il ?

— Tu es encore habillé.

— C'est vrai.

Le sourire de Travis fit monter la température de la pièce de plusieurs milliers de degrés.

— J'aime que tu sois nue alors que je suis encore habillé.

Un long frisson parcourut Jennie. A vrai dire, elle aimait ça aussi. Ça avait quelque chose de très excitant.

Il embrassa ses paupières, sa bouche, parsema son cou de baisers, puis ses seins. Lorsque ses lèvres se refermèrent sur une pointe durcie, elle crut défaillir. Elle enfonça les doigts dans ses cheveux, tandis qu'il léchait, suçait, mordillait tour à tour les deux bourgeons hérissés. Et s'entendit pousser un gémissement de protestation quand il s'interrompit.

— Tout va bien, chuchota-t-il.

Oui, tout allait bien puisqu'il faisait glisser sa culotte sur ses hanches...

— Tiens-toi à moi.

Elle posa les mains sur ses épaules tandis qu'il la débarrassait de sa culotte puis de ses chaussures. Il embrassa ensuite les boucles soyeuses du triangle de sa féminité et elle retint son souffle. Il lui écarta doucement les cuisses, effleura son sexe du bout de la langue... Les doigts enfoncés dans ses cheveux, elle renversa la tête en arrière en gémissant, tandis qu'il accentuait peu à peu ses caresses diaboliques. Que lui arrivait-il ? C'était trop bon... trop fort... C'était... Le plaisir suprême la cueillit par surprise, lui arrachant un cri aigu. Ses genoux se dérobèrent sous elle. Travis la retint et s'allongea sur le lit avec elle.

— Viens, s'entendit-elle supplier. S'il te plaît, Travis... S'il te plaît...

Il se déshabilla en un éclair, ouvrit le tiroir de la table de chevet et en sortit un petit étui brillant. Elle l'observa à la dérobée pendant qu'il déchirait ce dernier. Comme il était beau ! Sa peau hâlée, ses muscles... Et son sexe. Splendide. Mais impressionnant. Très impressionnant...

Elle le regarda mettre le préservatif avec un frisson d'excitation mêlée d'appréhension.

— Genevieve.

Elle tressaillit et leva les yeux. Plongeant son regard dans le sien, il se pencha sur elle et s'empara de sa bouche. Il lui prit les mains et lui fit lever les bras de chaque côté de l'oreiller. Puis il entra en elle. Lentement. Elle ferma les yeux, joignit ses doigts aux siens. Et laissa échapper un cri de douleur.

Il se figea.

— Genevieve ?

Elle ouvrit les yeux et vit l'incrédulité dans son regard.

Il allait arrêter, renoncer. Elle en était sûre. Mais elle ne pouvait pas le laisser faire ça…

— Genevieve, bon sang, pourquoi ne m'as-tu pas… ?

Instinctivement, elle souleva le bassin et s'empala sur son sexe. Le temps s'arrêta. Puis Travis s'enfonça plus profondément encore. Il se mit à aller et venir en elle, lentement d'abord, puis de plus en plus vite. Chacun de ses coups de reins lui arrachait des gémissements extatiques. Emportée dans un tourbillon inexorable, elle sentait monter en elle un plaisir encore plus intense que celui qui l'avait terrassée quelques minutes plus tôt. Bientôt, une ultime vague la balaya, lui arrachant un cri de jouissance. Quelques secondes plus tard, Travis s'affaissa sur elle avec un grognement sourd. Elle voulut refermer les bras sur lui mais il s'écarta d'un mouvement vif et s'assit.

La gorge nouée, elle remonta les draps jusqu'à son menton et s'assit à son tour.

— Travis…

Elle s'éclaircit la voix.

— Ecoute, je… je sais que tu ne t'attendais pas…

— Pourquoi ne me l'as-tu pas dit ?

— Pourquoi te l'aurais-je dit ? Ce n'est pas un sujet de conversation idéal.

— Je m'y serais pris autrement. Je ne m'y serais peut-être même pas pris du tout, bon sang ! Aucun homme n'a envie d'être responsable de…

— Tu n'as aucune raison de te sentir responsable. Je l'avais décidé. Je voulais perdre ma…

Elle réprima un soupir. C'était ridicule mais elle ne pouvait pas se résoudre à prononcer le mot.

— Ta virginité, compléta Travis d'un ton dangereusement posé. Tu veux dire que tu avais décidé de la perdre ce soir ?

Elle déglutit péniblement.

— C'est ça, n'est-ce pas ? insista-t-il.

Incapable de soutenir son regard, elle ferma les yeux.

— Et moi, j'étais quoi dans l'histoire ? Le gagnant de la loterie ?

— Tu étais… un bon choix. Un très bon choix.

Aussitôt, elle se maudit. Que lui avait-il pris de dire ça ? Les yeux de Travis lançaient des étincelles…

— Un très bon choix… Pourquoi ? Je répondais à certains critères ? Des critères répertoriés par des spécialistes dans une étude sur le sujet, c'est ça ?

— Non. Des critères que j'ai choisis moi-même…

Travis bondit du lit et ramassa son jean par terre.

— Rhabille-toi, dit-il d'un ton glacial.

— Si tu voulais bien me laisser expliquer…

Elle parlait à une pièce vide, constata Jennie. Et elle fut prise de tremblements. D'accord, elle avait été très maladroite. Mais jamais elle n'aurait imaginé qu'il réagirait de cette manière. Les hommes n'aimaient-ils donc pas initier les jeunes filles au sexe ? Toutes les données prouvaient le contraire…

Mais quelle importance, à présent ? Le plus urgent, c'était de partir d'ici. Elle remit sa culotte et ses chaussures. Travis n'avait même pas pris le temps de lui enlever ses bas… A cette pensée, elle fut écrasée d'humiliation. Tout le reste — son soutien-gorge, sa robe, son sac — était resté dans l'ascenseur. Elle inspira profondément et refoula ses larmes. Il ne manquerait plus qu'elle se mette à pleurer !

Elle ramassa le T-shirt de Travis resté par terre et l'enfila. Il lui couvrait les fesses mais pas le haut de ses bas. Tant pis, il faudrait faire avec. Elle descendit l'escalier aussi vite que le lui permettaient ses talons aiguilles.

L'homme qui lui avait pris sa virginité se trouvait à l'autre bout du salon, devant les portes ouvertes de son ascenseur privé. Les cheveux ébouriffés, il était uniquement vêtu de son jean. Il avait remonté sa braguette mais laissé ouvert le bouton de la ceinture. Et il était absolument superbe. Comme si ça avait la moindre importance…

Jennie releva le menton. Pourvu qu'elle ne rate pas sa sortie en trébuchant à cause de ces fichus talons…

— Tes affaires, dit-il en lui tendant sa robe, son sac et son soutien-gorge.

Les joues en feu, elle lui arracha le tout et enfila la robe par-dessus le T-shirt. Pas question de montrer de nouveau ses seins… Elle fit entrer tant bien que mal son soutien-gorge dans son sac minuscule, puis elle se dirigea vers l'ascenseur. Travis tendit le bras pour lui barrer le passage.

— Pardon, dit-elle d'une voix qu'elle espérait ferme.

— J'ai téléphoné au concierge pour qu'il appelle un taxi.

— Je peux en appeler un moi-même.

— Ne sois pas ridicule. Tiens, ça devrait couvrir le prix de la course.

Elle baissa les yeux sur les billets qu'il lui tendait puis les plongea dans les siens.

— Je ne veux pas de votre argent, monsieur Wilde.

— Prends-le.

Elle écarta sa main d'un geste vif.

— Tu es sourd ? J'ai dit…

— Tu trouvais cette petite équipée amusante ? Ramasser un inconnu. L'allumer. Puis l'amener à te débarrasser de ce que tu n'as pas réussi à perdre de la manière habituelle ?

— Je n'ai pas l'intention d'avoir cette conversation. Laisse-moi passer.

Travis saisit le poignet de Jennie.

— Que tu le veuilles ou non, tu vas l'avoir cette conversation ! Qu'est-ce qui t'est passé par la tête ?

— Tu veux qu'on discute ? Très bien. Mettons les choses au point. Je ne t'ai pas ramassé. C'est toi qui m'as ramassée.

— Pas du tout ! Tout ce que je voulais...

— Tout ce que tu voulais, c'était te servir de moi pour éviter d'être réduit en bouillie ! Et j'ai eu l'obligeance de te rendre ce service.

— Tu ne t'es pas contentée de ça.

— Tu as raison. J'ai commis la grossière erreur de te laisser... me séduire !

Travis s'esclaffa.

— Moi, je t'ai séduite ? Tu te collais à moi, mon chou. Ce qui s'est passé ce soir est un acte de charité de ma part. Même sans savoir que tu étais vierge, j'avais compris que tu avais un besoin urgent de...

Jennie le gifla.

— Tu es une ordure.

— Et toi une petite idiote. Tu as de la chance de ne pas être tombée sur un pervers ou un serial killer !

— C'est déjà assez pénible d'être tombée sur... sur un homme qui... qui n'est même pas capable de donner du plaisir à...

Avant qu'elle n'ait pu finir sa phrase, il l'attira à lui et l'embrassa. Furieusement, elle se débattit et lui donna des coups de poing. Comme si cela n'avait pas le moindre effet sur lui, il lui saisit les deux poignets, lui bloqua les bras dans le dos et continua de l'embrasser jusqu'à ce qu'elle lui abandonne sa bouche en gémissant.

Alors il la lâcha. Mortifiée par son petit sourire satisfait, elle chercha un commentaire ironique pour tenter de sauver la face. Rien. Son esprit était aussi vide que son cœur... Elle pivota sur elle-même et se précipita dans l'ascenseur. À peine les portes refermées, elle baissa les bretelles de sa robe et enleva le T-shirt de Travis. Quelques secondes plus tard, elle sortit dans un hall de marbre de la taille d'un hangar d'aéroport. Ignorant le concierge qui l'appelait, elle se dirigea vers la sortie aussi vite que le lui permettaient ses talons aiguilles. Dehors, elle ignora également le taxi qui attendait devant l'immeuble. Elle ne voulait plus rien avoir affaire avec Travis Wilde.

Il faisait une chaleur étouffante, même à cette heure de la nuit. Elle marcha pendant un long moment en transpirant sous sa robe et finit par enlever ses chaussures pour les porter à la main. Les talons de dix centimètres avaient sûrement été inventés par un homme ! Aucune femme sensée n'en aurait eu l'idée...

Plusieurs taxis ralentirent quand elle les héla, puis accélérèrent en arrivant à sa hauteur. Pas étonnant. Elle devait avoir une allure épouvantable... Enfin, il y en eut un qui daigna s'arrêter. Lorsqu'elle monta dedans, le chauffeur la considéra d'un air soupçonneux, mais quelle importance ? Elle serait bientôt chez elle. Travis Wilde n'était ni plus ni moins que ce qu'elle cherchait au départ. Une expérience. Et si elle avait appris quelque chose au cours des derniers mois, c'était bien que toutes les expériences n'étaient pas forcément agréables !

Seul chez lui, Travis tournait en rond comme un fauve en cage. Quel genre de femme fallait-il être pour décider de se servir d'un inconnu pour perdre sa virginité ? Ses gémissements quand elle était dans ses bras... Ses cris de plaisir... Tout ça faisait partie d'un plan soigneusement préparé. A moins que...

Oui, à en juger par la façon dont elle avait réagi à son dernier baiser, elle avait vraiment apprécié le reste. Dire que s'il ne l'avait pas abordée dans ce bar, elle se serait retrouvée dans le lit d'un autre homme !

Et alors ?

Quelle importance si Blondie avait couché avec un autre ? Quelle importance si c'était un autre qui lui avait pris sa virginité ? Qui l'avait fait gémir de plaisir ?

— Tu es un idiot, Wilde.

Un sombre idiot ! La colère qui couvait en lui depuis le début de la soirée à cause de ce monde qui semblait déterminé à échapper à son contrôle submergea soudain Travis. Bon sang, il avait envie de retourner dans ce bar et de se battre jusqu'à l'aube avec La Montagne et sa bande de brutes.

Mais il était Travis Wilde. Un homme, pas une brute. Un homme qui était encore capable de contrôler ses pulsions. Et puis il y avait ce rendez-vous, lundi. Il devait penser à ses clients, qui lui avaient accordé leur confiance et dont les intérêts se chiffraient en millions de dollars.

Travis gagna sa salle de sport personnelle, située à l'étage inférieur de son triplex. Il courut des kilomètres sur son tapis de jogging, puis enchaîna avec le vélo elliptique et les haltères.

Deux heures plus tard, éreinté, il prit une douche, se coucha et sombra dans un sommeil sans rêves.

5

La semaine passa rapidement. Trois jours à Francfort et deux jours à Londres pour un stop-over de dernière minute. Deux contrats conclus. Travis éprouvait une vive satisfaction — la victoire était toujours gratifiante — et pourtant quelque chose lui manquait.

Il ne parvenait pas à oublier cette femme. Ce qui était insensé. Même s'il n'avait jamais éprouvé un désir aussi intense. Elle était si douce, si sincère… Allons donc ! Douce ? Une femme qui allait dans un bar pour ramasser un homme ? Sincère ? Une femme qui ne prévenait pas l'homme en question qu'elle était vierge ? Qui ne lui laissait pas la moindre chance de changer d'avis ?

Cet homme c'était lui, mais ça aurait pu être n'importe qui. Elle ne l'avait pas choisi. C'était un pur hasard si elle était entrée dans ce bar au bon moment…

— Stop ! marmonna Travis, confortablement installé dans son jet privé qui survolait l'Atlantique.

Le monde était plein de femmes. Belles et disponibles. Il allait en appeler une et l'inviter à dîner. Cependant, ça pouvait attendre qu'il soit chez lui. Il n'y avait pas urgence. On était de nouveau vendredi. Il atterrirait dans quelques heures et il avait en tête au moins une demi-douzaine de femmes qui laisseraient tout tomber pour passer la soirée avec lui.

*
* *

Lorsqu'il arriva chez lui, Travis ne sortit pourtant pas son téléphone. Il était fatigué par le voyage. Le confort d'un jet privé ne suffisait pas à éviter les effets du décalage horaire. Il se déshabilla, prit une douche, enfila un vieux short, ouvrit une bouteille d'une excellente bière locale, et s'installa dans un transat sur la terrasse. Les journées de ce genre étaient rares à Dallas au cœur de l'été. La chaleur n'était pas écrasante, il n'y avait pas d'humidité dans l'air et le soleil brillait dans un ciel d'un bleu éclatant. Le genre de ciel qu'il associait depuis toujours à sa ville natale.

Curieux. Il avait piloté des avions de chasse dans des ciels aussi bleus, sous un soleil aussi éblouissant, dans des endroits qui pour la plupart des gens n'étaient que des noms imprononçables sur une carte, mais ces ciels, ce soleil, lui avaient toujours paru différents. Ses frères, qui avaient eux aussi parcouru le monde pour servir leur pays, ressentaient la même chose. Il le savait.

Travis but une longue gorgée de bière. Les guerres des deux dernières décennies n'avaient rien à voir avec celles dont leur père leur parlait pendant leur adolescence. Le paternel était général. Quatre étoiles, discipline, rigueur. Leur enfance avait été bercée de légendes héroïques datant de plusieurs siècles — « Le sang de vaillants guerriers coule dans vos veines, messieurs » — et du récit des exploits d'ancêtres moins éloignés. Des hommes qui avaient participé à la conquête de l'Ouest et s'étaient établis sur les terres qui deviendraient un jour le Texas, où ils avaient fondé *El Sueño*, le ranch familial qui s'étendait sur deux cent mille hectares.

Le problème, c'était que les histoires de leur père ne semblaient pas pouvoir s'appliquer aux réalités du XXIe siècle.

Mais du moins ses frères et lui étaient-ils tous rentrés chez eux, même si ce n'était pas tout à fait dans le même état qu'au moment de leur départ. Jake avait été blessé au combat. Caleb avait été traumatisé par les sombres machinations d'une Agence dont personne ne parlait jamais.

Pour sa part, il avait eu plus de chance. Pas de blessures physiques. Pas de cicatrices morales. Soudain, Travis pensa à une femme qu'il avait fréquentée pendant quelque temps, après son retour. Elle était psy et bardée de diplômes. Elle lui avait dit qu'il avait un problème. Qu'il était incapable de tisser des liens sentimentaux. Elle semblait déçue, mais elle lui avait souri et lui avait dit que son horloge interne la rappelait à la raison. Il était temps qu'elle trouve un homme qui ne se contente pas de prendre des risques en faisant du saut en chute libre ou en pilotant des avions, mais qui soit prêt à tout risquer en s'engageant dans une relation durable.

Travis but une autre gorgée de bière. Puis elle avait ajouté qu'elle ne lui en voulait pas. Qu'elle savait que c'était plus fort que lui parce qu'il souffrait des suites du combat. C'était faux, bien sûr, mais il n'avait pas pris la peine de le lui préciser. Après tout elle était psy et convaincue de tout savoir sur le psychisme humain. Mais la vérité c'était qu'il avait participé à deux guerres — Afghanistan et Irak — et qu'il s'en était bien sorti. Pas de blessures. Pas de syndrome post-traumatique.

Quelques mauvais rêves, peut-être. D'accord, plutôt des cauchemars. Mais il y survivrait. Il avait survécu à des cauchemars au moins aussi pénibles. Ceux qui l'avaient hanté pendant son enfance, lorsqu'il était submergé de désespoir parce que sa mère l'avait quitté.

Travis plissa le front. Mais non, elle ne l'avait pas quitté. Elle était morte. Ce qui n'avait rien à voir. Elle n'était pas responsable. Personne n'était responsable. Et il s'en était sorti. Il s'était relevé de ce chagrin et il avait tourné la page. C'était une des leçons de la vie. Il fallait éviter de devenir dépendant d'un autre être humain. De s'impliquer sur le plan émotionnel, comme il l'avait fait une semaine plus tôt avec Blondie…

Mais non, enfin ! Décidément, le décalage horaire lui brouillait le cerveau. Il ne s'était pas impliqué du tout. Et elle non plus. N'était-ce pas justement le problème ? Elle l'avait ramassé dans un bar parce qu'elle avait décidé à l'avance de coucher avec un homme, au lieu de le suivre parce qu'elle avait envie de lui… Mais pourquoi pensait-il encore à elle ? Pourquoi ne l'avait-il pas oubliée ? C'était insensé !

Travis finit sa bière, se leva et quitta la terrasse. Ce soir, ce n'était pas une femme qu'il lui fallait. Il avait besoin de remettre les pieds sur terre. Et quoi de mieux pour cela que de passer quelques heures en compagnie de ses frères ? Il les appela en audioconférence et au bout de quelques minutes de conversation leur rappela qu'on était vendredi soir.

— J'ai toujours dit que Travis était quelqu'un de brillant, commenta Jake d'un ton solennel.

— Oui, renchérit Caleb. Je parie qu'il pourrait même nous dire de quel mois et de quelle année.

Travis ignora leurs plaisanteries.

— Vous pouvez vous échapper pour la soirée ?

— Nous échapper ?

Caleb émit un grognement dédaigneux.

— Bien sûr !

Puis, il couvrit manifestement son téléphone du plat de la main, parce qu'ils l'entendirent demander d'une voix étouffée :

— Chérie ? Ça ne t'ennuie pas si je sors avec Trav et Jake, ce soir ?

Travis émit un petit rire moqueur. Jake se contenta de dire qu'il était d'accord pour sortir.

— Tu ne veux pas vérifier si Addison est d'accord ? demanda Travis.

— Pourquoi le ferais-je ? répliqua Jake avec une pointe d'agacement.

Puis il s'éclaircit la voix avant de préciser qu'Addison allait à son club de lecture.

Voilà entre autres pourquoi le mot « engagement » ne ferait jamais partie de son vocabulaire, songea Travis avec dérision avant de demander :

— On se retrouve où ?

Jake cita un ou deux bars. Caleb proposa d'en essayer un qui venait d'ouvrir dans le quartier de Arts District et qu'un client lui avait recommandé.

— Bières locales, excellente carte de vins, steaks fantastiques, bonne musique, assez forte mais il y a des box dans le fond où on peut discuter sans hurler.

— Il ne risque pas d'être infesté d'universitaires ? demanda Jake. Vous savez, le genre à manger des graines de luzerne germées, à écouter de la musique folk et à porter des T-shirts avec des inscriptions du genre « Schopenhauer avait raison » ?

Ses frères pouffèrent.

— Pas si mon client l'apprécie, répondit Caleb. Son genre de philosophe, c'est plutôt Charlie Brown.

Tous les trois éclatèrent de rire. Puis Jake dit :

— D'accord. Essayons-le. 20 heures ?

C'était parfait. En raccrochant, Travis se surprit à siffloter un air joyeux.

Jacob arriva avant les autres. Il obtint un box grâce à un billet de cinquante dollars, et quand il vit Travis franchir la porte il se leva pour lui faire signe.

— Le client de Caleb ne doit pas avoir les mêmes goûts

que nous, dit-il. Si on était en hiver, tous les hommes seraient en costumes de tweed.

— Oui, j'ai remarqué, acquiesça Travis. Il y a un groupe dans le coin là-bas. Une soirée entre universitaires, visiblement. Des tas de barbus tout maigres et des femmes qui ont sûrement des poils sous les bras.

Jake pouffa.

— Tu as toujours été doué pour les portraits. Mais bon, nous sommes là et je viens juste de voir passer un plat de côtes de bœuf.

— Toi, tu as toujours su repérer les détails essentiels. Le mariage te va bien, mon vieux. Il t'a rendu moins laid, en tout cas.

Jake eut un large sourire et ils s'étreignirent brièvement.

— Un beau compliment venant de toi, étant donné que de l'avis général nous nous ressemblons comme deux gouttes d'eau.

— Trois gouttes d'eau, intervint Caleb en les rejoignant.

Embrassades, tapes sur les épaules, puis ils s'installèrent dans le box.

— Comment s'est passé le voyage en Allemagne ?

— Très bien. J'ai négocié comme un chef et j'ai signé un contrat mirifique.

— Fantastique, dit Jake à Caleb. Il est beau, comme nous. Mais très modeste, également. Quel homme !

— Et ta vie amoureuse ? demanda Caleb à Travis. Comment ça se passe ?

Travis crispa la mâchoire.

— Ça veut dire quoi, exactement ?

— Ça veut dire : « Comment vont tes amours ? »

— Ça va.

— Hé, ce n'est pas une question piège ! s'exclama Jake en riant. C'est juste que nos épouses vont nous la poser.

— D'accord. Désolé. Je crois que je suis encore sous l'effet du décalage horaire.

— Toujours personne de spécial ?

— Spécial ? Non. Mais vous savez ce que je pense de ce genre d'interrogatoire ? demanda Travis en plissant les yeux. Je pense…

— Moi ce que je pense c'est que nous ferions mieux de décider ce que nous allons prendre parce que notre serveuse arrive, coupa Caleb.

Ils commandèrent tous les trois la même chose. Chateaubriand, pommes de terre au four avec beurre, crème aigre et ciboulette.

— Et un grand plat de rondelles d'oignons en beignets, ajouta Travis.

— Bien sûr. Il faut manger des légumes à chaque repas, approuva Jake d'un ton pince-sans-rire.

Plus trois bières, que la serveuse apporta aussitôt, avec un bol de noix de cajou. Ils piochèrent dans ce dernier, burent, mangèrent, discutèrent de trucs de garçons.

Travis commençait à se détendre. Pourquoi avait-il aussi mal réagi à une question banale ? Décidément, il ne tournait pas rond… Mais bavarder faisait du bien. Les derniers matches de base-ball. La prochaine saison de football, qui commencerait bientôt. L'avancement des travaux de réaménagement de la maison et du ranch de Jake, voisin de *El Sueño*. Les recherches de Caleb et de sa femme qui cherchaient une propriété, et qui avaient appris que quatre mille hectares venaient d'être mis en vente à Wilde's Crossing.

Les steaks arrivèrent. Ils commandèrent d'autres bières. S'extasièrent sur la qualité de la viande. Et juste au moment où Travis était sur le point de se convaincre que tout allait pour le mieux dans le meilleur des mondes, ses frères échangèrent un regard et posèrent leurs couverts sur leurs assiettes.

— Quelque chose te tracasse, Trav ? demanda Caleb.

Il se força à sourire.

— Rien du tout. Et toi, Caleb, quelque chose te tracasse ?

— Hé, fais attention, rétorqua Caleb d'un ton faussement menaçant. Nous avons les moyens de te faire parler.

Travis rit, comme il était censé le faire. L'espace d'un instant, il envisagea de faire l'idiot et de dire qu'il ne voyait pas du tout de quoi voulaient parler ses frères. Puis il se ravisa. Quand vous aviez grandi avec deux types qui savaient tout de vous, mentir ne servait à rien. Et puis il fallait bien reconnaître qu'il était perturbé par ce qui s'était passé le vendredi précédent. Cependant, il n'était pas obligé d'entrer dans les détails.

Haussant les épaules, il posa ses couverts à son tour et déclara :

— J'ai rencontré une femme.

— Il a rencontré une femme, dit Caleb à Jake.

— Ça alors. Notre frère, le virtuose des fonds spéculatifs, a rencontré une femme. Et il a esquivé la question concernant ses amours.

— Je n'ai rien esquivé du tout, objecta Travis d'un ton crispé. Ça n'a rien à voir avec l'amour. Par ailleurs, je dirige une société d'investissement qui se flatte de ne pas toucher aux fonds spéculatifs. Et pourquoi parlez-vous de moi comme si je n'étais pas là ?

— Parce que la dernière fois que tu as eu une histoire avec une femme dont tu ne voulais pas parler, c'était à l'époque de Suzy Franklin.

Travis s'adossa à la banquette et croisa les bras.

— J'étais au cours moyen ! Et ce n'était pas plus une « histoire » qu'aujourd'hui.

— Il proteste beaucoup trop, commenta Jake.

— Comment faut-il te dire que je n'apprécie pas cette manie de parler de moi comme si je n'étais pas là ? Et je ne proteste pas ! Il n'y a rien contre quoi protester.

Travis se maudit. Il avait eu l'intention de prendre

un ton léger, mais à en juger par la tête de ses frères il n'avait pas réussi… Il prit une profonde inspiration et posa les coudes sur la table.

— Ecoutez, ça n'a aucun intérêt. J'étais dans ce bar dans un quartier paumé…

— Que faisais-tu dans un quartier paumé ?

— En fait, c'était votre faute. Vendredi soir dernier, vous n'étiez pas libres, alors…

Oh ! et puis tant pis ! Autant raconter toute l'histoire. Enfin, presque toute. Inutile de dévoiler l'état d'esprit dans lequel il était ce soir-là… Travis expliqua le bar, La Montagne, l'agressivité ambiante.

— … et, juste à ce moment-là, la porte s'est ouverte et cette femme est entrée. Une femme très… séduisante.

— Sexy, quoi.

Travis se raidit.

— Si on veut, oui…

— Et ?

— Et je me suis dit que si j'arrivais à convaincre tous ces rustres qui bavaient d'admiration devant elle que c'était ma petite amie, tout se passerait bien.

— « Tous ces rustres qui bavaient d'admiration », répéta Caleb d'un ton pince-sans-rire.

— Je lui disais tout à l'heure qu'il a toujours été doué pour les portraits, commenta Jake.

— Vous voulez entendre l'histoire, oui ou non ?

— Nous ne la raterions pour rien au monde. Une nana hyper-sexy est entrée d'un air conquérant dans le bar…

— Elle n'avait pas un air conquérant ! Et elle n'était pas sexy. Pas de la façon dont tu le sous-entends, en tout cas…

La voix de Travis s'éteignit. Allons bon, ses frères le regardaient comme s'il était devenu fou… Pas étonnant, vu le ton sur lequel il leur parlait. Il s'éclaircit la voix.

— Peu importe. Je l'ai donc… abordée. Je lui ai

expliqué que j'avais un problème et j'ai réussi à la convaincre de m'aider.

— Comment as-tu fait ?

— Tu l'as hypnotisée ?

Travis soupira.

— Je l'ai embrassée.

Peut-être qu'après l'avoir dit il arrêterait d'y penser…

Caleb arqua les sourcils.

— Et elle s'est laissé faire ?

— Oui.

— Ah ah…

Jake eut un large sourire.

— Pas seulement une nana sexy. Une nana sexy à la recherche de distraction pour la nuit.

Travis plissa les yeux.

— Ne parle pas d'elle comme ça !

— D'accord. Désolé. Une *dame* à la recherche de distraction pour…

— Elle s'était trompée d'endroit, c'est tout, coupa Travis d'un ton vif.

— Donc, tu ne voulais pas seulement qu'elle te tire d'affaire, intervint Caleb. Tu voulais aussi la protéger.

— Oui. Non ! Pas du tout !

Travis s'adossa de nouveau à la banquette et referma les mains sur sa chope de bière à moitié vide.

— Laissons tomber, d'accord ? Je me suis mis dans une situation ridicule et c'est tout.

— Oui, mais il y a un truc que je ne comprends pas, insista Caleb. Ce type et ses copains étaient prêts à te tomber dessus. Cette nana… désolé, cette femme arrive…

— Elle a un nom. Genevieve.

Jake émit un petit sifflement.

— Non seulement belle mais française.

— De mieux en mieux, renchérit Caleb.

Travis ouvrit la bouche. Et la referma aussitôt. Il

n'avait plus envie de parler de cette soirée. Ça l'obligerait à donner des détails qui semblaient soudain beaucoup trop personnels.

— Parlons d'autre chose.

— D'autre chose ? Mais tu ne peux pas nous faire ça ! protesta Caleb. Nous sommes des hommes mariés. Et heureux de l'être, bien sûr, mais malgré tout il n'y a pas de mal à rêver par procuration.

— Juste au moment où ça devenait intéressant, renchérit Jake. Tu étais dans ce bouge, et paf, une na... femme arrive. Tu l'embrasses, elle répond à ton baiser... et ensuite ? Tu l'as emmenée chez toi ? Tu es allé chez elle ? A moins que...

— Ça suffit.

Le ton de Travis était glacial et son regard meurtrier. Ses frères échangèrent un regard furtif. « Dommage, mais il vaut mieux ne pas insister », disait ce regard.

Jake s'éclaircit la voix.

— Est-ce que... Est-ce que je vous ai parlé du type des échantillons de tissu ? Je vous jure qu'il parle une langue étrangère. Batiste. Bouclette. Brocart. Et ça c'est juste pour la lettre B !

Caleb émit un petit rire forcé.

Jake continua à parler. Au bout d'un moment, Travis émit à son tour un petit rire forcé. La serveuse passa à proximité. Ils demandèrent d'autres bières, bavardèrent encore...

Travis participait à la conversation. Plus ou moins. Un commentaire de temps en temps, un rire quand ça s'imposait. Dire qu'il était sorti dans le but précis d'oublier cette femme ! Résultat, il ne pensait qu'à elle. Il n'était pas là, dans ce bar avec ses frères, mais chez lui, une semaine plus tôt, avec Genevieve. Ses soupirs, ses gémissements, sa sensualité inouïe, sa passion si sincère… Et il avait fallu qu'il gâche tout en réagissant comme un gamin stupide et égoïste !

— Travis ?

Il avait envie de la revoir. Juste… Juste pour lui dire qu'il regrettait, qu'il avait eu tort, qu'il n'aurait pas dû…

— Trav ?

Il tressaillit. Ses frères le regardaient, visiblement inquiets…

— Le décalage horaire, dit-il d'un ton qu'il espérait désinvolte. Ce qu'il me faut, c'est du café. Un bon litre de café noir, bien fort et…

Sa voix s'éteignit.

— Travis ? Ça va ?

Le bar s'était rempli. Les universitaires étaient toujours là. Encore plus nombreux, apparemment. Deux femmes qui devaient en faire partie venaient de passer à proximité du box. T-Shirts « Sauvez-Quelque chose ». Jeans. Sandales de cuir. L'une était brune, l'autre blonde. La blonde titubait. L'autre la tenait par la taille, l'air inquiet et agacé à la fois.

— Travis ? Qu'y a-t-il ?

— Rien, répondit-il tandis que les deux femmes disparaissaient dans les toilettes.

La femme qui titubait ressemblait à Genevieve. Enfin, un peu. Ses cheveux étaient du même blond doré, mais au lieu de flotter librement sur ses épaules, ils étaient attachés en queue-de-cheval. Et elle ne portait pas une robe de la taille d'un mouchoir, ni des talons aiguilles vertigineux. Ce n'était donc pas elle. Ça ne pouvait pas être elle. Il était ridicule d'imaginer que… La porte des toilettes se rouvrit sur les deux femmes. Travis bondit sur ses pieds.

— Travis, que se passe-t-il ? s'exclama Caleb.

Bon sang ! C'était bien elle ! Genevieve ! Blanche comme un linge et la main pressée contre son ventre.

— Voyons, Gen, personne n'est malade comme ça après deux margaritas ! disait sa copine.

Travis sortit son portefeuille et lança des billets sur la table.

— Il faut que j'y aille, dit-il sans quitter Genevieve des yeux.

— Aller où ? Bon sang, dis-nous quelque chose ! protesta Jake.

— Je vous appellerai. Ne vous inquiétez pas. Tout va bien.

— Tu parles !

Jake se leva. Mais Caleb, qui suivait Travis des yeux, le retint par le bras.

— Laisse-le.

— Mais que se passe-t-il, bon sang ?

— Regarde.

Jake se retourna.

Travis parlait avec une brune, qui soutenait une blonde, visiblement mal en point. Au bout de quelques minutes, la brune lâcha la blonde, qui vacilla sur ses jambes juste avant que Travis la prenne dans ses bras et la soulève de terre.

— Ouah, commenta Jake.

— Comme tu dis, acquiesça Caleb.

Genevieve cligna les paupières et ouvrit les yeux.

— Travis ?

— Lui-même.

Elle noua les bras sur sa nuque et enfouit son visage dans son cou, tandis qu'il se dirigeait à grands pas vers la sortie.

6

Ce soir-là, Travis n'avait pris son SUV mais sa Corvette, qu'il avait garée un peu plus loin dans la rue.

Etre obligé de marcher quelques instants était sans doute une bonne chose, songea-t-il. Ça lui laisserait le temps de se calmer. Il était hors de lui. Cette femme n'avait donc rien dans la tête ? La semaine dernière elle était entrée seule dans un bouge habillée de façon à rendre fou n'importe quel homme, et ce soir elle s'enivrait ! Il n'était pas conformiste, il se moquait des conventions sociales, mais ça ne l'empêchait pas d'avoir certaines opinions. Il estimait en particulier qu'une femme qui avait trop bu était un spectacle affligeant. Ses sœurs le traiteraient de sexiste et elles auraient peut-être raison. Mais c'était son opinion.

Et si Genevieve n'était pas malade, ce soir ? Serait-elle en train d'embrasser un inconnu ? S'apprêterait-elle à le suivre chez lui ? Mais quelle importance ? De quoi se mêlait-il ? Ce qu'il était en train de faire était stupide. Il n'était pas responsable de Genevieve. Il aurait dû la laisser avec ses amis. Il était encore temps de faire demi-tour et de la ramener où il l'avait trouvée…

Genevieve gémit doucement et Travis eut un pincement au cœur. Oui, mais elle était malade. Elle avait besoin de… De lui. Il l'avait compris quand elle avait murmuré son nom, puis quand elle avait enfoui le visage dans son cou. Elle avait besoin de lui et elle lui faisait confiance.

Travis s'efforça de chasser cette pensée de son esprit et d'ignorer l'émotion qu'elle faisait naître en lui. Il était beaucoup plus prudent de se concentrer sur sa colère, décida-t-il.

— Petite idiote, marmonna-t-il.

— Je regrette, répliqua-t-elle dans un souffle.

Il n'avait pas prévu qu'elle l'entendrait, mais après tout ce n'était pas plus mal...

— Oui, ça je m'en doute, commenta-t-il d'un ton froid. Mais c'est ce qui arrive quand on boit trop.

— Non... Je voulais dire que je regrette de perturber ta soirée. Mais tu n'es pas obligé de t'occuper de moi. Ce n'est pas ton problème.

— Ça, c'est vrai.

Heureusement qu'elle ne s'attendait pas à ce qu'il soit aimable, songea Jennie avec dérision. Elle savait parfaitement quel genre d'homme était Travis Wilde. Ne l'avait-elle pas appris à ses dépens la semaine dernière ? Ce qui était surprenant, c'était qu'il prenne la peine de l'aider. Surtout qu'il la croyait ivre. Mais comment pourrait-il deviner qu'en réalité elle était stupide ? « Pas d'alcool avec ce médicament, Jennifer », avait prévenu le médecin.

Non, Travis Wilde ne pouvait pas le deviner, et elle n'avait aucune intention de lui expliquer la situation. Dès le départ, elle avait décidé de ne rien dire à personne. C'était sa vie et ce qui lui arrivait ne regardait qu'elle. Ses parents étaient morts. Elle n'avait ni frères ni sœurs. La dernière chose dont elle avait besoin, c'était que des étrangers lui témoignent une compassion factice. Elle avait eu sa dose de la part des bénévoles bien intentionnés de l'hôpital. Ou bien dans les séances de thérapie de groupe, où tout le monde croyait avoir des problèmes, jusqu'à ce qu'elle expose le sien...

Elle avait même tenté une psychothérapie, mais ça

avait tourné à la mauvaise farce quand le psy avait enfreint toutes les règles déontologiques en essayant de l'embrasser. Elle ne s'était pas laissé faire, bien sûr. Contrairement à vendredi dernier, lorsqu'elle s'était retrouvée dans les bras de Travis Wilde… Parce qu'elle avait décidé de se sentir femme l'espace d'une nuit au lieu de n'être qu'un cobaye aux mains des médecins. Quelle erreur elle avait commise ! Heureusement, sa voiture n'était plus qu'à quelques mètres. Dans quelques secondes, elle serait débarrassée de Travis Wilde. Jennie rassembla ses forces. Il était essentiel de paraître moins affaiblie qu'elle ne l'était en réalité.

— Voilà ma voiture. La Civic marron.

Travis ne répondit pas. Ne ralentit même pas le pas.

— Monsieur Wilde, je viens de vous dire…

— J'ai entendu.

— Alors reposez-moi par terre…

— Tu la reprendras demain, quand tu seras en état de conduire.

— Je suis parfaitement capable de conduire !

Travis eut un rire moqueur.

— Ben voyons.

Il la reposa brusquement sur ses pieds et passa un bras autour de sa taille pour la retenir pendant qu'il ouvrait la portière de la Corvette.

— Monte.

— Brenda peut très bien…

— Monte.

— Non. Je refuse de…

Marmonnant un juron, Travis la souleva de nouveau de terre et la posa sur le siège passager. Puis il referma la portière et fit le tour de la voiture pour s'installer au volant.

— Ceinture, dit-il d'un ton vif.

— Non.

Il se pencha sur elle et lui attacha sa ceinture.

— Où habites-tu ?

— Je n'ai pas besoin de votre aide, monsieur Wilde.

— Si. Et il est un peu tard pour te montrer formaliste, tu ne crois pas ? Tu ne m'appelais pas « monsieur Wilde » quand tu étais dans mon lit.

Jennie devint écarlate. Elle était ravissante quand elle rougissait, songea Travis. Et elle semblait si vulnérable… Qui était vraiment cette femme ? Elle n'avait rien à voir avec la fille sexy de la semaine dernière. Coiffée d'une queue-de-cheval, elle n'était pas du tout maquillée ou très peu. Elle portait un corsage de coton sans manches, très simple, boutonné devant. Un jean très simple lui aussi. Pas le genre de jean de marque déchiré qui coûtait des centaines de dollars. Et elle était chaussée de sandales de cuir plates. Pas de talons aiguilles vertigineux, ce soir.

Oui, elle paraissait vulnérable. Et il avait très envie de la serrer dans ses bras en lui disant qu'il allait prendre soin d'elle… Ce qui était ridicule ! La mâchoire crispée, il attacha sa ceinture et mit le contact.

— J'attends toujours que tu me donnes ton adresse.

— Non, c'est idiot.

Elle saisit la poignée de la portière.

— Je vais aller chercher Brenda. Elle peut très bien…

— Non, elle ne peut pas. Je te raccompagne chez toi et il est inutile de discuter. Quelle est ton adresse ?

Jennie ferma les yeux. Si seulement elle ne s'était pas laissé convaincre par Brenda de sortir avec leurs collègues pour fêter le doctorat de Peter Haley…

— Allez, avait insisté Brenda. Tu t'es traînée toute la semaine. Quelques heures loin des livres te feront du bien.

Pourquoi pas ? s'était-elle dit. Elle était donc sortie avec les autres. Ce n'était pas elle qui avait commandé la margarita mais Peter. Quand on la lui avait apportée, tout le monde l'avait regardée. Parce qu'elle ne buvait jamais. Pas même de la bière, boisson incontournable de la vie universitaire. Et, bien sûr, il y avait toujours quelqu'un pour demander : « Tu ne bois pas, Jen ? » Ou bien pour s'exclamer « Bravo ! J'ai entendu dire que les programmes de désintoxication sont très difficiles à suivre, mais apparemment tu tiens le coup. » Dans un cas comme dans l'autre, il n'y avait pas de repartie appropriée. Elle en avait assez d'être la bête curieuse. Celle qui commandait toujours un Coca light. Juste une gorgée de margarita, s'était-elle dit. Quel mal pouvait lui faire une seule gorgée ?

Le cocktail était délicieux. Et la sensation qu'elle avait éprouvée, délicieuse également. Pas à cause de l'alcool, mais parce que, pour la première fois depuis des mois, elle s'était sentie normale. Alors elle avait bu la moitié du verre. C'était tout ce qu'elle avait bu, ce soir. La moitié d'un verre. Pas deux verres comme l'avait prétendu Brenda.

Pendant quelques minutes elle s'était sentie merveilleusement bien. Cette fois c'était l'effet de l'alcool. Elle s'était sentie légère, insouciante. Enfin, elle avait cessé de penser à ce qui l'attendait bientôt. Elle avait cessé également de penser à ce qui s'était passé la semaine dernière avec l'homme assis à côté d'elle. Cet homme qui était aussi superbe et arrogant que dans son souvenir…

Et, à vrai dire, elle gardait beaucoup trop de souvenirs de lui. Ses mains sur sa peau. Sa bouche sur la sienne. Son corps contre le sien… N'était-il pas affligeant qu'elle ne parvienne pas à oublier tout ça ? Et qu'un tel goujat soit un amant aussi fantastique ? Elle méprisait cet homme et, pourtant, une semaine après avoir été mise à la porte de chez lui, il suffisait qu'elle le regarde pour que son cœur s'affole. Pourquoi avait-il fallu qu'il vienne dans ce bar, ce soir ?

— On va rester là toute la nuit ? demanda-t-il d'un

ton rogue. C'est ce qui va se passer si tu ne me donnes pas ton adresse.

Jennie réprima un soupir. Le plus simple était de céder et de le laisser la raccompagner. Ensuite, elle serait enfin débarrassée de lui.

— J'habite près de l'université. Farrier Drive. C'est à…

— Je sais, dit-il en démarrant.

Allons bon, voilà qu'elle avait de nouveau envie de vomir.

— Arrête-toi ! lança-t-elle d'une voix étranglée.

Il lui jeta un coup d'œil et coupa aussitôt deux files de voitures pour se ranger le long du trottoir. Elle avait à peine fini de détacher sa ceinture quand il lui ouvrit la portière après avoir bondi de son siège et fait le tour de la voiture.

— Doucement, dit-il en l'aidant à descendre.

Elle se pencha sur le caniveau et vomit. Ou plutôt elle essaya, mais sans résultat. Elle n'avait plus rien dans l'estomac… Ce qui n'atténuait pas son humiliation. Surtout que Travis Wilde, le roi des goujats, la tenait par les épaules, comme un parfait gentleman… Lorsqu'elle se redressa, elle tremblait de tout son corps.

— Ne bouge pas, dit Travis.

Il enleva son blouson et l'en enveloppa.

— Merci, murmura-t-elle d'une voix rauque.

Il la fit pivoter vers lui et sortit un mouchoir blanc de sa poche. Elle tendit la main mais elle tremblait trop pour le prendre.

— Laisse-moi faire.

Pendant qu'il lui essuyait la bouche, elle évita son regard, certaine d'y lire la réprobation.

— Hé, murmura-t-il d'une voix douce.

Il lui prit le menton pour lui faire lever la tête. A sa grande surprise, ce fut de la compassion qu'elle vit dans ses yeux. Elle fut aussitôt prise d'une irrésistible envie de se laisser aller contre lui. Non. C'était le genre d'erreur à éviter à tout prix.

— Je… Je vais bien, dit-elle d'une voix mal assurée.

Il hocha la tête.

— Eliminer l'alcool ne peut te faire que du bien.

— Ce n'est pas l'alcool…

Jennie se maudit aussitôt. Quelle idiote ! Il fallait lui laisser croire que c'était ça, au contraire ! A son grand soulagement, il ne la crut pas.

— Tu parles. J'ai trois sœurs, toutes plus jeunes que moi, et je les ai déjà toutes aidées à se débarbouiller après une fête un peu trop arrosée. Mais chaque fois elles m'ont juré que si elles étaient malades ce n'était pas à cause de l'alcool.

Ce n'était pas vrai. Il n'avait jamais vu Em, Lissa ni Jaimie ivres. S'il leur était arrivé de l'être — ce qui était probable —, elles s'étaient débrouillées entre elles. Comme Jake, Caleb et lui-même l'avaient fait de leur côté.

Genevieve, elle, n'avait personne vers qui se tourner. A cette pensée, Travis eut un pincement au cœur. Elle était très pâle. L'élastique qui retenait sa queue-de-cheval avait glissé, et des mèches blondes lui tombaient sur les yeux. Il les cala derrière ses oreilles.

— Ça va, maintenant ?

Elle hocha la tête. Tout en la soutenant d'une main, il ouvrit la boîte à gants de la Corvette et en sortit une petite bouteille d'eau, qu'il ouvrit. Jennie tendit la main, mais elle tremblait toujours.

— Tiens, dit-il en approchant le goulot de ses lèvres.

Elle se rinça la bouche, puis but quelques gorgées.

— Merci.

— Finis la bouteille.

Elle secoua la tête.

— L'eau te fera du bien.

Il approcha de nouveau le goulot de ses lèvres et elle finit la bouteille.

— C'est bien, dit-il d'un ton qui se voulait apaisant.

Il revissa le bouchon et lança la bouteille vide à l'arrière de la voiture.

— Tu veux rester un moment dehors pour prendre encore l'air ?

— Non, je me sens beaucoup mieux.

— Tu es sûre ?

La gorge de Jennie se noua. Si seulement son regard n'était pas aussi compatissant ! Tout ce qui ressemblait de près ou de loin à de la pitié lui était insupportable. C'était la raison pour laquelle elle avait quitté la Nouvelle-Angleterre pour Dallas, où personne ne la connaissait.

Et voilà que le roi des goujats était soudain devenu généreux et attentionné… C'était trop dangereux. Il vaudrait beaucoup mieux que leurs rapports redeviennent tendus.

— Oui, j'en suis sûre. Ecoute, je sais que tu as peur que je sois malade dans ta voiture…

— Pas du tout. Je ne m'inquiète pas pour ma voiture.

— Bien sûr que si. Pour quelle autre raison serais-tu aux petits soins avec moi ?

Manifestement, elle avait atteint son but : le regard de Travis redevint glacial.

— Tu as une bien piètre opinion de moi.

— Elle n'est pas différente de celle que tu as de moi.

Il ouvrit la bouche, la referma.

— D'accord, si nous faisions une trêve ?

Elle haussa les épaules.

— Si tu veux.

— Quel enthousiasme, Genevieve.

— Je ne m'appelle pas Genevieve.

Pourquoi cette précision ? se demanda-t-elle aussitôt.

Quelle importance qu'il l'appelle comme ça ou autrement ? Mais, curieusement, ça en avait une.

— Je m'appelle Jennifer. Jennie.

Travis arqua un sourcil.

— Pourquoi as-tu utilisé un autre prénom ?

Elle eut une hésitation. Rien ne l'obligeait à répondre. Mais malgré tout elle lui devait la vérité, même si ce n'était qu'une infime partie de celle-ci.

— Parce que, vendredi dernier, ce n'était pas moi. Je n'ai rien à voir avec cette… cette fille provocante qui est entrée dans ce bar et qui… qui a suivi un inconnu chez lui pour…

A son grand dam, ses yeux se noyèrent de larmes. Ce qu'elle pouvait être pathétique ! Elle voulut tourner la tête, mais Travis lui prit le visage à deux mains et essuya ses joues du bout des pouces.

— Tu n'étais pas une fille provocante. Tu étais une femme superbe. Et courageuse.

Le cœur de Jennie se serra. La voix de Travis était si douce… Mais elle ne voulait surtout pas de sa douceur ! Elle voulait qu'il reste un goujat dénué de la moindre sensibilité.

— Mon cœur…

Elle déglutit péniblement. C'était trop ! Il fallait faire quelque chose.

— Et je ne m'appelle pas non plus « mon cœur ».

Elle secoua la tête pour dégager son visage des mains de Travis.

— Si tu t'imagines que… que quelques belles paroles vont m'inciter à coucher de nouveau avec toi…

Il s'écarta vivement d'elle. Très réussie, la trêve…

— Remonte dans la voiture, *Genevieve*, dit-il d'un ton glacial en insistant délibérément sur son faux prénom. Je vais te raccompagner et ensuite il faut espérer que nous n'aurons plus la malchance de nous revoir.

Ce n'était pas plus méchant que ce qu'elle venait de lui dire. Alors pourquoi était-elle aussi blessée ? se demanda Jennie avec dépit. Si seulement elle pouvait trouver une réplique cinglante et le planter là… Malheureusement, son esprit restait désespérément vide et ils étaient encore loin de chez elle. Or, dans son état, elle ne pouvait pas se permettre de rentrer à pied.

— Excellent programme, monsieur Wilde. Et merci de me rappeler que vous êtes un parfait goujat.

Ce n'était pas très brillant, mais elle ne pouvait pas faire mieux. Elle se tourna vers la voiture. Une douleur fulgurante lui vrilla le crâne, et elle vacilla. Elle attendit quelques secondes que le sol se stabilise sous ses pieds, puis elle monta dans la voiture.

Travis s'installa au volant et claqua sa portière si violemment qu'elle tressaillit. Tandis que la voiture démarrait, Jennie pria silencieusement. Pourvu que la douleur ne devienne pas insupportable avant qu'elle soit seule…

Lorsque Travis tourna dans la rue de Jennie, puis dans la résidence universitaire où elle habitait, sa douleur avait disparu. Un petit miracle. Mais qui ne durerait pas. Il fallait qu'elle prenne un comprimé au plus vite.

— Quel bâtiment ? demanda Travis.

— Tu peux t'arrêter au coin.

— Quel bâtiment ?

— Tu n'es pas obligé de…

— En effet, je ne suis pas obligé. Quel bâtiment ?

Jennie se hérissa. Décidément, il était impossible ! Certaines femmes aimaient les hommes autoritaires, mais elle n'en faisait pas partie. Vivement qu'il s'en aille !

— Celui-ci. Au coin.

Travis roula jusqu'au coin, puis tourna dans l'allée qui conduisait derrière le bâtiment.

— Que fais-tu ? s'exclama-t-elle.

— Je te raccompagne jusqu'à ta porte, répondit-il d'un ton vif en se garant sur une place de parking.

— Ce n'est pas…

Elle parlait dans le vide. Il était déjà descendu et faisait le tour de la voiture. Il ouvrit sa portière. Elle descendit en roulant les yeux.

— Vous faites toujours le sourd quand on vous demande quelque chose, monsieur Wilde ?

— Seulement quand la demande est absurde, mademoiselle… ?

— Cooper.

— Seulement quand la demande est absurde, mademoiselle Cooper. Il y a vingt minutes, vous vomissiez tripes et boyaux.

— Quelle expression horrible !

— Mais appropriée.

Ils se dirigèrent vers l'entrée de l'immeuble à deux étages. Travis voulut lui prendre le bras mais elle le repoussa. Ce n'était pas très malin, songea-t-elle aussitôt. Une des ampoules de l'applique de la porte d'entrée était grillée et il faisait très sombre. Or l'allée était parsemée de nids-de-poule énormes… Inévitablement, elle trébucha. Tout aussi inévitablement, Travis l'empêcha de tomber et passa un bras autour de sa taille.

— Je n'ai pas besoin…

— Je préfère en être juge.

— Et moi je te dis que je n'ai pas besoin d'aide, merci beaucoup. Je vais beaucoup mieux et tu m'as raccompagnée jusqu'à ma porte, alors…

— Tes clés.

— Tu es sourd ? Je viens de te dire…

— Je te raccompagne jusqu'à ton appartement. Tes clés.

Agacé, Travis tendit la main et claqua des doigts. Relevant le menton, Jennie le foudroya du regard. De toute évidence, elle mourait d'envie de le frapper… Il réprima un sourire. Il fallait reconnaître qu'elle avait du caractère… En minirobe ou en jean, malade ou en forme, Jennie Cooper était une femme… spéciale.

Tenant son trousseau de clés entre deux doigts, elle le laissa tomber au creux de sa paume avec un sourire ouvertement hypocrite. Cette fois, ce fut un éclat de rire qu'il réprima. Elle avait plus que du caractère. Elle avait du punch. Et il mourait d'envie de l'embrasser. Ce qui était vraiment ridicule !

Il ouvrit la porte du bâtiment. Celle-ci donnait sur un hall minuscule. Couloir étroit. Portes. Rien d'inhabituel. Au moment où Jennie passa devant lui, leurs corps se frôlèrent. Il eut le souffle coupé. L'atmosphère de la minuscule entrée se chargea d'électricité.

A moins qu'il ne connaisse subitement plus rien aux femmes, elle était aussi troublée que lui… Bon sang, il mourait d'envie de la prendre dans ses bras ! De l'embrasser. De la caresser… Et elle se laisserait faire. Il en avait la certitude. La lueur qui brillait dans ses yeux marine en était la preuve. Mais pas question. Il s'écarta d'elle.

— Quel appartement ?

Jennie indiqua d'un signe de tête la porte la plus proche. Celle-ci s'ouvrait avec la même clé. Ils pénétrèrent dans l'appartement. Petit. Meublé sobrement. Décor impersonnel, à part une petite peluche posée sur le canapé. Un chien avec de longues oreilles tombantes. Ou plutôt *une* longue oreille tombante. Il ne restait pas grand-chose de l'autre, ni du nœud papillon rouge passé qu'il avait eu autour du cou. C'était le genre de souvenir que ses sœurs — Emily, en tout cas — conservaient précieusement.

Jennie indiqua une porte qu'il devina être celle de la salle de bains.

— Il faut que je...

— Bien sûr. Je t'attends.

— Non. Ce n'est pas la peine.

— Je t'attends.

Jennie réprima un soupir mais garda le silence. Une fois dans la salle de bains, elle verrouilla la porte et s'examina dans le miroir. Elle avait une mine épouvantable. Non que ça ait la moindre importance. Travis était ici en tant que secouriste, en quelque sorte... Elle se lava le visage et se brossa les dents, puis elle avala un comprimé. Après avoir pris une profonde inspiration, elle regagna le salon. Travis était devant la fenêtre.

Il se retourna.

— Comment te sens-tu ?

— Bien. Tu sais tout à l'heure quand j'ai dit que ce n'était pas la tequila... c'était vrai. Je n'étais pas ivre.

— Ecoute, oublie ça. Je n'avais pas à te faire la morale et...

— C'est à cause d'un médicament.

— Un médicament ?

Jennie hocha la tête. Travis était visiblement surpris, mais il ne pouvait pas l'être davantage qu'elle ! Que lui prenait-il de revenir là-dessus ? Pourquoi éprouvait-elle le besoin de lui donner des explications ?

— C'est une allergie ?

Elle prit une profonde inspiration.

— Non, je... J'ai des migraines. Le médecin m'avait prévenue qu'il fallait éviter de boire de l'alcool avec le médicament que je prends, mais...

— Mais tu as oublié.

Non, elle n'avait pas oublié. Elle avait juste pensé : « Quelle différence ? » Sa vie s'annonçait si brève... Mais ça, elle ne pouvait pas le lui dire.

— Quelque chose comme ça, oui, acquiesça-t-elle avec un sourire qu'elle espérait désinvolte.

Travis sourit à son tour et elle sentit son cœur s'affoler dans sa poitrine. Quand il souriait, il était vraiment irrésistible… Elle se détourna et se dirigea vers la porte. Elle sentait sa présence dans son dos. Elle ouvrit la porte et lui tendit la main. Lorsqu'il la prit, elle fut parcourue d'un long frisson.

— Merci de m'avoir raccompagnée.

— Non. Merci à toi.

— Pourquoi ?

— Pour avoir supporté stoïquement mes reproches et mes leçons de morale. J'ai été odieux.

— Pas du tout. Je veux dire, tu avais toutes les raisons de croire que j'étais ivre.

— Mais pas le droit de te juger.

Les doigts de Travis se resserrèrent autour de la main de Jennie. Il se rapprocha d'elle.

— Quant à la semaine dernière…

— Non, coupa-t-elle précipitamment. Ce n'est pas la peine de…

— Si. Tu m'as fait un cadeau inestimable. Et un grand honneur.

Elle sentit ses joues s'enflammer. Il était sincère. Ça se voyait dans ses yeux, ça s'entendait dans sa voix… Et du coup, elle avait envie de lui expliquer… du moins, en partie.

— Travis… Je sais que j'ai donné l'impression que ce qui s'est passé entre nous aurait pu se passer avec n'importe qui, mais…

Elle prit une profonde inspiration.

— Dès que j'ai ouvert la porte de ce bar, j'ai su que je ne pourrais jamais mettre mon projet à exécution. Mais ensuite…

— Ensuite ?

— Ensuite tu es venu vers moi et…

— Ton arrivée a été un véritable miracle. Je me suis d'abord dit que tu allais me sortir du guêpier dans lequel j'étais tombé. Mais le véritable miracle c'était ta beauté. Et le désir que j'ai éprouvé pour toi dès que je t'ai vue.

Devant le sourire de Jennie, Travis sentit son cœur se gonfler de joie.

— Sincèrement ? demanda-t-elle dans un souffle.

— Je n'avais jamais éprouvé un tel désir auparavant.

— Ce qui s'est passé entre nous, c'était…

— Exceptionnel, murmura-t-il en la prenant dans ses bras. Je n'ai pas cessé de penser à toi un seul instant depuis vendredi dernier.

— C'est vrai ?

— Même pendant mon sommeil, je rêvais de toi.

Disait-il ça pour la réconforter ou était-il vraiment sincère ? « Arrête de tout analyser. » Ce fut la dernière chose que souffla son alter ego à Jennie avant qu'elle l'envoie au diable et se laisse aller dans les bras de Travis.

— Moi aussi j'ai rêvé de toi.

Il lui prit le visage à deux mains.

— Je n'ai pas envie de partir.

— Alors reste.

Il ferma la porte et s'empara de sa bouche.

7

Il n'allait pas lui faire l'amour.

Elle était trop faible. Pas question de la fatiguer. Il voulait juste la tenir dans ses bras. L'embrasser. La caresser aussi. Pas des caresses sexuelles. Juste sentir la douceur de ses cheveux entre ses doigts. La chaleur de sa peau sous ses mains.

Malgré ses bonnes résolutions, Travis fut très vite submergé par le désir. Les baisers ardents de Jennie, son corps souple et chaud contre le sien, ses gémissements, tout cela menaçait de lui faire perdre la tête.

Il s'arracha à sa bouche.

— Nous ne sommes pas obligés de…

Elle enfonça les doigts dans ses cheveux et le réduisit au silence par un nouveau baiser.

— Essaies-tu de me dire que tu n'as pas envie de moi ?

Il lui prit la main et la posa sur son cœur, qui tambourinait dans sa poitrine. Puis il la fit glisser jusqu'à sa braguette, gonflée par l'éveil de sa virilité.

— Qu'en penses-tu ?

Elle laissa échapper un petit rire incroyablement sexy.

— Je pense que nous pouvons passer dans la chambre. La porte juste derrière toi.

Il la souleva dans ses bras et la porta dans une pièce tout juste assez grande pour contenir une commode, une table de nuit… et deux lits jumeaux. Il faillit pouffer.

Il ne savait pas trop à quoi il s'attendait, mais certainement pas à ça !

— Ça pourrait être pire, commenta Jennie comme si elle lisait dans ses pensées. Dans mon dernier appartement, il y avait des lits superposés.

Ils pouffèrent en même temps. Mais lorsqu'il la laissa glisser lentement contre lui pour la reposer sur ses pieds, leur rire s'éteignit. Les yeux marine de Jennie étincelaient de désir. Lui aussi brûlait de désir. Mais pas seulement. Il avait envie de prendre soin d'elle. De la protéger. D'être l'amant qu'il n'avait pas été la première fois. L'amant qu'elle méritait.

Il l'embrassa avec une douceur infinie, puis il lui prit le visage à deux mains.

— Je vais te déshabiller, puis je m'allongerai avec toi et je te tiendrai dans mes bras. Nous ne sommes pas obligés de faire autre chose cette nuit.

Alors qu'elle ouvrait la bouche pour lui répondre, il la réduisit au silence avec un baiser avant de commencer à ouvrir les boutons de son corsage. Mais ceux-ci semblaient déterminés à lui résister. Que lui arrivait-il ? Pourquoi était-il aussi maladroit, tout à coup ? D'ordinaire, ce genre d'exercice ne lui posait aucun problème…

Jennie émit un petit bruit étrange. Il leva les yeux.

— Qu'y a-t-il ?

— Déchire mon corsage, s'il le faut…

Il s'exécuta aussitôt, puis il s'écarta un peu pour l'admirer. Epaules crémeuses. Seins ronds dans un soutien-gorge de coton blanc. Une marque de naissance en forme de cœur à la base du cou. Comment avait-il pu ne pas la remarquer la dernière fois ?

Il embrassa sa marque de naissance. Puis la peau laiteuse de ses seins, juste au-dessus des bonnets du soutien-gorge. Puis chaque pointe hérissée à travers le coton blanc.

— Travis…

Jamais personne n'avait prononcé son nom avec une telle ferveur.

Il déboutonna la ceinture du jean de la jeune femme. Baissa la fermeture Eclair. Fit glisser le jean sur ses jambes. Elle était parcourue de frissons… Après lui avoir enlevé ses chaussures, il la contempla. Pieds nus, en culotte et soutien-gorge, elle était incroyablement sexy…

— Tu es belle.

Elle rosit de plaisir.

— J'ai envie de l'être. Pour toi.

C'était ce qu'il voulait lui aussi. Qu'elle soit belle pour lui. Seulement pour lui.

— Touche-moi, Travis.

— Tu es sûre ?

— Oui.

— Prends ma main et montre-moi où tu veux que je te touche, dit-il d'une voix rauque.

Il tendit la main. Elle la regarda, hésita, puis la prit dans la sienne. Elle la posa sur sa joue. Sa bouche. Elle aspira un de ses doigts entre ses lèvres et le suça. Il laissa échapper un gémissement étranglé. Elle le rendait fou ! Il allait perdre le contrôle. Bon sang, il allait exploser… Au prix d'un immense effort, il parvint à juguler le plaisir qui menaçait de le déborder.

— Où veux-tu encore que je te touche ? demanda-t-il d'une voix à peine audible.

Elle plongea son regard dans le sien et fit glisser sa main le long de son cou. La posa sur un sein. Il ferma les yeux. Savoura le contact de la pointe durcie contre sa paume, à travers le coton.

— Et ici, murmura-t-elle en faisant glisser sa main plus bas.

Jennie s'arrêta sur son ventre. Impossible de descendre plus bas. Déjà, elle n'aurait jamais imaginé faire ça avec un homme. Guider sa main sur son corps. Observer son visage pendant qu'elle le faisait. Voir ses traits s'altérer...

— Jennie.

Elle tressaillit. Les yeux de Travis brillaient comme deux obsidiennes dans la pénombre.

— Ne t'arrête pas. Montre-moi ce que tu veux.

Elle prit une profonde inspiration. Puis elle fit glisser sa main entre ses cuisses. Il étouffa un juron. Elle était chaude, brûlante de désir...

— Travis...

Travis fouilla dans les poches de sa veste. Pourvu que... Oui. Ouf! Il y avait deux préservatifs dans la poche intérieure.

— Jennie, ma belle Jennie...

Il se déshabilla avec fébrilité. Puis il dégrafa son soutien-gorge, fit glisser les bretelles sur ses bras et le laissa tomber par terre. Il commença à baisser sa culotte, changea d'avis et la déchira. Jennie pressa son corps frémissant contre le sien en cherchant sa bouche. Le lit était à des millions de kilomètres... Le mur. Oui, parfait.

— Tiens-toi à moi, dit-il en la soulevant de terre. Tes bras autour de mon cou. Tes jambes autour de ma taille...

Il plongea en elle. Elle cria son nom. Il se figea.

— Je t'ai fait mal?

— Non! Ne t'arrête pas! supplia-t-elle.

Lorsque Tarvis captura sa bouche et se mit à aller et venir en elle, Jennie crut défaillir. Ses coups de reins puissants déclenchaient au plus profond d'elle des sensations inouïes. Emportée dans un tourbillon irrésistible, elle sombra dans le gouffre du plaisir avec un long gémissement. Il accéléra encore le rythme. Lorsqu'il la rejoignit avec un cri rauque, le monde vacilla.

Sans savoir comment, ils arrivèrent jusqu'au lit. Travis l'allongea délicatement sur le couvre-lit, l'embrassa et passa dans la salle de bains pour se débarrasser du préservatif.

Lorsqu'il revint, elle s'écarta pour lui faire une place sur le matelas étroit. Mais il la prit dans ses bras et l'allongea sur lui. Peu importait qu'il n'y ait pas assez de place pour deux dans ce lit. Il n'avait pas l'intention de la lâcher. Il la garderait sur lui jusqu'à la fin des temps...

— Travis ?

— Mmm ?

— Je suis trop lourde.

Il pouffa. Elle aussi. Quelle sensation extraordinaire, ce corps musclé secoué par le rire sous le sien ! Jamais elle n'aurait imaginé qu'on pouvait rire dans ce genre de circonstance. Et cette découverte était exaltante...

— Sérieusement. Tu ne dois pas être bien.

— Tu sais, quand j'étais petit, j'avais une vieille couverture que j'adorais.

— Et ?

— Et je ne pouvais pas m'endormir si elle n'était pas sur moi.

— Charmant. Si je comprends bien, je te rappelle une vieille couverture ?

— Tu préfères que je dise que c'était un édredon ?

Elle mordilla doucement l'épaule de Travis.

— Hé. C'était un compliment.

— Dire à une femme qu'elle vous rappelle une couverture, ou même un édredon, ce n'est pas un compliment, monsieur Wilde.

— Je ne l'ai pas dit à une femme. Je te l'ai dit à toi. Seulement à toi, Jennie. Tu es la seule femme que je veux dans mes bras.

— Ça tombe bien. Parce que tu es le seul homme que je veux dans les miens.

Il l'embrassa. Elle sentit le sexe de Travis se durcir contre son ventre. Il s'arracha à sa bouche et glissa avec précaution sous elle pour se lever.

— Ne t'en va pas ! s'exclama-t-elle avant d'avoir le temps de se raviser.

Il l'embrassa de nouveau et se saisit d'un nouveau préservatif.

— Pourquoi te quitterais-je ? dit-il en se rallongeant et en la faisant rouler sous lui.

— Travis...

— Jennie, murmura-t-il en entrant en elle.

Jennie se réveilla dans l'obscurité, désorientée. Elle était dans son lit. Le matelas plein de bosses était reconnaissable entre mille. Mais elle n'était pas seule. Sa tête reposait sur une épaule musclée... et elle était prisonnière d'un bras et d'une jambe également pleins de muscles jetés en travers de son corps. Travis...

Mais il faudrait qu'elle se lève. Pour faire ce que faisait une femme qui se réveillait à côté d'un homme. Mais quoi, exactement ? Qu'était-elle censée faire ? Se recoiffer ? Se maquiller ? S'habiller. Oui, s'habiller. Quitter la chambre. Laisser l'homme un peu tranquille. Sauf qu'elle n'avait aucune envie de bouger. Elle était si bien comme ça... Avec l'épaule de Travis qui lui servait d'oreiller, son bras et sa jambe sur elle. Son corps était chaud. Rassurant. Merveilleusement réel. Le sexe n'avait rien à voir avec tout ce qu'elle avait eu l'occasion de lire ou de voir sur le sujet.

Travis remua dans son sommeil. Son bras se resserra autour d'elle et il l'attira tout contre lui. Comme c'était merveilleux de se réveiller dans les bras d'un homme ! De le sentir attentionné et protecteur. Travis Wilde. Un homme qu'elle avait trouvé dans un bar et qui était à présent son amant. L'espace d'un instant, Jennie s'offrit le luxe de penser à Travis comme à son amant.

Une douleur fulgurante lui transperça la tempe, la ramenant cruellement à la réalité. Elle serra les dents, réprimant le cri qui montait de sa gorge. La douleur persistait. Intolérable. Plus aiguë qu'elle ne l'avait jamais été.

Elle ne savait que trop bien ce qui suivrait. Le froid. Les tremblements. Le voile gris sur les yeux. Il fallait à tout prix éviter que Travis se rende compte de quelque chose. Elle se mordit la lèvre pour tenter de tenir la douleur à distance le temps de se dégager de son étreinte sans le réveiller.

Il remua de nouveau en marmonnant. Elle retint son souffle jusqu'à ce qu'il s'immobilise, puis elle se leva, trébucha, retrouva son équilibre de justesse. La douleur la tenaillait toujours. Pas le temps de chercher son peignoir dans le noir. Depuis un mois elle avait pris l'habitude de dormir avec une veilleuse. Un talisman dérisoire contre l'obscurité qui l'attendait, mais qui lui apportait un peu de réconfort. Elle dormait aussi avec le chien en peluche. Elle l'avait gardé pendant toute son adolescence pour des raisons sentimentales, et il avait fini par devenir le seul vestige d'une époque où elle était en parfaite santé.

Cette nuit, bien sûr, il n'y avait pas la veilleuse. Ni le chien en peluche. Le réconfort, elle l'avait trouvé dans les bras de Travis. Elle alla jusqu'à la salle de bains à tâtons. Ferma la porte derrière elle et chercha, toujours à tâtons, le flacon de comprimés sur la tablette au-dessus du lavabo.

Elle n'alluma pas la lumière. Elle savait par expérience que ses yeux ne la supporteraient pas. Et de toute façon, elle passerait sous la porte et risquerait de réveiller… Un flacon vacilla sous ses doigts… et toute la rangée tomba dans le lavabo avec un bruit retentissant.

La porte s'ouvrit et la lumière s'alluma. Elle se couvrit les yeux avec son bras.

— Jennie, ça va ?

— Oui, très bien.

Travis dévisagea la jeune femme. Très bien ? Avec cette tête ?

Il la saisit doucement par les épaules et la fit asseoir sur le siège des toilettes fermé. Il y avait tout un tas de flacons renversés dans le lavabo. Tous en plastique, sans doute, mais il valait mieux vérifier. Il examina ses joues, ses mains, son corps. Aucune trace de sang. Visiblement, elle n'était pas blessée. Rassuré, il lui saisit le poignet pour écarter son bras de ses yeux.

— Non !

Ce cri aigu lui serra le cœur. Et lui qui croyait qu'elle n'était pas blessée…

— Qu'y a-t-il ?

— Rien, je…

Il jura à mi-voix et l'obligea avec douceur mais fermeté à baisser son bras. Ses yeux étaient fermés. D'accord… Pas de sang. Pas d'hématomes. Mais elle était livide et elle tremblait de tout son corps… Il lui demanda d'ouvrir les yeux.

— Nooon…

Il s'accroupit devant elle.

— Jen, il faut me parler. Que s'est-il passé ? Je me suis réveillé, tu n'étais plus là et puis j'ai entendu un fracas.

— Je… J'avais la migraine.

Il sentit un grand froid l'envahir. De toute évidence, elle avait à peine la force de parler… Que lui arrivait-il ?

— Alors je suis venue ici pour… pour chercher des médicaments.

— Pourquoi n'as-tu pas allumé la lumière ? Pourquoi ne me laisses-tu pas regarder tes yeux ?

— Je ne pensais pas avoir besoin de lumière. Je sais où tout est rangé. Et mes yeux…

Elle s'interrompit et laissa échapper un gémissement. Travis se maudit. Elle souffrait et, au lieu de l'aider, il la harcelait de questions idiotes !

— Je comprends. Tu as la migraine, comme tout à l'heure, et la lumière…

Bien sûr. Une de ses anciennes assistantes souffrait de migraines. Elle lui avait parlé de la douleur atroce, que la lumière aggravait. Jennie avait manifestement le même problème. Il se releva et éteignit la lumière. Il avait allumé la lampe de chevet dans la chambre. La porte ouverte laissait passer sa lumière douce, suffisante pour se repérer dans la salle de bains.

— Ne bouge pas.

Il ramassa tous les flacons dans le lavabo, les porta dans la chambre et les posa sur la commode.

— Quel médicament est-ce ?

Elle lui dit le nom. Il trouva le flacon, fit tomber un comprimé dans sa paume et regagna la salle de bains. Il prit un gobelet en plastique sur le lavabo, le remplit d'eau et s'accroupit de nouveau devant Jennie.

— Ouvre la bouche.

— Je peux…

— T'ai-je dit que j'ai été boy-scout ?

Elle esquissa un faible sourire.

— Allez, prends le comprimé, et maintenant un peu d'eau…

Il reposa le gobelet sur le lavabo et saisit un gant de toilette sur le porte-serviettes. Il le passa sous l'eau froide, l'essora, puis rejoignit Jennie. Ses yeux étaient toujours fermés et son visage toujours aussi pâle. Il lui prit la main et y déposa le gant.

— Mets ça sur tes yeux, mon cœur.

— Travis, tu n'es pas obligé…

— « Sur mon honneur de scout, je m'engage à aider mon prochain… » Tu veux que je renie mon engagement ?

Jennie laissa échapper un petit rire et il sentit son cœur se gonfler de joie.

— Toi ? Boy-scout ?

— A vrai dire, pas tout à fait. Mais mes frères et moi nous faisions partie d'un mouvement du même genre.

Il fallait continuer à parler, se dit-il. Elle commençait à reprendre des couleurs. Si elle se concentrait sur ses paroles et le son de sa voix, ça favoriserait peut-être la disparition de la douleur.

— Et de toute façon, M. Rottweiler, le chef de troupe, nous détestait.

— Il ne s'appelait pas Rottweiler !

Bien. Excellent. Elle l'écoutait et se concentrait sur ses plaisanteries idiotes. Le comprimé et le gant mouillé faisaient visiblement effet…

— Comment as-tu deviné, Blondie ? Il s'appelait Botwilder. Et nous l'avions surnommé Rottweiler, bien sûr.

Jennie étouffa un gémissement. Le cœur serré, Travis se redressa et la souleva du siège. Elle noua les bras sur sa nuque et enfouit son visage dans son cou.

Il éteignit la lampe de chevet. Le jour se levait et une lueur pâle éclairait la chambre. Il allongea Jennie sur le lit étroit et une émotion intense le submergea. Elle était nue et belle. Mais, surtout, incroyablement forte et vulnérable à la fois… Il remonta la couette sur elle.

— Travis…

— Je suis là, Jen.

— Merci…

Elle s'endormit avant même d'avoir fini de prononcer le mot. Il la contempla un instant, ramassa son pantalon et s'immobilisa. Non. Pas question de partir. Pas question de la laisser seule. Elle avait besoin de lui. Une image s'imposa à lui. Il était tout petit. Très malade comme les enfants peuvent l'être. Une maladie infantile ou autre chose, peu importait. Il se réveillait au milieu de la nuit avec une seule envie. Sentir des bras aimants autour de lui. Puis il se rappelait soudain qu'il n'y avait plus de bras aimants pour le réconforter. Sa mère était morte et son père absent. Occupé quelque part à sauver le monde.

Travis laissa tomber son pantalon. Se glissa sous la couette à côté de Jennie. Risquait-il de la réveiller s'il la prenait dans ses bras ?

Il n'eut pas le temps d'hésiter. Elle soupira dans son sommeil, se retourna et se blottit contre lui. Il referma les bras sur elle. Déposa un baiser sur son front.

Et sombra dans un profond sommeil sans rêves.

8

Travis fut réveillé par le soleil. Il grogna, roula sur le ventre... et faillit tomber du lit. Il ouvrit les yeux. Lit étroit, petite chambre, petite fenêtre. Qu'est-ce que... ?

La mémoire lui revint. Jennie. Il l'avait raccompagnée chez elle. Ils avaient fait l'amour, et ça avait été fantastique ! Mais, quelques heures plus tard, elle était malade. Une migraine terrible...

— Jennie.

Il bondit hors du lit. Dire qu'il était resté pour prendre soin d'elle ! Il ne l'avait pas entendue se lever. Où était-elle ? Souffrait-elle ? Il se dirigea vers la porte. Se ravisa, promena son regard autour de lui. Où étaient les vêtements qu'il avait lancés à travers la pièce hier soir ? Sur la commode. Bien pliés. Il prit son pantalon de toile, l'enfila et partit à la recherche de Jennie. Il la trouva dans la minuscule cuisine. De dos, les cheveux lâchés, vêtue d'un T-shirt trop grand. Ses longues jambes et ses pieds étaient nus. Il n'avait qu'une envie, la prendre dans ses bras et la ramener dans le lit... Déstabilisé par l'intensité de son désir, il s'exclama d'un ton bourru :

— Bon sang, où étais-tu passée ?

Elle tressaillit et pivota sur elle-même. Elle avait un mug dans la main, et renversa un peu de café.

— Travis ! Tu m'as fait une de ces...

Il la rejoignit en deux pas et la prit dans ses bras.

Quelques gouttes de café lui tombèrent sur les pieds. Il était chaud, mais quelle importance ?

— J'ai cru qu'il t'était arrivé quelque chose.

— Non. Je vais bien. J'ai juste pensé que ce serait une bonne idée de faire du...

Il l'embrassa. Elle avait un goût de café, de crème et de sucre. Il lui était arrivé de commencer la journée à Paris avec du champagne, à Séville avec du chocolat chaud. Mais jamais il n'avait goûté au réveil quelque chose de plus délicieux que la bouche de Jennie. Lorsqu'il mit fin à son baiser, elle avait les yeux brillants et les lèvres légèrement gonflées.

— Tu m'as manqué, murmura-t-il. Je n'avais pas prévu de me réveiller seul.

Elle sourit. Et rougit. Comme il aimait la voir rougir ! C'était à la fois sexy et innocent. Certes, elle était absolument délicieuse... Mais que lui arrivait-il ? Non seulement il avait passé toute la nuit avec elle — ce qui n'était pas dans ses habitudes — mais dès son réveil il éprouvait le besoin de lui dire qu'elle lui avait manqué... Lui qui avait toujours pensé que le meilleur moyen d'éviter tout malentendu avec sa maîtresse, c'était de garder certaines distances...

Tout à coup, la cuisine parut encore plus petite qu'elle ne l'était en réalité. Travis lâcha Jennie et prit un des mugs accrochés au-dessus de la cuisinière.

— Excellente idée d'avoir fait du café, déclara-t-il d'un ton délibérément enjoué.

Il sentit son regard sur lui tandis qu'il se servait du café puis ajoutait une bonne cuillerée de crème.

— Oui, acquiesça-t-elle après un silence. Je ne suis bonne à rien le matin tant que je n'ai pas eu ma dose de caféine.

— Moi pareil.

Travis prit une cuillère sur le comptoir et remua son café avec application.

— Alors comme ça, tu es une lève-tôt ? lança-t-il d'un ton encore plus enjoué.

— Tu sais, tu n'es pas obligé de rester. Sincèrement. Ce n'est pas nécessaire. Tu as déjà fait beaucoup pour moi cette nuit. Bien davantage que...

— Tu étais malade.

— Ce n'est pas une raison...

Il posa son mug et se tourna vers elle. Comme elle semblait fragile, vulnérable... Et lui qui ne pensait qu'à lui !

— Viens ici, dit-il d'un ton bourru en s'approchant d'elle les bras tendus.

Elle se blottit contre lui.

— Je suis désolée, murmura-t-elle d'une voix mal assurée. Je ne suis pas très douée pour ce genre de situation. Pas douée du tout, même. Je ne sais pas ce que je suis censée dire après...

Il lui prit le menton.

— Pourquoi pas : « Bonjour, Travis. Es-tu aussi content de me voir que je le suis de te voir ? »

Elle scruta son visage, puis elle eut un petit sourire tremblant.

— Tu es vraiment content de me voir ? Parce que si tu as envie de partir...

Il la fit taire avec un baiser.

— Pour être très franc, je ne sais pas très bien quoi dire non plus. Je n'ai pas l'habitude... Il est très rare que je passe la nuit dans un autre lit que le mien.

— Oh... Eh bien, c'est vraiment gentil à toi d'être resté parce que je...

— Si je suis resté, c'est parce que je n'avais aucune envie de te quitter.

Sourire ravi. Que faire d'autre que d'embrasser ce sourire ? Travis s'empara de la bouche de Jennie. Il mourait d'envie de lui enlever son T-shirt… De la caresser. De couvrir son corps de baisers. Mais elle avait été si malade, cette nuit… Elle avait plutôt besoin d'un bon petit déjeuner.

Il s'arracha à sa bouche et lança en reprenant un ton enjoué :

— Il est l'heure du petit déjeuner !

Elle le regarda. Il déglutit péniblement. Cette lueur dans ses yeux marine…

— Au diable le petit déjeuner, murmura-t-il d'une voix rauque en la reprenant dans ses bras.

Il captura de nouveau sa bouche dans un long baiser passionné qu'elle lui rendit avec ferveur, alanguie contre lui, les doigts enfoncés dans ses cheveux.

— J'ai envie de toi, murmura-t-il contre sa bouche.

— Tant mieux. Parce que moi aussi j'ai envie de toi.

Le désir de Travis s'intensifia encore.

— Ta migraine…

Elle laissa échapper un petit rire sexy.

— Quelle migraine ?

Il la souleva de terre et la porta dans la chambre.

Quelques heures plus tard, ils étaient en route pour prendre un petit déjeuner. Ou plutôt un brunch. Jennie avait d'abord objecté qu'elle ne pouvait pas accompagner Travis parce qu'elle devait récupérer sa voiture. Il avait alors téléphoné au mécanicien qui s'occupait de la Corvette pour lui demander de s'en charger. Jennie était restée dans la chambre quand le mécanicien était passé prendre les clés mais elle avait entendu Travis lui décrire sa vieille, sinon honorable, voiture.

— Une deux portes marron ? s'était exclamé l'homme avec une incrédulité manifeste.

D'un ton solennel, Travis avait répliqué que la

conduire pendant une demi-heure serait une expérience inoubliable et enrichissante. Puis il l'avait rejointe dans la chambre en gloussant.

A ce souvenir, Jennie réprima un sourire et lui jeta un coup d'œil depuis le siège passager. Une fois au lit, ils avaient perdu la notion du temps. Et le seul fait de penser à la passion avec laquelle ils avaient fait l'amour suffisait à faire courir des frissons dans tout son corps…

Elle avait décidé de chercher un homme avec qui coucher parce que le temps lui était compté et qu'elle voulait absolument faire cette expérience avant qu'il ne soit trop tard. Le sexe était censé occuper une place primordiale dans l'existence. Elle le savait. Mais elle ne s'attendait pas à quelque chose d'aussi… Il n'y avait pas de mots pour décrire ce qu'on ressentait quand on basculait dans le plaisir.

Il y avait aussi la voix de l'autre. Son regard. Le contact de sa peau sous les doigts, sous les lèvres. Sa passion. Sa tendresse. Et puis il y avait tout le reste. Ce n'était pas seulement au lit qu'elle trouvait Travis irrésistible. Elle aimait son sourire, son rire joyeux. Et même sa façon de prendre le contrôle de la situation. Elle avait toujours considéré ce genre d'attitude comme de l'arrogance masculine, et il était vrai qu'il y avait chez lui une certaine arrogance. Mais celle-ci n'avait rien à voir avec l'orgueil ni un quelconque besoin de domination. Son assurance innée le poussait naturellement à prendre les choses en main. Et il fallait reconnaître que c'était délicieux de se sentir protégée, choyée.

A tout cela, il fallait ajouter qu'il était beau. Superbe. Elle ne se lassait pas de le regarder… Et si elle ne s'était pas arrêtée dans ce bar horrible, une semaine plus tôt ? Et si Travis n'avait pas été là ? Et si elle n'avait pas joué le jeu quand il l'avait embrassée ?

Mais surtout… Et si elle avait devant elle de longues

années insouciantes et lumineuses ? Et si elle était comme tout le monde, capable de vivre sans arrière-pensées et de se projeter dans l'avenir ? Jennie fut assaillie par une bouffée de colère. Non, pas question de céder à la colère. Ça ne menait à rien. Ça ne servait qu'à gâcher le temps qui restait et qui pouvait encore éventuellement être plein de bonheur.

Elle en avait fait la douloureuse expérience. Un jour vous êtes promise à un avenir radieux... Le lendemain, des nuages noirs obscurcissent l'horizon et l'avenir se présente avec un rictus sarcastique : « Je suis là, ma belle. Et voici comment ça va se passer. Comment comptes-tu réagir ? »

Sa première réaction avait été de s'effondrer. Mais ensuite son alter ego, faute d'un terme plus approprié — et quel autre terme aurait pu choisir quelqu'un qui suivait un double cursus de psychologie et de sociologie ? — son alter ego lui avait lancé : « Relève-toi et bats-toi, bon sang ! »

Ça ne changeait pas l'issue de la partie, mais ça changeait la façon dont vous la jouiez. Tête basse ou tête haute...

— Hé.

Travis s'était garé devant un restaurant. Il la considérait d'un air perplexe.

— Hé toi-même, répliqua-t-elle d'un ton qu'elle espérait léger.

— Ça va ?

— Très bien !

Allons bon. A en juger par le regard scrutateur de Travis, elle en faisait trop...

— Dis-moi la vérité, mon cœur. Ta migraine est revenue ?

— Non. Je vais bien, je t'assure.

Il la contempla pendant un long moment, puis il eut son sourire sexy, celui qui la faisait fondre.

Elle se sentit rougir. Le sourire de Travis s'élargit.

— J'adore quand tu fais ça.

— Quoi donc ?

— Quand tu rougis.

Il détacha leurs ceintures respectives, puis il l'embrassa avec tendresse.

— C'est terriblement excitant.

Les joues en feu, elle baissa les yeux.

— Continue comme ça et nous ne rentrerons jamais dans ce restaurant, murmura Travis d'un ton malicieux.

Elle fut envahie par une vive chaleur. Il avait raison... S'il continuait à sourire comme ça, s'il l'embrassait encore...

— Jennie, murmura-t-il d'une voix rauque.

Nul doute qu'il avait lu ses pensées dans son regard, songea-t-elle, parcourue d'un long frisson. Mais pourvu qu'il n'y lise jamais ses sentiments... Parce qu'il ne voulait sûrement pas d'une relation sentimentale et qu'elle-même n'avait jamais envisagé les choses sous cet angle...

— Tu m'emmènes déjeuner, Wilde ? lança-t-elle avec un petit rire forcé. Ou bien tu me laisses défaillir de faim dans ta voiture ?

— Si je veux te voir défaillir, c'est uniquement de plaisir dans mes bras, répliqua-t-il d'une voix rauque.

Ils restèrent à se regarder dans les yeux pendant un long moment avant de descendre de voiture.

Jennie commanda du yaourt et des fruits frais.

Travis commanda des pancakes et des œufs au bacon.

— Le menu précise qu'ils ne servent que des œufs de poules élevées en liberté, déclara-t-elle après que la serveuse leur eut apporté du jus d'orange.

— Et c'est bien, non ?

— Absolument. Tu n'as jamais vu de documentaires sur l'élevage des poules en batterie ?

— Non.

— Chez moi…

— Où est-ce ?

— Dans le New Hampshire.

— Ah, il m'avait bien semblé déceler une pointe d'accent de Nouvelle-Angleterre dans ta voix.

— C'est toi qui as un accent, cow-boy, pas moi.

La serveuse leur apporta leurs plats. Le bol de yaourt de Jennie était surmonté d'un tas de fraises bien rouges. Travis la regarda avec fascination en prendre une et mordre dedans. Du jus coula sur son menton. Il déglutit péniblement, tandis qu'elle l'essuyait aussitôt. Il aurait été si agréable de le lécher du bout de la langue… Mais mieux valait éviter ce genre de pensées dans un endroit public.

— Tu disais donc, chez toi… ?

— Un été j'ai travaillé dans un élevage de poules. C'était horrible.

— Je te crois volontiers. Est-ce depuis cette époque que tu es aussi matinale ?

— Non, c'est depuis que j'ai trois cours par semaine tôt le matin. Je suis chargée de travaux dirigés à l'université. Ce sont des cours de licence. Psychologie des relations hommes-femmes.

Travis mangea un morceau de bacon. « Psychologie des relations hommes-femmes. » Mon Dieu. Il en perdrait presque l'appétit…

— Ça doit être…

— Terriblement ennuyeux.

Surpris, il la dévisagea. Jennie pouffa.

— Je sais que je ne devrais pas dire ça, mais c'est la vérité.

— Et toi, qu'est-ce que tu… ?

Elle s'interrompit en rougissant.

— Qu'y a-t-il ? demanda-t-il, les yeux fixés sur la cuillère pleine de yaourt qu'elle tenait à quelques centimètres de ses lèvres.

— Je viens juste de prendre conscience que… je ne sais rien de toi.

— Tu sais tout de moi, au contraire. Tout ce qui est vraiment important.

— Non, sérieusement. Parle-moi de Travis Wilde.

— Il n'y a pas grand-chose à dire.

Jennie roula les yeux.

— C'est ça. « J'vous jure, mam'zelle, j'suis qu'un cow-boy ben ordinaire. » Tu ne t'imagines tout de même pas que je vais gober ça ?

Il éclata de rire.

— C'est comme ça que parlent les hommes au Texas ?

— Certains. Mais pas toi, ajouta-t-elle en souriant. Tu es né ici ?

— Tu me demandes si je suis un Texan pur jus ?

Il écarta son assiette et prit son café.

— Oui. Je suis né ici. Enfin, pas à Dallas. A Wilde's Crossing.

— Une ville qui porte ton nom ?

— Les Wilde sont au Texas depuis longtemps, mon cœur. D'après l'histoire que raconte mon père, nous sommes ici depuis que le drakkar de Thor, le dieu du tonnerre, s'est échoué dans la baie de Corpus Christi.

Jennie sourit.

— Thor n'est jamais allé jusqu'en Amérique.

Travis lui rendit son sourire.

— D'accord. Peut-être pas. Mais les Wilde sont quand même au Texas depuis des générations.

— Vous avez un ranch ?

— Oui, à Wilde's Crossing. *El Sueño*.

— Le Rêve.

— Oui. Tu parles espagnol ?

— J'en ai fait pendant deux ans au collège. Plus deux ans d'allemand. Mon père disait que c'était utile d'avoir des notions d'allemand quand on voulait faire des études scientifiques.

— La « psychologie des relations hommes-femmes » est une science ?

— Oui. Enfin, la classification de la psychologie et de la sociologie parmi les sciences fait l'objet d'une controverse… mais n'essaie pas de changer de sujet, Travis Wilde.

Il but une gorgée de café.

— D'accord. Je suis né à Wilde's Crossing et j'ai grandi à *El Sueño*. L'élevage des chevaux me plaisait bien mais j'ai toujours été fasciné par les maths…

Il s'interrompit. Pourquoi lui racontait-il ça ? Les femmes lui avaient toujours fait comprendre que les matheux n'avaient rien de sexy. Contrairement aux financiers…

— Les maths ? Si seulement je t'avais connu au lycée ! J'aurais été recalée en calcul si Mary Jane Baxter n'avait pas été là.

— Mary Jane Baxter ?

— Une fille que je connaissais. Nous avions conclu un marché. Je l'aidais en littérature anglaise et elle m'aidait en calcul. Mais tu n'es pas prof de maths. Pas avec cette voiture et ce triplex.

— Non, en effet. J'ai passé quelque temps dans l'armée de l'air.

— Vraiment ?

— Oui. J'étais pilote d'avions de chasse.

— Tu as fait la guerre ?

— Oui.

— Ça doit être très dur. De voir des choses... De faire des choses...

— Oui. C'était dur.

— Mais il doit aussi y avoir des moments exaltants. Quel effet ça fait de voler ?

En souriant, Travis raconta à Jennie le sentiment de liberté. La joie. L'émerveillement de voir la terre, loin en dessous. La première fois où son instructeur lui avait laissé les commandes.

— Ce n'était pas dans un avion de chasse mais dans un avion pulvérisateur d'insecticide. J'aimais déjà les avions quand j'étais enfant. Et il y avait un type qui travaillait pour nous...

— A *El Sueño ?*

— Exactement. Il m'a appris à piloter et ensuite j'ai travaillé comme un forçat pendant tout un été dans un autre ranch, parce que je voulais me payer des cours de...

Travis s'interrompit.

— Je parle trop.

— Non, pas du tout ! J'adore t'écouter parler de toi enfant. Je t'imagine avec des bottes, un jean, un chapeau de cow-boy...

Travis pouffa.

— Et puis des bosses, des bleus, de la poussière partout. C'est en effet à ça que je ressemblais. Mes frères aussi. Notre mère disait que c'était pour nous que les sparadraps avaient été inventés...

La voix de Travis s'éteignit. En dix minutes, il venait d'en dire beaucoup plus sur lui à Jennie qu'à n'importe qui d'autre dans toute son existence.

— Ça doit être bien d'avoir des frères.

— Pour rien au monde je ne voudrais qu'ils m'entendent le reconnaître, plaisanta-t-il, mais ce sont des types formidables.

— Ils ont servi dans l'armée de l'air, eux aussi ?

— Caleb a fait partie d'une agence gouvernementale dont il ne pourrait te parler que s'il te tuait ensuite pour que tu ne répètes rien.

Jennie pouffa. Il lui prit la main et la porta à ses lèvres.

— Jacob, qu'on appelle aussi Jake, s'est engagé dans l'armée comme pilote d'hélicoptères de combat... Il a été blessé en Afghanistan. Gravement. Et pendant quelque temps, il a été déboussolé... Moi aussi. Je crois que pendant un certain temps je l'ai été.

Travis se tut, abasourdi. Jamais il n'avait rien dit de tel. Pas même à Jake ou à Caleb... mais c'était la vérité. Il avait toujours aimé le risque. C'était en jouant de grosses sommes au poker qu'il avait gagné de quoi créer sa société d'investissement. Mais les risques liés à une guerre que personne ne comprenait vraiment lui avaient laissé un goût amer.

— Travis ?

La voix de Jennie était douce. Une pensée s'imposa à lui. Tous les risques qu'il avait pris jusque-là dans sa vie n'étaient rien en comparaison de ce qu'il était en train de vivre en ce moment... Il s'éclaircit la voix.

— Parle-moi de toi.

— Il n'y a pas grand-chose à raconter, répliqua-t-elle, effarée par la facilité avec laquelle elle mentait. Comme je te l'ai dit, je suis du New Hampshire. Pas de frères ni de sœurs. Pas comme toi avec tous ces frères...

— Seulement deux. Et trois sœurs. Emily, Lissa et Jaimie. Des demi-sœurs, plus exactement. Mais nous les considérons comme des sœurs. Notre mère est morte et notre père s'est remarié. Mais nous avons aussi perdu notre belle-mère.

— C'est dur de perdre ses parents. Les miens sont morts dans un accident de voiture quand j'avais dix-huit ans.

— Tu es restée seule ?

— Oui. Mais parle-moi de ton père.

Elle ne lui disait pas tout… Il en était certain. Mais si elle préférait changer de sujet, il n'était pas question d'insister.

— Mon paternel est un général quatre étoiles.

— Oh…

— Comme tu dis. Tu ne peux pas imaginer ce que c'est de grandir sous l'œil de quelqu'un qui se croit parfait.

— Si, je peux. Enfin, peut-être pas exactement. Mes parents ne se vantaient jamais d'être parfaits. Ils l'étaient ! Professeurs tous les deux. Papa était spécialiste de lettres classiques et maman de littérature médiévale. Tous les deux très brillants. Ils m'ont eue tard, si bien qu'ils avaient tendance à me surprotéger. Et quand je leur ai dit que je voulais faire des études de psychologie et de sociologie…

— Je parie que ça s'est passé aussi bien que lorsque j'ai annoncé à mon père que je quittais l'armée pour créer ma société d'investissement.

— Sans doute, oui. C'était comme si je leur avais dit que je voulais… je ne sais pas, passer ma vie à jouer dans un bac à sable.

— Et tu aimes ton métier.

Jennie sourit.

— J'aime beaucoup l'enseignement. Mais je ne suis pas encore vraiment professeur…

Son sourire de Jennie s'éteignit. « Et je ne le serai jamais. »

— Mon cœur, qu'y a-t-il ?

— Rien.

— C'est ta migraine ?

— Non.

Elle s'efforça de sourire mais des larmes brillaient dans ses yeux.

— Ça va bien. Je t'assure.

Il se leva, fit le tour de la table et la prit dans ses bras.

— Oui, ça va, murmura-t-il d'un ton bourru.

Quand les larmes ruisselèrent sur les joues de Jennie, il sortit son portefeuille, laissa tomber une liasse de billets sur la table et l'entraîna hors du restaurant.

Il l'emmena chez lui et lui fit l'amour jusqu'à ce que ses larmes deviennent des larmes de joie.

9

Alors qu'ils étaient allongés dans un transat sur la terrasse, Travis demanda à Jennie de rester jusqu'au lendemain matin.

— Je ne peux pas. Il faut que je rentre chez moi.

— Il est presque minuit. Ce qui veut dire que nous sommes presque dimanche. Or c'est un jour où personne ne travaille.

Elle rit.

— Sérieusement. Il faut que je rentre.

— Pourquoi ?

Et pourquoi avait-il à ce point envie qu'elle reste ? se demanda Travis avec perplexité. Lui qui n'invitait presque jamais les femmes à dormir chez lui... Il déposa un baiser sur son nez.

— Il faut que tu donnes à manger au chat ?

— J'aimerais bien.

— Tu aimes les chats ?

— J'aime les animaux, mais...

— Mais ?

— Mais je n'en ai jamais eu. Ma mère disait que ça mettait la pagaille. Et plus tard, dans la résidence universitaire, ils étaient interdits.

Travis pensa au gros chien bâtard qu'il avait trouvé en train d'errer sur le campus et qu'il avait emmené dans la résidence universitaire.

— Les chiens sont interdits, avait rappelé le responsable d'un air sévère.

— D'accord, avait-il répliqué.

Puis il avait installé le chien dans sa chambre jusqu'à la fin du semestre, quand il l'avait ramené à *El Sueño*.

Mais Jennie n'aurait pas fait ça. Elle était sage et les filles sages ne transgressaient pas les règles. Sauf celle qui interdisait de ramasser un homme dans un bar pour se débarrasser de sa virginité… Pourquoi avait-elle fait ça ? Ce comportement lui ressemblait si peu… A présent qu'il la connaissait, il avait du mal à croire que c'était vraiment arrivé. Il devait y avoir une raison. Elle lui cachait quelque chose. Il le savait. Et ça l'inquiétait…

— Travis, pourquoi cet air sérieux ? À quoi penses-tu ?

Il sourit.

— Je cherche une idée brillante pour te convaincre de rester.

Jennie sentit son cœur se serrer. Elle en mourait d'envie. Il y avait des heures que sa migraine avait disparu et elle ne reviendrait peut-être pas avant plusieurs heures encore. Mais elle ne pouvait pas en être certaine.

« Vous devez garder vos médicaments en permanence avec vous, Jennifer », avait précisé le médecin. Mais emporter partout une provision de comprimés et de gélules lui rappellerait à chaque instant ce qui était en train de lui arriver.

Travis effleura ses lèvres.

— Qui a un air sérieux, à présent ?

Elle esquissa un sourire contraint.

— J'étais en train de penser.

— Une habitude dangereuse… à moins que tu penses à changer d'avis et à rester avec moi.

Elle fut submergée par une vive émotion. Elle n'avait pas envie de le quitter. Jamais. Comment quitter un homme comme lui ? Travis captura sa bouche et glissa la main sous la chemise qu'il lui avait prêtée. Elle réprima un gémissement lorsqu'il pinça délicatement la pointe d'un sein.

— Travis...

— Je t'aide à trouver une raison de rester.

Elle pouffa.

— Tu as une très mauvaise influence sur moi.

C'était faux, bien sûr. Jamais elle n'avait été aussi heureuse de sa vie. Jamais elle ne s'était sentie aussi vivante. Des larmes noyèrent ses yeux. Elle tenta d'enfouir son visage dans le cou de Travis pour les lui cacher, mais elle ne fut pas assez rapide.

— Ma chérie, qu'y a-t-il ?

— Une allergie, répondit-elle d'un ton léger. Rien qui vaille la peine de s'inquiéter.

C'était vrai. A quoi bon s'inquiéter ? Elle ne pouvait pas changer le destin. Ni ce qui se passait dans son cœur chaque fois que Travis la touchait, l'embrassait ou disait son nom.

— Reste avec moi.

« Fais ce que te dit ton cœur », souffla l'alter ego de Jennie.

Ce qu'il lui disait, c'était de rester, bien sûr.

Le lendemain matin, alors qu'il venait de se laver les mains après s'être rendu aux toilettes dans un demi-sommeil — parce que c'était dimanche et qu'il devait bien y avoir une loi interdisant de se réveiller tôt le dimanche matin —, Travis sentit sous ses doigts un petit bout de tissu fin au lieu de la serviette-éponge qu'il cherchait. Il ouvrit vraiment les yeux. Une culotte blanche. Jennie. De toute évidence, elle l'avait lavée la veille et mise à sécher.

Un sentiment étrange l'envahit. Parmi les rares femmes

qui avaient passé la nuit chez lui, certaines avaient laissé des objets sur le lavabo. Un poudrier. Un tube de rouge à lèvres. Il n'était pas particulièrement maniaque mais chaque fois il avait été agacé. Alors qu'il trouvait très émouvant de voir la culotte de Jennie sur son porte-serviettes. C'était un plaisir délicieux. Comme voir Jennie dans son lit. Or il avait assez d'expérience pour savoir que trouver du plaisir à ce genre de choses pouvait devenir dangereux... D'accord. Il était temps qu'elle s'en aille. Elle avait passé la nuit avec lui. Ils avaient fait l'amour en se couchant, puis au cours de la nuit. Il allait lui servir un café, puis la raccompagner chez elle. Il lui téléphonerait dans quelques jours pour l'inviter à dîner, au cinéma, ou quelque chose dans le genre.

C'était un excellent programme, mais il l'oublia dès qu'il regagna la chambre et qu'il la vit. Les yeux ensommeillés et les cheveux ébouriffés, elle lui sourit. Il la rejoignit, la prit dans ses bras et l'embrassa. Elle lui répondit avec une tendresse qui le bouleversa.

Après le petit déjeuner, ils reprirent une douche. La cabine était assez grande pour une dizaine de personnes, commenta Jenny. Il la prit dans ses bras en répondant qu'il chasserait impitoyablement quiconque serait assez stupide pour tenter de prendre une douche avec eux parce qu'elle n'appartenait qu'à lui. C'était censé être une plaisanterie, mais il devint soudain très sérieux. Jennie aussi.

— Rien qu'à moi, insista-t-il d'un ton bourru.

Puis il lui fit l'amour contre la paroi vitrée, sous le jet d'eau tiède.

Il avait envie de l'emmener faire un tour. Bon, en réalité, il avait surtout envie de la ramener dans le lit.

Cependant, se promener avec elle lui semblait une perspective réjouissante. Il s'efforça de se remémorer ce qui plaisait aux femmes qu'il avait fréquentées.

Voulait-elle faire du lèche-vitrines ? Petit froncement de nez. Aller au marché aux puces ? Nouveau froncement de ce petit nez adorable. Une promenade dans le parc ? En voiture ?

Elle se mordit la lèvre.

— Oui ?

— J'ai entendu des collègues parler de… Non. C'est ridicule.

— Dis-moi.

Travis prit la main de Jennie. Que voulait-elle faire ? Aller voir un film de filles, sans doute. Eh bien, il parviendrait sûrement à y survivre…

— Six Flags.

— Le parc d'attractions ?

Elle hocha la tête, les yeux brillants.

— Qu'en dis-tu ?

Avec un large sourire, il passa un bras autour de ses épaules et lui fit une bise sonore sur la joue.

— Une femme selon mon cœur !

— Oh là là ! répétait Jennie dans les allées du parc, où ils déambulaient, main dans la main.

Tout lui faisait pousser des petits cris extasiés. Les cuisses de dinde grillées. Les beignets. Les hot dogs géants. Et surtout les attractions. Elle s'arrêtait devant chaque manège à sensations, fascinée. Etait-il possible que tout cela soit nouveau pour elle ?

— Mon cœur, c'est la première fois que tu viens dans un endroit comme celui-ci ?

Elle hocha la tête sans quitter des yeux la tour parachute où les gens hurlaient de peur et de plaisir.

— Oui.

— Tu n'es allée que dans des petits parcs ? Il n'y en a peut-être pas d'aussi grand dans le New...

— Mes parents n'aimaient pas les parcs d'attractions.

Ses parents. Qui avaient très mal pris qu'elle veuille faire des études de psychologie et de sociologie...

— Et les fêtes foraines ? Tu sais, avec des grandes roues. Des montagnes russes traditionnelles.

— Non plus. Mes parents me surprotégeaient.

— Oui, tu me l'as dit.

— Ça partait d'une bonne intention, mais ils m'empêchaient de prendre le moindre risque.

— Ils voulaient te garder à l'abri.

— Oui, c'est ça. Mais...

— Mais la vie est courte, coupa Travis en souriant.

Jennie leva les yeux vers lui. Il y avait dans son regard une ombre étrange.

— Oui, c'est vrai. Et quand j'en ai pris conscience, je me suis dit qu'il y avait des tas de choses que je n'avais jamais faites et que j'avais envie de connaître.

— Comme faire l'amour.

Elle hocha la tête.

— Je voulais expérimenter le sexe, dit-elle à voix basse. Mais, au lieu de ça, j'ai découvert comment on fait l'amour. Et je n'aurais jamais fait l'amour si je n'avais pas trouvé...

Brusquement, elle s'interrompit.

— Oh ! mon Dieu ! Travis. Je ne voulais pas avoir l'air de te dire que... Je te jure, je n'essaie pas de te...

Il la prit dans ses bras et l'embrassa. C'était ça ou bien dire ce qu'il ne pouvait pas imaginer dire à une femme qu'il avait rencontrée une semaine plus tôt. Ce qu'il n'avait jamais imaginé dire un jour à une femme, ou du moins pas avant des centaines d'années...

*
* *

Apparemment, regarder les attractions suffisait au bonheur de Jennie. Logique, songea Travis. Pour quelqu'un qui n'était jamais monté sur une grande roue, la perspective d'essayer l'un ou l'autre des manèges à sensations du parc devait être effrayante. Pas de problème. Le seul fait d'être avec elle suffisait à son bonheur à lui.

Mais sans doute y avait-il un autre moyen de la faire sourire, songea-t-il en la voyant regarder quelqu'un qui mordait dans une cuisse de dinde grillée.

— C'est l'heure de déjeuner, décréta-t-il. Vous avez le choix entre plusieurs mets gastronomiques, madame. Cuisse de dinde. Hot-dog — mais qui ne sera pas à la hauteur de ceux confectionnés par les Frères Wilde… Poulet frit. Hamburger…

— Les montagnes russes.

— Quoi ?

— Celles de bois. Devant lesquelles nous sommes passés il y a quelques minutes. Celles qui s'appellent « Judge Roy Quelque-chose ». On peut y monter ? demanda Jennie, les yeux brillants.

— Tu es sûre ?

— Oui.

Jennie hurlait et riait de si bon cœur que Travis en oublia que les parcs d'attractions ne l'amusaient plus depuis longtemps. Il s'amusa avec elle.

— Encore ! s'exclama-t-elle à la fin du tour.

Ils firent un autre tour, puis ils montèrent sur presque tous les autres manèges à sensations, jusqu'à ce que Travis dise « assez », prenne Jennie dans ses bras et l'embrasse pour la millième fois de la journée, au moins. Il était temps de faire une pause pour manger et boire quelque chose, plaida-t-il tout en se disant qu'il se montrait protecteur avec elle. Oui, mais pas de la même manière que ses parents. Même s'il comprenait leur attitude. Quelqu'un d'aussi délicat et sensible que Jennie méritait d'être protégé.

— D'accord. D'ailleurs, je viens de me rendre compte que je mourais de faim ! s'exclama-t-elle en riant.

Ils mangèrent des tacos, du poulet frit, et une cuisse de dinde.

— Ce n'est pas de la dinde, c'est du brontosaure, commenta Jennie en dévorant sa cuisse.

Travis réprima un sourire.

— Autre chose ? demanda-t-il quand elle eut terminé.

Elle pensa aux hot dogs géants et demanda :

— Qu'ont-ils de si exceptionnel les hot dogs des Frères Wilde ?

— Quand nous étions enfants, Jake, Caleb et moi, nous préparions des festins. En fait, le spécialiste des hot dogs, c'était moi. Je les faisais frire.

Il pouffa de nouveau devant la mine effarée de Jennie.

— Jake confectionnait des sandwichs au fromage fondu. Caleb était le spécialiste de la guimauve.

Jennie prit une serviette.

— Eh bien, c'est réglé. Je n'ai plus faim.

Travis pouffa.

— Viens, allons prendre une limonade.

Ils achetèrent d'énormes gobelets de limonade et trouvèrent un banc à l'ombre d'un arbre, dans un coin tranquille.

— Alors, en tant que psychosociologue, que pensez-vous des parcs d'attractions, docteur Cooper ?

Le sourire de Jennie, jusque-là éclatant, sembla soudain plus terne.

— Je n'ai pas encore le doctorat.

— Mais tu vas l'avoir.

Elle haussa les épaules.

— On ne peut jamais être sûr de rien.

— C'est vrai. La vie est pleine d'imprévus, mais…

— J'ai passé une journée fantastique !

Travis prit la main de Jennie en souriant.

— Moi aussi.

— Tous ces manèges… Comment les appelle-t-on ? Des manèges à sensations ?

— C'est ça.

— Eh bien, côté sensations on n'est pas déçus ! Mais, au fond, ils ne présentent aucun risque. Les parcs ne les exploiteraient pas s'ils n'étaient pas fiables, n'est-ce pas ?

— Non, en effet. Tu peux dire à tes parents que… Oh ! mon cœur. Excuse-moi. J'avais oublié…

— Ce n'est pas grave. C'est la vie. On naît, on meurt…

Quel idiot ! Travis était furieux contre lui-même. Comment avait-il pu commettre un tel impair ? La main de Jennie tremblait légèrement dans la sienne.

— Viens, partons d'ici, déclara-t-il. Tu as assez pris de soleil et de risques pour la journée.

— Non. C'est justement ce que je disais. Monter sur ces manèges ne présente aucun risque. C'est fantastique, ajouta aussitôt Jennie. Je me suis amusée comme une folle, mais… je n'ai pris aucun risque. Et je n'ai jamais pratiqué de sports extrêmes non plus, par exemple.

Travis la considéra avec perplexité. Où voulait-elle en venir depuis tout à l'heure ?

— Toi si, n'est-ce pas ? demanda-t-elle. Je parie que tu as déjà fait du saut à l'élastique.

— Oui. Et ce n'est pas aussi sensationnel qu'on le…

— Ski hors piste. Plongée sous-marine. Escalade…

— Jennie, coupa Travis d'un ton plus vif qu'il ne l'aurait voulu. Où veux-tu en venir ?

— J'ai envie de tenter des expériences risquées.

— Je te rappelle que tu l'as déjà fait. En entrant dans un bar dans une tenue sexy, pour…

Le visage de Jennie se décomposa. Elle bondit sur ses pieds. Il la saisit par le poignet.

— Je me suis mal exprimé. Je n'ai pas voulu dire ce que tu penses.

Elle secoua la tête et il se leva à son tour.

— Ce que j'ai voulu dire, c'est qu'il aurait pu t'arriver n'importe quoi, cette nuit-là. Et cette idée me rend malade…

Travis referma les mains sur les épaules de Jennie et l'obligea à lui faire face.

— Sais-tu ce que tu représentes pour moi ? Sais-tu à quel point tu es devenue importante pour moi ?

Elle secoua de nouveau la tête.

— Tu ne me connais pas. Nous nous connaissons à peine…

Il plongea son regard dans le sien.

— Peu importe. Ce qu'il y a entre nous, c'est très fort. Et ce n'est pas seulement… sexuel…

— Je sais. Je… Je ressens la même chose.

Des larmes brillèrent dans les yeux de Jennie.

— Je n'avais pas du tout prévu ça, murmura-t-elle. Que je rencontrerais quelqu'un comme toi, que je connaîtrais un tel bonheur…

Il l'embrassa avec une douceur infinie. Le goût de ses larmes fit naître en lui une émotion indicible. Si intense, si nouvelle, qu'une question s'imposa à lui. Etait-il possible de changer radicalement de point de vue sur la vie et sur ce qu'on en attendait en à peine plus d'une semaine ? Le simple fait de se poser la question était dangereux. Il passa son bras autour des épaules de Jennie et ils regagnèrent la voiture. Dangereux, oui. Mais comme il le savait depuis longtemps déjà, on pouvait dire ça de tout ce qui valait vraiment la peine.

La vie était une succession de risques.

10

Presque un mois plus tard, par une matinée pluvieuse, Travis pensait à sa vie et au tournant inattendu qu'elle avait pris.

Jennie et lui vivaient ensemble. C'était incroyable, mais depuis trois semaines et demie ils ne se séparaient pas plus de quelques heures par jour. Ils vivaient ensemble et il aimait ça. La retrouver chaque soir. Commencer la journée avec elle chaque matin… Il se leva de sa chaise, enfonça les mains dans ses poches et se mit à arpenter son bureau. Auparavant, il était persuadé que l'homme n'était pas fait pour la monogamie. Que *lui* en tout cas n'était pas fait pour ça. Il s'immobilisa devant la baie vitrée et contempla la ligne des toits de Dallas sous le ciel gris. Or il s'avérait que ce pour quoi il était fait, c'était Jennie.

Ils s'endormaient et se réveillaient dans les bras l'un de l'autre. Ils prenaient leurs repas ensemble. Ils pouvaient discuter tout aussi bien du choix d'un restaurant que du réchauffement de la planète. Ils sortaient ensemble, restaient chez eux ensemble, écoutaient de la musique ensemble… Et il ne s'en lassait pas. Son désir pour elle ne s'était pas émoussé le moins du monde. Le plaisir de sa compagnie non plus. La vie avec elle était une joie de tous les instants.

Ça s'était décidé de manière impromptue le dimanche où ils étaient allés à Six Flags. Après avoir quitté le parc d'attractions, ils avaient fait un tour en voiture, puis ils avaient dîné dans un petit restaurant thaïlandais qu'il connaissait. Un endroit sans prétention. Six tables, décor banal mais cuisine digne des meilleures adresses de Bangkok.

C'était la première fois que Jennie goûtait la cuisine thaïlandaise. Comment pouvait-on être étudiant et n'avoir jamais mangé de pad thaï ni de tom yum goong ? s'était-il demandé avec stupéfaction. Puis il s'était souvenu que ses parents la surprotégeaient et que son éducation avait été basée sur la prudence.

Sexe, montagnes russes, cuisine thaïlandaise. Il lui avait demandé d'un ton taquin s'il y avait d'autres choses auxquelles il pourrait l'initier. Elle avait répondu en riant que si c'était le cas elle le lui ferait savoir.

Il avait commandé de la soupe tom kha gai, du curry rouge de poulet et du pad thaï. L'enthousiasme de Jennie quand elle avait goûté la soupe lui avait fait chaud au cœur. Ils avaient mangé chacun dans l'assiette de l'autre en bavardant gaiement de tout et de rien, puis il l'avait ramenée chez elle.

— Je n'ai pas envie de te quitter, avait-il dit à la porte.

— Moi non plus, avait-elle répondu. Entre.

— J'ai une meilleure idée, avait-il dit, pris d'une impulsion. Prends des affaires pour demain et viens chez moi.

Elle avait hésité un long moment puis elle avait dit :

— Je ne peux pas.

— Tu peux faire tout ce dont tu as envie, avait-il insisté d'une voix douce. Mais tu n'as peut-être pas envie d'être avec moi.

Elle l'avait embrassé, puis elle avait mis dans un sac une jupe, un T-shirt, des sandales, des dessous, des produits de maquillage, du shampoing. Toutes choses qu'il considérait comme des trucs de fille mais qu'il se gardait bien d'appeler comme ça. On ne grandissait pas avec trois sœurs sans apprendre quelques règles élémentaires.

Elle avait ensuite mis son ordinateur portable dans sa sacoche et avait ajouté des livres et une liasse de notes.

— Je suis prête.

De nouveau sans l'avoir prémédité, il s'était entendu lui suggérer de prendre quelques affaires supplémentaires.

— Juste au cas où... tu déciderais de rester quelques jours.

Le temps s'était arrêté pendant qu'elle le regardait d'un air ébahi. Puis elle avait demandé d'une voix à peine audible :

— Tu me demandes de vivre avec toi ?

Sans hésitation, il avait répondu :

— Oui.

Elle n'était pas retournée chez elle depuis ce soir-là, sauf le jour où il l'y avait accompagnée pour qu'elle prenne encore des affaires supplémentaires. Il avait essayé de l'emmener faire du shopping. Chez Neiman Marcus, bien sûr, mais elle ne voulait pas en entendre parler. Elle était indépendante, sa Jennie. Alors il compensait en lui offrant des cadeaux. Quand elle protestait, il répondait d'un air innocent que de toute façon il avait acheté le présent en question en solde et qu'il était impossible de le rendre.

Hier soir encore, il avait posé un petit paquet cadeau sur la table du thaïlandais, qui était devenu un de leurs restaurants favoris. Elle avait ouvert le paquet et étouffé un petit cri devant le bracelet en or. Puis elle l'avait regardé, les yeux brillants.

— Travis, je ne peux pas...

— Tu es obligée. C'est encore un magasin où les articles ne sont ni repris ni échangés.

Elle avait souri.

— Il me plaît beaucoup. Merci.

Tout à coup, une image s'était imposée à lui. Jennie qui ouvrait un écrin encore plus petit, contenant un solitaire. A cet instant on les avait servis et ensuite il s'était surpris à parler des quatre mille hectares de terrain en vente à Wilde's Crossing et à confier qu'il envisageait de les acheter.

— J'aime mon métier et je compte bien continuer à l'exercer, mais l'élevage de chevaux, j'ai ça dans le sang.

— Ça doit être ton sang viking, avait commenté Jennie d'un ton solennel.

Mais son regard était malicieux et il avait pouffé. Puis, sans l'avoir prévu non plus, il s'était entendu demander d'un ton désinvolte si elle aimait les grands espaces, les chevaux, les chiens et les enfants, éléments incontournables de la vie dans un ranch. Et il s'était rendu compte qu'il retenait son souffle en attendant sa réponse.

— J'ai grandi en regardant des films de John Wayne, avait-elle répliqué. Mon père les avait tous. Et je me disais que ça devait être fantastique de seller un cheval et de partir pendant des heures sans jamais atteindre les limites de sa propriété, puis de revenir dans une maison remplie d'amour et de rires, de retrouver les bras d'un homme qu'on aimait…

La voix de Jennie tremblait et son regard s'était assombri. Il lui avait pris la main. Il avait bien failli lui dire qu'elle pouvait vivre cette vie si elle l'épousait, mais un restaurant bondé n'était pas l'endroit idéal pour dire à une femme qu'on l'aimait.

Et, de toute façon, il avait été perturbé par la tristesse dans son regard. Quelque chose clochait. Il n'y avait plus de doute. Jennie avait un secret. Un lourd secret. Il l'avait déjà pressenti à plusieurs reprises, mais à présent il était temps de découvrir ce que c'était afin de la libérer de ce fardeau.

Avait-elle fait de la prison ? Etait-elle en fuite parce qu'elle avait quelque chose à se reprocher ? Etait-elle poursuivie par quelqu'un ? Hypothèses peu vraisemblables, mais quelque chose la hantait et elle ne lui en avait pas encore parlé. Ne savait-elle pas qu'il était prêt à régler son problème, quel qu'il soit ? Qu'il continuerait de l'aimer, quoi qu'il arrive ? Parce qu'il l'aimait. Et elle l'aimait aussi. Il le voyait dans son sourire. Dans sa façon de se blottir dans ses bras la nuit et de répondre à ses baisers le matin. Il l'entendait dans sa voix quand elle prononçait son nom. Il était temps de parler. Ce soir, il lui dirait qu'il l'aimait. Et quand elle lui aurait répondu qu'elle l'aimait aussi, il lui demanderait ce qui l'angoissait à ce point.

Il y avait aussi ses migraines, qui étaient de plus en plus fréquentes.

— As-tu pris ton médicament ? demandait-il souvent.

Elle répondait oui, puis changeait de sujet.

Mais, cette nuit, il avait été réveillé par un bruit étouffé. La place à côté de lui était vide. Il s'était levé aussitôt, était allé dans la salle de bains, avait trouvé Jennie recroquevillée sur le siège des toilettes fermé, secouée de tremblements, le visage livide, et claquant des dents.

Il avait été terrifié.

— Mon cœur, avait-il dit en s'agenouillant devant elle. Que se passe-t-il ?

Pas de réponse. Il avait écarté ses cheveux de son visage.

— C'est une migraine ?

— Oui, avait-elle murmuré.

— Tu as pris un comprimé ?

Un autre « oui ». Il s'était relevé en disant :

— J'appelle mon médecin.

Elle l'avait saisi par le bras en criant :

— Non ! C'est inutile !

Bien sûr… Mais il n'avait pas voulu la contrarier. Il l'avait prise dans ses bras et portée jusqu'au lit. Il lui avait apporté une compresse froide — il avait pris l'habitude d'en avoir en réserve dans le freezer — puis il l'avait tenue dans ses bras jusqu'à ce qu'elle s'endorme.

Travis se rassit à son bureau en étouffant un juron. Il était tellement occupé à penser à son amour pour elle et à la façon dont il allait le lui avouer, ce soir, qu'il avait perdu de vue ce qu'il aurait dû faire en priorité ce matin. Elle ne voulait pas voir de médecin ? D'accord. Il ne pouvait pas l'y obliger. Mais son médecin à lui était un vieux copain. Ben et lui s'étaient connus au lycée, où ils jouaient dans l'équipe de football. Ils étaient ensuite allés à la même université et avaient suivi certains cours communs les premières années, avant que Ben intègre la fac de médecine et lui-même envisage de faire une école d'ingénieurs spécialisée en aéronautique.

Il irait voir Ben et il lui parlerait de Jennie. Il lui donnerait le nom des médicaments qu'elle prenait et il lui demanderait s'il n'y en avait pas de plus efficaces. Pas question de continuer à regarder souffrir la femme qu'il aimait…

La femme qu'il aimait. C'était exaltant de savoir qu'il l'aimait. Qu'il allait bientôt le lui dire…

Le portable de Travis sonna. Il ne prit pas la peine de consulter l'écran.

— Allô, chérie ?

— Oh, comme c'est touchant, roucoula Jake. Je ne savais pas que tu avais des sentiments pour moi.

— Jacob. Qu'y a-t-il ?

— Du chaud au froid en quelques secondes. Travis, tu me brises le cœur.

Travis pouffa.

— D'accord, reprenons depuis le début. Salut, Jake ! Ravi de t'entendre. Comment ça va ?

— Bien. Je t'appelle au sujet de ce soir. Je me disais que nous pourrions nous retrouver tous les trois dans le bar qui se trouve à côté du bureau de Caleb.

— Eh bien… Je suis désolé, mais…

— Trav. Tu nous reprochais de négliger notre rendez-vous du vendredi soir, mais la semaine dernière et la semaine d'avant c'est toi qui étais absent.

Exact. Travis se frotta le front.

— Le problème, c'est que j'ai… quelque chose de prévu.

— Avec « Chérie » ? demanda Jake d'un ton malicieux où perçait la curiosité.

Travis prit une profonde inspiration. C'était peut-être le moment…

— Ecoute, je vous retrouverai là-bas mais je ne resterai pas longtemps. Je… je dois rentrer chez moi. Pour retrouver Jennie.

— Qui ?

— Elle s'appelle Jennie. Et je crois qu'il est temps que vous soyez au courant.

— Bonne nouvelle, commenta Jake après un silence.

Puis il raccrocha et appela Caleb.

— Tu ne vas jamais le croire, mais je crois que Travis est accro.

— Accro ?

— Oui, il va passer ce soir.

— Et ?

— Il ne restera pas longtemps. Il a une femme qui l'attend. Chez lui.

Il y eut un silence. Puis Caleb pouffa.

— Oh-oh…

— Comme tu dis ! lança Jake avec un large sourire.

Quelques heures plus tard, Travis arpentait le salon de son triplex. Il était rentré tôt. Ce qui était stupide.

C'était le jour où Jennie rentrait plus tard de l'université. Elle ne serait pas là avant une demi-heure... Pourquoi avait-il dit à Jake qu'il les retrouverait au bar, Caleb et lui ? Il allait déclarer son amour à Jennie. Il n'allait pas sortir de son côté tout de suite après !

Bon, d'accord. Il l'emmènerait avec lui. Il la présenterait à ses frères... Non. Mauvaise idée.

Il lui dirait qu'il l'aimait. Ensuite, il lui demanderait ce qui la hantait au point d'effacer régulièrement son sourire joyeux au moment où il s'y attendait le moins. Travis passa la main dans ses cheveux. Non, c'était idiot d'aborder autant de sujets importants le même soir...

L'ascenseur arrivait ! Il se précipita. Les portes s'ouvrirent. Jennie sortit de la cabine.

— Mon cœur...

Il s'interrompit. Mon Dieu, jamais elle n'avait eu le visage aussi défait ! Il oublia tout le reste, la prit dans ses bras et l'entraîna dans le salon.

— Jen, qu'est-ce qui ne va pas ?

— Rien.

Elle mentait. C'était évident. Elle tremblait. Il la souleva de terre et la porta jusqu'à un gros fauteuil de cuir. Il s'y assit et la prit sur ses genoux.

— Ma chérie, ne me tiens pas à l'écart. Je sais que tu me caches quelque chose...

— Je t'aime. Je sais que je ne suis pas censée te dire ça, mais...

Travis crut que son cœur s'envolait.

— Jennie. Ma chérie, je t'aime aussi.

— Tu sais, j'ai étudié la dynamique des...

Le visage de Jennie s'éclaira brièvement.

— Qu'as-tu dit ?

— J'ai dit que je t'aime. Je t'adore. Je veux t'épouser. Je veux que nous ayons des enfants, que nous élevions des chevaux, que nous fassions tout ce que tu as envie de faire et que nous vieillissions ensemble…

Un sanglot s'échappa de la gorge de Jennie.

— Je ne peux pas.

— Jennie…

Elle bondit sur ses pieds.

— Je ne peux pas t'épouser.

— C'est absurde. Bien sûr que si, tu peux.

Elle secoua la tête.

— Non. Tu ne comprends pas. Il y a quelque chose… dont je ne t'ai pas parlé. J'aurais dû mais…

Travis se leva et la reprit dans ses bras.

— Quel que soit le problème, nous le réglerons.

Nouveau sanglot étouffé.

— Nous ne pouvons pas le régler.

— Bien sûr que si. C'est un problème juridique ? Caleb nous aidera. C'est quelque chose dans ton passé ? Quel que soit…

— Je suis malade.

— Je sais. Tes migraines. Nous nous occuperons aussi de ça. Mon médecin…

— Travis.

Jennie prit une profonde inspiration et s'écarta de lui.

— J'ai… J'ai…

Elle ferma les yeux, les rouvrit et les plongea dans ceux de Travis.

— J'ai une tumeur, chuchota-t-elle. Au cerveau.

Il la regarda un instant en silence.

— Une tumeur ? Mais…

— Au cerveau. Et il n'y a pas de « mais ». Elle est là depuis des mois et elle grossit. Mes symptômes…

— Les migraines, dit-il d'une voix rauque.

Elle hocha la tête.

— Travis. Je… Je suis condamnée. Je vais mourir.

La pièce se mit à tournoyer. Travis crut qu'il allait

s'évanouir. Non, surtout pas. Il fallait être fort pour Jennie. Et, de toute façon, ça ne pouvait pas être vrai. C'était forcément une erreur de diagnostic. Mais Jennie lui tendit un épais dossier médical. Comptes rendus, résultats de scanner. Il n'y avait aucun doute. Le diagnostic était exact. Pourtant, on ne pouvait pas se fier à une seule série d'examens effectués dans un seul hôpital. Il fallait en faire d'autres ! Mais, justement, les examens avaient été effectués trois fois dans trois établissements réputés…

Sans les voir vraiment, il regarda les documents. Une main glacée se referma sur son cœur.

— Pourquoi ne m'en as-tu pas parlé plus tôt ?

— J'aurais dû. J'aurais dû te mettre au courant pour que tu ne… tu ne t'impliques pas…

Dans un élan désespéré, il la prit dans ses bras et la réduisit au silence avec un baiser. Sous ses lèvres, la bouche de Jennie avait un goût de panique et de désespoir.

— Je t'aime. Je t'aime ! Tu crois vraiment que si j'avais su plus tôt ça m'aurait empêché de t'aimer ?

Elle se mit à pleurer. Il avait envie de pleurer avec elle, mais son cerveau était en ébullition. Il lui fallait un plan. Quelques minutes plus tard, il en avait un.

— Je connais des gens en Allemagne. Au Royaume-Uni. Bon sang, je connais des gens partout dans le monde. Nous irons en Europe…

— Travis, mon amour…

La voix de Jennie se brisa.

— C'est fini. Je viens de chez mon médecin. Il dit…

Travis tapa du poing sur la table.

— Je me moque de ce que dit ton médecin ! J'empêcherai ça ! Je refuse que ça arrive. Je t'aime, je t'aime, je t'aime, je t'aime…

Jennie se hissa sur la pointe des pieds et l'embrassa, encore et encore, jusqu'à ce qu'il réponde à son baiser.

— Fais-moi l'amour, supplia-t-elle. Maintenant. Fais-moi l'amour...

Il la prit là, dans le salon, avec passion, avec tendresse, se donnant tout entier à elle. Elle se donna tout entière à lui. Elle pleura. Puis elle s'endormit dans ses bras. Il la serra contre lui, sentit les battements de son cœur, la chaleur de son souffle.

— Je ne te laisserai pas mourir. Je refuse de te laisser mourir !

Exténué, il finit par s'endormir.

Il rêva. Jennie était debout à côté de lui. Elle se penchait sur lui. Elle pleurait.

— Au revoir, mon amour, murmurait-elle. Au revoir.

Ses lèvres effleuraient son front.

Il se réveilla. Seul.

— Jennie ?

Il parcourut tout le triplex. Personne.

Une vague de panique le submergea. Il l'appela sur son portable. Elle ne répondit pas. Il descendit chercher sa voiture et alla chez elle. Personne. Il se rendit à l'université, dans son bureau. Personne. Mon Dieu, où était-elle passée ?

Il retourna chez lui au cas où elle aurait miraculeusement réapparu. Personne. Où pouvait-elle être ? Qui pouvait le savoir ? Cette femme au bar, l'autre soir. Edna ? Barbara ? Brenda. Oui, c'était ça. Mais comment la retrouver dans une ville de la taille de Dallas ?

— Réfléchis, dit-il à haute voix. Réfléchis !

Il devait bien y avoir quelqu'un qui savait ce qu'elle avait pu faire, où elle avait pu aller... Son médecin ! Mais qui était-ce ? Où se trouvait son cabinet ? Bon sang ! Pourquoi ne le savait-il pas ? Peut-être avait-elle un carnet d'adresses. Un agenda où elle notait ses rendez-vous. Le nom et l'adresse du médecin y figuraient sans doute.

Travis fouilla fébrilement dans les affaires de Jennie. Ni carnet d'adresses ni agenda. Et les comprimés ? Le nom du médecin pouvait-il être écrit sur le flacon ? Il savait où elle rangeait ses médicaments. Une partie dans une petite boîte à pilules en argent, dans son sac. Le reste dans l'armoire à pharmacie. Il se précipita dans la salle de bains. Oui, ils étaient là. Mais la seule chose qui figurait sur les étiquettes, c'était le nom imprononçable de chaque médicament et celui de la pharmacie qui avait exécuté les ordonnances. Il téléphona à la pharmacie. Parla à tout le monde jusqu'au sommet de la hiérarchie, mais personne ne voulut lui donner le moindre renseignement, les pharmaciens étant soumis au secret médical.

Il devait bien y avoir un moyen...

Bien sûr ! Son copain. Ben Steinberg. Il pourrait certainement obtenir le nom du médecin de Jennie auprès du personnel de la pharmacie. Lui téléphoner ? Non, mieux valait lui parler de vive voix. Il reprit sa voiture et arriva au cabinet de Ben juste au moment où celui-ci s'en allait.

— Ben, il faut que je te voie.

— Travis ? Tu es malade ?

— Non. C'est mon amie... La femme que j'aime a des migraines terribles...

Ben sourit.

— Dis-lui de téléphoner au cabinet et de...

— Tu ne comprends pas...

— Mon vieux, tu as une mine épouvantable. Viens dans mon bureau, explique-moi ce qui se passe.

Lorsque Travis eut terminé, le visage de Ben était grave.

— Je comprends que tu veuilles la retrouver, mais je ne vois pas ce que je...

— Si je trouve son médecin, il pourra peut-être me dire où elle est.

Travis sortit de sa poche un flacon de comprimés et le tendit à son ami.

— J'ai appelé la pharmacie. Ils n'ont pas voulu me donner le nom du médecin. Mais à toi, ils te le donneront.

Ben hésita. Il pensa à la déontologie, au secret médical, au fait que Jennifer Cooper ne voulait visiblement pas que l'homme qui l'aimait l'accompagne dans sa maladie. Puis il considéra la peur et le désespoir qui affolaient le regard d'un vieil ami.

Il décrocha son téléphone.

11

Lorsqu'il eut enfin trouvé le médecin de Jennie, Travis ne fut pas plus avancé. Peter Kipling ne savait pas non plus où elle se trouvait.

En proie à une angoisse intolérable, il se rendit dans le bar où ses frères l'attendaient. Ils lui firent signe du fond de la salle, puis le dévisagèrent avec inquiétude lorsqu'ils le virent de plus près. Le teint gris, il semblait avoir vieilli de dix ans.

— Que s'est-il passé ? s'exclama Jake. Tu es malade ?

— Non. C'est ma Jennie qui est malade.

Ses frères échangèrent un regard. *Sa* Jennie ?

— Elle a disparu.

Travis se laissa tomber sur la banquette, dans le box.

— Je la cherche depuis des heures.

Caleb et Jake échangèrent un autre regard. Une querelle d'amoureux ?

— Tu sais, si elle ne veut pas te voir…

— Elle a disparu, Jacob. Elle s'est évanouie dans la nature.

— Comment ça ?

Travis posa les coudes sur la table et se frotta les yeux.

— Je ne la trouve nulle part.

— J'ai des contacts, intervint Caleb. La police. Des détectives privés en qui j'ai une confiance absolue…

— Vous ne comprenez pas.

— Non, en effet, dit Jake d'une voix calme. Si tu nous expliquais ?

Travis prit la bouteille de bière posée devant Jake et but une longue gorgée. Puis il la reposa, regarda ses frères et commença son récit. Celui-ci dura dix minutes. Lorsqu'il eut terminé, ses frères restèrent silencieux. Quoi dire ?

Finalement, Caleb s'éclaircit la voix.

— Te dire que nous sommes désolés ne servira à rien.

Jake approuva d'un hochement de tête.

— Ce qu'il faut, c'est trouver un moyen de t'aider. Ainsi que Jennie.

— Il me faut son nom de famille, déclara Caleb. Son numéro de portable. Son adresse. Le nom du département où elle enseigne à l'université.

Travis secoua la tête.

— Je vous ai dit qu'elle avait éteint son portable. Elle n'est pas chez elle. Ni à son bureau sur le campus. Elle a disparu.

— Donne-moi quand même les infos. Tout ce que tu sais d'elle. Les endroits qu'elle aime. Les gens qu'elle connaît. D'où elle est originaire.

— D'accord.

Travis eut un petit rire triste.

— C'est au moins quelque chose à faire.

Caleb sortit un carnet et un stylo de sa poche et les fit glisser vers Travis.

— Je veux le nom de son médecin. Ses numéros de téléphone. Et celui de Ben. Ça fait des années que je ne lui ai pas parlé.

Travis hocha la tête, tout en notant les renseignements demandés.

— Trav ?

Il regarda Jake.

— Quand j'étais hospitalisé à Washington, tu sais,

après avoir été blessé... J'ai fait la connaissance d'autres patients. Il y avait un membre des forces spéciales. Qui avait une tumeur au cerveau.

— Celle de Jennie n'est pas opérable. Les examens...

— Justement. La sienne aussi était considérée comme inopérable. Mais la famille a demandé l'avis d'un neurochirurgien extérieur, qui est venu l'examiner. La semaine suivante, il a quitté l'hôpital Walter Reed. Je ne sais pas où on l'a transféré, mais quelques mois plus tard il est venu nous rendre visite, et c'était un homme neuf.

— Jake, quel rapport avec... ?

— Peut-être aucun. Peut-être pas. J'ai le numéro de ce type. Si je l'appelais ?

— Ben dit que le neurologue qui traite Jennie est le meilleur de Dallas.

— Je peux toujours appeler mon ami, d'accord ?

Malgré son découragement, Travis hocha la tête. Il y eut un silence, puis Caleb frappa sur la table et se leva.

— Allons-y.

Jake se leva à son tour. Puis Travis. Il regarda ses frères.

— Je me sens si inutile...

Sa voix se brisa.

— Il doit bien y avoir quelque chose que je peux faire.

— Oui, acquiesça Jake. Rentrer chez toi. Manger quelque chose. Dormir un peu. Tu dois rester fort pour Jennie. Et sortir le moins possible de chez toi, au cas où elle viendrait te voir.

— Bon sang, tu as raison ! Je n'ai pas pensé un seul instant à... Appelez-moi. Tous les deux. Même si c'est pour me dire que vous n'avez rien de nouveau. D'accord ?

Les trois frères s'embrassèrent.

— Il ne faut pas perdre espoir, dit Caleb.

— Caleb a raison, approuva Jake. Rien n'est perdu.

— Oui, marmonna Travis sans conviction.

*
* *

Il fallut moins de deux heures à Caleb pour localiser Jennie par l'intermédiaire de ses contacts. Au volant de sa voiture, il téléphona à Jake pour lui annoncer la nouvelle.

— Elle est à bord d'un vol pour Boston, où elle prendra un avion pour Manchester, dans le New Hampshire.

— Parfait, répliqua Jake. Elle sera tout près du Boston Memorial.

— Boston Memorial ? Qu'est-ce que c'est ?

— Un hôpital où, d'après mon copain des forces spéciales, le meilleur neurochirurgien de la planète a mis en place un programme expérimental confidentiel.

— C'est le genre de mots qui me donnent la chair de poule, répliqua Caleb en doublant un camion. « Confidentiel. » « Expérimental. » Et même cette expression : « Le meilleur neurochirurgien de la planète. » D'après qui ?

— D'après mon copain. Et je lui fais confiance.

— Admettons. Mais s'il est confidentiel et expérimental, comment faire bénéficier Jennie de ce programme ? Il n'y a pas de temps à perdre, Jacob. Nous le savons tous.

— Elle est déjà attendue au Boston Memorial. Mon copain a appelé le neurochirurgien et il lui a faxé son dossier médical. Un moment après, le neurochirurgien m'a appelé.

Jake émit un petit rire.

— Il y a des moments où ça paye d'être un blessé de guerre décoré d'une médaille rutilante.

Caleb arqua les sourcils. Son frère détestait parler de ce qui lui était arrivé pendant la guerre et il ne faisait jamais allusion à sa décoration… Pourtant, il n'avait pas hésité à s'en servir pour obtenir une place pour Jennifer.

— Bravo, vieux.

Jake s'éclaircit la voix.

— Hé, qu'est-ce qu'on ne ferait pas pour Travis ! Mais il faut savoir qu'il y a des risques.

— Que veux-tu dire ?

— Avant tout, le neurochirurgien doit examiner Jennie et décider s'il opère ou non. Mais, même s'il opère, l'échec de l'intervention n'est pas à exclure.

— Je vois.

Caleb hésita.

— Il faut que Travis le sache.

— Bien sûr. Et il sera partant. C'est le seul espoir, de toute façon.

— Oui. Mais, elle, acceptera-t-elle de prendre le risque ?

— Bonne question, répliqua Jake. Il n'y a qu'un seul moyen de le savoir.

— Je roule vers chez Travis, annonça Caleb.

— Moi aussi. Rendez-vous là-bas dans dix minutes.

— Cinq.

Jake émit un bruit qui ressemblait à un rire.

Ils arrivèrent chez Travis à moins d'une minute d'intervalle. Ils lui avaient conseillé de prendre une douche. De manger. De se reposer. La seule certitude, c'était qu'il avait pris une douche. Ses cheveux étaient mouillés et il s'était changé. A part ça, il avait visiblement passé son temps à arpenter le salon en s'efforçant de ne pas devenir fou. La façon dont il les accueillit le confirma.

— Je ne peux pas continuer comme ça ! Rester ici à tourner en rond…

— Calme-toi.

— Me calmer ?

Il foudroya Jake du regard.

— La femme que j'aime est quelque part, seule avec…

avec le monstre qui lui dévore le cerveau, et tout ce que tu trouves à me dire c'est de…

— Un de nos jets privés est prêt à décoller, coupa Jake.

Travis tressaillit et regarda Caleb.

— Tu l'as trouvée ? Comment ? Où est-elle ? Elle va bien ? Elle a demandé à me voir ?

— Une question à la fois, Trav. J'ai fait jouer mes relations. Elle va bien, elle est à bord d'un avion à destination de Boston et elle n'a pas pu demander à te voir parce qu'elle ignore que nous l'avons retrouvée.

— Boston. Elle rentre chez elle. En Nouvelle-Angleterre.

Les traits de Travis se crispèrent.

— Ne sait-elle donc pas que je veux rester auprès d'elle ?

Jake et Caleb échangèrent un regard. Tenter de répondre à cette question n'aurait aucun sens…

Mais, visiblement, Travis n'attendait pas de réponse.

— Bien, allons la chercher. Elle est du New Hampshire. Comment va-t-elle y aller ? Elle a loué une voiture ?

— Elle change d'avion à Boston. En fait, elle a deux changements d'appareil…

— Ce qui nous laisse le temps d'arriver à Boston avant elle.

Jake et Caleb échangèrent un nouveau regard. La voix de Travis retrouvait sa fermeté. Il prenait la situation en main. Ce qui laissait espérer qu'il se sortirait de cette épreuve, quelle que soit son issue.

— Je l'aime, dit-il avec force. Je ne la laisserai pas affronter ça toute seule.

Caleb posa la main sur son épaule.

— Il y a autre chose.

— Quoi ?

Jake s'éclaircit la voix.

— C'est une longue histoire, mais il se trouve qu'il

existe un programme expérimental. Mené par un grand neurochirurgien qui opère certaines tumeurs inopérables.

— C'est absurde ! Si c'est inopérable, on ne peut pas opérer.

— Je ne suis pas médecin, d'accord ? Je m'explique peut-être mal, mais un type que j'ai connu à Walter Reed soi-disant inopérable a été opéré par ce neurochirurgien. Aujourd'hui, il est vivant et en pleine forme.

Une lueur d'espoir s'alluma dans les yeux de Travis.

— Mais ce n'est pas un programme miraculeux, précisa Jake. D'abord, l'équipe du neurochirurgien devra examiner Jennie pour décider s'il est possible de l'opérer. Ensuite, le succès de l'intervention n'est pas assuré. Certains patients guérissent, mais d'autres meurent. D'autres encore gardent des séquelles, parfois graves.

Travis eut un rire amer.

— C'est ça, vos bonnes nouvelles ?

— Ce n'est pas sans risque mais quand l'opération réussit, le patient retrouve une vie normale.

— Oh ! mon Dieu… Jennie…

— Il faut malgré tout éviter d'être trop optimiste, intervint Caleb avec une franchise brutale. Les risques sont très importants. Jennie devra en être consciente.

— Vous ne la connaissez pas. Jennie n'hésite jamais à prendre des risques.

Travis consulta sa montre.

— Pourquoi sommes-nous encore ici ? Nous perdons du temps.

— Va prendre des affaires pour quelques jours, conseilla Jake. Caleb et moi nous achèterons ce dont nous aurons besoin à Boston.

Les deux frères appelèrent leurs épouses respectives et leur expliquèrent brièvement la situation. Deux minutes plus tard, les Wilde partaient pour l'aéroport.

*
* *

Ils atterrirent à Boston une heure avant l'arrivée du vol de Jennie. Travis bouillait d'impatience. Jamais il n'aurait imaginé que le temps pouvait passer aussi lentement... Il refusa le café et le sandwich proposés par Jake et Caleb. Tout ce qu'il voulait, c'était voir Jennie. Ils attendirent. Attendirent. Enfin, l'arrivée du vol de Jennie fut annoncée. Ils se dirigèrent vers la porte. Au bout d'un moment, les premiers passagers apparurent. Puis plus rien.

L'estomac de Travis se noua. Où était-elle ? Les informations de Caleb seraient-elles fausses ? Soudain, son cœur fit un bond dans sa poitrine. Elle franchissait la porte ! Très pâle, elle marchait lentement. Il pouvait presque sentir la douleur qui lui vrillait le crâne... Elle le vit et se figea. Il avait délibérément évité d'imaginer la réaction qu'elle aurait en le voyant.

— Jennie.

Il ouvrit les bras. Elle s'y précipita en criant son nom d'une voix étranglée. Il la serra contre son cœur, la berça, l'embrassa encore et encore. Elle pleurait. Lui aussi.

Derrière eux, Jake et Caleb se détournèrent pudiquement. Ils avaient tous les deux les yeux humides.

Jake avait réservé une suite dans un hôtel de Boston. Caleb avait loué une limousine. Le trajet jusqu'à l'hôtel s'effectua dans le silence après de brèves présentations.

— Chérie, voici mes frères, Jacob et Caleb.

— Bonjour, avait dit Jennie.

— Bonjour, avaient répondu Jake et Caleb.

Puis elle avait demandé à Travis pourquoi ses frères étaient avec lui, comment il l'avait retrouvée et où ils allaient. Mieux valait attendre d'être à l'hôtel en tête à tête pour lui dire tout ce qu'il avait à lui dire, décida-t-il. Il resserra ses bras autour d'elle — il ne l'avait pas lâchée depuis qu'elle s'y était blottie —, déposa un baiser sur sa tempe et murmura :

— Tu veux bien me faire confiance, mon cœur ?

— Oui, avait-elle murmuré.

La suite était spacieuse. Un grand salon. Trois chambres. Trois salles de bains. Caleb et Jake disparurent chacun dans une chambre. Travis entraîna Jennie dans la troisième. Elle tremblait et elle avait les yeux brillants. La douleur... Il l'assit sur le lit, s'agenouilla et lui enleva ses chaussures.

— Tu veux dormir un peu, mon cœur ?

— Non. Je veux que tu m'expliques ce qui se passe. Pourquoi tes frères sont-ils avec toi ? Et pourquoi vous comportez-vous tous comme si vous cachiez un grand secret ?

Il s'assit à côté d'elle et lui prit la main.

— Je refuse de te laisser mourir.

— Travis, je sais que tu nies la réalité. C'est ce que j'ai fait pendant longtemps, moi aussi. Mais...

Il l'embrassa.

— Ecoute-moi. Juste une minute. Tu veux bien ?

— D'accord.

— Je t'ai cherchée partout, mais je ne t'ai pas trouvée. Alors j'ai demandé de l'aide à mes frères. C'est Caleb qui t'a localisée.

Il eut un sourire malicieux.

— C'est parfois utile d'avoir un ancien espion dans la famille. Quant à Jake... Souviens-toi, je t'ai dit qu'il avait été blessé en Afghanistan. Gravement. A Walter Reed, où il a été hospitalisé, il a rencontré un autre soldat, qui avait une tumeur au cerveau. Inopérable, comme la tienne. Du moins, c'était ce qu'on lui avait dit.

Jennie dégagea sa main d'un mouvement brusque et bondit sur ses pieds.

— Non ! Plus jamais ! J'ai essayé des dizaines de traitements. Aucun n'a marché.

Sa voix se brisa.

— Je ne peux pas revivre ça, Travis. Espérer qu'il existe un traitement miracle pour finir par découvrir que…

Travis se leva à son tour.

— L'ami de Jake a été soumis à un programme expérimental, ici au Boston Memorial.

Jennie se boucha les oreilles.

— Je ne veux pas écouter !

— Mon cœur, s'il te plaît.

— J'ai tout essayé. Les examens. Les piqûres. Des tonnes de médicaments. J'ai vu un millier de médecins. Pour aboutir chaque fois au même résultat. Je… Je suis en train de mourir, Travis. C'est pour ça que j'ai fait… des choses insensées. Je voulais vivre le plus d'expériences possibles. Parce que je savais que, tôt ou tard, je devrais accepter ce qui m'attendait.

— Jennie…

— Et j'ai fini par accepter. Jusqu'au moment où je suis tombée amoureuse de toi. Te quitter a été la chose la plus dure que j'aie jamais faite. Je t'aime tellement…

— Alors pourquoi m'as-tu quitté ?

— Parce que je t'aime ! Parce que je ne voulais pas que tu sois là pour voir… ce qui va m'arriver. Je ne voulais pas que tu gardes de moi le souvenir d'une femme vaincue par la maladie, tenant à peine debout.

Travis prit Jennie dans ses bras et l'embrassa.

— De quel droit décides-tu à ma place ? Je t'aime, bon sang ! Je veux être avec toi quoi qu'il arrive !

— Tu es même prêt à me voir mourir ?

— Oui… Mais tu ne vas pas mourir. Ce programme dont j'essaie de te parler…

— Non.

— Jennie, ne dis pas non sans m'avoir écouté jusqu'au bout.

— Et si, *toi*, tu m'écoutais jusqu'au bout ? J'ai tout essayé. Tous les traitements qu'on m'a présentés comme efficaces. Aucun n'a donné de résultats. Il n'y a rien à faire. Et je n'ai plus la force de revivre ça. L'espoir. L'espoir fou puis la déception…

Elle inspira profondément.

— C'est fini. Je suis en train de mourir et il n'y a rien à faire pour empêcher ça. A moins de croire aux miracles, mais je n'y crois pas.

— Moi, c'est en toi que je crois. En ta force. Ton courage. Ta détermination. Ajoute à ça un grand neurochirurgien qui a déjà sauvé des vies. Refuserais-tu de tenter ta chance ?

— Ça ne sert à rien, tu ne comprends pas ? A rien !

— Je croyais que tu avais envie de tenter des expériences risquées.

Des larmes inondèrent le visage de Jennie.

— Ça c'est un coup bas !

— Tous les coups sont permis pour te garder auprès de moi pour toujours.

— Tu es impitoyable.

Jennie avait perdu un peu de sa véhémence.

— Oui, c'est moi, l'impitoyable Travis Wilde. Un homme qui ne veut pas renoncer à la femme de sa vie sans se battre.

Il caressa le dos de Jennie.

— Je serai là. Avec toi. Je resterai à ton côté tout le temps. Mon amour, mon cœur seront avec toi.

Elle se mordit la lèvre.

— En admettant que… que je dise oui. Sais-tu quels

sont les chances de réussite de ce programme expérimental ?

— C'est le chirurgien qui nous le dira quand nous le verrons.

— Et si… si je ne survivais pas, je n'en aurais pas conscience. Mais toi, si. Et je te connais, Travis. Tu serais rongé par le remords.

— C'est surtout si je n'arrive pas à te convaincre de te battre que je serai rongé par le remords. Bats-toi, mon cœur. Je me battrai avec toi. Les médecins feront leur part, nous ferons la nôtre. Mais ne renonce pas. J'ai besoin que tu sois la fille qui aime les montagnes russes, parce que cette fille-là c'est vraiment toi.

Jennie resta silencieuse un instant, puis elle finit par appuyer la tête contre son épaule.

— D'accord. Je vais rencontrer le chirurgien. Je vais discuter avec lui. Mais je ne peux rien promettre de plus.

— D'accord. Nous lui parlerons.

— Nous ?

— Oui. Parce que nous formons un tout, mon cœur. Je suis toi. Tu es moi. A moins bien sûr que tu ne veuilles pas que je…

Elle l'embrassa.

— Viens t'allonger avec moi.

— Ma chérie, tu es si pâle… Et je sais que tu as la migraine.

— Juste pour me tenir dans tes bras.

Il s'allongea avec elle et la prit dans ses bras. Lorsqu'elle se mit à l'embrasser et à le caresser, il lui fit l'amour avec une tendresse infinie. Puis elle s'endormit.

Il se leva, s'habilla et rejoignit ses frères dans le salon.

— Vous pouvez prendre rendez-vous avec le chirurgien.

Jake sourit.

— C'est déjà fait. Demain matin, 8 heures.

Il tendit la main à Travis.

— C'est une femme exceptionnelle.

Trop ému pour répondre, Travis serra la main de Jake, puis celle de Caleb.

Oui, sa Jennie était une femme exceptionnelle.

Même s'il n'en avait pas besoin, il en eut la confirmation le lendemain matin lorsqu'ils rencontrèrent le chirurgien. Elle répondit à des dizaines de questions avec calme et précision. Subit des examens interminables, dont certains semblaient avoir été imaginés par des extraterrestres.

A midi, le chirurgien les reçut de nouveau.

— Bien, en ce qui me concerne, je suis favorable à l'opération.

Travis pressa la main de Jennie.

— Quelles sont mes chances de survie ? demanda-t-elle.

— Cinquante-cinquante.

Travis tressaillit mais Jennie hocha la tête.

— Merci de votre franchise.

— C'est normal, mademoiselle Cooper. Il est essentiel que vous en sachiez autant que moi.

— Et quels sont les risques de survivre à l'opération avec des séquelles qui me laisseraient dans un état végétatif ?

— Mon cœur…

Jennie fit signe à Travis de se taire.

— J'ai besoin de savoir. Je crois que j'ai encore plus peur de ça que de mourir. Docteur ? Quels sont les risques ?

— Minimes. Vraiment minimes dans votre cas. Mais pas nuls.

Silence. Le visage de Jennie était impénétrable. Travis se haït de l'avoir poussée à prendre ce rendez-vous.

— Non, s'entendit-il dire. Non, mon cœur, tu ne peux pas…

Jennie lui prit la main.

— L'intervention pourrait avoir lieu rapidement ? Parce que, maintenant que j'ai décidé de la tenter, je n'ai pas envie d'attendre.

— De toute façon, nous ne pouvons pas nous le permettre, déclara le médecin d'une voix douce. Demain matin à 6 heures, cela vous conviendrait-il, Jennie ?

Travis avait l'impression d'être en équilibre au bord d'un précipice.

— Attendez. Il faut que nous… que nous discutions.

Jennie le regarda.

— Je veux me faire opérer, dit-elle avec le plus grand calme. Et j'ai besoin que tu sois fort pour moi.

Elle avait raison. Ils devaient être forts tous les deux. Et il savait où ils pouvaient puiser cette force, songea-t-il soudain.

— Epouse-moi.

Jennie eut un pâle sourire.

— Si je peux, quand ce sera fini…

— Non. Epouse-moi maintenant. Ce soir.

— Non ! Et si jamais… ?

— Je t'aime. Je t'aimerai toujours.

Travis la prit dans ses bras.

— Quand tu entreras en salle d'opération demain, ce sera en tant que Mme Wilde.

Jennie rit et pleura en même temps. Elle embrassa l'homme qu'elle aimait.

— Ai-je mon mot à dire, monsieur Wilde ?

— Non. Monte sur les montagnes russes, mon cœur, murmura-t-il. Avec moi.

— Oui.

12

A 19 h 55 ce soir-là, les frères Wilde se retrouvèrent dans la chapelle de l'hôpital. C'était une pièce aux cloisons de verre, au centre de laquelle se trouvait une petite fontaine. Le bruit de l'eau coulant sur des pierres lisses noires et grises créait une atmosphère apaisante et des arbres d'ornement ajoutaient une touche de verdure au décor.

Caleb avait téléphoné à un autre de ses anciens « contacts », qui connaissait un juge assez influent pour les dispenser des formalités administratives habituelles et pour célébrer la cérémonie. Jake avait réussi à trouver un fleuriste qui avait livré à la chapelle en un temps record des dizaines de roses et d'orchidées blanches.

Travis aurait voulu remercier ses frères pour leur prévenance, mais il était trop ému pour parler.

A 20 heures précises, les portes de la chapelle s'ouvrirent et Jennie apparut au bras de son chirurgien, vêtu d'un costume sombre. Elle portait une robe de dentelle blanche, prêtée par une infirmière de l'équipe qui s'occuperait d'elle le lendemain. La robe, de coupe sobre, était très seyante. Quant à la mariée, elle était splendide. Jamais il n'avait vu une femme plus belle. Emu, il lui sourit. Elle lui rendit son sourire et une évidence s'imposa à lui. Il attendait cette femme et cet instant depuis toujours.

De la musique s'éleva dans la chapelle. Une version instrumentale de *I Will Always Love You*, provenant de l'iPod de Jake. Le visage de Jennie s'illumina. Toujours au bras de son médecin, elle s'avança lentement vers Travis. Juste avant d'arriver à sa hauteur, elle vacilla sur ses jambes. Il la prit aussitôt dans ses bras.

— Je t'aime, murmura-t-il à son oreille.

Le service fut bref. Le juge parla d'amour, d'engagement, de joie et de chagrin. Ils n'avaient pas d'alliances ! songea soudain Travis juste avant l'échange de serments. Mais au même instant, Jake lui tendit un anneau en or à glisser au doigt de Jennie, tandis que Caleb tendait celui qui lui était destiné à Jennie.

Les yeux dans les yeux, ils échangèrent leurs serments d'une voix claire et ferme. Puis le pasteur les déclara unis par les liens du mariage.

— Monsieur Travis Wilde, vous pouvez embrasser la mariée.

Alors, seulement, il fit ce qu'il avait envie de faire depuis qu'elle avait pénétré dans la petite chapelle : il prit entre ses mains le visage de sa femme. Comme lui, elle avait le sourire aux lèvres et les larmes aux yeux.

— Madame Wilde, murmura-t-il.

— Monsieur Wilde, répliqua-t-elle en riant.

— Je t'aime.

Elle noua les bras sur sa nuque et il l'embrassa.

Travis passa la nuit à côté de sa femme dans la chambre d'hôpital. Il lui avait apporté deux cadeaux de mariage. Son chien en peluche, qu'il avait fait envoyer par coursier. Et une carte manuscrite, sur laquelle il lui promettait un chaton. Elle versa de nouvelles larmes et l'embrassa. Ils passèrent la nuit dans les bras l'un de l'autre.

Quelques minutes avant 6 heures, le lendemain matin, le chirurgien arriva. Il serra la main de Travis et pressa l'épaule de Jennie. Puis, tout s'enchaîna rapidement.

Deux garçons de salle vinrent chercher Jennie pour l'emmener au bloc. Travis suivit le lit à roulettes, en tenant la main de sa femme, en lui disant qu'il l'aimait et en lui demandant de réfléchir avant de s'endormir à l'endroit où elle voulait aller en lune de miel.

— New York, Paris, Rome, ou ailleurs. Où tu voudras.

Déjà un peu endormie par la prémédication, elle répondit d'une voix pâteuse mais décidée :

— Je veux aller chez nous. Dans ton triplex à Dallas. Je m'y sens chez moi depuis le soir de notre rencontre.

— Bien sûr, acquiesça-t-il d'une voix étranglée en réprimant à grand-peine les sanglots qui lui nouaient la gorge.

Le lit à roulettes s'immobilisa devant une grande porte à double battant.

— Désolé, monsieur Wilde, vous ne pouvez pas aller plus loin, dit l'un des garçons de salle d'une voix contrite.

Travis se pencha sur Jennie et la serra dans ses bras.

— Pense à moi, chuchota-t-il. Pense à nous. Et à toutes les années de bonheur qui nous attendent.

— Je t'aime. Je t'aime, je t'aime, je t'aime...

Le lit à roulettes se remit à avancer. Les battants de la porte s'ouvrirent, puis se refermèrent. Travis recula d'un pas chancelant et s'adossa au mur. Un long moment plus tard, il se rendit dans la salle d'attente privée que l'hôpital avait mise à la disposition des Wilde. Ses frères étaient là.

— Trav...

Ils le serrèrent dans leurs bras.

Le temps passait, d'accord. Mais plus lentement qu'un escargot. Une minute. Deux minutes. Une heure.

Tandis que les aiguilles de l'horloge murale et celles

de la montre de Travis se traînaient lamentablement, des choses incroyables commencèrent à se produire.

La porte de la salle d'attente s'ouvrit sur Emily et Jaimie. Travis tourna la tête, les vit et se leva.

— Travis.

Il ouvrit les bras et elles s'y précipitèrent.

Un moment plus tard, ce furent ses belles-sœurs qui apparurent.

— Sage... Addison...

Elles l'embrassèrent et lui murmurèrent des mots d'encouragement.

Mon Dieu, il avait vraiment beaucoup de chance !

Lissa arriva peu après. Elle avait dû prendre un vol de nuit depuis la Californie et elle n'avait sans doute pas dormi, songea-t-il en la serrant dans ses bras.

Quelques heures plus tard, la porte s'ouvrit de nouveau. Travis se leva lentement.

— Papa ?

Le général avança vers lui la main tendue.

— Travis.

Au moment où il allait lui serrer la main, son père se ravisa et le serra étroitement dans ses bras.

— Je suis venu dès que j'ai pu.

— Je... je...

— J'ai entendu dire que ta Jennie était une femme exceptionnelle.

Travis voulut répondre « oui », mais seul un murmure étranglé et joyeux sortit de sa gorge.

Le matin laissa place à l'après-midi, qui laissa place à la soirée. Les lumières s'allumèrent dans la salle d'attente. Le crépuscule tomba sur la ville. Les Wilde faisaient les cent pas. Parlaient à voix basse. Consultaient l'horloge. Leurs montres. Lissa, Sage et Emily s'éclipsèrent et revinrent avec des magazines que personne ne toucha. Jaimie et Addison sortirent et rapportèrent des sandwichs et des pâtisseries. Personne n'y toucha non plus. Jake disparut et revint avec une pizza. Caleb sortit à son tour et revint avec deux boîtes de beignets.

— Il faut manger, disaient-ils tous à Travis.

Mais il ne mangeait pas et eux non plus. Seul le café eut du succès. Sans se concerter, ils finirent tous par arrêter de regarder l'heure. A quoi bon ? De temps en temps, un homme ou une femme en blouse verte ouvrait la porte, mais c'était juste pour leur dire que l'opération suivait son cours.

Au bout de quatorze heures, le neurochirurgien fit son apparition. Il semblait épuisé et son visage était impénétrable. Les Wilde, presque aussi hagards que lui, bondirent sur leurs pieds et, toujours sans se concerter, formèrent un demi-cercle autour de Travis. Il ouvrit la bouche, puis la referma. Ce fut le général qui finit par prendre la parole.

— Ma belle-fille ?

— Elle est en vie, répondit le médecin en regardant Travis.

Il sentit ses genoux se dérober sous lui. Caleb et Jake le retinrent par les coudes.

— Et ? demanda Travis d'une voix rauque.

— Nous avons pu enlever toute la tumeur.

— Est-ce qu'elle… Elle va bien ?

— Son état est stationnaire. Ses signes vitaux sont normaux. Mais…

Tous les Wilde cessèrent de respirer.

— … il est impossible de se prononcer tant qu'elle n'aura pas repris connaissance.

— Vous voulez dire quand elle se réveillera de l'anesthésie ?

— Elle est inconsciente, Travis. Ce n'est pas l'anesthésie. C'est la réaction de son cerveau au traumatisme opératoire. Il faut attendre. J'aimerais pouvoir être plus précis, mais je ne peux pas.

— Je comprends, dit Travis.

C'était faux, mais à quoi bon l'admettre ? Il fallait attendre. Seulement attendre...

— Je veux aller auprès d'elle.

— Travis, la meilleure chose que vous puissiez faire, c'est retourner à l'hôtel, manger quelque chose, dormir un peu. Nous vous appellerons à la seconde où votre femme...

— Je veux aller auprès d'elle.

Le médecin soupira.

— Elle est en salle de réveil. Nous vous préviendrons dès qu'elle sera de retour dans sa chambre.

Deux heures passèrent. Travis dit à tout le monde d'aller à l'hôtel.

— Pas encore, répliqua Jaimie, approuvée par tous les autres.

Enfin, une infirmière apparut.

— Mme Wilde est dans sa chambre. Monsieur Wilde, si vous voulez bien venir avec moi...

Travis se leva. Ses frères le serrèrent dans leurs bras. Son père lui donna une tape dans le dos. Ses sœurs et ses belles-sœurs l'embrassèrent.

— Je vous appellerai, dit-il.

Et il suivit l'infirmière.

Jennie dormait. On pouvait presque le croire tant elle semblait paisible. Mais il y avait des tuyaux partout. Des bandages entouraient son crâne et elle était reliée à tout un tas de machines.

— Ma chérie.

— Elle ne vous entend pas, monsieur Wilde, intervint l'infirmière d'une voix douce.

Il l'ignora, tira un fauteuil à côté du lit et prit la main de sa femme.

— Mon cœur, c'est moi. Je suis là. Et je t'aime.

Le chirurgien passa. Vérifia les machines. Les tuyaux. Souleva les paupières de Jennie, braqua une petite lampe sur ses yeux.

— Alors ? demanda Travis.

— Aucun changement. C'est bien. Elle se maintient.

Travis déglutit péniblement. Non, ce n'était pas bien. Ce qu'il voulait entendre, c'était que sa femme reprenait conscience et lui revenait.

— Si vous voulez dormir un peu dans la salle d'attente privée. On vous réveillera si…

— Je reste auprès de ma femme.

Le chirurgien sourit.

— Bien sûr.

La lumière était éclatante. Une sirène hurlait. Travis se redressa d'un bond. Il s'était endormi penché en avant, le front contre le matelas. Il faisait jour, d'où la lumière dans la chambre. Et au loin, une voiture de police filait dans la ville.

Jennie n'avait pas bougé.

Travis sentit son portable vibrer dans sa poche. Il l'ignora. Les vibrations s'interrompirent, puis reprirent. Plissant le front, il lâcha doucement la main de Jennie, se leva, sortit le téléphone de sa poche et alla jusqu'à la fenêtre. C'était Jake et Caleb.

— C'est moi, Trav, dit Jake. Du nouveau ?

— Non.

— Que veux-tu qu'on t'apporte ? demanda Caleb. Un feuilleté ? Des bagels ?

— Rien. Attendez à l'hôtel.

— Trav, tu ne devrais pas rester seul…

— Je ne suis pas seul. Je suis avec ma femme.

Le temps passa encore. Les Wilde se réunirent dans la salle d'attente privée, comme la veille. Travis ignorait qu'ils étaient là. Ils préféraient être là, pour eux-mêmes sinon pour lui, mais ils soupçonnaient que les savoir là et s'inquiéter pour eux ne lui ferait aucun bien. Ils parlaient à mi-voix de tout et de rien, parce qu'une seule chose occupait leur esprit. Jennie Wilde et ce que révélerait la suite du processus de guérison.

Le soleil était sur le point de se coucher. Devant l'hôpital, les réverbères s'allumèrent. Il pleuvait. A l'intérieur de l'hôpital, les lumières des couloirs devinrent plus vives. Jennie était toujours immobile, avec son mari assis à côté d'elle, qui lui tenait la main. Il lui parlait comme il le faisait depuis des heures, racontant tout ce qui lui passait par la tête.

— La saison de football va bientôt commencer. Tu aimes le football ? Je t'ai déjà dit que je jouais ? Je parie que tu serais très douée. Mes frères et moi, nous jouons ensemble de temps en temps. Mes sœurs et Addison aussi. Pas Sage, parce qu'elle est enceinte. Tu le savais ? Je vais devenir oncle. Et toi, tu vas devenir tante…

Sa voix s'éteignit. Jennie ne bougeait pas. L'angoisse lui dévorait la poitrine.

— Alors, fais-tu partie de ces femmes qui aiment le sport ? Non ? Pas de problème, mon cœur. Je serai ravi de me chamailler avec toi. Je mettrai un match de base-ball et tu me prendras la télécommande pour zapper sur un débat…

Un sanglot lui échappa.

— Jennie, parle-moi. S'il te plaît, ma chérie…

Il lui embrassa la main, puis la posa délicatement sur sa poitrine. Il se leva et gagna la fenêtre. Impossible de pleurer devant elle, au cas où elle l'entendrait…

— … patin à glace.

Il pivota sur lui-même.

— Chérie ?

— J'ai toujours eu envie d'apprendre le patin à glace.

La voix de Jenny était faible et un peu pâteuse mais c'était sa voix… sa voix !

Il se précipita vers le lit. Lui prit les mains.

— Jennie ?

Très lentement, ses paupières s'ouvrirent.

— Jennie. Oh ! mon Dieu, Jennie !

Elle tourna la tête vers lui. Les yeux grands ouverts, le regard clair, fixé sur lui.

— Travis ?

Elle se mit à pleurer.

— C'est vraiment toi ?

Travis s'assit au bord du lit. Le visage ruisselant de larmes, il prit sa femme dans ses bras.

— C'est moi. Je suis là. Et toi aussi !

Un sourire étira les lèvres de Jennie. Le sourire le plus merveilleux qu'il ait jamais vu.

— N'était-ce pas un beau mariage ? murmura-t-elle.

Il rit à travers ses larmes.

— Il était parfait.

Ils s'embrassèrent.

Dehors la pluie cessa brusquement, laissant la place au soleil couchant. Bientôt la lune se lèverait.

Et les vies de Travis et Jennie Wilde prendraient un nouveau départ.

Epilogue

Les habitants de Wilde's Crossing étaient en désaccord sur de nombreux sujets. La politique. Le système de santé publique. L'économie. L'avenir du soja non transgénique.

Mais pas sur la soirée organisée par le général John Hamilton Wilde à *El Sueño*.

Les avis étaient unanimes. C'était la plus belle soirée jamais organisée dans la plus belle ville du Texas.

La plus longue rangée de barbecues jamais vue dans un même lieu. Des tables croulant sous le poids de saladiers géants débordant de salades en tout genre. Du grits préparé selon une douzaine de recettes différentes. Du poulet frit. Des biscuits. Des gâteaux. Des tartes. Des cookies.

D'autres tables chargées de boissons. Punch. Vin. Bière. Ale. Whisky texan. Café. Thé. Limonade. Personne n'aurait pu mourir de soif.

Une piste de danse de bois avait été installée derrière la maison. Il y avait un orchestre qui jouait le genre de morceaux que les gamins de Wilde's Crossing considéraient comme des vieilleries, un autre qui jouait du rock et de la musique mexicaine.

A l'intérieur de la maison, dans la grande bibliothèque lambrissée, un quatuor à cordes jouait de la musique classique pour les invités les plus calmes.

— Il y en a pour tous les goûts, dit Travis à sa femme,

qu'il tenait dans ses bras sous un grand peuplier de Virginie.

— Moi je n'ai besoin que de toi, dit-elle en souriant.

— C'est réciproque.

En soupirant, elle appuya la tête contre son épaule.

— Tu as une famille merveilleuse.

— C'est la tienne également, mon cœur. Et tu as raison. Ils sont tous extraordinaires. Même le paternel.

— Emily dit qu'il a changé.

Travis pouffa.

— C'est le moins qu'on puisse dire !

— Regarde tout ce qui s'est passé cette année. Caleb et Sage ont eu un bébé.

— C'est vrai.

— Jake et Addison en attendent un.

— En effet.

— Et nous aussi.

— Exact…

Travis tressaillit.

— Quoi ?

Jennie éclata de rire.

— Nous allons avoir un bébé.

Elle vit les émotions se succéder dans les yeux de son mari. La surprise. La joie. Et, comme elle s'y attendait, une pointe d'inquiétude.

— Il n'y a pas de problème, précisa-t-elle d'une voix apaisante.

— Tu as parlé avec…

— J'ai appelé le médecin ce matin. Ce qu'il avait dit est confirmé. Il ne reste absolument rien de la tumeur. Je suis en bonne santé. En excellente santé. Nous allons donc avoir un enfant. Tu vas être papa.

— Papa. Je vais être…

Il éclata de rire. Poussa des petits cris de joie. Et embrassa sa femme avec fougue.

— Je t'aime, Travis Wilde, murmura-t-elle contre ses lèvres.

— Et moi je t'aime aussi. De tout mon cœur. Et je t'aimerai toujours.

Pas très loin, à portée de voix mais masquées par les branches d'un chêne géant, Emily, Lissa et Jaimie Wilde restaient figées sur place. Elles n'avaient pas eu l'intention d'espionner leur frère et leur belle-sœur. En fait, elles ignoraient qu'ils étaient là.

Elles avaient décidé de faire un tour pour s'échapper un moment de la soirée et fuir ce que Lissa avait appelé « les entremetteuses fouineuses ».

— Toutes les invitées de sexe féminin âgées de plus de douze ans semblent déterminées à nous marier, avait commenté Emily en frissonnant.

— Apparemment, elles estiment que le moment est venu maintenant que les garçons sont mariés, avait renchéri Jaimie en frissonnant à son tour.

— Oui, eh bien bravo à eux, mais moi je ne cherche pas un mari, avait dit Lissa.

— Pas maintenant, avait précisé Em.

— Peut-être jamais, avait ajouté Jaimie.

Alors surprendre sans le vouloir la conversation de leur frère et de sa femme, c'était…

— Attendrissant, suggéra Lissa, alors que Travis et Jennie s'éloignaient enfin.

— Il ne faudra pas oublier de prendre un air surpris quand ils annonceront qu'ils attendent un bébé, souligna Em.

— En effet, approuva Jaimie. Et, sincèrement, je suis ravie qu'ils soient heureux. Tous et toutes. Mais…

— Mais ce n'est pas ce que je cherche, coupa Lissa d'un ton solennel.

— Moi non plus.

— Pareil pour moi.

Les trois sœurs hochèrent vigoureusement la tête. Puis, parce qu'elles étaient des Wilde et donc aussi futées que séduisantes, Em brandit avec un sourire triomphant la bouteille de champagne qu'elle avait prise discrètement sur une table. Avec le même sourire, Lissa leva sa flûte et celle d'Em. Jaimie leva la sienne.

— Aux hommes, déclara Em en faisant sauter le bouchon.

— Qu'ils restent à leur place, dit Lissa, tandis qu'Em remplissait les flûtes.

— Au lit. Et éventuellement dans les parages quand il y a quelque chose de lourd à porter, compléta Jaimie.

— En dehors de ça, vive le célibat ! s'exclama Em.

Les trois sœurs pouffèrent, lancèrent des hourras et vidèrent leurs flûtes.

En se réjouissant d'être des femmes libres et pas des épouses.

Composé et édité par HarperCollins France.

Achevé d'imprimer en septembre 2018.

CPi
BLACK PRINT

Barcelone

Dépôt légal : octobre 2018.

Pour limiter l'empreinte environnementale de ses livres, HarperCollins France s'engage à n'utiliser que du papier fabriqué à partir de bois provenant de forêts gérées durablement et de manière responsable.

Imprimé en Espagne.